Menduria
Das Buch der Welten

2. Auflage 2015

ISBN 978-3-7641-5058-7

Umschlaggestaltung: formlabor, Hamburg
unter der Verwendung von Fotos von Shutterstock.com/
©Tom and Kwikki; ©RYGER; ©Artspace; ©abeadev; ©Ola-la;
©Depiano; ©KUCO; ©pavila
Druck und Bindung: Print Consult, München
Gedruckt auf Papier aus geprüfter nachhaltiger Forstwirtschaft.

www.ueberreuter.de

Ela Mang

Menduria

Das Buch der Welten

ueberreuter

»Damit das Mögliche entsteht,
muss immer wieder das Unmögliche versucht werden.«

Hermann Hesse

Der Blutmond tauchte den Kuppelsaal des Wächterturms in warmes rotes Licht. Die Oberste Hüterin konnte ihr Glück kaum fassen. Das Buch sprach zu ihr, endlich. Nach all den Jahren hatte sie sich das Vertrauen des Buches redlich verdient. Sie wusste, dass es das Schicksal selbst war, das zu ihr sprach. Es hatte die Form eines Buches gewählt, um sich ihr mitzuteilen. Aus den Tiefen des Weltenmeeres kamen die Informationen, die sich in den alten Schriftzeichen der Andavyan Seite für Seite in das Pergament brannten, blutrot, wie der Mond, der über ihr stand. Sie unterhielten sich wie zwei alte Freunde, die Oberste Hüterin Jandamers und das Gezeitenbuch. Vom Schicksal der Welten sprach es, von dem, was einst gewesen war, und von dem, was kommen würde. Es sprach von Gefahr, von Verrat und Krieg. Es sprach von Glück, von Treue und von Liebe ohne Grenzen. Es sprach davon, wie schmal der Grat zwischen Überleben und Untergang zweier Welten sein würde. Und es sprach davon, welchen Preis sie selbst bezahlen müsste, wenn sie die Aufgabe denn annahm, die das Gezeitenbuch für sie vorgesehen hatte. Es ließ ihr die Wahl, die im Grunde gar keine war. Denn es war ihre Welt, die untergehen würde. Dies durfte auf gar keinen Fall geschehen, nicht noch einmal.

Der Blutmond hatte den Zenit längst überschritten, als sie das Gezeitenbuch wieder versiegelte und Menduria für immer verließ, um in einer neuen Welt wiedergeboren zu werden.

Prüfungen

Schwungvoll flog das Buch durch den Raum und landete auf dem Bett. Lina saß seufzend auf der breiten Fensterbank. Sie sollte aufstehen, das Buch zurückholen und sich mit Nachdruck darin vertiefen. Auf keinen Fall durfte sie noch einmal durch diese Prüfung rasseln. Aber sie konnte sich einfach nicht dazu überwinden, weiterhin langweilige Fahrtechnikfragen durchzulesen. So schlang sie die Arme um ihre Knie und reckte ihr Gesicht der untergehenden Sonne entgegen. Es war ein wunderschöner, warmer Spätherbsttag gewesen. Jetzt versank die Sonne langsam hinter den Waldkuppen, die in Flammen zu stehen schienen. Ein Anblick, der ihr Innerstes erwärmte und ihre Stimmung aufhellte. Lina liebte den Herbst. Als sie noch klein war, hatten die sich verfärbenden Blätter noch eine weitere Bedeutung. Denn sie kündigen jedes Jahr ihren nahenden Geburtstag an. Lina hatte es früher gar nicht erwarten können, älter zu werden. Seltsamerweise hatte sie es nun gar nicht mehr so eilig mit dem Erwachsenwerden. Bei ihrem Bruder Benjamin war das anders. Er konnte es gar nicht erwarten, seinen siebzehnten Geburtstag zu feiern. Sie würden es gemeinsam tun, in etwas mehr als einem Monat. Ob sie bis dahin ihre Prüfung wohl bestanden hatte? Ihr Blick kehrte vom bewaldeten Horizont zurück in den Vorgarten des alten Jahrhundertwendehauses, zwischen den Ästen und dem gelben Blattwerk der großen Birke hindurch zur Straße. Ein grauhaariger Mann in einem bunten Wollumhang schlenderte die Straße entlang und blickte zu ihr hoch. Lina schenkte ihm ein Lächeln und nickte. Ein Schauder durchlief ihren Körper, als sie ein kalter Windstoß traf und ihr Strähnen ihres honigblonden Haares ins Gesicht wehte. Sie blickte zum Horizont. Die Sonne war gerade hinter dem Hügel verschwunden und nahm die letzte Wärme des Tages mit sich. Als sie wieder zur Straße sah, war der Mann aus ihrem Blickfeld verschwunden. Vermutlich war er zur großen Wiese am Ende der Straße unterwegs. Dabei fiel ihr ein, dass auch sie noch dorthin musste. Ein Blick auf die Uhr und sie sprang erschrocken auf. Schon so spät! Im Vorbeigehen griff sie nach ihrer abgetragenen Jeansjacke und stürmte die alte Holztreppe hinunter.

Nur Augenblicke später stand sie vor Edwina Steinmanns Haus, das schräg gegenüber lag. Sie hatte die Glocke noch nicht gedrückt, als die Haustür geöffnet wurde und die alte Dame auf eine Krücke gestützt im Eingang erschien.

»Entschuldigung, ich bin spät dran.« Linas Miene war zerknirscht.

Die alte Dame lächelte, wobei tausend Falten eine freundliche Berg- und Tallandschaft bildeten. »Ach, das macht doch nichts. Hauptsache, du kommst überhaupt. Otto kann es kaum noch erwarten.«

Lina ging in die Hocke und begrüßte den Rauhaardackel, der schwanzwedelnd an ihren Beinen hochsprang. »Na, dann lass uns loslegen, kleiner Löwe.« Sie leinte den Hund an und lief schmunzelnd los, während Otto kräftig an der Leine zog. Lina mochte diesen drolligen Hund, nicht nur, weil er ihr Taschengeld aufbesserte, seit Oma Steinmann, wie sie von den Wittmar-Geschwistern insgeheim genannt wurde, nach einem Sturz die Treppe hinunter, nicht mehr selbst mit ihm spazieren gehen konnte. Es war aber keineswegs nur ein Akt der Nächstenliebe für Lina, denn Oma Steinmann war eine der belesensten Menschen, die sie kannte. Und obwohl sie schon auf die achtzig zuging, war sie keineswegs weltfremd. So unterhielt sich Lina oft stundenlang mit Oma Steinmann über ihre Zukunftspläne.

Auch heute hätte sie Oma Steinmann eingeladen, bei einer Tasse Tee zu plaudern. Aber das Fahrschulbuch wartete.

»Tut mir leid, ich muss lernen.« Linas Stimme verriet, mit wie wenig Enthusiasmus sie das tun würde.

Die alte Dame zog die Stirn kraus. »Wofür musst du denn lernen?«

»Führerschein, Theorieprüfung, Sie wissen schon.« Lina verzog das Gesicht zu einer gequälten Grimasse.

»Oh.« Ein heiteres Aufblitzen war in den blassblauen Augen der alten Dame zu sehen. »Ja, zu meiner Zeit war das noch leichter. Ich bin in meiner Jugend auch Motorrad gefahren.« Sie zwinkerte verschwörerisch. »Ohne Führerschein.«

»Sie sind Motorrad gefahren?« Das konnte Lina sich kaum vorstellen.

»Klar, Kindchen. Ich war doch nicht immer so eine alte Schachtel, wie ich es heute bin.«

Lina ließ ein heiteres Lachen vernehmen. »Diese Geschichte müssen Sie mir das nächste Mal genauer erzählen.«

»Mit Vergnügen.«

Lina war schon bei der Gartentür angekommen, als Frau Steinmann ihr nachrief. »Hast du das Buch schon gelesen, das ich dir gegeben habe?«

»Den Schmachtfetzen?«

»Ja, den Schmachtfetzen«, bestätigte Frau Steinmann.

»Noch nicht. Aber das mach ich noch, versprochen.«
»Tu das, es wird dir gefallen.«
Lina nickte. »Bis morgen, Frau Steinmann.«
»Bis morgen, Lina.«

Auf der anderen Straßenseite entdeckte sie die schlaksige Gestalt ihres Bruders. Benjamins Schritte waren federnd. Er schien bester Laune zu sein. Sein hellbraunes Haar wurde vom Wind erfasst und scharf nach hinten geweht.

»Hey, Kleine. Warst du wieder bei Oma Steinmann?« Dabei zwinkerte er ihr aus blaugrauen Augen schelmisch zu und umarmte sie spielerisch.

»Ja, Großer, war ich.« Lina liebte dieses Wortspiel. Niemand, der sie so zusammen sah, hätte gedacht, dass sie Zwillinge waren. Sie waren wie Tag und Nacht, nicht nur vom Aussehen her. Auch ihre Interessen lagen so weit voneinander entfernt, wie es nur irgend möglich war. Und trotzdem hatten sie eine Beziehung zueinander, die weit mehr war als Geschwisterliebe. Lina konnte mit Fug und Recht behaupten, dass Benjamin ihr bester Freund war.

»Kannst du dir Oma Steinmann auf einem Motorrad vorstellen?« Lina öffnete das quietschende Gartentor.

»Oma Steinmann als Rockerbraut? Das hat was!«

»Ich glaub, sie hatte es früher mal faustdick hinter den Ohren«, überlegte Lina.

Bei diesen Worten blieb Benjamin wie angewurzelt stehen. »Ähm, wo du schon von faustdick sprichst. Ich wollte dich da sowieso etwas bitten.«

Sie hatten mittlerweile die Eingangstür erreicht, die unter einem mit Buntglas verzierten Vordach lag.

»Ich ahne mal wieder Schreckliches«, sagte Lina und öffnete die Tür.

»Faust.« Benjamin seufzte das Wort. »Kannst du mir dabei helfen. Frau Langens hat mir das als Referat aufgebrummt. Und du kennst dich mit diesem Kram doch viel besser aus.«

Lina blickte Benjamin ernst an und sagte dann mit tragender Stimme: »›Hier stehe ich, ich armer Tor. Und bin so klug als wie zuvor.‹«

»Was is' los?« Benjamin sah sie irritiert an.

Lina warf den Kopf in den Nacken und lachte. »Das war aus Faust. Sag mal, wie viel hast du denn schon vorbereitet?«

Benjamin blickte verlegen zur Seite. »Hatte noch keine Zeit.«

»Aha, und wann musst du es fertig haben?«

»Morgen.«

»Verstehe. Weißt du, eigentlich sollte ich für den Führerschein lernen.« Darauf hatte sie ebenso wenig Lust wie Benjamin auf sein Faust-Referat.

»Also gut. Was hältst du davon? Ich bestell Pizza, du hilfst mir mit dem Faust-Kram und dafür lerne ich mit dir danach für den Führerschein.« Benjamin setzte seinen Hundeblick auf und Lina konnte dem wie üblich nicht standhalten.

»Von mir aus. Du hast Glück, ich hab Faust letztes Jahr aufgebrummt bekommen. Irgendwo hab ich das bestimmt noch gespeichert. Ich such es schnell, während du bestellst.«

»Du bist die Beste.« Benjamin drückte ihr einen Kuss auf die Stirn. Und während Lina in ihr Zimmer hochlief, ging er in die Küche, um den Pizzadienst anzurufen.

Kaum hatte sie die Tür zu ihrem Zimmer geöffnet, blies ihr ein kalter Windstoß entgegen. Sie hatte schon wieder vergessen, das Fenster zu schließen. Es würde eine ganze Weile dauern, bis das Zimmer wieder warm wäre. Im Vorbeigehen drückte sie den Startknopf ihres Computers und schloss das Fenster. Die Schnalle klemmte ein wenig, sodass sie sich mit ihrem ganzen Gewicht dagegenstemmen musste. Das war im ganzen Haus so. Alle Wände waren ein wenig schief, die Fenster klemmten, die Böden knarrten. Es war eben ein altes Haus. Aber genau das liebte sie an diesem Haus. Es hatte Charakter. Sie wollte sich gerade wieder dem Computer zuwenden, als sie aus dem Augenwinkel eine Bewegung wahrnahm. Ein Farbenspiel auf der anderen Straßenseite zog ihren Blick an. Der grauhaarige Mann schlenderte durch die Abenddämmerung. Wieder schien er zu ihr hochzublicken, nicht unfreundlich, eher interessiert. Lina zog den Vorhang zu und widmete sich dem Computer. Das alte Ding war immer noch nicht betriebsbereit. Sie ließ sich in den gemütlichen Ohrensessel auf der anderen Seite des Zimmers fallen und beschloss, ihre Mutter anzurufen. Mit über der Lehne baumelnden Füßen wählte sie die Nummer. Nach zweimaligem Läuten meldete sich ihre Mutter.

»Hallo, Mama, ich bin's.«

»Schätzchen, schön dich zu hören. Ich habe gerade an euch gedacht. Wie geht's euch?«

»Gut.«

»Was macht ihr gerade?« Es war keine Floskel. Ariana Wittmar wollte es tatsächlich wissen.

»Pizza bestellen, Faust und Fahrschule«, sagte Lina.

Ein fröhliches Lachen ertönte am anderen Ende der Leitung. »Wie spannend.«

»Na ja, ist doch besser als Partys, Sex und Drogen, oder?«

Jetzt wurde aus dem Lachen ein drohendes Schnauben. »Untersteht euch!«

»Keine Angst, wir bleiben bei Pizza.«

Ihre Mutter schien sich darüber nicht ernstlich zu sorgen. Aber nach einer kurzen Pause fragte sie: »Geht es euch wirklich gut?«

»Ja, Mama, es geht uns gut«, versicherte Lina. »Aber wir vermissen dich.«

»Ich vermisse euch auch, Schätzchen.« Sie klang sehnsuchtsvoll.

»Wann kommst du zurück?«, wollte Lina nun wissen.

»Übermorgen gegen Mittag.«

»Und was macht das neue Buch? Kommst du voran?« Lina wusste, dass ihre Mutter auf ihren Lesereisen immer die Abendstunden nutzte, um in Ruhe zu arbeiten.

»Es macht sich. Ich bin schon sehr gespannt, was du sagst.«

»Ich auch.« Jetzt war es Lina, die ungeduldig schnaubte. »Worum geht's denn jetzt tatsächlich?«

Sie bekam dieselbe Antwort, die sie immer bekam, seit ihre Mutter angefangen hatte, an diesem Buch zu schreiben: »Um dich.«

»Mama, jetzt ernsthaft!«

»Das ist mein Ernst.«

Der Computer hatte es endlich in den Betriebszustand geschafft. Lina stand auf, setzte sich an den Schreibtisch und begann, nebenbei nach der Faust-Datei zu suchen.

»Wie ist das Wetter in New York?«

»Es regnet. Und bei euch?«

Lina sprach noch eine ganze Weile mit ihrer Mutter, während derweil der Drucker zu arbeiten begann. Sie hatte gerade aufgelegt, als es an der Haustür klingelte – die Pizza.

Sie zog den Papierstapel aus dem Drucker, griff sich das Fahrschulbuch und lief ins Wohnzimmer.

»Hör dir das an, Lina. Die sprechen über diese seltsamen Komafälle«, sagte Benjamin und deutete auf den Fernseher.

Lina setzte sich zu ihrem Bruder aufs Sofa, nahm ein Stück Pizza und versuchte, den Ausführungen über ein unbekanntes Virus zu folgen, das die Befallenen in einen komaartigen Schlafzustand versetzte. Ein Arzt sprach darüber, dass es leider noch nicht gelungen wäre, die Art der Übertragung festzustellen. Aber bei allen Patienten seien die Adrenalinwerte extrem erhöht. Erste Fälle gab es demnach auch schon in der Stadt.

»Wenn du mich fragst, dann ist ihnen da irgendein Laborexperiment ausgerissen«, meinte Benjamin und zappte weiter. »Zumindest ist das die einhellige Meinung im Internet.«

Lina seufzte. Wenn sie so etwas hörte, fühlte sie sich überfordert. Warum konnte die Welt nicht ein bisschen mehr wie in den Büchern sein? Ein bisschen romantischer, und weniger voll mit Katastrophen, Mord und Totschlag.

Faust fiel ihr wieder ein. Obwohl, da gab es ja auch genügend Mord und Totschlag, aber zumindest auch ein bisschen Romantik. Sie reichte ihrem Bruder das ausgearbeitete Referat.

Benjamin überflog es und stellte höchst erfreut fest: »Das ist ja fertig! Da brauch ich gar nichts mehr zu machen.«

»Du solltest es ein bisschen umstellen. Frau Langens ist nicht dumm. Die merkt sonst, dass es nicht von dir ist.«

»Das geht schon«, wehrte Benjamin ab. »Ich lese es mir zwei-, dreimal durch. Du weißt ja, wie gut ich im Improvisieren bin.« Mit einem erleichterten Seufzen fügte er hinzu. »Lina, du bist die Beste! Was würde ich bloß ohne dich machen?«

»Von der Schule abgehen und Unterhosenmodel werden?«, schlug Lina mit einem Unschuldslächeln vor.

»Keine schlechte Idee!«, konterte Benjamin und griff sich das Fahrschulbuch, das neben Lina auf dem Sofa lag.

»Also, Kleine, wie viel Räder hat ein Auto?« Der Schalk stand Benjamin bei dieser Frage im Gesicht.

»Sechs«, erklärte Lina.

»Wie bitte?«

»Na ja, vier Räder zum Fahren, ein Reserverad und ein Lenkrad.« Dabei sah sie ihn erwartungsvoll an. »Und, hab ich bestanden?«

Benjamins Grinsen wurde immer breiter. »Wenn ich du wäre, würd' ich mir einen Chauffeur engagieren.«

»Nein, ich besorg mir einen fliegenden Teppich. Das wäre sowieso eher mein Ding.« Linas Augen bekamen einen ganz eigenen Glanz. So sah sie immer aus, wenn die Fantasie mit ihr durchging. »Der ist umweltfreundlich, braucht nicht viel Platz, und stell dir mal vor, wie so ein Ding in der Kurve liegt!«

Ein Kissen kam in ihre Richtung geflogen. »Hör auf, solchen Unsinn zu reden. Das wird dich bei der Prüfung nicht weiterbringen.« Benjamin versuchte es mit der nächsten Frage. »O.K., welche Funktion hat der Keilriemen?«

»Ähm …«

In der nächsten Stunde bemühte sich Benjamin, ihr die Funktionen des Motors zu erklären. Er warf mit Wörtern wie Wasserpumpe, Kipphebel und Zahnriemen nur so um sich, bis Lina der Kopf rauchte. Mit einem Seufzen warf sie ihm das Kissen zurück, das sie die ganze Zeit über geknetet hatte wie einen Brotteig. »Mir reicht's. Ich geh schlafen.«

»Ist gut. Ich werde noch telefonieren.« Benjamin nahm die Fernbedienung und drehte den Ton leiser.

»Lass Katja schön grüßen.«

»Ich telefoniere nicht mit Katja.«

Lina wandte sich zu ihrem Bruder um und blickte ihn fragend an.

»Du und Katja … ihr seid nicht mehr zusammen?«

»Nein. Das ist vorbei.« Benjamin erwiderte ihren Blick mit ernster Miene und wappnete sich gegen mögliche Vorhaltungen. Aber Lina tat nichts dergleichen. Stattdessen fragte sie: »Und wer ist die Glückliche?«

»Michelle.« Benjamin bekam einen verklärten Gesichtsausdruck.

»Die Michelle?« Linas Augen weiteten sich. Michelle ging in Linas Klasse und war Benjamins heimliche Liebe seit der fünften Klasse. Sie war das, was Benjamin einen Edelfeger nannte. Eine, die man nur aus der Ferne anhimmelte, von der man träumte, die aber ein unerreichbarer Traum zu bleiben schien. Groß, schlank, traumhaftes rotbraunes Haar. Michelle war der personifizierte Teufel in Frauengestalt. Klar, dass Katja chancenlos war, wenn Vampirella ihre Fühler nach ihm ausgestreckt hatte. Lina ging nun seit vier Jahren mit ihr in die gleiche Klasse. Sie kannte Michelles Eskapaden. Wenn diese Sache endete, würde Benjamin derjenige sein, der blutete.

»Na dann, viel Glück, Großer«, meinte sie schulterzuckend.

»Komm schon, Lina. Sei nicht so.« Benjamin zog die Stirn kraus. Er mochte es nicht, wenn sie so gleichgültig tat. »Kannst du dich nicht für mich freuen?«

Lina seufzte tief. »Das tue ich, ganz ehrlich. Ich weiß, wie lange du schon auf sie stehst. Aber ich glaube, dass du dich da verbrennen wirst. Und ich will einfach nicht, dass sie dir wehtut.«

»Sie ist nicht Denny«, sagte Benjamin.

»Das hat überhaupt nichts mit Denny zu tun«, erwiderte Lina schärfer, als sie beabsichtigt hatte. Und das war die größte Lüge des heutigen Tages. Natürlich hatte es mit Denny zu tun. Und Benjamin schien das Thema nicht fallen lassen zu wollen.

»Hör zu, nur weil Denny ein Arsch war, kannst du nicht dein Leben als Nonne beschließen, und den Märchenprinzen, den du dir erträumst, den gibt es nicht. Meinst du nicht, du solltest dich auch mal wieder umsehen?«

Linas Augen funkelten zornig. »Ich hab eben im Moment andere Prioritäten. Und jetzt tu mir bitte den Gefallen und hör auf, von Denny zu sprechen. Mach deinen Anruf. Ich geh schlafen. Gute Nacht.«

»Gute Nacht, Lina.«

In ihrem Zimmer angekommen, lehnte sie sich an die Tür und holte erst einmal tief Luft. Dieser Ausbruch war nicht notwendig gewesen, und es tat ihr jetzt schon leid. Benjamin wusste nicht, wie mies Denny sie damals tatsächlich behandelt hatte. Alles, was er wusste, war, dass Denny sie auf höchst unschöne Weise abserviert hatte. Mehr brauchte er auch nicht zu wissen. Das war so ziemlich das einzige Geheimnis, das sie vor ihrem Bruder bewahrte. Vielleicht irrte sie sich ja, und Michelle hatte echtes Interesse an ihrem Bruder. Sie hoffte es für ihn.

Als Benjamin am nächsten Morgen in die Küche kam, saß Lina bereits vor einer Tasse Kaffee und starrte ins Leere.

»Guten Morgen, Kleine.«

»Morgen, Großer.« Lina hob nur kurz den Kopf.

Sie sah übermüdet aus. Dunkle Schatten lagen unter ihren Augen.

»Du bist schon wach?«, erkundigte sich Benjamin vorsichtig. »Ich dachte, du musst heute erst eine Stunde später zur Schule.«

»Das ist auch so. Aber ich konnte nicht schlafen.« Sie klang erschöpft.

»Hör zu. Das wegen gestern tut mir leid«, begann Benjamin.

Lina lächelte. »Ist schon gut. Das hat nichts damit zu tun.«

Benjamin wurde ernst. »Hattest du schon wieder diesen Albtraum?«

Lina nickte langsam. Seit Wochen war es immer derselbe. Verworrene Bilder von schattenhaften Gestalten, rauchumnebelt. Alte runzelige Hände, die nach ihr griffen und kalte Angst in ihrem Körper verbreiteten. So hatte es angefangen. Lina sah sich darin immer laufen, aber niemals schnell genug.

Die graue Schattengestalt ergriff sie immer. In den letzten Tagen war der Albtraum aber um eine Facette reicher geworden. Dunkle Augen, die sie aus der Finsternis heraus beobachteten, sie fixierten. Beängstigend und faszinierend zugleich. Dann huschte blasses blaues Licht über ein Gesicht. Niemals lange genug, um es genau zu erkennen. Und wenn sie aufwachte, war sie schweißgebadet. Dieser Traum suchte sie nicht jede Nacht heim, aber er kam immer häufiger. Danach konnte sie nie wieder einschlafen. Also begann sie mitten in der Nacht zu lesen. Heute Nacht hatte sie »Stolz und Vorurteil« zu lesen begonnen, Oma Steinmanns Schmachtfetzen.

»Ich glaub, ich bleibe heute zu Hause und leg mich wieder ins Bett. Kannst du in der Schule Bescheid sagen?«

Benjamin sah Lina besorgt an. Das war so gar nicht ihre Art.

»Soll ich bei dir bleiben?«

Lina blickte überrascht hoch. »Nein, das geht schon. Und du hast doch heute eine Verabredung mit Faust, oder?«

»Eben.« Ein Lächeln huschte über sein Gesicht. »Da wärst du doch eine gute Ausrede gewesen.«

»Vergiss es.«

Lina hatte ausgezeichnet geschlafen. Als sie gegen Mittag aufwachte, ging es ihr viel besser. Ein Lächeln huschte über ihr Gesicht. Was für ein sündhaft gutes Gefühl. Sie rekelte sich hier im Bett, während die anderen die Schulbank drückten. Beim Aufstehen fiel ihr Blick auf »Stolz und Vorurteil«, das neben dem Bett lag. Sie würde Oma Steinmann besuchen, mit Otto spazieren gehen und dann ein, zwei Stunden bei der alten Dame verbringen.

Mit einem Croissant bewaffnet, tauchte sie kurz darauf in Pulli, Wolljacke und Fransenschal gekleidet vor dem Hause

Steinmann auf. Kaum hatte sie geläutet, war Ottos Gekläffe hinter der Tür zu hören.

»Lina? Mit dir hab ich so früh nicht gerechnet. Ist etwas passiert?«

Lina winkte beschwichtigend ab. »Nein, alles in Ordnung. Ich bin heute einfach nur früher dran.«

Otto gebärdete sich wie wild, als er angeleint wurde, und so versprach Lina, dieses Mal eine längere Runde mit ihm zu gehen.

Am Ende der Gasse ließ sie den Rauhaardackel von der Leine und ging mit großen Schritten über die Wiese, die in einer sanften Steigung bis hinauf zum Waldrand reichte. Dabei warf sie Ottos Stöckchen immer wieder, so weit sie konnte. Mit wehenden Ohren sprang der Dackel davon, nur um gleich wieder mit dem Stöckchen aufzutauchen. So erreichten sie den Waldrand. Von hier aus führte ein schmaler Weg zwischen den hoch aufragenden Buchenstämmen bis an den Rand eines Wildparks. Nebelschwaden zogen sich am Waldrand entlang und tauchten das bunte Blättermeer in unwirkliches Zwielicht. Dieses Bild erinnerte Lina an das kleine Wäldchen in England, neben dem sie gewohnt hatten. Dort war sie oft mit ihren Eltern spazieren gegangen. Mama hatte dann immer von Elfen, Feen und Kobolden erzählt. Gemeinsam hatten sie Gesichter in den verknöcherten Baumrinden gesehen und nach Trollhöhlen Ausschau gehalten.

»Oh, ich liebe deine Geschichten, auch wenn sie blanker Unsinn sind«, hatte Papa dann oft gesagt und Mama zärtlich in den Arm genommen.

Mama hatte ihn angesehen und mit ernster Miene erklärt: »Eines Tages wird uns dieser Unsinn viel Geld einbringen.«

Heute verdiente sie tatsächlich ihr Geld damit. Aber Papa war nicht mehr da, um es zu erleben. Lina wischte den Gedanken beiseite. Das war lange her, mehr als acht Jahre. Sie wollte nicht daran denken. Gedanken an diese Zeit machten sie immer traurig.

Otto stupste sie ungeduldig. »Was meinst du, gehen wir ein paar Trolle suchen?«

Der Hund legte den Kopf schief, so als würde er sie verstehen.

Lina warf den Kopf in den Nacken und lachte. »Nein, du wärst kein guter Trollbändiger.« Erneut warf sie das Stöckchen. Je weiter sie in den Wald kam, umso dichter wurde der Nebel. Ihr Haar begann bereits feucht zu werden, ihre Locken kringelten sich noch mehr.

Auch das strohige Haar des Dackels war feucht. »Otto, ich glaub, wir kehren um. Das macht irgendwie keinen Spaß bei dem Wetter.«

Otto schien anderer Meinung zu sein. Er warf Lina das Stöckchen auffordernd vor die Füße und jaulte.

»Schon gut, ich mach ja.« Wieder holte Lina weit aus. Der Nebel verschluckte zuerst das Stöckchen und nur einen Augenblick später auch den Hund. Sie konnte nur noch das Rascheln hören, als er durchs Laub stob. In der Erwartung ihn jeden Augenblick wieder auftauchen zu sehen, ging sie weiter. Da drang plötzlich ein klägliches Jaulen an ihr Ohr. Lina erstarrte.

»Otto?«, rief sie in den Nebel und lauschte.

Nichts.

»Otto, hierher!« Lina wiederholte den Ruf, eindringlicher diesmal. Aber der Hund blieb verschwunden. Der anfängliche Ärger um Ottos Ungehorsam verwandelte sich in Sorge. Was, wenn ihm etwas zugestoßen war? Wie sollte sie das Oma Steinmann erklären? Fluchend schlug sich Lina in die Büsche abseits des Weges und kämpfte sich in die Richtung, in der sie Otto vermutete. Ihre Rufe wurden immer verzweifelter. Verflucht, sie hatte den Hund verloren!

Ohne es zu bemerken, hatte sie sich fast bis zur quer laufenden Mauer des Wildparks vorgearbeitet. Lina war den Tränen nahe, als sie wieder zurück auf den Weg trat. Sie musste umkehren und Oma Steinmann beichten, was geschehen war. Gerade wollte sie den Heimweg antreten, als sich vor ihr auf dem Weg ein Farbfleck aus dem Nebel löste. Sie erkannte den grauhaarigen Mann im bunten Wollmantel, den sie bereits tags zuvor gesehen hatte. Er trug Otto auf dem Arm.

»Otto«, hauchte Lina. Nun flossen tatsächlich Tränen – Tränen der Erleichterung.

»Ist das dein Hund?«, erkundigte sich der Fremde und blieb in einigem Abstand stehen. Sein Blick war unergründlich.

Lina nickte. »Würden Sie ihn mir bitte wiedergeben?«

Er hielt ihr den Hund entgegen. »Du kannst ihn dir holen.«

Irgendwie verängstigte sie dieser Mann. Aber sie musste Otto zurückbekommen, also ging sie ihm entgegen. Er lächelte. Doch dann schien ihm das Lächeln plötzlich auf den Lippen zu gefrieren. Lina vernahm ein Knurren, wandte den Kopf und erstarrte. Auf der Mauer, die an der Wegseite entlanglief, stand ein weißer Wolf. Lina vernahm eine Stimme. »Bleib, wo du bist, Lina.« Sie war wie paralysiert. Ihr Blick starr auf die gefletschten Zähne des Raubtiers gerichtet. Der Wolf machte einen Satz nach vorne, tänzelnd und sicher traten die Pranken auf der Mauer vorwärts. Wieder hörte sie die Stimme – eine weibliche Stimme: »Lass den Hund los, Livantes.« Lina war nicht sicher, ob die Stimme real war, oder nur in ihrem Kopf existierte. Der Mann schien sie auch gehört zu haben, denn er setzte Otto langsam auf den Boden. Augenblicklich kam der Rauhaardackel auf Lina zugestürmt und flüchtete sich in ihre schützenden Arme. Lina schloss für einen Moment die Augen, und als sie sie wieder öffnete, war sie alleine. Weder der Wolf noch der bunt gekleidete Mann waren zu sehen. Nur Otto war noch da. Er zitterte wie Espenlaub. Lina schluckte schwer. Was zur Hölle war hier eben passiert? Plötzlich hatte sie das Gefühl, in diesem Nebel zu ersticken. Sie musste raus hier und zwar schleunigst. Otto fest in den Armen haltend, begann sie zu laufen und hielt erst an, als sie wieder mitten auf der Wiese stand. Atemlos leinte sie Otto an und ging mit schnellen Schritten weiter. Sie drehte sich nicht um und verlangsamte ihr Tempo erst, als sie Oma Steinmanns Gartentor passiert hatte.

»Was ist denn mit dir los, Kindchen?«, rief die alte Dame entsetzt, als sie Linas gehetzten Blick sah. »Na, komm erst mal rein.«

Träume und Vorzeichen

Im Wohnzimmer der alten Dame brannte ein gemütliches Feuer im alten Kamin. Dort ließ sich Lina auf einen abgewetzten Sessel fallen und versuchte, sich zu beruhigen.

»Du siehst aus, als könntest du einen Schluck vertragen«, meinte Oma Steinmann lächelnd. Ehe Lina etwas erwidern konnte, hatte sie ihr schon ein Glas Kirschlikör eingeschenkt.

Lina kippte das süße Getränk mit dem scharfen Nachgeschmack in einem Zug hinunter.

»Also, sag schon, was war los?« Die alte Dame lächelte.

»Glauben Sie an Geister, Frau Steinmann?«

Oma Steinmann runzelte die Stirn und schwieg einen Moment. Dann sagte sie: »Ich glaube, dass es in dieser Welt viel mehr gibt, als wir alle wahrhaben wollen.«

Lina nickte langsam und begann, der alten Dame zu erzählen, was sie erlebt hatte.

»Was hat dich mehr beängstigt, der Wolf oder der Mann?«, erkundigte sich Oma Steinmann schließlich.

Für einen Moment dachte Lina nach. »Der Mann.« Es war seltsam, aber das Raubtier mit den gefletschten Zähnen schien ihr weniger gefährlich und seltsam vertraut.

Oma Steinmann nickte nur und blickte nachdenklich ins Feuer.

»Ich glaub, ich verlier langsam den Verstand«, murmelte Lina, nachdem sie eine Weile über das Geschehen des heutigen Tages nachgedacht hatte.

»Wie kommst du denn darauf?«

»Na ja, ich sehe sprechende Wölfe und ich träume von dunklen Schattengestalten. Das ist doch nicht normal.«

»Erzähl mir von deinen Träumen«, bat Oma Steinmann, während sie aufstand und noch ein Likörglas holte. Und während Lina zu erzählen begann, schenkte sie beide Gläser bis zum Rand voll.

Auch dieses Glas leerte Lina in einem Zug. »Diese Träume sind beängstigend«, sagte sie abschließend.

»Ich glaube, das sind keine einfachen Träume, Lina. Es sind Visionen.«

Lina blickte sie verunsichert an. »Wie kommen Sie denn darauf?«

»Für einfache Träume sind sie zu klar. Oder träumst du sonst auch so deutlich und erinnerst dich beim Aufwachen daran?«

Nein, das tat Lina nicht. »Wunderbar. Dann werde ich also tatsächlich verrückt.«

»Ganz im Gegenteil. Ich denke, dass nur ganz besondere Menschen die Gabe für solche Visionen haben.«

»Aber ich kann so ein Zeug nicht gebrauchen«, protestierte Lina. »Ich hab sowieso schon genug Stress in der Schule und dann dieser blöde Führerschein. Benjamin hat das mit links geschafft. Er wird mit Mama fahren dürfen. Aber ich krieg das einfach nicht hin und werde für immer zu Fuß gehen müssen. Da sind Visionen wirklich das Letzte, was ich gebrauchen kann.«

Oma Steinmann schenkte erneut nach.

»Ich hab was für dich, Kindchen.« Auf ihre Krücke gestützt verschwand sie im Nebenzimmer und kam kurz darauf mit einem Traumfänger wieder. Sie nuschelte etwas, als sie sagte: »Den hängst du dir über dein Bett. Dann können dich die bösen Träume nicht erreichen. Ob er gegen Visionen auch hilft, weiß ich allerdings nicht.« Und weil sie Linas skeptischen Blick sah, fügte sie mit strenger Miene hinzu: »Das ist kein Ding aus dem Versandhaus. Der ist echt. Den hab ich vor mehr als dreißig Jahren von einem Indianer in Utah bekommen. Das war vielleicht ein knackiger Kerl.« Dabei zwinkerte sie verschwörerisch.

Linas Augen weiteten sich. Doch dann lachte sie ungehemmt los. »Sie sind mir ja vielleicht eine, Frau Steinmann.«

Als Lina vor die Tür trat, war es bereits dunkel. Hatte sie so lange bei Oma Steinmann gesessen? Die Luft war kühl und feucht. Mit Mühe schaffte sie es, die Haustür aufzuschließen und in die Küche zu wanken. Benjamin war im Wohnzimmer und traktierte wieder einmal die Fernbedienung.

»Mann, Lina, du kannst dir nicht vorstellen, was heute in der Schule los war!«

Lina kam schwankend ins Wohnzimmer und lehnte sich an den Türrahmen. »Mein Tag war aber auch ziemlich interessant.«

Ihr Grinsen war so breit, ihre Aussprache so undeutlich, dass Benjamin sofort wusste, was los war.

»Du bist ja betrunken, Kleine!«

»Nein, nur angeheitert«, verbesserte Lina kichernd.

»Wo warst du?«

»Bei Oma Steinmann.«

»Die Alte hat dich abgefüllt?« Benjamin wusste nicht, ob er belustigt oder entsetzt sein sollte.

»Wusstest du, dass ich sprechende weiße Wölfe sehe?« Lina hatte den Zeigefinger erhoben, als würde sie ein Orchester dirigieren.

»Du meinst wohl eher weiße Mäuse? Aber egal. Jetzt solltest du nur noch dein Kopfkissen ansehen.« Er war aufgestanden, hatte sich Linas Arm über die Schulter gezogen und brachte seine schwankende Schwester in ihr Zimmer. Dort half er ihr ins Bett.

»Ich glaub's ja nicht, mir hält Mama Vorträge über Partys, Alkohol und Drogen und du ziehst los und besäufst dich mit Oma Steinmann.« Das war so grotesk, dass Benjamin schon wieder darüber lachen musste.

Als Lina bereits in ihrem Bett lag, fiel ihr der Traumfänger wieder ein. Sie hatte ihn in der Küche liegen lassen. Gar nicht gut. So achtlos sollte sie nicht mit Oma Steinmanns Geschenk umgehen. Sie nahm sich vor, ihn gleich morgen in ihrem Zimmer aufzuhängen.

In dieser Nacht träumte Lina so klar wie nie zuvor von der dunklen Gestalt im Schatten. Sie blickte in ein Gesicht mit scharf geschnittenen Gesichtszügen, das von dunklem Haar eingerahmt wurde. Die dunklen Augen schienen ihr direkt in die Seele zu blicken. Faszinierend schön war dieser Mann, aber es ging Gefahr von ihm aus, das konnte sie jetzt deutlich spüren. Doch am nächsten Tag blieb nur die vage Erinnerung an dieses Bild zurück. Das und ein rebellierender Magen.

~

Im Thronsaal der Krallenfestung am letzten Ende Mendurias wurde sein Kommen mit Spannung erwartet. Livantes warf nur einen flüchtigen Blick auf die Anwesenden, ehe er dem

Fürsten gegenübertrat. Der bunte Wollmantel umwehte seine Knie und breitete sich wie ein Teppich um ihn herum aus, als er vor dem Podest aus erkalteter Lava niederkniete.

»Ich habe sie gefunden, mein Fürst.«

Xedoc zog die Augenbrauen zusammen und die Lippen kraus. Er beugte sich auf dem Thron weit nach vorne und stützte dabei eine Hand auf seinem Knie ab. »Bist du sicher, Livantes?«

»Absolut sicher.« Es war das Mädchen, das er schon einmal aufgespürt hatte, damals, als sie noch ein Kind gewesen war. Ihre Aura war unverwechselbar, lichtvoll und wunderbar anzusehen. Der Aurenleser hielt den Blick demütig vor Xedoc gesenkt. Diese Geste hatte allerdings nichts mit Demut zu tun. Es war Selbstschutz, denn die Aura des Fürsten war etwas, das selbst den Hartgesottensten seiner Zunft in Angst und Schrecken versetzte. In schwarzgrauen Rauchfetzen, durchdrungen von blassblauen Lichtfäden, umschwebte sie ihn. Livantes war überzeugt, dass hier böse Mächte ihre Hände mit im Spiel hatten. Wer Xedocs Aura nicht sehen konnte, sah nur einen Mann von großem Wuchs, hellblondem langem Haar und kraftvollen eisblauen Augen. Er hatte das typische Aussehen der Lichtelfen, die längliche Gesichtsform, breite Schultern und schmale Hüften. Nur seine Ohren waren nicht mehr spitz. Sein Aussehen war die perfekte Tarnung. Er wirkte umgänglich, ja sogar gutmütig, wenn er das wollte. So lange, bis er sein wahres Gesicht zeigte. Das, das seiner Aura entsprach, und ihn zum uneingeschränkten Herrscher der Calahadin, wie das tote Land in der alten Elfensprache hieß, gemacht hatte.

»Und die Mutter?«, erkundigte sich der Fürst. Sein Gesichtsausdruck blieb bei dieser Frage unverändert. Doch seine Aura flackerte kurz auf.

»Sie ist zurzeit nicht da, kommt aber bald zurück. Doch der Bruder ist bei ihr.«

»Unwichtig.« Die Hand des Fürsten schien dieses Argument fortzuwischen.

»Wie lauten deine weiteren Befehle, mein Fürst?«, erkundigte sich Livantes vorsichtig.

Der Blick des Fürsten wanderte in eine vom roten Dämmerlicht unerreichte Ecke der Halle. »Absorbis.« Mit einem Wink bedeutete er der grauen Gestalt, näherzutreten. Nervöses Raunen erhob sich, als die Kapuzengestalt die Halle durchschritt. Der gesamte untere Teil des Wesens zerfloss in grauem Nebel.

»Herr?« Die tief liegenden blassblauen Augen, die aus einem pergamentartigen faltigen Gesicht blickten, waren auf den Fürsten gerichtet. Er kniete neben dem Aurenleser nieder und verharrte reglos.

»Es ist so weit, Absorbis. Bring mir die Traumessenzen des Mädchens und der Mutter! Wenn du sie hast«, der Fürst hob ermahnend den Finger, »aber erst dann kannst du dir die des Jungen holen. Das ist mein Geschenk an dich.«

Ein gieriges Funkeln blitzte in den fahlen Augen des Traumjägers auf.

»Ihr dürft euch entfernen.« Mit einer huldvollen Handbewegung entließ der Fürst die beiden.

Livantes folgte dem Befehl, gerade so schnell, dass es nicht nach Flucht aussah. Er hatte die Halle noch nicht ganz durchschritten, als er sich einem durchdringenden Blick ausgesetzt fühlte. Er hatte ihn nicht gesehen, aber er hätte wissen müssen, dass der Clanführer der Dunkelelfen ebenfalls anwesend war. Livantes senkte den Blick zum Zeichen der Unterwerfung und machte sich an der Seite des Traumjägers auf den Weg in die Schöpferwelt.

~

»Guten Morgen, Schluckspecht.« Benjamin konnte sich diese Bemerkung einfach nicht verkneifen.

»Morgen«, brummte Lina.

»Wie geht's dir?«

»Wie schon? Ich glaub, ich muss sterben.«

Benjamin grinste amüsiert. »So schnell geht das nicht, Kleine. Glaub einem Experten.« Er selbst hatte schon nach so mancher Party geschworen, nie wieder auch nur einen Schluck anzurühren. »Ich hab mir sagen lassen, man soll genau mit dem anfangen, mit dem man am Vortag aufgehört hat.«

Lina wurde grün um die Nase. »Oh, bitte bloß nicht.« Sie würde nie wieder auch nur an Kirschlikör denken.

»Du weißt aber schon, dass Mama heute heimkommt. Bis zum Nachmittag solltest du deinen Kater also in den Griff bekommen.«

»Das schaffe ich schon. Ich hab heute sowieso nicht lange Schule.«

Benjamin schnaubte verächtlich. Irgendwie hatte er das Gefühl, dass die Nebenklasse, in die Lina ging, immer weniger Unterricht hatte.

Als sie gegen Mittag das altehrwürdige Schulgebäude verließ, ging es Lina tatsächlich besser. Aber sie wollte noch nicht gleich nach Hause gehen. Die Sonne hatte es gerade erst durch die Nebeldecke geschafft. So beschloss Lina, ihren Lieblingsplatz im Park aufzusuchen, um in Ruhe noch ein Stück in ihrem Buch zu lesen.

Nach kaum zehn Minuten hatte sie den Eingang zum Park erreicht, und ging zügig an dem kleinen Pavillon vorbei, der im Zentrum der gut gepflegten Parkanlage stand. Sie passierte die von Ziersträuchern eingerahmte Sandkiste, in der sich Kinder mit Laub bewarfen. Ihr Weg führte sie in den weit entlegenen und von den meisten Leuten vergessenen Teil. Ganz am Ende, dort, wo der Park in einen dichten Laubwald überging, war vor ewigen Zeiten ein Teich angelegt worden. Inmitten moosgrünen Wassers ragte eine kleine Insel auf, die man über eine alte Steinbrücke erreichen konnte. Während der Teich selbst von hohen Fichten begrenzt war, stand auf der kleinen Insel nur ein einziger Baum. Eine gewaltige Trauerweide, deren Äste bis ins Wasser reichten und deren massiver Stamm sich in grotesken Windungen bog, so als würde er vor etwas oder jemandem zurückweichen. Auch dieser Platz erinnerte Lina an den kleinen Ort in der Nähe der englischen Südküste, in dem sie früher gelebt hatten. Dort hatte es ebensolche magischen Bäume gegeben. »In diesen Bäumen wohnen Kobolde«, hatte ihre Mutter damals gesagt. Das glaubte Lina heute zwar nicht mehr, aber trotzdem musste sie zugeben, dass sie sich zu diesem Platz hier wie magisch hingezogen fühlte. Besonders, wenn die gelben Blätter der Weide, so wie jetzt, im matten Herbstlicht erstrahlten.

Lina machte es sich auf der Parkbank aus grauem verwitterten Holz bequem und angelte in ihrer Tasche nach dem Buch. *Stolz und Vorurteil.* Gott, war dieser Mr Darcy ein unmögliches Ekel, aber trotzdem irgendwie faszinierend. Oma Steinmann hatte recht. Dieses Buch gefiel ihr.

»Ist es ein gutes Buch?« Die Stimme einer Frau ließ sie hochschrecken.

Lina war so in ihre Lektüre vertieft gewesen, dass sie sie nicht bemerkt hatte. Jetzt blickte sie in die wohl strahlendsten blauen Augen, in die sie jemals geblickt hatte. Beinahe unwirklich wirkte die gesamte Erscheinung der hochgewachsenen schlanken Frau. Sie war von Kopf bis Fuß in hellgraues Leinen gekleidet. Die knielange Jacke und die Hose waren mit seltsamen Ornamenten verziert, die sich seitlich an den Stiefeln fortsetzten. Sie trug einen Kapuzenumhang aus demselben Material, über den eine Fülle hellblonden Haares bis zu ihrer Hüfte fiel. Lina konnte nicht aufhören, sie anzustarren.

»Ich grüße dich, Lina.«

Diese Worte rissen sie aus ihrer Erstarrung. Woher kannte diese Frau ihren Namen?

»Wer sind Sie?«

»Ich bin Serendra. Ich bin gekommen, um dich zu holen.« Das Gesicht der Fremden zeigte ein warmes Lächeln. Nichts an ihr wirkte bedrohlich, außer ihren Worten.

Ruckartig klappte Lina das Buch zu und rutschte auf die andere Seite der Bank.

»Keine Angst, nichts wird gegen deinen Willen geschehen.« Sie ließ die Worte verklingen, um sicherzugehen, dass Lina sie verstanden hatte. »Darf ich mich zu dir setzen?«

Lina nickte vorsichtig, rutschte aber noch ein Stück weiter zur Seite.

Serendra setzte sich und strich in einer gedankenverlorenen Geste ihr Haar hinters Ohr.

Lina zog scharf die Luft ein, unfähig, den Blick vom Ohr der Frau zu nehmen. Es war spitz. »Bist du …?«

»Bin ich was?«

»… eine Elfe?« Lina konnte nicht glauben, dass sie es ausgesprochen hatte.

Das Lächeln der Fremden war unverändert. »Ist das so schwer zu glauben?«

Natürlich war das schwer zu glauben! Und trotzdem …

»Also, Lina. Wenn wir davon ausgehen …«

»Moment mal, Serendra?«, unterbrach Lina. »Woher kennst du meinen Namen?«

»Lupinia hat ihn mir verraten. Sie hat mich auch geschickt, um dich zu holen.«

»Lupinia?«

»Die weiße Wölfin. Du bist ihr begegnet.«

Alle Luft wich aus Linas Lunge und wollte einfach nicht wieder einströmen. »Eine weiße Wölfin schickt eine Elfe, um mich zu holen?«, murmelte sie. »Kein Zweifel. Ich verlier tatsächlich den Verstand.«

»Oh, sie ist nicht wirklich eine Wölfin. Das ist nur eine ihrer Erscheinungsformen«, fuhr Serendra im Plauderton fort, ohne auf Linas anwachsende Verwirrung einzugehen.

»Ja, und was, bitte schön, will diese Wölfin von mir?« Ihr Unvermögen, das alles zu glauben, war Linas Stimme anzuhören.

Serendra seufzte. »Ich weiß, dass das alles schwer zu glauben ist, Lina. Es kommt zu überraschend. Aber bitte, glaub mir. Es ist kein dummes Spiel, das wir hier treiben. Deine Hilfe wird in Menduria gebraucht. Aber ganz abgesehen davon bist du in großer Gefahr.«

»Tut mir leid.« Lina war aufgesprungen. »Aber das ist alles ein bisschen zu viel für mich.«

Serendra nickte. »Ich weiß. Ich mache dir einen Vorschlag. Du denkst über alles nach, und wir treffen uns morgen Nachmittag hier wieder. Dann werde ich dir alles erklären. Danach kannst du entscheiden, ob du mich begleiten willst. Bist du damit einverstanden?«

Lina nickte nur. Sie brachte kein Wort mehr heraus.

»Gut, dann bis morgen.« Serendra erhob sich und wandte sich zum Gehen. Doch anstatt den Weg zur Steinbrücke zu nehmen, schritt sie auf die Trauerweide zu. Ein gemurmeltes Wort, eine Handbewegung der Elfe, und die Welt zerfloss vor Linas Augen. Ein Tor öffnete sich und gab für einen Moment den Blick auf eine weite grüne Ebene frei. Ein Windstoß erfasste das Haar der Elfe und ließ es um ihren Kopf wehen. Kaum war sie durch das Tor getreten, schloss es sich wieder. Ein Duft von Lavendel blieb in der herbstlichen Luft zurück.

Wie lange sie so dagestanden und die Trauerweide angestarrt hatte, konnte Lina im Nachhinein nicht sagen. Geistesabwesend griff sie nach ihrer Tasche, stopfte das Buch hinein und verließ die Insel, allerdings nicht, ohne sich zuvor noch einmal umgeblickt zu haben. Die Trauerweide war eine vollkommen normale Trauerweide, deren Äste ins Wasser des Teichs reichten. Nicht ein Lüftchen bewegte ihre Äste. Lina schüttelte sich, so als ob sie damit auch die Erinnerung an den seltsamen Vorfall abschütteln könnte, und machte sich auf den Heimweg.

Benjamin war bereits zu Hause. Er saß am Küchentisch und stopfte Lasagne in sich hinein. Als er Lina bemerkte, blickte er kurz hoch. »Du siehst ja noch schlimmer aus als heute morgen«, stellte er wenig charmant fest. »Du solltest dringend etwas essen. Klarissa hat einen Teller für dich aufgehoben.« Damit deutete er auf einen zweiten Teller Lasagne, der im Ofen stand.

Essen, das war eine gute Idee. Vielleicht half es ihrem nervösen Magen, sich wieder zu beruhigen. Während sie die Lasagne in die Mikrowelle schob und dem sich drehenden Teller zusah, überlegte sie kurz, Benjamin von ihrer Begegnung im Park zu erzählen, verwarf den Gedanken aber gleich wieder. Benjamin würde mit so etwas nichts anfangen können. Sie würde mit Oma Steinmann darüber sprechen. Sie war schon sehr gespannt, was die alte Dame zu ihrer Geschichte zu sagen hatte. Denn alleine kam sie auf keinen grünen Zweig. Wie sie es auch drehte und wendete. Entweder verlor sie tatsächlich den Verstand und sah Dinge, die es gar nicht gab, oder die Geschichte der Elfe stimmte. Lina konnte nicht sagen, welche Variante ihr lieber war.

Sie hatte kaum den ersten Bissen in den Mund geschoben, als die Eingangstür aufgeschlossen wurde. Mama war zurück.

Geraubte Träume

Lina war aufgesprungen, auf ihre Mutter zugestürmt und ihr um den Hals gefallen. Auch Benjamin hatte sich erhoben und begrüßte sie. Sie musste bereits zu ihm aufschauen. Und wie immer, wenn sie das tat, konnte er für einen kurzen Moment die Trauer in ihren Augen sehen, die sein Anblick bei ihr auslöste. Benjamin wusste, dass es nichts mit ihm selbst zu tun hatte. Seine Mutter liebte ihn, daran zweifelte er nicht. Aber Benjamin wusste auch, dass er seinem Vater mit jedem Tag ähnlicher sah. Dieses Wiedererkennen war es, das sie traurig stimmte. Sie hatte das mysteriöse Verschwinden ihres Mannes vor acht Jahren bis heute nicht verwunden. Sein Vater, David, war damals zu Fotoaufnahmen an den Seven Sisters aufgebrochen und spurlos verschwunden. Bis heute ist sein Verschwinden ein Rätsel. Einige Monate danach waren sie aus England wieder hierher in das Haus seiner Großeltern gezogen, das seine Mutter geerbt hatte. Auch wenn es für Lina und Benjamin am Anfang schwer gewesen war, sie hatten gelernt, damit zu leben. Bei seiner Mutter war Benjamin sich nicht so sicher. Er sorgte sich oft um sie. Sie hatte nach dem Verlust ihres Mannes zu schreiben begonnen und war mittlerweile überaus erfolgreich. Manchmal allerdings vermutete Benjamin, dass sie sich in ihren Geschichten vor der Realität flüchtete.

»Wie war deine Reise, Mama?«, erkundigte er sich.

»Lang und anstrengend.« Mit einem matten Lächeln setzte sie sich an den Küchentisch. Sie tranken gemeinsam Kaffee und seine Mutter berichtete von ihrer Reise.

»Und jetzt erzählt mal, was gibt es hier Neues?«, erkundigte sie sich schließlich.

Die Geschwister wechselten einen vielsagenden Blick, ehe Benjamin antwortete: »Nichts. Alles beim Alten.«

»Aha.« Sie schien den Verschwörerblick der beiden bemerkt zu haben, hakte aber nicht nach. Seufzend stand sie auf. »Ich geh dann mal besser und bring meine Unterlagen in die Bibliothek. Vielleicht kann ich noch ein wenig arbeiten, bevor mich der Jetlag ganz trifft.«

Auch Lina erhob sich. »Gut, dann mach ich meine Runde mit Otto und bleib einen Moment bei Oma Steinmann.«

»Lass mir die alte Schnapsdrossel schön grüßen.« Benjamin zwinkerte Lina zu.

Nun war seine Mutter doch irritert. »Was meinst du denn damit?«

»Ach, gar nichts.« Benjamin grinste unverschämt.

Mit einem Schulterzucken machte sie sich auf den Weg in den Keller, um in ihrer Bibliothek ans Werk zu gehen.

Benjamin hatte es sich gerade vor dem Fernseher gemütlich gemacht, als Lina wieder zur Tür hereingestürmt kam. »Mama, Benjamin, bitte kommt schnell! Mit Oma Steinmann ist etwas nicht in Ordnung.«

Seine Mutter kam aus dem Keller.

»Das ist meine Schuld. Wir haben gestern etwas zusammen getrunken und jetzt wacht sie nicht mehr auf.« Lina war den Tränen nahe.

»Nun mal langsam. Erzähl mir, was passiert ist.«

Lina berichtete atemlos von ihrem feuchtfröhlichen Abend im Hause Steinmann. »… ich hab geklingelt, aber nichts hat sich gerührt. Nicht einmal Otto hat sich gemeldet. Ich hab mir Sorgen gemacht. Und du weißt ja, dass ich einen Schlüssel vom Haus habe, und da bin ich eben reingegangen.« Mittlerweile hatten die drei das Steinmannhaus erreicht und das Schlafzimmer der alten Dame betreten. »Und weil sich nichts gerührt hat, hab ich mich auf die Suche nach ihr gemacht. Sie liegt wie tot im Bett und von Otto fehlt jede Spur.«

Seine Mutter setzte sich ans Bett der alten Frau und versuchte, sie zu wecken. Vergeblich.

»Bestimmt hat sie zu viel getrunken«, murmelte Lina kleinlaut.

»Blödsinn«, sagte Benjamin entschieden. »Von ein bisschen Kirschlikör fällt niemand ins Koma. Das ist bestimmt das gleiche wie beim Adams.«

Seine Mutter und Lina blickten ihn beide überrascht an. »Was ist mit Adams?«

»Ach ja, das hab ich euch noch gar nicht erzählt. Physik ist ausgefallen, weil der Professor nicht erschienen ist. Er liegt angeblich im Krankenhaus, weil er morgens einfach nicht aufzuwecken war«, berichtete Benjamin. »Sprichst du von dem seltsamen Komavirus? In den USA war es das Hauptthema in den Nachrichten.«

Benjamin nickte. »Genau das meine ich.«

Seine Mutter zog ihr Handy aus der Hosentasche und wählte die Nummer des Notarztes. Und obwohl sie versuchte, ihre Besorgnis zu verbergen, gelang es ihr nicht ganz. Frau Steinmann war nicht mehr die Jüngste. Wer konnte schon sagen, wie eine so alte Dame auf dieses ominöse Virus reagierte.

Ein Gefühl böser Vorahnung hatte Lina ergriffen und machte ihr das Atmen schwer. Es waren einfach zu viele Eindrücke, die heute auf sie eingestürmt waren. Wenn sie die Augen schloss, konnte sie noch das Blaulicht des Rettungswagens sehen, als er mit Oma Steinmann davonfuhr. Otto war trotz intensiver Suche nicht wieder aufgetaucht und die Frau aus dem Park spukte ihr auch im Kopf herum. Eigentlich hatte sie vorgehabt, mit Oma Steinmann darüber zu sprechen. Aber angesichts der Ereignisse des heutigen Nachmittags waren Hirngespinste von Elfen und weißen Wölfen nebensächlich. Es war bereits zehn Uhr. Mama war vom Jetlag schon ins Bett gezwungen worden. Benjamin hing seit Stunden am Telefon und flirtete mit Michelle. Und was war mit ihr? Sie fühlte sich alleine und verloren. Mit zur Seite gestreckten Armen und angewinkelten Beinen lag sie auf dem Rücken auf ihrem Bett und starrte an die Decke, wo schattenhaft das Licht zweier Kerzen tanzte. Die hypnotisch raunende Stimme des HIM-Sängers drang aus den Boxen der Stereoanlage an ihr Ohr. Tears On Tape hieß der Song, den sie auf Wiederholung gestellt hatte. Dieser Song schien ihr aus der Seele zu sprechen und trug sie irgendwohin, wo sie sich in Geborgenheit verlor. Sie dämmerte weg, und plötzlich waren diese dunklen Augen wieder da, wurde das Gesicht klarer, vermischte sich in ihrer Vorstellung mit der Stimme aus dem Äther und wurde zu einem Ganzen. Unglaublich verführerisch wiegte sie dieses Bild in trügerischer Sicherheit. Das war der Mann, in dem sie sich verlieren wollte. Irgendetwas in ihrem Hinterkopf sagte ihr, dass sie in einem wirren Traum steckte. Sie sollte aufwachen. Aber das hätte Willenskraft erfordert, die sie nicht bereit war, aufzubringen. Und dann veränderte sich der Traum, wurde von grauen Schatten zerrissen, die zerflossen und sich zu einer grauen Kapuzengestalt formten. Eine Hand, eisig und grausam, griff nach ihr. Lina fuhr hoch. Kalter Schweiß stand ihr auf der Stirn, ihr Puls raste. Mit äußerster Willenskraft zwang sie sich zur Ruhe. Ein Traum, sagte sie sich. Alles nur ein böser Traum. Die Stereoanlage war ausgeschaltet, die Kerzen gelöscht. Lina zog ihre Kleidung aus, schlüpfte in ihr Schlafshirt und kroch unter die Decke, wo sie sich zusammenrollte und versuchte, wieder einzuschlafen.

»Hey ich bin's«, raunte Benjamin ins Telefon.

»Hallo Benni.« Alleine Michelles Stimme ließ seinen Puls schneller schlagen. Das Telefon dicht am Ohr, ließ er sich rücklings auf sein breites Bett fallen, nur um gleich wieder hochzufahren. Irgendetwas lag unter der Wäsche, die auf dem Bett verteilt war, und drückte ihm in den Rücken. Seine Gedanken waren am anderen Ende der Telefonleitung, während er nach dem störenden Gegenstand suchte und ihn fand. Ein Traumfänger? Was hatte denn dieses Ding in seinem Bett zu suchen? Der gehörte bestimmt Lina. Vermutlich hatte Klarissa ihn irrtümlich in Benjamins Zimmer abgeladen. Irgendwie landeten alle besitzlosen Gegenstände dieses Hauses in seinem Zimmer. Geistesabwesend suchte er nach einem Platz, um ihn zu verstauen. Ein Nagel, der in die Dachschräge über seinem Bett eingeschlagen war, fiel ihm ins Auge. Dort konnte er das Ding hinhängen, bis er Zeit fand, ihn Lina zu bringen. Jetzt wollte er telefonieren. Kaum hing der Traumfänger dort, war er auch schon vergessen, und Benjamin machte es sich wieder auf dem Bett gemütlich.

»Hast du Lust, am Freitag bei mir zu übernachten?«, erkundigte er sich. Sein Herzschlag wurde schneller, seine Magennerven begannen zu tanzen. Der Tonfall, in dem er gesprochen hatte, war ziemlich eindeutig. Für einen Moment packte ihn die Angst. Was würde er tun, wenn sie ihm einen Korb gab?

»Tut mir leid, Benni, aber am Freitag hab ich schon was vor.« Bedauern klang in ihrer Stimme mit. Zum Glück.

Es klopfte an seiner Zimmertür, als Michelle ihm stattdessen anbot: »Aber Samstag würde mir passen.«

Lina warf einen Blick ins Zimmer, zog sich aber sofort mit einem wissenden Nicken wieder zurück. Benjamin nahm sich vor, später noch bei ihr vorbeizuschauen.

»Samstag passt mir gut. Möchtest du vorher ins Kino?«

Erst nach einer weiteren Stunde heftigen Flirtens legte er auf. Lina fiel ihm wieder ein. Aber als er in ihr Zimmer trat, schlief sie bereits. Sie hatte sorgenvoll gewirkt. Aber er wollte sie jetzt nicht wecken. So löschte er die Kerzen, schaltete die Stereoanlage aus und ging anschließend selbst schlafen. Samstag, hatte Michelle gesagt. Das waren noch drei verdammt lange Tage.

Lina wälzte sich in ihrem Bett. Das beklemmende Gefühl kalter Angst wurde immer schlimmer. Der Albtraum stand ihr immer noch klar vor Augen und wollte sie einfach nicht loslassen. Ihre Kehle war trocken und kratzig. Schlaftrunken schlug sie die Bettdecke zurück und stand auf. Vorsichtig tastete sie sich im Dunkeln Stufe für Stufe die alte Holztreppe hinunter. In der Küche griff sie nach einem Glas und füllte es mit Wasser aus der Leitung. Das fahle Licht der Straßenlaterne fiel ins Haus. Die Äste der Weide bewegten sich im Wind und warfen unheimliche Schatten in den Vorraum. Lina stellte das Glas in die Spüle und machte sich auf den Rückweg. Mittlerweile waren ihre nackten Füße eiskalt. Als sie am Zimmer ihrer Mutter vorbeikam, bemerkte sie, dass die Tür einen Spaltbreit offen stand. Das war seltsam. Die Tür ihrer Mutter war doch nachts immer geschlossen. Schwaches orangefarbenes Licht schimmerte ihr entgegen. Lina näherte sich vorsichtig der Tür, spähte durch den Spalt und … erstarrte. Sie sah eine Kapuzengestalt, die ihre knochige Hand über dem Kopf ihrer Mutter ausgestreckt hatte. Lange Finger umschlossen eine Kugel, die sich mit orangefarbenem Nebel füllte. Nebel, der aus dem Kopf ihrer Mutter zu entweichen schien. Die Gestalt hatte den Kopf in den Nacken gelegt. Lina blickte auf ein eingefallenes Gesicht, einen Totenschädel überzogen mit Haut, dünn und durchscheinend wie Pergament. Der Gesichtsausdruck war ekstatisch.

›Die Gestalt aus meinem Albtaum!‹, schoss es ihr durch den Kopf. Nein, das war nicht möglich! Sie musste sich täuschen. Lina holte tief Luft und drückte den Lichtschalter. Ein erleichtertes Seufzen entrang sich ihrer Kehle. Da war keine graue Gestalt, die ihrer Mutter Gewalt antat. Augenblicklich schaltete sie das Licht wieder aus, um ihre Mutter nicht zu wecken. Ängstlich blickte sie sich noch einmal im dunklen Zimmer um. Nichts. Leise zog sie die Tür zu und machte sich auf den Weg in den ersten Stock.

Verfluchte Albträume! Sie hatte schon die Klinke ihrer Zimmertür in der Hand, überlegte es sich dann aber doch anders. Nein, den Rest dieser fürchterlichen Nacht wollte sie nicht alleine verbringen. Sie schlich eine Tür weiter und betrat Benjamins chaotisches Reich. Hier war Vorsicht geboten, vor allem im Dunkeln.

»Ben?« Vorsichtig stupste sie ihn an der Schulter.

»Lina? Was is' los?« Schlaftrunken rieb er sich die Augen.

»Kann ich hier schlafen?« Es war ihr furchtbar peinlich, so jämmerlich zu klingen. Aber sie wusste, ihr Bruder würde sie verstehen.

»Schon wieder Albträume?«

Lina nickte. »Ja, ganz schlimme.« Und nach einer kurzen Pause, in der er sie nur forschend ansah, fragte sie: »Geht das in Ordnung? Kann ich hierbleiben?«

»Klar kannst du.« Benjamin rutschte zur Seite und ließ Lina unter seine Decke.

Sofort fühlte sie sich besser. Die Wärme unter der Decke umfing sie wie ein schützender Mantel. Benjamins Nähe beruhigte. Lina musste daran denken, wie lange es her war, dass sie nicht mehr so bei ihm Schutz gesucht hatte. Vor allem in den ersten Monaten, die sie in diesem Haus gewohnt hatten, war es oft vorgekommen, dass sie bei ihm geschlafen hatte. Das waren die schlimmen Zeiten nach Papas Tod gewesen. Warum nur hatte sie jetzt das Gefühl, dass diese Zeiten wiederkehren würden? Sie verscheuchte den Gedanken und vergrub ihre Füße tiefer in den Falten der Decke. Langsam wurden auch ihre Zehen wärmer und Lina schlief ein. In dieser Nacht suchten sie keine Albträume mehr heim. Ganz im Gegenteil. Sie träumte von ihrem Vater.

Absorbis fluchte. Beinahe hätte ihn das Mädchen erwischt. Es war der wichtigste Auftrag, den ihm der Fürst je erteilt hatte, und er war unachtsam gewesen. Das durfte nicht noch einmal geschehen. Sein Auftrag war zur Hälfte erfüllt. Die Traumessenz der Mutter hatte er geraubt. Es war die kraftvollste, die er je erlebt hatte, seit er die Schöpfer ihres wertvollsten Gutes beraubte. Und das Mädchen sollte sie noch übertreffen. Gier flackerte in seinen Augen, deren Blau jetzt kräftiger leuchtete, beinahe fluoreszierte. Er musste vorsichtig sein. Sie hatte ihn gesehen, weil er sich nicht genug konzentriert hatte. Er wartete eine Weile, ehe er sich ins obere Stockwerk begab. Sein Körper zerfloss in nebelhafter Substanz. Kein Schöpfer war fähig, ihn in dieser Gestalt zu sehen. Vor der Tür des ersten Zimmers gewann seine Gestalt wieder an Materie und er trat ein. Aber die junge Schöpferin war nicht da. Suchend blickte sich Absorbis um. Es war ihr Zimmer, so wie Livantes es beschrieben hatte. Aber sie selbst war nicht da. Fluchend verließ der Traumjäger das Zimmer und betrat das nächste.

Absorbis nickte zufrieden. Da war sie, gemeinsam mit ihrem Bruder. Das Mädchen, dessen Traumessenz er nur kosten durfte, und der Junge, dessen Träume ihm ganz gehören würden – danach. Der substanzlose untere Teil seiner Gestalt schwebte dem Bett entgegen. Erwartungsvoll näherte sich seine Hand dem Gesicht des schlafenden Mädchens. Gleich war es so weit. Doch mit einem Mal fuhr ein stechender Schmerz durch seine Hand und breitete sich in seinem Körper aus. Dort, wo es begonnen hatte, zeigte seine Haut Verbrennungen. Entsetzt zog Absorbis die Hand zurück und blickte sich gehetzt um. Über diesem Bett hing ein Traumfänger, dessen Netz, gesponnen aus Lederschnüren, glühte. Nun fluchte Absorbis tatsächlich hörbar. Diese Schlafstatt war geschützt. Hier konnte er nichts ausrichten. Er musste es in der nächsten Nacht erneut versuchen. Dann würde er sie bestimmt in ihrem Bett vorfinden. Auf den Jungen würde er wohl oder übel verzichten müssen. Das war ärgerlich, aber der Auftrag des Fürsten hatte Vorrang. Seine Gestalt zerfloss vollkommen, als er das Haus verließ.

Stufen der Erkenntnis

Ein penetranter, immer wiederkehrender Ton riss Lina aus dem Schlaf. Benjamins Handy klingelte. Ihr Bruder griff nach dem Telefon.

»Hallo?« Er klang verschlafen.

Wer auch immer am anderen Ende der Leitung war, schaffte es mühelos, ihm den Schlaf auszutreiben. Sein mürrischer Tonfall wurde schnurrend.

Lina stand auf und versuchte, so unauffällig wie möglich zu verschwinden. Da spürte sie, wie Benjamin an ihren Haaren zog. Sie drehte sich um und sah ihn grinsen, während er das Telefon ans Ohr hielt. Er streckte den Daumen hoch und deutete dann aufs Telefon. »Michelle«, formten seine Lippen den Namen tonlos, während sein Grinsen noch breiter wurde.

Lina lächelte zurück und verließ das Zimmer. Ihr Bruder war glücklich. Nur das zählte. Sie ging ins Bad und anschließend in ihr Zimmer. Augenblicklich kehrte die Erinnerung an die letzte Nacht zurück. Deshalb ging sie die Treppe hinunter und sah bei ihrer Mutter vorbei. Sie schlief noch immer. Lina wollte gerade das Zimmer betreten, als Benjamin hinter ihr auftauchte.

»Lass sie schlafen«, flüsterte er. »Du weißt ja, wie schlimm ihr der Jetlag immer zusetzt.«

Lina nickte und zog die Tür wieder zu. Und während Benjamin Kaffee kochte, schmierte sie Aufstrich auf zwei Brote.

Ein paar Minuten später saß sie ihrem Bruder gegenüber und wartete auf die ersten dummen Kommentare, wegen ihres nächtlichen Besuches bei ihm. Doch er beobachtete sie nur über den Rand seiner Kaffeetasse hinweg. Schließlich meinte er: »Du solltest was gegen deine Albträume unternehmen, Kleine.«

Lina seufzte. »Was, wenn es keine Albträume sind?«

Benjamin sah sie verständnislos an. »Du wachst in der Nacht schweißgebadet auf und hast solchen Schiss, dass du zu mir ins Bett kommst. Das klingt für mich verdammt nach Albtraum.«

»Und wenn es Visionen sind?«, fragte sie vorsichtig.

»Visionen? Wie kommst du denn darauf?«

»Oma Steinmann meint, es könnten welche sein.«

»Ach, die Alte spinnt doch«, brauste Benjamin auf, mäßigte seinen Ton aber sofort. »Lina, nach Papas Tod hattest du auch Albträume.«

»Ja, ich weiß.« Das war ähnlich schlimm gewesen. Damals hatte sie ihren Vater in der Hölle gesehen. In einem Gefängnis aus kaltem Licht.

»Damals hast du sogar weiße Wölfe gesehen, weißt du noch?«

Die Kaffeetasse rutschte ihr aus der Hand. Sie starrte Benjamin aus weit aufgerissenen Augen an.

»Was hast du gesagt?«

»Ich sagte, du hast damals von einem weißen Wolf erzählt, der dich verfolgt. Jetzt sag bloß, du weißt das nicht mehr!«

Langsam schüttelte Lina den Kopf. Ihre Stimme war kaum mehr als ein Flüstern. »Ich seh ihn wieder.«

»Willst du mich verarschen?« Benjamin suchte in ihrem Gesicht nach Anzeichen eines versteckten Lächelns. Er fand keine. Sie saß ihm nur schweigend gegenüber. »Ich krieg Kopfschmerzen«, sagte er seufzend. »Hör zu, wir gehen jetzt erst mal zur Schule und heute Nachmittag werden wir Mama die ganze Sache erzählen. Sie weiß bestimmt, was du tun kannst, damit diese Albträume aufhören.«

»Ist gut.« Lina nickte. Benjamin hatte mehr Ernsthaftigkeit an den Tag gelegt, als sie je von ihm erwartet hätte. Er hatte sie auch nicht für verrückt erklärt, was ehrlich an ein Wunder grenzte.

Lina konnte sich nicht erinnern, jemals zuvor im Unterricht so unkonzentriert gewesen zu sein. Benjamin hatte sie nur ein kleines Stück auf dem Schulweg begleitet. Michelle hatte ihn an der Bushaltestelle mit einem Kuss begrüßt, der nichts zu wünschen übrig gelassen und Lina dazu veranlasst hatte, Schuhbänder zuzubinden, die gar nicht offen waren.

»Entschuldigst du mich, falls ich heute ein bisschen später komme«, hatte Michelle sie gebeten und dabei verschwörerisch gezwinkert.

Michelle war gar nicht zum Unterricht erschienen, was in Lina den Verdacht aufkeimen ließ, dass auch Benjamin sich heute außerschulischen Studien widmen würde.

Ihre Unruhe wurde von Stunde zu Stunde schlimmer. Also beschloss sie, den Sportunterricht am Nachmittag ausfallen zu lassen, und machte sich auf den Heimweg. Sie musste sich beruhigen. Ein paar Albträume durften sie doch nicht so sehr aus der Bahn werfen. Aber schon als sie in ihre Straße einbog, wusste sie, dass ihr Gefühl sie nicht betrogen hatte. Vor ihrem Haus stand ein Krankenwagen, in den gerade eine Krankenbahre eingeladen wurde. Lina begann zu laufen. Benjamin kam gemeinsam mit einem Arzt aus dem Haus, also musste es ihre Mutter sein, um die es ging.

»Mama!« Linas Tasche fiel zu Boden. Sie stürzte auf die Bahre zu. Panisch blickte sie von einem Sanitäter zum anderen. »Was ist mit ihr?«

»Am besten, du fragst den Arzt«, sagte einer der beiden in mitfühlendem Tonfall und deutete auf den Mann, der mit Benjamin sprach. Die Ladetür des Krankenwagens schloss sich vor ihrer Nase und versperrte ihr die Sicht.

Linas Augen schwammen in Tränen, als sie zu ihrem Bruder trat. »Was ist passiert?«

»Es sieht nach diesem Komavirus aus.« Sie konnte der Stimme ihres Bruders anhören, wie schwer ihm das Sprechen fiel.

»Gut, Herr Wittmar, ich sehe Sie und – ich nehme an, Ihre Schwester – dann im Krankenhaus.« Dabei nickte er Lina aufmunternd zu.

»Danke, Doktor. Wir kommen gleich nach.« Der Arzt reichte den beiden die Hand und wandte sich dann an Lina. »Wir machen jetzt erst einmal ein paar Tests. Vielleicht stellt sich ja heraus, dass es ein einfacher Schwächeanfall ist.«

Lina nickte und blickte dem Arzt noch nach, bis auch er im Krankenwagen verschwunden war. Die Abfahrt des Krankenwagens bekam sie nicht mehr mit. Sie hatte ihr Gesicht an Benjamins Schulter vergraben und schluchzte hemmungslos.

»Schon gut, Kleine. Das wird wieder.« Er strich beruhigend über ihren Rücken.

Wem wollte er hier etwas vormachen?

Das Krankenhaus war eine Ansammlung aus alten Backsteinbauten, die inmitten eines Parks angelegt waren. Der Taxifahrer hatte sie vor dem Haupttor aussteigen lassen. Zu Fuß eilten sie nun in das Gebäude mit der Aufschrift ›Neurologie‹. Dr. Menz, der Arzt, der schon bei ihnen zu Hause gewesen war, bat die beiden nun auf ein Gespräch zu sich. Aber alles, was Dr. Menz sagen konnte, war, dass sie die Testergebnisse abwarten mussten. »So lange können wir nichts anderes tun, als ihre Vitalfunktionen zu überwachen.«

Zumindest behandelte er sie nicht wie unmündige Kinder. Lina hatte das Gefühl, dass der Arzt ihnen tatsächlich alles sagte, was er selbst wusste.

»Wie ist der weitere Krankheitsverlauf?«, erkundigte sich Benjamin.

»Es verläuft komatös«, sagte der Arzt ruhig. »Wir müssen einfach dafür sorgen, dass ihre Vitalfunktionen erhalten bleiben, bis ein Gegenmittel gefunden wird. Aber ich will Ihnen auch nicht verschweigen, dass ein gewisser Prozentsatz der Patienten aufgrund des dauerhaft erhöhten Adrenalinspiegels und der damit erhöhten Herzbelastung diesem Phänomen erliegt.«

»Wieso nennen Sie dieses Virus ein Phänomen?« Das kam Lina irgendwie seltsam vor.

Der Arzt räusperte sich und sagte dann sehr leise: »Weil es, unter uns gesagt, gar kein Virus ist. Zumindest kein nachweisbares. Wir wissen bis jetzt nicht, wie sich die Patienten anstecken. Aber das ist nichts, was öffentlich bekannt werden sollte. Es würde nur unnötige Panik verursachen.«

Wie betäubt saß sie bis zum späten Abend am Krankenbett ihrer Mutter und hielt ihre Hand, während Benjamin unruhig im Zimmer auf und ab ging. Ihre Mutter hatte ein Einzelzimmer in einem abgeschirmten Trakt des Gebäudes bekommen.

»Sie sieht so zerbrechlich aus.« Lina war schon wieder den Tränen nahe.

»Sie ist stärker, als du denkst. Sie ist eine Wittmar. Sie schafft das«, erwiderte Benjamin grimmig, so als könnte er damit das Virus, das Phänomen, oder was immer seine Mutter befallen hatte, einschüchtern.

»Versprichst du das?«

»Ja, das verspreche ich. Erinnerst du dich daran, was Mama immer sagt? Das Schicksal lässt sich nicht bezwingen, aber man kann es ein wenig verbiegen. Du wirst sehen, genau das wird sie machen.«

Lina glaubte ihm bereitwillig. Seine Überzeugung war ihr Rettungsring in diesem Sturm verzweifelter Gefühle.

Sie blieben, bis sie die Nachtschwester nach Hause schickte, nur um am nächsten Morgen sofort nach dem Frühstück wiederzukommen. Auch in dieser Nacht hatte Lina in Benjamins Zimmer geschlafen.

Der Vormittag zog sich dahin, nur unterbrochen von Schwestern, die ihrer Mutter Blut abzapften, Infusionen wechselten oder einfach nur die Monitore kontrollierten.

»Ich hol mir was zu trinken«, sagte Lina. »Soll ich dir etwas mitbringen?« Der Nachmittag war bereits weit fortgeschritten. Die Besuchszeit würde bald zu Ende sein.

Benjamin schüttelte nur den Kopf. Er hatte die ganze Zeit über kaum gesprochen.

Lina hätte nicht gedacht, dass Stille so laut sein könnte. Nur die monotonen Geräusche der Überwachungsmonitore hatten unentwegt vor sich hin gepiepst, und sie fast in den Wahnsinn getrieben.

Heilfroh, diesem nervtötenden Geräusch für ein paar Augenblicke entkommen zu sein, zog sie eine Flasche Fruchtsaft aus dem Automaten, der am anderen Ende des Flurs stand, und nahm einen kräftigen Schluck. Plötzlich hatte sie das merkwürdige Gefühl, beobachtet zu werden. Über den Rand der Flasche hinweg blickte Lina den Gang entlang. Es war, als würde sich die Zeit verlangsamen. Der Umhang, der im Rhythmus ihrer Schritte mitschwang, ihr Haar, das über ihre Schultern floss, jede Bewegung wie im Zeitraffer. Die Fremde aus dem Park kam auf sie zu. Sie wirkte in diesem Krankenhaus so unwirklich wie Schnee im Sommer. Und trotzdem schien sie niemand zu bemerken. Erst jetzt erinnerte sich Lina daran, dass sie versprochen hatte, sie im Park zu treffen.

Die Elfe hatte sie erreicht. »Lina, es tut mir so leid.« Serendras Anteilnahme wirkte ehrlich.

»Danke.«

»Sie schläft, nicht wahr?«

»Ja.« Lina wunderte sich, warum sie es als gegeben hinnahm, dass die Elfe wusste, was passiert war.

»Er hat also bereits zugeschlagen«, stellte die Elfe fest. »Aber wenigstens bist du ihm entkommen.«

»Wer hat zugeschlagen?« Lina stellte die Flasche ab und stemmte die Hände in die Hüften. »Wovon sprichst du?«

»Von Absorbis, dem Traumjäger.«

»Traumjäger? Das ist nicht ganz zufällig eine graue Kapuzengestalt, verschrumpelt wie ein drei Jahre alter Apfel, die mit orangefarbenen Kugeln spielt?« Es hätte sarkastisch klingen sollen, kam aber eher kläglich bei der Elfe an.

»Du hast ihn gesehen?« Serendras Augen waren schreckgeweitet.

Mit dieser Reaktion hatte Lina nicht gerechnet. Die Frau mit den spitzen Ohren hatte bis jetzt so souverän gewirkt. So, als könnte sie nichts erschüttern.

»Lina, du musst mitkommen, sonst bist du die Nächste. Mir ist sowieso rätselhaft, wie du es geschafft hast, zu entkommen.« Wie um ihren Worten noch mehr Gewicht zu verleihen, versuchte sie Linas Hände zu ergreifen.

Erschrocken wich Lina zurück. »Ich gehe nirgendwohin. Wie stellst du dir das vor? Meine Mutter braucht mich hier.«

Serendra zog ihre Hände zurück. »Schon gut. Du hast recht. Deine Mutter braucht dich. Aber hier kannst du nichts für sie tun. Wenn du ihr helfen willst, musst du das in Menduria tun.«

»Was, bitte schön, ist Menduria?« Lina hatte keinen blassen Schimmer, wovon die Elfe sprach.

»Menduria bedeutet ›Anderswelt‹ in der alten Sprache der Elfen. Eure Legenden sprechen davon«, erklärte die Elfe geduldig.

»Anderswelt?« Linas Lippen formten die Frage tonlos. Sie war am Rande eines Nervenzusammenbruches und vor ihr stand eine Elfe und erzählte ihr etwas von der Anderswelt, oder Menduria, wie sie es nannte.

Serendra schien zu spüren, wie knapp Lina davor war, schreiend davonzulaufen. »Ich sage es noch einmal: Niemand wird dich zwingen. Weißt du, das Schicksal lässt sich nicht bezwingen, aber man kann es ein bisschen verbiegen. Komm zu uns, und wir werden dir alles erklären. Und danach kannst du entscheiden, ob du bereit bist, diesen Weg zu gehen.«

»Meine Mutter sagt das auch immer, diesen Spruch mit dem Schicksal, meine ich.« Lina konnte es nicht in Worte fassen, aber dieser Satz hatte etwas in ihrem Innersten zum Klingen gebracht.

Serendra lächelte. »Deine Mutter ist eine sehr weise Frau.« Mit einem Mal straffte sich die Elfe. »Es tut mir leid. Ich muss zurück. Wenn du bereit bist, kommst du einfach zu uns. Wir erwarten dich.«

»Und wie soll ich das machen? Gesetzt den Fall ich würde es tatsächlich wollen.«

Lina glaubte ihren Ohren nicht zu trauen, als Serendra es ihr erklärte.

»Sie hat was gesagt?« Benjamins Gesicht hatte in den letzten zwanzig Minuten mehrmals die Farbe gewechselt. Den ganzen Heimweg über hatte Lina mit sich gerungen, ob sie ihm von der Elfe erzählen sollte. Egal wie er reagieren würde, sie musste es loswerden. Sie brauchte jemanden, mit dem sie sprechen konnte. Außer ihm war niemand mehr da. Die einzigen Menschen, denen sie sich in dieser Sache hätte anvertrauen können, lagen beide im Krankenhaus. So gab sich Lina einen Ruck und sprach mit ihm. Die Träume kannte er bereits. Die Begegnung mit dem Wolf und dem bunt gekleideten Mann nahm er noch recht locker auf. Dass sie eine Elfe im Park durch eine Art Tor hatte verschwinden sehen, hatte ihn ein nervöses Augenzwinkern gekostet. Wirklich hart aber hatte ihn die Tatsache getroffen, dass sie eine graue Kapuzengestalt im Zimmer ihrer Mutter gesehen hatte, dieselbe, die ihre Träume heimsuchte. Aber die Krönung war dann das Gespräch mit der Elfe im Krankenhaus gewesen.

Er saß ihr am Küchentisch gegenüber und starrte sie an, als wolle er abwägen, ob sie sich einen schlechten Scherz mit ihm erlaubte. Schließlich seufzte er. »Sie sagte also, in unserem Haus ist ein Tor in diese Welt und du müsstest nur den Stufen folgen, die im Herzen von Mutters Reich sind.«

Lina nickte und hielt seinem prüfenden Blick stand.

Unvermittelt stand Benjamin auf. »Gut, das lässt sich ja ganz einfach überprüfen. Mutters Reich ist die Bibliothek im Keller. Dorthin werden wir jetzt gehen. Und wenn dort nicht auf wunderliche Weise irgendwelche Stufen auftauchen, ist die Sache erledigt. Dann hat sich jemand einen verflucht makaberen Scherz mit dir erlaubt.«

Lina erhob sich ebenfalls und folgte Benjamin die Kellertreppe hinunter. Die Schritte ihres Bruders waren jetzt von solcher Tatkraft, dass Lina nur staunen konnte. Sichtlich erwartete er, dem ganzen Spuk jeden Moment ein Ende zu setzen. Er betrat die Bibliothek und schlug seine Faust gegen den Lichtschalter. Der große Raum, dessen Rückwand ein deckenhohes Bücherregal begrenzte, war so wie immer. Eine bequeme Couch, ein Ohrensessel vor einem offenen Kamin, und in der hinteren linken Ecke der antike Schreibtisch ihrer Mutter.

»Siehst du, keine Stufen«, sagte Benjamin und sah sich damit in seiner Vermutung bestätigt.

Lina wusste nicht, ob sie erleichtert oder enttäuscht sein sollte. Sie hatte der Elfe geglaubt, war bereit gewesen, sich anzuhören, was sie zu sagen hatte.

Mit einem langsamen Kopfnicken wandte sie sich zum Gehen und erstarrte in der Bewegung. Ihr Blick blieb an dem Bild haften. Arianas Lieblingsbild, das deckenhoch an der Wand hing, zeigte eine Treppe. Stufen, die sich in einer sanften Biegung hinter einem schweren roten Samtvorhang in unbekannte Höhen wanden. Wie magisch angezogen näherte sie sich dem Bild und wollte mit der Handfläche darüber hinwegstreifen. Ihre Hand fand jedoch keinen Widerstand. Mit einem erschrockenen Aufkeuchen zog sie die Hand zurück, so als hätte sie sich an etwas Heißem verbrannt.

»Benjamin, siehst du das?«, flüsterte sie.

Benjamins Gesicht war kreidebleich geworden. »Ich seh es.«

»Was machen wir jetzt?« Sie sah Benjamin an, als ob er den Stein der Weisen anzubieten hätte.

Seine Schultern strafften sich, als er zielsicher auf das Bild zusteuerte. »Jetzt holen wir uns Antworten.« Entschlossen trat er auf die erste Stufe und reichte Lina die Hand. »Kommst du? Ich meine, du hast mit dem hier angefangen. Jetzt will ich doch sehen, wie das hier weitergeht.«

Lina ergriff seine Hand und folgte ihm durch das Tor. Die Stufen einer weit ausladenden Wendeltreppe aus grauem

Stein, schienen kein Ende zu nehmen. Der Anfang der Treppe war schon lange nicht mehr zu sehen, aber ein Ende war auch noch nicht in Sicht. Alles, was vor ihnen lag, waren vom Staub der Jahrhunderte bedeckte Stufen.

»Ich hoffe doch, dass diese Elfentante wenigstens gut aussieht«, bemerkte Benjamin mit einem süffisanten Grinsen, als sie eine Pause einlegten. Lina kannte diese Art von Scherzen. Dahinter versteckte er seine Nervosität.

»Also was ist jetzt? Ist sie ein Feger, oder nicht?«

Lina sah ihn kopfschüttelnd an. Wie konnte er nur so über eine Elfe sprechen? Ein Lächeln ging in ihrem Gesicht auf. Das erste seit Tagen. »Ich glaube, man könnte sie einen Feger nennen. Aber das kannst du hoffentlich bald selbst herausfinden.«

»Worauf du dich verlassen kannst.« Er begann wieder mit dem Stufensteigen.

»Irre ich mich, oder wird es dort oben heller?«, erkundigte sie sich nach einer Weile. Ihre Oberschenkel brannten bereits wie Feuer.

Sie irrte sich nicht. Das Ende der Treppe kam in Sicht. Und je näher sie ihm kamen, umso schneller wurde ihr Pulsschlag. Schließlich standen sie vor einem nach oben spitz zulaufenden Portal. Gleich würde sich herausstellen, wie weit den Versprechungen der Elfe zu trauen war. Lina drückte Benjamins Hand ganz fest, als sie Seite an Seite eine andere Welt betraten.

Zurückbefohlen

Xedoc rief ihn. Absorbis spürte dies selbst in der Schöpferwelt. Wie eine eisige Faust, die sich immer fester um sein Herz schloss, fühlte sich der Ruf des Fürsten an. Die Intensität, mit der es geschah, verdeutlichte die Dringlichkeit. Absorbis musste ihm folgen. Er wählte den Weg, den Xedoc den Traumjägern eröffnet hatte, denn die natürlichen Tore zwischen den Welten waren den Traumjägern verschlossen. Eilig betrat er die nächstgelegene Bibliothek.

»Ich komme, mein Fürst.« Absorbis war sicher, dass Xedoc seine Antwort vernommen hatte. Warum also lockerte er den Griff nicht?

Mit letzter Kraft zog er wahllos eines der Bücher aus dem Regal und legte seine Hand darauf. Die Worte der Magie kamen nur noch als ein krächzendes Flüstern über seine Lippen. Augenblicklich drang seine Substanz in das Buch ein, das mit einem Klatschen auf dem Boden landete.

Der Traumjäger materialisierte sich auf einem Friedhof. Es würde ihn nicht viel Energie kosten, die Barriere Jandamers zu durchbrechen, die ihn an den Rand der Calahadin führte. Wieder sprach er die Worte der Magie.

Obwohl Absorbis ein mörderisches Tempo vorlegte, schien es eine halbe Ewigkeit zu dauern, ehe die mächtige Festung endlich vor ihm aufragte. Rußgeschwärzte Wehrmauern waren nach und nach erweitert worden und schützten die Anlage nun mit der dreifachen Höhe eines ausgewachsenen Bergtrolls vor Angreifern. Den Mittelpunkt der Festung bildete der Teil, den der Vulkan vor Urzeiten ausgespien hatte, als er noch aktiv war. Um den Krater herum waren in Hunderten von Jahren Lavasäulen entstanden. Aus der Ferne hätte man die Festung für die verknöcherte Krallenhand einer Furie halten können. Daher wurde der höchste Turm auch Krallenturm genannt. Diesen Turm bewohnten die dunkelsten Geschöpfe, die Xedoc dienten, die Vampire. Der Rest der Festung war immer wieder erweitert worden und bestand aus einem Gewirr von kleineren Türmen, überdachten Gängen, Steinbauten und Holzbaracken.

Absorbis passierte den äußeren Festungsring, durchschritt den ersten Innenhof und trat durch ein Nebentor in den Gang, der unter die Erde führte, ins Herzstück der Festung – in Xedocs Halle. Seit er die große Wehrmauer hinter sich gelassen hatte, spürte er die Blicke der Wachen im Nacken. »Du solltest dich beeilen«, raunte ihm ein anderer Traumjäger im Vorübergehen zu. Als Absorbis vor Xedoc stand, konnte er kaum noch atmen.

»Du hast gerufen, Herr?« Absorbis kniete nun vor dem Lavathron.

»Du hast versagt.« Xedocs Stimme klang gefährlich ruhig.

Absorbis verstand nicht. »Aber ich habe bereits die Traumessenz der Mutter.« Röchelnd griff er in seinen Umhang, um die orangerot fluoreszierende Kugel hervorzuholen und sie dem Fürsten zum Beweis seiner Worte entgegenzustrecken.

Mit einer Handbewegung lockerte Xedoc die magische Kette, die um das Herz des Traumjägers geschnürt war, und griff nach der Kugel. Arianas Träume. »Und das Mädchen?«, fragte er.

»Ich war gerade dabei. Es gab Schwierigkeiten. Aber heute Nacht werde ich …«

Eine weitere Handbewegung des Fürsten genügte, um die unsichtbare Kette wieder festzuziehen. »Zu spät. Sie hat Menduria bereits betreten. Aber nicht wie geplant in meiner Gewalt, oder irre ich mich da?«

Der Traumjäger senkte beschämt den Kopf. »Wo ist sie?«

»Sie ist im Wächterturm.« Xedoc lockerte die Kette wieder und ließ sich auf das schwarze Steinpodest zurücksinken. Er hielt seine Hände über das Becken aus flüssiger Lava und rieb sie gegeneinander. Ohne Absorbis eines Blickes zu würdigen, sagte er: »Mach deinen Fehler wieder gut. Geh in den Wächterturm. Bring mir ihre Traumessenz und wenn du schon dort bist, bringst du mir auch gleich das Buch.«

»Ja, mein Fürst.« Dieser Auftrag war Wahnsinn. Trotzdem nickte Absorbis.

Um in den Wächterturm einzudringen, benötigte er Verstärkung. Er musste die Dunkelelfen zu Hilfe rufen.

Ein seltsames Gefühl von Vertrautheit begleitete Lina, seit sie an Benjamins Seite dieses Portal durchschritten hatte. Beinahe so, als wäre sie nach einer langen Reise nach Hause zurückgekehrt. Sie standen in einem Gang aus hellem Sandstein, der in einer sanften Biegung anstieg. An der Außenseite reihten sich unzählige spitz zulaufende Portale aneinander, ähnlich dem, durch das sie getreten waren. Doch nicht Räume lagen dahinter, sondern die unterschiedlichsten Landschaften und Szenerien waren zu sehen. Während hinter einem Portal die Sonne im blutroten Meer versank, zeigte das nächste eine Eislandschaft bei Nacht. Ein Tor weiter zog eine Kamelkarawane durch die Gluthitze einer Wüste. Aber nicht alle Portale zeigten ein konstantes Bild. Manche davon schienen instabil zu sein. Sie veränderten sich, zerflossen in Dunkelheit, nur um kurz darauf wieder neu zu entstehen.

»Was zur Hölle ist das hier?« Benjamin spürte einen seltsamen Druck auf der Brust. Was er sah, ging über seinen Verstand.

Auch Lina wusste darauf keine Antwort.

»Lina, du bist gekommen. Was für ein Glück.«

Er hatte die Elfe gar nicht kommen gehört, die plötzlich hinter ihnen stand. Ihr Blick wanderte von Lina zu ihm. »Und du musst Benjamin sein.«

»Richtig.« Benjamin betrachtete sie fasziniert.

»Ich bin Serendra aus dem Volk der Lichtelfen und Oberste Hüterin Jandamers.«

»Aha.« Was auch immer Jandamer war, sie sah aus, als hätte sie die Autorität, es zu hüten.

Er kam gleich zur Sache. »Wo sind wir hier? Und was sollen diese seltsamen … Tore sein?«

»Wir befinden uns im Wächterturm von Jandamer. Und was du hier siehst, sind Gedankenströme aus der Schöpferwelt«, erklärte die Elfe.

»Der Wächterturm von Jandamer? Sagtest du nicht, dies sei Menduria«, unterbrach Lina.

Serendra nickte. »Das stimmt auch. Jandamer ist das Herz Mendurias. Hier werden die Gedankenströme der Schöpfer gehütet.«

Verwirrung zeigte sich auf Linas Gesicht, als sie sich wieder umsah.

Die Elfe lächelte verständnisvoll. »Das ist nicht so kompliziert, wie es sich vielleicht anhören mag. Kommt einfach mit. Ich werde euch alles erklären.« Mit einer einladenden Geste bat sie die beiden, ihr zu folgen.

Schweigend kamen die Geschwister der Aufforderung nach und folgten Serendra. Je weiter sie liefen, umso größer wurde ihr Staunen. So viele Portale, so viele Szenen. Schöne, berührende, humorvolle, aber auch beängstigende Szenen. Niemals war es mehr als ein kleiner Teil eines scheinbar viel größeren Ganzen, auf das sie blickten. Und während in Benjamin das Befremden immer mehr wuchs, fühlte Lina etwas ganz anderes: Verbundenheit.

Ihr Weg endete in einem kreisrunden Saal, der das Zentrum dieses Bauwerks zu sein schien. Unzählige Gänge mündeten hier. Der Saal wurde von einer Kuppel aus milchig fluoreszierendem Glas überspannt, getragen nur von vier steinernen Rippenbögen. Im Zentrum des Saals stand ein wunderschön verziertes Steinpodest. Und darauf lag ein altes Buch.

Kaum hatte Lina das Buch erblickt, hatte sie das eigenartige Gefühl, ihrem Schicksal gegenüberzustehen. Ihr schien, als fordere dieses Buch ihre Anwesenheit, so wie ihre Lungen die Luft zum Atmen forderten. Ohne auf Benjamin oder die Elfe zu achten, trat sie näher und betrachtete den ledergebundenen Folianten. Sieben Steinsplitter waren in das Leder eingearbeitet, die durch Ornamente verbunden waren. Mit gespreizten Fingern hielt sie ihre Hand darüber. Augenblicklich konnte sie die Macht spüren, die dem Buch innewohnte. Prickelnde Wärme drang in ihre Handfläche und breitete sich von dort in ihrem Körper aus. Orangerotes nebulöses Licht umschmeichelte ihre Hand.

»Gezeitenbuch.« Ihr Blick war entrückt, als sie das Wort murmelte, das in ihrem Inneren widerhallte.

Dann erlosch das Licht unvermittelt. Linas Hand sank auf das Leder, ihr Blick wurde wieder klarer. Benjamin stand vor ihr und starrte sie an, als hätte er gerade einen Geist gesehen.

»Was für ein abgefahrener Scheiß war das denn?« Benjamin glaubte seinen Augen nicht trauen zu können.

Es war nicht Lina, die ihm antwortete. Eine Frauenstimme in seinem Kopf gab ihm Auskunft. »Das Buch hat sie als diejenige anerkannt, die es lesen darf.«

Benjamin fuhr herum und erstarrte in der Bewegung. Eine weiße Wölfin bewegte sich auf die Mitte des Kuppelsaals zu, in Linas Richtung. Instinktiv stürzte er sich dazwischen, um sie aus der Gefahrenzone zu bringen.

»Das ist nicht nötig, Benjamin. Ich bin keine Bedrohung für euch.« Die Wölfin löste sich in weißem Rauch auf und wurde zu einer schlanken Frau mit langem schneeweißen Haar. Sie blickte Benjamin aus den gleichen grünen Augen an, aus denen ihn noch kurz zuvor die Wölfin angesehen hatte.

»Ich dreh gleich durch«, flüsterte Benjamin, während Lina der Fremden entgegentrat.

»Warst du das, die ich neulich im Wald gesehen habe?«

Ein aufmunterndes Lächeln erschien auf ihrem Gesicht. »Ja. Das war ich.«

»Dann bist du Lupinia?«

Die Frau nickte.

»Und was genau bist du?« Benjamin hatte seine Sprache wiedergefunden. »Ich meine, sie ist eine Elfe, was man unschwer an den spitzen Ohren erkennen kann.« Dabei deutete er auf Serendra, die ihn überaus pikiert ansah. »Du bist kein Spitzohr, also was bist du, dass du so einen Hokuspokus veranstalten kannst?«

Lupinia begann schallend zu lachen. Es war ein helles mädchenhaftes Lachen. »Ich bin eine Andavyan. Man nennt mich auch die weiße Magierin.«

»Andavyan?« Benjamins Gesicht zeigte deutlich, was er sagen wollte. Davon hatte er noch nie gehört.

»Ich bin eine aus dem Volk der Uralten«, erklärte sie. »Um es mit deinen Worten zu sagen, ich habe diesen Hokuspokus schon ziemlich lange drauf.«

Benjamin grinste verlegen, während sich Lupinia an Lina wandte.

»Ich bin sehr froh, dass du gekommen bist.«

»Serendra hat gesagt, ich müsse kommen, wenn ich meiner Mutter helfen möchte. Also, hier bin ich.« Linas Blick wanderte von Serendra zu Lupinia und wieder zurück.

In diesem Moment wurde die Kuppel von einem Engergieblitz durchzuckt. Die Elfe warf einen besorgten Blick nach oben und sah dann fragend zu Lupinia.

»Es ist gut, Serendra. Geh und kümmere dich darum. Ich werde es ihr erklären.«

Serendra eilte mit einem Kopfnicken davon. Sie hatte den Saal noch nicht verlassen, als sich ihr zwei weitere Elfen anschlossen. Beide schienen Elfenkrieger zu sein. Sie waren zwar ebenfalls in Grau gekleidet, trugen jedoch Schwerter und Bögen. Serendra winkte sie an ihre Seite und verschwand mit ihnen in einem der Gänge.

»Was war denn das jetzt wieder?«, erkundigte sich Benjamin, als die Elfen außer Sichtweite waren.

»Ein Bruch in der Barriere«, erwiderte Lupinia. »Jemand versucht, in Jandamer einzudringen. Ich werde euch das noch genauer erklären. Aber dazu muss ich wohl ganz am Anfang beginnen.« Sie nahm auf der Stufe des Steinpodestes Platz und bat die Geschwister, sich zu ihr zu setzen.

Während Lina der Einladung folgte, lehnte Benjamin ab.

»Danke, ich stehe lieber.« So hatte er die Wolfsfrau besser im Blick.

Lupinia lächelte. »Ich verstehe deine Zweifel gut, Benjamin. Aber ich werde versuchen, sie, so gut es mir möglich ist, auszuräumen. Also sei so nett, und setz dich.«

Benjamin beschloss, dieser Bitte doch nachzukommen, ließ sich zu Boden sinken und verschränkte die Beine im Schneidersitz.

»Also gut, vielleicht beginnen wir erst einmal damit, wo wir hier sind.« In dem Bemühen, den richtigen Anfang zu finden, schien Lupinia mehr zu sich selbst zu sprechen. Dann fuhr sie allerdings sehr gezielt fort: »Der Name der Welt, in der wir uns hier befinden, lautet Menduria. Eure alten Völker bezeichneten sie auch als die Anderswelt. Die Andavyan, das Volk aus dem ich stamme, gaben dieser Welt diesen Namen. Sie war so anders, als die Welt, aus der wir vor vielen Tausend Jahren gemeinsam mit den Drachen gekommen sind. Deshalb nannten wir sie Anderswelt. In der alten Elfensprache bedeutet das Menduria.«

»Drachen?« Benjamin zog eine Augenbraue hoch. »Du willst sagen, dass es so etwas wirklich gibt?«

»Natürlich gibt es Drachen.« Lupinia blickte ihn beinahe spöttisch an. Sie schien sich über seine Zweifel zu amüsieren. Aus Linas Blick dagegen sprach gespannte Neugier.

»Als die Andavyan und die Drachen also nach Menduria kamen, gab es hier die jungen Völker noch gar nicht. Es gab in eurer Welt noch keine Menschen. Mit der Zeit habt ihr euch entwickelt und ihr habt kraft eurer Gedanken und Träume die jungen Völker geschaffen. Das ist auch der Grund, warum euch die Elfen, Zwerge, Kobolde und wie sie alle heißen, Schöpfer nennen. Ihr seid Schöpfer im wahrsten Sinne des Wortes.« Lupinia unterbrach sich und blickte Benjamin direkt an. »Du glaubst mir nicht?«

Nein, tat er nicht. Konnte sie etwa Gedanken lesen?

»Ja, das kann ich.«

»Oh …« Er sollte lieber aufpassen, was er dachte.

Wieder erklang Lupinias helles Lachen. »In eurem Mittelalter hat man ja auch geglaubt, dass die Erde eine Scheibe sei.

Und ist sie es? So ähnlich verhält es sich mit Menduria. Dabei gab es schon einige Beweise für ihre Existenz. Elfen, Zwerge ja sogar Trolle haben eure Welt besucht. Davon erzählen genügend eurer Legenden.« Lupinia versuchte, den Faden wieder aufzunehmen. »Die Kraft eurer Gedanken jedenfalls wurde immer stärker und bündelte sich im Zentrum dieser Welt. Was ihr denkt, wird hier zur Realität. Deshalb heißt dieses Gebiet auch Jandamer, das bedeutet ›Gedankenstrom‹ in der alten Sprache der Elfen. Als wir bemerkten, dass sich Jandamer immer weiter ausdehnte, hat die Drachenmagierin eine Barriere errichtet, während die Andavyan den Wächterturm erbauten. In einem höchst komplizierten magischen Netz haben wir es geschafft, den Gedankenströmen eine Ordnung zu geben. Einige davon sind flüchtig und enthalten nicht sehr viel Energie. Sie vergehen, kaum dass sie geboren wurden wieder. Aber andere sind extrem kraftvoll. Vor allem dann, wenn sie von vielen Schöpfern gleichzeitig gedacht werden. Das ist zum Beispiel der Fall, wenn ein Buch in eurer Welt geschrieben wird. Alleine schon dieser Schöpfungsakt ist extrem kraftvoll und enthält die höchste Energie. Und mit jedem Schöpfer, der darin liest, steigt diese Energie noch und erzeugt stabile und kaum veränderbare Gedankenbilder. Was ihr also hinter den Portalen gesehen habt, sind die manifestierten Gedanken eurer Welt. Die darin enthaltene Energie fließt direkt unter unseren Füßen ins Zentrum Mendurias. Sie ist sozusagen das Herz unserer Welt und versorgt sie mit Energie, so wie ein menschliches Herz den Körper mit Blut versorgt. Dieses System zu überwachen, war die Aufgabe der mächtigsten Heilerin meines Volkes. Sie wurde zur Obersten Hüterin Jandamers.« Bei diesen Worten nahm Lupinias Gesicht einen melancholischen Ausdruck an. »Und damit wären wir auch schon bei dem Buch angelangt. Sie war es, die dieses Buch in der Andavyanbibliothek tief in den Kellergewölben dieses

Turms gefunden hat, oder sagen wir besser, das Buch hat sie gefunden. Es wird ›das Gezeitenbuch‹ genannt. In ihm steht, was war, was ist und was kommen wird. Es ist ein universaler Wissensspeicher. Mein Volk kennt viele Legenden, die davon handeln. Es materialisiert sich immer dann, wenn großes Unheil bevorsteht. Mit diesem Buch lässt sich das Schicksal lenken. Die Oberste Hüterin hat viele Hundert Jahre damit zugebracht, es zu entziffern. Sie hat die Anweisungen des Gezeitenbuches befolgt und danach Menduria für immer verlassen. Vorher allerdings hat sie mir das Versprechen abgenommen, für den Schutz der jungen Schöpferin zu sorgen, der es bestimmt sein wird, in diesem Buch zu lesen. Deshalb hast du in eurer Welt hier und da einen weißen Wolf gesehen, Lina.« Ein wissendes Lächeln lag nun auf dem Gesicht der Andavyan, als sie Lina zuzwinkerte. »Du warst niemals in Gefahr, deinen Verstand zu verlieren. Das war immer ich, die du gesehen hast.«

Lina nickte erleichtert, während Lupinia fortfuhr. »Es tut mir nur leid, dass ich dir das alles nicht schonungsvoller beibringen konnte. Ich dachte, ich hätte mehr Zeit. Aber das Schicksal will es wohl anders. Er hat dich gefunden, bevor ich dich vorbereiten konnte.«

»Wer hat mich gefunden?«, unterbrach Lina. »Sprichst du von dem Mann im Wald?«

»Livantes? Ja, und nein«, erwiderte Lupinia. »Er hat dich aufgespürt. Aber er wurde von Xedoc geschickt, dem Fürsten der Calahadin, wie er sich selbst nennt.«

»Und wer ist das jetzt wieder?« Benjamin tat sich mittlerweile wirklich schwer, die vielen unglaublichen Dinge, die er hörte, zu einem vernünftigen Bild zusammenzufügen.

»Er ist der Grund, warum das Gezeitenbuch überhaupt in Menduria erschienen ist«, erklärte Lupinia. Ihre Miene wirkte verschlossen, ihre Augen funkelten gefährlich. So, wie sie jetzt aussah, konnte Benjamin sie sich durchaus als ernst zu nehmende Magierin vorstellen. Er beschloss, sie nicht wieder zu unterbrechen.

»Xedoc war einmal ein Hüter Jandamers. Wir, die letzten Andavyan, haben die Hüter aus dem Volk der Lichtelfen erwählt. Aber ihn zu erwählen, das muss ich leider eingestehen, war wohl der größte Fehler, der uns jemals unterlaufen ist. Er hatte niemals die Absicht, die Gedankenströme zu hüten. Er war vollkommen vernarrt in die Oberste Hüterin. Und er hatte es auf das Gezeitenbuch abgesehen, das auch damals schon hier verwahrt wurde. Es war zu diesem Zeitpunkt noch nicht entschlüsselt, also wussten wir nicht, dass er die Gefahr darstellen würde, vor der das Buch uns warnen wollte. Xedoc hat versucht, das Buch zu stehlen, was ihm zum Glück nicht gelungen ist. Die Andavyan wollten ihn daraufhin zum Tode verurteilen, aber die Oberste Hüterin wollte das nicht. Sie hat ihn für einen fehlgeleiteten Lichtelfen gehalten, der keine Gefahr darstellte, und uns gebeten, ihn einfach nur zu verbannen. Das haben wir getan. Er wurde in die Calahadin gebracht, totes ödes Land, das sich bis an die letzten Klippen ausdehnt, wo Menduria endet.

Wie auch immer. Kurz nachdem wir ihn verbannt hatten, gelang es der Obersten Hüterin, das Buch zu entziffern. Sie hat mir nicht verraten, was darin stand. Vermutlich war es ihr untersagt. Vielleicht hat sie auch von dem Verrat gelesen, der unter den Andavyan geschehen würde. Ich weiß es nicht. Jedenfalls hat sie das Buch versiegelt und ist verschwunden. Und du, Lina, bist diejenige, die diese Siegel öffnen soll, um das Buch lesen zu können.«

Lina schien sich mit einem Mal gar nicht mehr wohl in ihrer Haut zu fühlen. »Wieso ausgerechnet ich?«

Eine berechtigte Frage, fand Benjamin.

Lupinia zuckte mit den Schultern. »Das Gezeitenbuch hat

dich auserwählt. Du hast es doch gesehen. Es hat dir seinen Namen verraten.«

»Glaubst du das etwa?« Benjamin ergriff Linas Hand und blickte sie fest an.

»Frag mich nicht, warum, Benjamin. Aber das tue ich.«

Benjamin fuhr entsetzt zurück. »Lina, das ist doch Schwachsinn! Irgendeine alte Schwarte soll dich ausgesucht haben, um einem Fürsten Soundso die Stirn zu bieten? Das ist hirnrissig.« Damit wandte er sich an Lupinia, die vollkommen gelassen zugehört hatte. »Was ist denn nun überhaupt diese Bedrohung? Was tut dieser Xedoc denn?«

»Er zerstört das magische Gefüge Jandamers, indem er seine Traumjäger auf diesem Weg in die Schöpferwelt schickt. Das zeigt sich als eine Art vernichtender Nebel. Bis jetzt sind Serendra und ihre Hüter zwar in der Lage, diesen Nebel einzudämmen, aber das ist gefährlich, denn dazu müssen sie sich hinter die Portale begeben. Geraten sie dort in den Nebel, ist das auch für sie tödlich. Und sie schaffen es auch nur, solange es nicht zu viele Bruchstellen gibt. Sollte dieser Nebel außer Kontrolle geraten, wird das Jandamer am Ende ganz zerstören. Wir wissen nicht, was das für Auswirkungen auf Menduria hat.« Lupinia blickte Benjamin nun eindringlich an. »Nun könntest du sagen, dass euch das alles nichts angeht. Aber es betrifft nicht nur Menduria alleine. Er wird auch in eure Welt kommen, und wird die Schöpfer unterwerfen. Er hat bereits damit begonnen. Seine Traumjäger sind schon bis in eure Welt vorgedrungen. Sie überfallen die Schöpfer im Schlaf und rauben ihre Traumessenz. Das, was ihr für ein Virus haltet, ist keins. Es ist das Fehlen der Träume.«

»Willst du damit sagen, dieses Ding, das ich im Zimmer meiner Mutter gesehen habe, hat ihr die Träume gestohlen und deshalb liegt sie jetz im Koma?« Linas Augen waren schreckgeweitet.

»Ja, Lina. Das war Absorbis, Xedocs bester Traumjäger«, bestätigte Lupinia. Sie seufzte tief, ehe sie fortfuhr. »Die schlafenden Schöpfer leiden. Ihr habt ja gar keine Ahnung, wie wichtig eure Träume und die darin enthaltene Energie für euch sind! Ohne sie sind diese Schöpfer einer kalten bedrohlichen Finsternis ausgesetzt, die schlimmer gar nicht sein könnte, gefangen zwischen dem Leben und dem Tod. Solange ihre Träume noch intakt sind, besteht allerdings noch Hoffnung. Wenn Xedoc aber eine dieser Traumkugeln vernichtet, stirbt der Schöpfer, dessen Träume sie beinhaltet.«

»Und warum meine Mutter?« Lina war kreidebleich geworden.

Lupinia zögerte, so als ob sie die Antwort genau abwägen wollte. Schließlich sagte sie: »Durch ihre Arbeit als Schriftstellerin erschafft sie besonders kraftvolle Gedankenströme hier in Jandamer. Dementsprechend kraftvoll ist auch ihre Traumessenz.«

Benjamin spürte einen dicken Kloß im Hals. Wenn stimmte, was diese Frau sagte, gab es in seiner Welt keine Heilung für seine Mutter. Dieser Gedanke war unerträglich.

Lina schien ähnlich zu denken. Sie stand entschlossen auf, wandte sich Lupinia zu und fragte: »Was muss ich tun, um meiner Mutter zu helfen?«

Auch die weiße Magierin hatte sich erhoben. Ihre Wolfsaugen ruhten wohlwollend auf Lina. »Öffne die Siegel und lies im Gezeitenbuch. Darin wirst du die Antworten finden.«

»Ja, und wie mache ich das?«

»Das ist das Problem. Ich weiß es leider nicht«, musste die Magierin eingestehen. »Die Oberste Hüterin wusste es zwar, hat es mir aber leider nicht verraten. Vermutlich aus Angst, dass die Verräterin es sehen würde und Xedoc offenbaren könnte.«

»Welche Verräterin?«

»Das Orakel der Gezeiten. Die Andavyanseherin, die einst zur magischen Triade gehört hat. Sie …«

»Das interessiert uns jetzt nicht«, fuhr Benjamin der Magierin dazwischen. »Meine Schwester soll ein Buch lesen, das versiegelt ist, und keiner weiß, wie man diese Siegel aufbekommt. Was ist denn das hier für ein Sauhaufen?« Er war so außer sich, dass er vollkommen vergaß, mit wem er sprach. »Das ist ja schlimmer als an unserer Schule. Da weiß auch keiner, was der andere tut.«

Lupinia hatte die Arme vor der Brust verschränkt, hielt den Kopf schräg in einer Denkerpose und kämpfte mit ihrer Fassung. Sie sah aus, als ob sie jeden Moment wieder zu lachen beginnen würde. »Ich gebe dir recht. Das ist nicht sehr gut gelaufen. Aber es war eine Schutzmaßnahme. Die Oberste Hüterin hat mir allerdings versichert, dass das Buch Lina zu der Antwort auf diese Frage führen wird.«

Benjamin nickte und versuchte seinen Ton zu mäßigen. »Darf ich mir diese Wunderschwarte einmal ansehen?«

»Natürlich.« Lupinia war zur Seite getreten, sodass er sich dem Steinpodest nähern konnte.

Wie seine Schwester zuvor hielt Benjamin nun die Hand über das Buch. Nichts geschah. Er strich über das alte Leder, folgte den zarten Ornamenten, die seinen Finger von einem Steinsplitter zum nächsten führten, bis er im Zentrum, beim größten der Steine angekommen war. Er fühlte nichts als kaltes Leder und noch kältere Steine. In der Bibliothek seiner Mutter lagen auch oft alte Bücher herum. Dieses sah nicht viel spektakulärer aus. Ganz im Gegenteil, es wirkte eher schäbig. Das Äußere des Buches hatte ihn enttäuscht. Als er es allerdings aufschlug, war er entrüstet. Er blätterte es durch und schlug dann den Deckel rüde zu.

»Vergiss es, Lina. Das ist alles Schwachsinn. Dieses Ding ist leer. Das kannst du höchstens als Notizbuch verwenden.«

»Ohne dir zu nahe treten zu wollen, Benjamin. Dieses Buch ist die wichtigste Waffe, die wir im Kampf gegen Xedoc haben. Ob du nun daran glaubst oder nicht, spielt dabei keine Rolle. Aber deine Zweifel helfen deiner Schwester nicht.« Die Miene der Magierin zeigte nun kein Lächeln mehr.

Trotzdem wollte Benjamin nicht klein beigeben. »Meine Mutter hat uns beigebracht, dass wir nicht alles vorbehaltlos glauben sollen, was man uns erzählt. Du wirst also verzeihen, wenn ich Zweifel habe.«

Ihr Gesichtsausdruck wurde milder. »Dass du zweifeln würdest, war mir von Anfang an klar. Es ist nicht deine Welt, Benjamin. Ich weiß, wovon ich spreche. Auch dich habe ich im Auge behalten. Aber es ist Lina, die sich dieser Aufgabe stellen muss. Also wieso lassen wir nicht sie entscheiden?«

Benjamin blickte nervös von Lupinia zu seiner Schwester, die mittlerweile wieder hinter das Podest getreten war und das Buch aufgeschlagen hatte.

»Es wird die Seiten erst freigeben, wenn die Siegel geöffnet sind, nicht wahr?« Linas fragender Blick war auf die Magierin geheftet.

Lupinia nickte.

»Woher …?«

»Woher ich das weiß? Es ist logisch. Aber mehr noch als das: ich kann es spüren.« Dabei legte sie ihre Hand auf die Brust. »Es stimmt alles, was sie gesagt hat.«

Benjamin seufzte und setzte zu einer Erwiderung an, aber Lina unterbrach ihn abermals.

»Ich habe dir doch von diesem beklemmenden Gefühl erzählt, das ich habe, seit die Albträume begonnen haben und das niemals richtig verschwunden ist?«

Er nickte.

»Es ist fort. Seit wir dieses Portal durchschritten haben, ist es wie weggeblasen.«

Ein tiefer Stoßseufzer entrang sich Benjamins Kehle. »Also gut, ich gebe mich geschlagen. Dann lass uns das eben machen. Lass uns diese verdammten Siegel öffnen. Vielleicht finden wir ja einen Weg, Mama damit zu helfen.«

»Nein, Benjamin. Sie muss das alleine tun. Du musst in deine Welt zurückkehren«, schaltete sich die weiße Magierin dazwischen.

»Bist du verrückt? Ich lass sie doch nicht alleine hier! Ich werde ihr helfen.«

»Ja, das musst du sogar. Aber das kannst du nicht von hier aus. Sie wird dich in der Schöpferwelt brauchen. Du musst einfach …«

Der Gesichtsausdruck der weißen Magierin veränderte sich im Bruchteil einer Sekunde. Mit zur Seite geneigtem Kopf lauschte sie. Ihre Augen glichen jetzt mehr denen des weißen Wolfes. »Gefahr. Ich spüre Gefahr«, flüsterte sie, so als ob sie selbst noch nicht ganz sicher wäre, woher diese Gefahr drohte. Wie um ihre Worte zu bestätigen, verfinsterte sich die Milchglaskuppel für einen Moment. Energetisches Aufleuchten durchpulste die Konstruktion. Schnelle Schritte näherten sich aus einem der Gänge. Serendra erschien gefolgt von weiteren Elfenkriegern. Auch sie trug nun ein Schwert. Blutspuren waren an der silbern glänzenden Klinge und an ihrer Kleidung zu sehen. Die Elfenkrieger hatten sich verteilt und hielten nun auch Bögen schussbereit ins Dunkel der Gänge gerichtet.

»Traumjäger«, keuchte Serendra. »Sie sind durchgebrochen und sie werden von Dunkelelfen begleitet.«

Lupinia nickte. »Wer führt die Dunkelelfen?«

»Darian.« Die Elfe spie den Namen beinahe aus.

Lupinia fluchte. »Sichert den Rückzug und bringt Benjamin heil zum Portal. Ihm darf nichts geschehen, Serendra. Du bürgst mir dafür mit deinem Leben!«

Benjamin starrte die Magierin entsetzt an. Sie hatte so gutmütig gewirkt. Nicht wie jemand, der einen Befehl auf Leben und Tod gab. Wie mächtig war sie wohl tatsächlich?

Serendra trat an seine Seite und griff nach seinem Arm. »Komm, Junge.« Ihre Finger legten sich um sein Handgelenk und zogen ihn mit sich. Fort von Lina. Benjamin wollte sich losreißen, schaffte es aber nicht.

»Lina!« Panik stieg in ihm auf. Verfluchte Elfe! Sie war so viel kräftiger, als er gedacht hatte.

»Mach dir keine Sorgen, Benjamin. Ich werde deine Schwester begleiten. Ich werde sie mit meinem Leben schützen«, rief die Andavyan über den anschwellenden Lärm hinweg. Die Kuppel über ihnen schien zu explodieren, während die Gestalt der Magierin sich in weißem Rauch auflöste, aus dem sich langsam wieder ein weißer Wolf materialisierte.

»Lina!«, schrie Benjamin erneut. Er versuchte verzweifelt, den Augenkontakt zu seiner Schwester nicht zu verlieren. Sie stand einfach nur da und nickte, so als ob sie sagen wollte, dass alles in Ordnung sei. Plötzlich war wieder die Stimme in seinem Kopf, Lupinias Stimme. »Bleib dort, Benjamin, und warte. Du wirst wissen, was zu tun ist, wenn es so weit ist.«

Benjamin begann sich mit aller Kraft zu wehren, sodass Serendra nun tatsächlich Mühe hatte, ihn zu bändigen. Er würde es schaffen. Er konnte sich losreißen, um zurück zu seiner Schwester zu kommen. Ein stechender Schmerz fuhr ihm plötzlich durch den Kopf. »Dieses Miststück hat mich K.o. geschlagen«, dachte Benjamin, ehe die Welt in Dunkelheit versank.

Auch in Linas Kopf war die Stimme der Wölfin. Dumpf und wie aus weiter Ferne drang sie in ihr Bewusstsein.

»Nimm das Buch und folge mir.« Erst als sie Benjamin

nicht mehr sehen konnte, löste sich ihre Erstarrung. »Lina, hörst du mich?«

Erneut wurde die Kuppel erschüttert. Diesmal zerriss das Milchglas und löste sich einfach auf. Erst da erkannte Lina, dass es gar kein Glas war. Die Elfen im Saal richteten ihre Bögen in den Himmel. Nur noch der Rippenbogen war übrig geblieben. Graue Schatten flogen darüber hinweg. Dunkle Gestalten gaben den Traumjägern mit ihren schwarzen Schilden Deckung, während zwei ihrer Jäger die Lichtelfen mit Pfeilen beschossen. Unfähig, ihren Blick abzuwenden, starrte Lina wie gebannt nach oben.

»Lina, komm!« Lupinias Befehlston zerriss ihre Erstarrung. Lina griff nach dem Buch und begann zu laufen.

Absorbis hatte zwei weitere Traumjäger mitgebracht. Zu dritt wollten sie die Schöpferin jagen. Nun waren sie nur noch zu zweit. Die Lichtelfen waren nicht zu unterschätzen. Ihre Pfeile trafen. Der Versuch, über eines der Portale in den Wächterturm einzudringen, war gescheitert. Darian war nicht bereit gewesen, weitere Dunkelelfen bei diesem Versuch zu opfern.

»Und wie sollen wir dann in den Wächterturm gelangen?«, hatte Absorbis ihn gefragt.

»Über die Kuppel«, war die Antwort des Clanführers gewesen.

Der Kerl war verrückt. Andererseits war das so verwegen, dass es beinahe schon wieder genial war. Damit würden die Hüter nicht rechnen. Gerade stürzte sein zweiter Traumjäger tödlich getroffen in die Tiefe. Da unten war die junge Schöpferin und in ihren Händen lag das Gezeitenbuch. Absorbis ließ seinen Körper in Nebelschwaden zerfließen. Aus dem Augenwinkel sah er einen weiteren Dunkelelfen auftauchen. Die beiden Schwerter steckten in seinen Schultergurten. Auf seinem Bogen, den er halb gespannt hatte, lag ein Pfeil, der in die Tiefe gerichtet war. Wie ein Raubtier bewegte er sich auf die Mitte des Steinbogens zu, völlig ungedeckt.

»Darian.« Der Traumjäger nickte dem Clanführer der Dunkelelfen zu, der eben mit einer knappen Körperdrehung einem Pfeil auswich. Mit zusammengekniffenen Augen fixierte er den Traumjäger. »Worauf wartest du, Absorbis? Oder sollen wir dich da hinuntertragen?«

Absorbis antwortete nicht und sprang. Kaum war er unten angekommen, gab er seinem Körper wieder Konsistenz. Das Mädchen war noch nicht weit gekommen. Er könnte sie noch einholen, ehe sie einen der Gänge erreicht hat. Mit einem gewaltigen Satz heftete er sich an ihre Fersen und fasste nach ihrem blonden Haar. Da surrte ein Pfeil unmittelbar vor ihm in die Tiefe und verfehlte seine Hand nur um Haaresbreite. Absorbis schreckte fluchend zurück und blickte hoch. Darian stand immer noch da oben. Der Wind zerrte an ihm und wehte ihm das dunkle Haar ins Gesicht. Absorbis hätte schwören können, dass ein Lächeln seine Mundwinkel umspielte. Auf seinem Bogen lag jetzt kein Pfeil mehr.

Für einen Augenblick trafen sich ihre Blicke, dann gab der Clanführer seinen Elfen den Befehl zum Rückzug. So schnell wie sie gekommen waren, verschwanden die Dunkelelfen. Nur Darian blieb noch einen Augenblick und beobachtete den Traumjäger, der die Verfolgung der jungen Schöpferin wieder aufnahm. Er selbst hatte sie nur von hinten gesehen. Es hatte genügt.

Im Strom der Gedanken

Lina spürte den Traumjäger bereits im Nacken. Doch dann fiel er aus irgendeinem Grund auf einmal zurück. Ein Adrenalinschub schien ihr Flügel zu verleihen. Sie wollte dieser Kreatur auf keinen Fall in die Hände fallen. Die weiße Wölfin lief direkt vor ihr den Gang entlang. Portale flogen förmlich an ihnen vorbei. Aber sie schenkte den faszinierenden Bildern dieses Mal keine Beachtung. Der Traumjäger war ihr wieder auf den Fersen.

»Bleib stehen, Schöpferin. Der Fürst will nur mit dir sprechen.«

»Lauf schneller, er lügt!« Lupinias Stimme hallte in ihrem Kopf.

Lina rannte, so schnell sie ihre Füße trugen. Aber es würde nicht genügen. Der Traumjäger kam unaufhaltsam näher. Vor ihnen teilte sich der Gang. Noch mehr Portale lagen jetzt zu beiden Seiten vor ihnen. Die Wölfin ließ sich zurückfallen und lief jetzt auf gleicher Höhe mit ihr. »Wohin jetzt, Lina?«

Die Weggabelung kam immer näher. Wohin sollten sie sich wenden? Lina wusste es nicht.

Wieder hörte sie die Wölfin: »Was sagt das Buch?«

Lina versuchte, sich auf das Buch zu konzentrieren. Es funktionierte nicht. Aber sie musste sich entscheiden. »Linker Gang«, sandte sie ihre Gedanken aus und schwenkte in diese Richtung. Auch Lupinia hielt sich links. Der Traumjäger hinter ihnen schien ihre Absicht zu erkennen, denn er machte den Schwenk mit. Sie hatten die Gabelung gerade erreicht, als Lina es sich anders überlegte. Aus dem linken Gang drang plötzlich Lärm, möglicherweise noch mehr Traumjäger.

»Doch rechts!«, rief sie in Gedanken und wechselte in den scharf nach rechts abzweigenden Gang. Lupinia folgte ihr, aber der Traumjäger reagierte nicht schnell genug und landete im linken Gang, wo er sich den Hütern stellen musste, die vor ihm auftauchten.

Lina strauchelte. Irgendwie war ihr die weiße Wölfin zwischen die Füße geraten. Sie stürzte und riss Lupinia mit sich. In einem Knäuel aus Pfoten, Beinen und Armen schlitterten sie über den glatten Boden und durchbrachen eines der Portale. Ein kurzes Aufleuchten in der magischen Barriere war zu sehen. Lina spürte ein Prickeln auf der Haut, dann waren sie hindurch und landeten in weichem Gras. Sofort rappelte sie sich keuchend hoch und blickte sich nach dem Traumjäger um. Aber Absorbis war nicht da und auch kein Portal. Lina taumelte ein paar Schritte zur Seite und versuchte, das Gleichgewicht wiederzuerlangen. Sie stand inmitten einer hügeligen Landschaft. Flecken von rosarotem Heidegras wechselten mit vom Wind gepeitschten Grasbüscheln. Eine graue Schiefersteinformation türmte sich vor ihr auf. Über ihr spannte sich ein mit graublauen Wolken durchwachsener Himmel. Die Sonne stand bereits tief am Horizont. Lina spürte kühlen Wind auf ihrer Haut, der erdigen Duft mit sich brachte, und hörte das Krächzen von Krähen.

»Ist alles in Ornung mit dir?« Lupinia stand neben ihr.

Lina nickte. »Wo sind wir hier?«

»In der Gedankenwelt eines Schöpfers.« Mit geschlossenen Augen neigte sie prüfend den Kopf. »Es ist ein sehr alter und stabiler Gedankenstrom. Vermutlich der Inhalt eines Buches deiner Welt.«

»Es wirkt so real. Ein bisschen erinnert mich diese Landschaft an Dartmoor in England.«

Lupinia nickte wissend. »Das wäre möglich. Aber vergiss nicht, es ist ein Gedankenstrom. Wir müssen extrem vorsichtig sein. Es kann sein, dass er sich verändert, dann müssen wir ihn sofort verlassen.«

»Was geschieht, wenn wir es nicht tun?«

»Dann lösen wir uns ebenso auf wie der Gedankenstrom.«

»Ich verstehe.« So zu sterben, hatte Lina nicht vor. Sie hob das Buch auf, das ihr beim Sturz ins Gras gefallen war. Mit einem Mal musste sie lachen, richtig gelöst lachen. »Ich muss wahnsinnig sein! Ich stehe irgendwo in einer Landschaft, die sich ein Mensch ausgedacht hat, und finde es großartig! Kein Wunder, dass mich in meiner Welt alle für seltsam halten.«

»Wärst du so ›seltsam‹, hätte dich das Gezeitenbuch bestimmt nicht ausgewählt. Dieses Buch besitzt eine eigene Intelligenz. Es wusste genau, was es tat, als es dich gerufen hat.«

»Na, wenn es sich da mal nicht getäuscht hat.« Lina sprach den Gedanken nicht laut aus. Aber Lupinia musste ihn trotzdem gelesen haben, denn das Echo ihres mädchenhaften Lachens klang noch in Linas Kopf, als sie sich bereits auf den Weg gemacht hatten.

Sie folgten einem ausgetretenen Pfad, der sie über eine Hügelkuppe führte. Abseits des Weges, in einer Senke, konnte Lina ein kleines Steinhaus und einige Holzschuppen ausmachen. Die einzigen Gebäude, so weit das Auge reichte. Sie fragte sich gerade, wer in einer so gottverlassenen Gegend wohl wohnte, als ihr eine alte Frau auffiel, die ihnen auf dem Pfad entgegenkam. Sie trug ein Bündel auf ihrem gekrümmten Rücken. Als sie Lina entdeckte, ließ sie das Bündel zu Boden gleiten und richtete sich auf.

»Hast du aber einen großen Hund.« Ihr ängstlicher Blick war auf Lupinia gerichtet.

»Das ist doch kein Hund«, wollte Lina sagen. Aber noch ehe sie die Worte ausgesprochen hatte, hielt Lupinia sie in ihren Gedanken zurück.

»Lass sie in dem Glauben. Vor einem Hund fürchtet sie sich bestimmt weit weniger als vor einem Wolf.«

Lina hatte verstanden. »Er ist zahm. Er tut nichts«, sagte sie daher beschwichtigend.

»Na, dann ist's ja gut. Weißt du, hier im Moor treibt sich Nacht für Nacht ein Hund herum. Eine fürchterliche Bestie, die schon einige Menschen auf dem Gewissen hat. Sein Geheul lässt dir das Blut in den Adern gefrieren.«

Lina begann zu ahnen, wo sie war. Sie war diesem Hund schon einmal begegnet, zwischen den Seiten eines Buches aus der Bibliothek ihrer Mutter.

Die Alte wollte ihr Bündel wieder aufnehmen. Aber es war ihr zu schwer.

»Warten Sie, ich nehme Ihnen das ab.« Lina eilte der Alten zu Hilfe. Als sie das Gezeitenbuch in ihren Gürtel steckte und ihr Shirt darüberzog, verspürte sie ein seltsames Kribbeln im Rücken. Sie achtete nicht weiter darauf und schulterte den Jutesack, der unangenehm kratzte und einen seltsamen erdigen Geruch verströmte. Er war tatsächlich ziemlich schwer. »Wo soll das denn hin?«, erkundigte sie sich.

»Das ist nett von dir, Kindchen. Ich wohne gleich dort drüben.« Die Alte zeigte auf das kleine Steinhaus in der Senke. Schweigend gingen sie eine Weile nebeneinanderher, während Lupinia ihnen in einigem Abstand folgte.

»Weißt du, ich bin schon den ganzen Tag unterwegs, um diesen Torf hier zu stechen«, erklärte die Alte schließlich.

»Was haben Sie denn damit vor?«

»Heizen natürlich.« Die Alte musterte sie. »Du bist nicht von hier, nicht wahr?«

»Nein.«

»Das dachte ich mir. Wo willst du denn hin?«

»Ähm …« Lina wusste nicht, was sie darauf erwidern sollte. Aber die Alte schien gar keine Antwort zu erwarten.

»Heute kommst du sowieso nicht mehr weit. Es wird bald dunkel. Da ist es draußen im Moor viel zu gefährlich. Wenn du möchtest, kannst du bei mir übernachten. Aber dein Hund schläft im Schuppen.«

Lina wollte gerade ablehnen, als Lupinia ihr in Gedanken zuflüsterte: »Nimm das Angebot an.«

»Das ist sehr freundlich von Ihnen. Aber ich lasse den Hund nicht alleine. Ich schlafe auch im Schuppen.«

»Wie du meinst.« Die Alte zuckte mit den Schultern.

Das Haus war innen genauso schäbig, wie es von außen aussah. Es war staubig, kalt und roch modrig. Lina stellte den Jutesack neben der erkalteten Feuerstelle ab und sah zu, dass sie wieder ins Freie kam.

»Hier, du musst hungrig sein.« Die Alte drückte ihr ein hartes Stück Brot in die Hand. »Mehr habe ich leider nicht.«

»Vielen Dank. Das ist mehr als genug.« Lina verabschiedete sich und machte sich auf die Suche nach dem Schuppen. Der war zu ihrer Überraschung trocken und weit gemütlicher, als das Steinhäuschen der alten Frau. Hier roch es nach frischem Heu. Es dämmerte bereits, als sie es sich dort gemütlich machte und das Stück Brot mit einiger Mühe teilte, um Lupinia einen Teil davon abzugeben.

Lupinia lehnte dankend ab. »Wölfe mögen kein Brot.«

Das brachte Lina auf einen Gedanken. »Wieso hast du eigentlich deine menschliche Gestalt nicht beibehalten? Damit hättest du die Alte bestimmt nicht so erschreckt.«

»Weißt du, in Jandamer kann ich meine Gestalt nicht wechseln. In den Gedankenströmen der Schöpfer gelten ganz eigene Gesetze der Magie. Die Zeit zum Beispiel ist hier außer Kraft gesetzt. Aber das ist nichts, womit du dich belasten solltest. Das Gezeitenbuch hat uns bestimmt nicht ohne Grund hierhergeführt. Wir werden uns ein wenig ausruhen und dann sehen wir weiter.«

Ob es tatsächlich das Buch gewesen war, dass sie hierhergeführt hatte, bezweifelte Lina. Sie war gestolpert. Nur deshalb waren sie ausgerechnet in diesem Gedankenstrom gelandet. Das war reiner Zufall gewesen.

»Nichts geschieht zufällig, Lina. Das Buch spricht zu dir, seit du es im Wächterturm berührt hast. Vermutlich tut es das schon viel länger. Du musst nur lernen, seine Sprache zu verstehen.«

»Sag mal, bekommst du eigentlich alles mit, was in meinem Kopf vorgeht? Kann ich nichts denken, ohne dass du es weißt?«

Ein heiteres Lachen hallte in Linas Kopf wieder. »Keine Angst, ich lese nur offensichtliche Gedanken. Die verborgenen und die Geheimnisse, die in deinem Herzen liegen, bleiben von mir unangetastet.«

»Könntest du sie lesen, meine geheimen Gedanken, meine ich?«

»Könnte ich. Aber dazu bräuchte ich deine Erlaubnis. Würde ich es gegen deinen Willen versuchen, wäre das sehr schmerzhaft für dich. Und so etwas würde ich nicht tun.«

»Gut zu wissen.« Es wäre ihr gar nicht recht, wenn all ihre Gedanken und Erinnerungen für die Magierin offenlägen. Lina hatte sich eine Kuhle ins Heu gegraben, in der sie sich jetzt zusammenrollte, während Lupinia ganz nahe an sie heranrückte. »Ich darf doch?«

»Gerne.« Gegen Wärme hatte Lina ganz und gar nichts einzuwenden. Und das Fell der Wölfin war weich wie Samt.

Eingerollt im Heu sah sie tatsächlich eher einem großen Hund ähnlich. Den Gedanken, sich an eine Wölfin zu kuscheln, die in Wirklichkeit eine mächtige Magierin war, fand Lina seltsam.

»Das ist schon in Ordnung«, meinte Lupinia. »Im Moment fühle ich mich viel mehr als Wolf, nicht als Andavyan.«

Auch Lina sprach ihre Sätze jetzt nicht aus. Es zu denken reichte vollauf und Lupinia verstand. »Sind alle Andavyan so wie du? Ich meine, sind sie alle Magier?«

»Nein.«

»Erzähl mir von den Andavyan«, bat Lina neugierig.

Und so erfuhr sie von einem Volk, das beinahe so alt war wie die Drachen, das Jahrtausende gegen einen übermächtigen Feind gekämpft hatte, der schlussendlich ihre Welt zerstört und sie zu Heimatlosen gemacht hatte. Über das Weltenmeer verstreut, hatten sie nach einer neuen Heimat gesucht, die sie schließlich in Menduria fanden. Kein Wunder also, dass sie diesen Xedoc mit allen Mitteln bekämpfen wollten, um nicht noch einmal ihre Heimat zu verlieren.

»Xedoc ist kein Andavyan, oder?«, erkundigte sich Lina.

»Nein, er war ein Lichtelf. Frag mich nicht, was er jetzt ist, und wie er so mächtig werden konnte. Seine Magie geht weit über die der Lichtelfen hinaus. Er verfügt über mindestens so viel Magie wie ein Andavyan und es scheint, dass er auch die Lebenserwartung eines Andavyan besitzt. Er ist …« Lupinia brach mitten im Satz ab und sprang auf. Auch Lina erhob sich. Das letzte Mal, als Lupinia so reagiert hatte, war Absorbis aufgetaucht. Mit gesträubtem Nackenhaar und gefletschten Zähnen stand sie sprungbereit und knurrte das Tor an, das sich langsam öffnete. Vorsichtig trat eine vermummte Gestalt ein.

»Guten Abend, Lupinia«, sagte der Fremde und zog sich die Kapuze seines Umhangs aus dem Gesicht.

»Du?«

Es war Absorbis nicht schwer gefallen, die Spur der Schöpferin wiederzufinden. Sie war ein Fremdkörper in Jandamer, wie ein Leuchtfeuer für denjenigen, der wusste, wonach er suchen musste. Er scheute sich auch nicht davor, die Magie einzusetzten, die ihm seine Schöpfer verliehen hatten. Dass er damit das Gleichgewicht der Gedankenströme gefährdete, kümmerte ihn nicht. Er musste sich nur vor dem vernichtenden Nebel in Acht nehmen. Sonst hatte er in Jandamer nichts zu befürchten. Nicht einmal die Hüter Serendras konnten ihn hier aufspüren. Er materialisierte sich vor dem alten Steinhaus. Ein Schwenk und der Schuppen lag vor ihm. Von innen drangen Stimmen an sein Ohr. Sie schlief also noch nicht. Auch kein Problem. Er konnte warten. Das gab ihm die Gelegenheit, den besten Weg in den Schuppen auszukundschaften. Vermutlich war es nicht die Tür. Alt, wie sie war, würde sie bestimmt nicht geräuschlos aufgehen. Sein Blick wanderte nach oben. Eine Luke war dort geöffnet. Er stieg nach oben. Absorbis spähte in die Tiefe und stutzte. Sie war nicht allein. Ein Fremder saß bei ihr und dem Wolf. Ein Elf. Der Traumjäger beschloss zu warten und lauschte.

~

Mit einem dumpfen Pochen unter der Schädeldecke erwachte Benjamin auf der Couch in der Bibliothek seiner Mutter. In seiner Hosentasche vibrierte etwas.

Benjamin zog das Telefon aus der Tasche. »Hallo?«

Die Stimme am anderen Ende der Leitung klang aufgekratzt. »Benni, bist du das?«

»Ja, wer ist da?«

»Sehr lustig. Ich bin's, Michelle.« Ihr Tonfall wurde anklagend. »Du wolltest mich doch abholen, oder? Wo bleibst du denn?«

Mühsam setzte er sich auf. Verflucht, wieso hatte er solche Kopfschmerzen? Und wieso sollte er Michelle heute abholen?

»Wir wollten uns doch am Samstag treffen«, sagte er daher.

»Benni, hast du getrunken? Heute ist Samstag. Also was ist, kommst du jetzt?«

Wie von einer Tarantel gestochen fuhr Benjamin hoch. Es war Samstag? Das konnte nicht sein. Orientierungslos stand er mitten in der Bibliothek. »Äh, Michelle, ich rufe dich gleich zurück.« Ohne ihre Antwort abzuwarten, legte er auf.

Zwei Stufen auf einmal nehmend, rannte er ins Erdgeschoss und rief nach seiner Schwester. War sie denn verrückt geworden, ihn einen ganzen Tag lang schlafen zu lassen?

»Lina, wo bist du?« In der Küche angekommen, blieb er vor dem Tisch stehen. Zwei halbvolle Kaffeetassen standen dort. Benjamin stutze. Und dann kam mit einem Schlag die Erinnerung wieder zurück. Sie hatten hier gesessen und Kaffee getrunken, während Lina von seltsamen Vorkommnissen gesprochen hatte. Sie waren in den Keller gegangen und hatten …

Ohne auf die Kopfschmerzen zu achten, die nun immer schlimmer wurden, rannte er in den Keller zurück. In seinen Augenwinkeln flammten mittlerweile Lichtblitze auf. Kein gutes Zeichen. Ein mächtiger Migräneanfall kündigte sich an. Aber dafür hatte er jetzt keine Zeit. Wieder in der Bibliothek seiner Mutter angekommen, näherte er sich dem deckenhohen Gemälde mit den Stufen. Es war ein ganz normales Bild, Leinwand und Farbe, nichts weiter. Kein Durchgang in eine fremde Welt. Und doch war er sicher, dass er sich das alles nicht nur eingebildet hatte. Sie waren dort hinaufgestiegen. Sie hatten Elfen gesehen und einen Wolf, der sich in eine Frau verwandelt hatte. Lina sollte ein Buch lesen, das keine Schrift enthielt. Eine Elfe hatte ihn K.o. geschlagen und Mama … sie lag im Krankenhaus. Wenn heute Samstag war, dann war gestern niemand bei ihr gewesen. Er wusste nicht einmal, wie es ihr ging. Die Sterne breiteten sich nun auf das gesamte Blickfeld aus und schienen zu explodieren. Pochend und fast unerträglich wurde der Kopfschmerz, den die in ihm aufsteigende Panik nur noch verstärkte. Übelkeit rollte wellenartig durch seinen Körper. Er musste dieses Bild öffnen, musste zu seiner Schwester. Doch nun gab es nur noch einen Weg. Benjamin rannte zur Toilette und übergab sich. Minutenlang kauerte er dort, unfähig sich zu bewegen. Sein Magen war nun leer, aber die Kopfschmerzen tobten immer noch. So übel hatte es ihn schon lange nicht mehr erwischt. Mit letzter Kraft schaffte er es in sein Zimmer, wo er in sein Bett fiel und die Decke über den Kopf zog. Absolute Dunkelheit und Stille war alles, was ihn jetzt noch retten konnte.

~

Die weiße Wölfin stand immer noch zwischen ihr und dem Fremden. Lina hatte den überraschten Ausruf ihrer Begleiterin in Gedanken gehört. Es war ziemlich dunkel in dem Schuppen, weshalb sie sein Gesicht nicht besonders gut sehen konnte. Er war groß gewachsen und hatte langes blondes Haar, vermutlich ein Lichtelf.

»Wir haben uns lange nicht mehr gesehen.« Lupinias Haltung war jetzt entspannter, als sie wieder an Linas Seite zurückkehrte.

Der Elf hantierte mit einer Lampe und bemühte sich, ihr Licht zu entzünden. »Das stimmt vermutlich. Man verliert das Gefühl für Zeit hier in den Gedankenströmen.«

»Und was führt dich hierher, Endorven?«

»Das Gezeitenbuch.« Er hatte es mittlerweile geschafft, die Lampe zu entzünden. Das Licht erhellte flackernd den Schuppen. Lina trat vorsichtig aus dem Schatten.

Als der Elf sie sah, fiel er augenblicklich auf ein Knie. Erstaunen stand ihm ins Gesicht geschrieben. »Herrin, du bist zurück?«

»Äh, ich verstehe nicht?« Linas Blick wanderte Hilfe suchend zu Lupinia.

Erst jetzt schien der Elf seinen Irrtum zu bemerken. »Verzeih. Ich habe dich verwechselt.« In einer eleganten Bewegung erhob er sich nun wieder. Immer noch sah er sie wie gebannt an.

Lina versuchte es mit einem angedeuteten Lächeln. »Wen hast du erwartet?«

»Dich.« Endorven erwiderte ihr Lächeln nun.

»Das Gezeitenbuch hat dich also hergeführt«, war nun wieder die Stimme der weißen Wölfin zu vernehmen. »Wärst du so nett, uns das zu erklären?«

»Natürlich, aber vielleicht sollten wir uns erst einmal setzen«, schlug Endorven vor.

Lina nickte und machte es sich wieder in ihrer Kuhle gemütlich. Mit übereinandergeschlagenen Beinen blickte sie ihn neugierig an, während Lupinia an ihre Seite zurückkehrte und nun wie eine Wächterstatue dasaß.

Endorven hatte sich ihnen gegenüber im Heu niedergelassen und ließ Lina nicht aus den Augen. Als er zu sprechen begann, tat er das langsam und mit Bedacht. »Du bist also schlussendlich doch gekommen. Weißt du, manchmal habe ich daran gezweifelt und gedacht, dass uns das Buch in die Irre geführt hat. Aber ich habe es meiner Herrin versprochen, also habe ich gewartet.«

»Wer ist deine Herrin?«

Endorven warf Lupinia einen überraschten Seitenblick zu. Dann wandte er sich wieder an Lina. »Die Oberste Hüterin Jandamers.«

»Serendra?«

»Nein, die erste Oberste Hüterin«, erwiderte Endorven. »Sie hat mich in die Gedankenströme geschickt, um zu warten und dir zu erklären, wie man die Siegel des Gezeitenbuches öffnet. Sie sagte, das Buch wird mich finden. Und so war es auch. Ich habe es sofort gespürt, als du Jandamer betreten hast. Na ja, und hier bin ich.«

»Das erklärt allerdings dein rätselhaftes Verschwinden damals«, sagte Lupinia.

Endorven lächelte. »Nun denn, dann werde ich also jetzt meine Aufgabe erfüllen.« Endorvens ganze Aufmerksamkeit galt nun wieder Lina, die daraufhin unruhig hin und her zu rutschen begann. Gleich würde sie erfahren, was sie tatsächlich zu tun hatte.

Der Elf schien ihre Nervosität zu spüren, denn er lächelte aufmunternd. »Das Buch wird deinen Charakter prüfen. Wenn du diese Charakterprüfungen bestehst, wirst du am Ende über die Kräfte der ersten Obersten Hüterin verfügen, die sie damals in das Buch gebannt hat. Du musst wissen, sie war die größte Heilerin ihres Volkes.«

Lina schwieg, aber ihre Gedanken rasten. Ein Buch würde ihren Charakter prüfen. Das war ja nicht gerade schmeichelhaft. Was, wenn sie nicht bestand? Und was, wenn doch? Was sollte sie mit magischen Heilkräften anfangen? Obwohl … vielleicht konnte sie damit ihre Mutter heilen. Das schien eine gute Erklärung zu sein. »Welche Charaktereigenschaften muss ich unter Beweis stellen?«, erkundigte sie sich daher.

»Die sieben Werte der Andavyan«, erklärte Endorven und warf der weißen Wölfin einen vielsagenden Blick zu. »Mitgefühl musst du zeigen, Mut, Vertrauen, Hilfsbereitschaft und Ehrlichkeit. Zu wahrer Liebe musst du fähig sein und du musst von Herzen verzeihen können. Das sind die Werte der Andavyan. Jedes der sieben Siegel steht für eine dieser Eigenschaften. Das Buch selbst wird entscheiden, wann es welches

Siegel öffnet. Erst wenn alle Siegel geöffnet sind, wird es dir sein Geheimnis offenbaren. Dann wirst du auf das Schicksal Einfluss nehmen können, sobald du in dem Buch liest.« Endorven machte eine kleine Pause, um Lina die Möglichkeit zu geben, über das Gehörte nachzudenken. Schließlich fuhr er fort: »Du wirst es an dem Buch selbst erkennen. Würdest du es mir kurz geben? Ich möchte es dir zeigen.«

Lina griff an ihren Gürtel und zog das Buch heraus, um es in Endorvens ausgestreckte Hand zu legen. »Die Steine, zeigen es dir, siehst du? Sie sind …« Er stutzte, hielt das Buch prüfend gegen das Licht der Laterne und blickte dann zu Lina. »Eines der Siegel ist bereits geöffnet.«

»Was?«

»Hier, sieh selbst.« Damit legte er ihr das Buch wieder in die Hand. »Die Steinsplitter, die du hier im Leder siehst, würden zusammengefügt einen ganzen Stein ergeben. Einen smaragdgrünen Drachenstein. Im versiegelten Zustand sind sie blutrot. Erst wenn sich ein Siegel öffnet, nimmt der Stein seine ursprüngliche Farbe wieder an. Und wie du unschwer erkennen kannst, ist einer der Steine smaragdgrün.«

Linas Blick wanderte Hilfe suchend zu Lupinia.

»Erinnerst du dich an das seltsame Kribbeln, das du verspürt hast, als du der Alten geholfen hast?«

Lina nickte.

»Da hat sich das Siegel geöffnet. Ich habe die Magie gespürt, es aber nicht auf das Buch bezogen.«

»Aber das war doch selbstverständlich!« Lina klang beinahe trotzig. So einfach konnte es doch wohl nicht sein.

»Und doch war es Hilfsbereitschaft«, beharrte Lupinia. »Und vermutlich wird es nicht so einfach bleiben.«

»Diese Siegel sind nicht nur eine Prüfung für dich«, erklärte Endorven weiter. »Sie sind auch ein Schutz vor Xedoc.«

Lupinia nickte zustimmend, während Endorven weitersprach. »Xedoc ist zu diesen Gefühlen nicht fähig. Das bedeutet, er kann das Gezeitenbuch gar nicht lesen. Er kann es nicht einmal berühren. Auch dafür hat die Oberste Hüterin gesorgt. Weder er noch einer seiner Gefolgsleute kann das Buch berühren, ohne dabei qualvolle Schmerzen zu erleiden.«

»Das ist aber nicht sehr mitfühlend«, meinte Lina und schenkte Endorven ein schalkhaftes Lächeln, das der Elf erwiderte.

»Du hast Humor. Das ist gut.« Sein Blick wurde wieder ernst. »Dieser Schutz birgt aber leider eine große Gefahr für dich, Lina. Xedoc könnte dich zwingen, für ihn in dem Buch zu lesen.« Der Elf blickte sie nun eindringlich an. »Das darfst du auf keinen Fall tun, hörst du? Ich kenne Xedoc. Ich habe ihn damals in die Calahadin in die Verbannung gebracht. Er war wie besessen von dem Buch und von meiner Herrin. Ich kann mir nicht vorstellen, dass er das Buch heute weniger begehrt als damals.«

Lina würde sich die Warnung gut merken, wobei sie inständig hoffte, dem Fürsten der Calahadin niemals zu begegnen. Seufzend ließ sie sich ins Heu sinken. Das Beste war, einfach nicht zu viel darüber nachzudenken. Sie hatte bereits ein Siegel geöffnet, ohne es zu wissen. Vielleicht würde es ja tatsächlich nicht so schlimm werden?

»Ruh dich ein wenig aus, du siehst müde aus«, meinte Endorven und wandte sich dann an Lupinia. »Ich werde mich draußen ein wenig umsehen. Auf dem Weg hierher habe ich höchst seltsame Kreaturen gesehen, die sich in Nebel verwandeln können. Sie brechen immer öfter in Jandamer ein. Wo sie auftauchen, zerreißt das magische Gefüge. Es ist, als ob sie die Gedankenströme mit ihrer Körpersubstanz infizieren würden. Von dort aus breitet sich alles vernichtender Nebel aus und frisst sich durch die Gedankenströme. Ich bin schon lange hier, aber so etwas habe ich noch nie gesehen.«

»Ich weiß. Das sind Xedocs Traumjäger«, knurrte Lupinia. »Sie gehen in der Schöpferwelt auf die Jagd und rauben den Schöpfern die Traumessenz.«

Endorven blickte sie entsetzt an. »Wie ist das möglich? Woher hat Xedoc die Macht, solche Kreaturen zu erschaffen?«

»Das wüsste ich auch gerne.«

»Apropos Jagd.« Endorven räusperte sich. Er schien nicht gerne Überbringer von schlechten Nachrichten zu sein. »Ist dir bekannt, dass die Dunkelelfen einige Kreaturen der übelsten Sorte aus Jandamer befreit haben?«

»Nein, ich war lange fort. Von welchen Kreaturen sprichst du?«

»Vampire und dergleichen mehr.«

Nun knurrte Lupinia nicht nur in Gedanken.

Vampire?! Es gab Vampire in Menduria? Lina schluckte. Wo war sie da nur hineingeraten?

Vom Schicksal geliebt

Als Endorven vor die Tür trat, hatte Absorbis Jandamer bereits verlassen. Er befand sich am Rande der Calahadin und jagte in mörderischem Tempo über die verdorrte Erde hinweg der Krallenfestung entgegen. Er musste dem Fürsten von seiner Entdeckung berichten. Wohl doppelt so schnell als im materialisierten Zustand erreichte er so die Krallenfestung. Jetzt bei Nacht waren ihre Umrisse durch brennende Fackeln auf der Wehrmauer und den Türmen zu erkennen. Der zu zwei Dritteln volle Blutmond war gerade hinter dem Gebirgszug aufgegangen und übergoss die schwarze Festung mit orangerotem Licht.

Knapp vor dem großen Wehrtor nahm er wieder Gestalt an. Er wartete erst gar nicht, bis das große Tor geöffnet wurde, sondern trat durch eine der niedrigeren Seitenpforten ein. Zwei Stiernackenkrieger, die dort als Wachen postiert waren, nickten ihm kurz zu. Absorbis beachtete sie nicht. Auch sie waren, wie die Traumjäger, Kreaturen, die die Geisterdämonen für Xedoc erschaffen hatten. Aber sie waren niedere Kreaturen von beschränkter Intelligenz, seiner Aufmerksamkeit nicht würdig.

Vor dem Lavathron sank Absorbis demütig auf ein Knie. Der Fürst blickte ihn mit unergründlicher Miene an. »Das ging aber schnell, Absorbis. Ich bin überrascht.« Etwas im Tonfall seines Herrn ließ den Traumjäger aufhorchen.

Xedoc hatte sich auf seinem Thron nach vorne gebeugt. Er streckte Absoris eine offene Hand entgegen. »Die Träume des Mädchens«, forderte er.

Absorbis blickte ihn an. Xedoc wusste Bescheid, wusste, dass er mit leeren Händen kam. Die Seherin musste ihn informiert haben.

»Ich habe ihre Träume nicht.«

Das Gesicht des Fürsten blieb unverändert. Nur ein leichtes Zucken seiner Mundwinkel verriet, dass er Mühe hatte, die Beherrschung zu wahren.

»Das Buch? Hast du wenigstens das Gezeitenbuch?«

Wieder verneinte Absorbis. Er spürte die Wut des Fürsten, als dieser erneut die Klammer um sein Herz schloss. Der Traumjäger bekam kaum noch Luft. »Herr, ich habe wichtige Informationen für dich.«

In den Augen des Fürsten lag ein böses Funkeln. »Was kann wichtiger sein als der Auftrag, den du hattest?« Seine leere Hand schloss sich zu einer Faust. Alleine der Gedanke, dass darin Absoribs' Herz liegen würde, genügte, um den Traumjäger zu quälen.

»Herr, ich kenne das Geheimnis der sieben Siegel«, keuchte Absorbis.

Der Griff um sein Herz lockerte sich augenblicklich.

»Ich höre?« Xedoc zog eine Traumkugel aus der Tasche und lehnte sich auf seinem Thron nach hinten.

So berichtete Absorbis von dem Gespräch, das die Schöpferin mit dem Elfen namens Endorven geführt hatte und von der Wölfin, die sie begleitete. »Herr, ich habe nicht gewagt, ihr die Träume zu stehlen, nachdem ich das gehört habe.«

Zuerst verzog sich nur Xedocs Mund zu einem Lächeln. Dann begann er schallend zu lachen. Das passierte so selten, dass Absorbis ihn verdutzt ansah.

Seine Stimme triefte nur so vor Schadenfreude und Spott, als er schließlich sagte: »Oh Endorven, du warst schon immer ein Stümper. Da gibt er sich eine halbe Ewigkeit Mühe, dieses Geheimnis zu wahren, und dann lässt er sich dabei belauschen, wie er es ausplaudert. Das nenne ich Ironie.« Als er sich aufrichtete, galt Xedocs ganze Aufmerksamkeit dem Traumjäger. »Das hast du gut gemacht, Absorbis. Kehre zurück und bring mir das Mädchen unversehrt hierher. Nimm dir so viele Traumjäger mit, wie du dazu benötigst. Aber nimm dich vor der Wölfin in Acht. Sie ist keine gewöhnliche Wölfin. Das ist Lupinia, die weiße Magierin. Solange du sie in Jandamer stellst, hast du eine Chance, ihrer habhaft zu werden. Dort kann sie ihre Gestalt nicht verändern. Du musst verhindern, dass sie die Verwandlungsformel laut aussprechen kann, sobald ihr Jandamer verlassen habt.«

Absorbis nickte zum Zeichen, dass er verstanden hatte. Er hatte sich bereits erhoben, als Xedoc forderte: »Gib mir deine Hand.«

Schicksalsergeben streckte der Traumjäger dem Fürsten seine knochige Hand entgegen. Xedoc griff nach seinem Handgelenk und zog seine Finger über das Lavabecken. »Du weißt, was es bedeutet, meine Gunst zu haben?«

Absorbis nickte, konnte seine Nervosität aber nicht ganz verbergen. Mit einem Lächeln ließ Xedoc die Traumkugel aus seiner Hand ins Lavabecken rollen, wo sie sich langsam auflöste. Orangerote Nebelschwaden wurden freigesetzt und begannen, in die Hand des Traumjägers einzusickern.

»Die Traumessenz eines Kindes«, raunte der Fürst und beobachtete, wie der Traumjäger die Energie aufsog und sofort in einen ekstatischen Rauschzustand verfiel.

Als es vorbei war, leuchteten die Augen des Traumjägers, seine Haut war straffer und nicht mehr so grau. Er hatte sich noch niemals so lebendig gefühlt.

»Bring mir das Mädchen, und du erhältst eine weitere. Und bevor du gehst, schick mir Darian. Ich habe mit ihm zu sprechen.«

»Ja, Herr, alles, was du befiehlst.«

Mit einem Wink entließ der Fürst den Traumjäger und blickte ihm nach, bis er aus der Halle verschwunden war. Dann wandte er sich der Frau zu, die die ganze Zeit über reglos neben ihm gestanden hatte. Sie stand seitlich, sodass er ihr Profil sehen konnte. Wenn er sie so sah, geriet sein Blut in Wallung. Sie war wirklich ausnehmend schön. Ihr rabenschwarzes Haar floss ihren Rücken hinab bis zu den Hüften. Ihr Gesicht war lang und schmal. Dichte schwarze Wimpern umrahmten das mandelförmige Auge, dessen Farbe von dunklem Gold war. Ihre olivefarbene zarte Haut lud dazu ein, sie zu berühren.

»Nun, was sagt meine allwissende Seherin dazu? Wieso hast du Endorven in Jandamer nicht aufgespürt?«

Sie wandte sich zu ihm um und blickte ihn nun direkt an. Wie immer durchzuckte ihn ein Schauer der Übelkeit. Die Seherin hatte wahrlich einen hohen Preis für die Unsterblichkeit bezahlt. Ihre gesamte rechte Körperhälfte zeigte die Merkmale einer uralten Greisin. Graues strähniges Haar, eine hängende runzelige Wange und tiefe Furchen um Auge und Mundwinkel.

»Du weißt doch, dass ich keinen Einblick in die Gedankenströme habe, mein Fürst.«

Xedocs Gedanken schienen weit in der Vergangenheit zu weilen, als er sagte: »Das muss sie gewusst haben. Deshalb hat sie ihn dorthin geschickt.«

Die Seherin ergriff den Arm des Fürsten und sagte mit warnender Stimme: »Es ist ein gefährliches Spiel, das du da treibst. Das Mädchen könnte dich vernichten.«

Überlegenheit spiegelte sich auf seinem Gesicht wider. »Gefährlich vielleicht, Galan, aber der Preis wird überwältigend sein. Und ich kontrolliere das Spiel.«

»Du weißt, was die Schöpfer sagen? Hochmut kommt vor dem Fall.«

Xedoc hob eine Augenbraue. »Hast du meinen Fall gesehen?«

Galan schüttelte den Kopf. »Aber du weißt, dass die Gezeiten in gewissem Maße veränderlich sind. Unter bestimmten Umständen ist es möglich.«

»Nun, sollte es so weit kommen, so wird es unser beider Fall sein. Also sorge dafür, dass es nicht geschieht. Such mir den richtigen Zeitpunkt für die Schlacht. Den Rest erledige ich.«

Die Seherin nickte.

Der Clanführer der Dunkelelfen saß mit angewinkelten Beinen in einem Vorhof der Krallenfestung. Er hatte die Augen geschlossen, sein Geist weilte an einem weit entfernten Ort, und trotzdem war er sich seiner Umgebung vollkommen bewusst. Dunkles zerzaustes Haar fiel ihm bis auf die Schultern und in die Stirn und bildete einen starken Kontrast zu seiner blassen Haut. Seine feinen Gesichtszüge wurden durch hohe Wangenknochen und ein scharf geschnittenes Kinn definiert. Sein jugendliches Aussehen täuschte. Er war eines der ältesten Geschöpfe, die in der Calahadin lebten. Nichts unterschied ihn von den anderen Dunkelefen, bis auf die beiden Schwerter, die er in den ledernen Schultergurten auf dem Rücken trug. Sie waren aus schwarzem Stahl, gehärtet im magischen

Drachenfeuer. Indis und Rumil, so hießen sie in der alten Elfensprache, Feuer und Eis. In die Klingen waren in silbrig glänzenden Elfenrunen die Namen derer eingraviert, die sie geführt hatten. Auch sein Name stand dort. Diese beiden Schwerter wurden von einem Clanführer zum nächsten weitergegeben. Er hatte sie von Finrod übernommen. Darian führte den Clan der Dunkelelfen, seit Finrod bei einem Angriff der Nachtmare getötet worden war. Das war noch zu einer Zeit gewesen, als sie in den Dunkelwäldern an den Nordhängen des Titanengebirges gelebt hatten, lange bevor sie in die Calahadin gekommen waren. In einem anderen Leben, so kam es ihm manchmal vor. Darian hatte weder die Führung noch die Verantwortung gewollt und er verfluchte den Tag, an dem er sich dazu hatte zwingen lassen.

Er neigte den Kopf zur Seite und zog die Nase kraus. Ganz automatisch fanden seine Hände die Griffe der Elfenschwerter. Jeder Muskel seines Körpers hatte sich plötzlich gespannt, jederzeit bereit zuzuschlagen, obwohl seine Augen nach wie vor geschlossen waren. »Absorbis, was willst du?«

»Xedoc sucht dich.«

»So, tut er das?« Darians Blick fixierte den Traumjäger. Dann spielte plötzlich ein vielsagendes Lächeln um seinen Mund. »Wo hast du denn die Schöpferin gelassen? Sag bloß, sie ist dir schon wieder entwischt.«

Absorbis ging nicht darauf ein. Er wusste wohl, dass er in einem Zweikampf den Kürzeren ziehen würde.

Ohne den Traumjäger weiter zu beachten, kam Darian in einer fließenden Bewegung auf die Beine. Er bewegte sich wie der Schatten einer Wildkatze.

»Wieso hast du im Wächterturm auf mich geschossen?«

Darian vollführte eine Halbdrehung, die wie ein Tanzschritt wirkte. »Wenn ich tatsächlich auf dich geschossen hätte, wärst du jetzt tot.« Nach zwei weiteren Schritten verschmolz er mit den Schatten der Nacht und ließ den Traumjäger alleine zurück. Absorbis starrte ihm hasserfüllt hinterher.

Darian spürte die Blicke des Traumjägers in seinem Rücken. Er mochte diese träumesaugenden Parasiten nicht. Für seinen Geschmack hatten Absorbis und seinesgleichen zu viel Kontakt mit den Schöpfern. Darian mochte auch die Schöpfer nicht. Xedoc träumte davon, die Schöpferwelt zu beherrschen. Das tat er nicht. Er wollte nur zurückkehren in die Dunkelwälder. Aber das ging erst, wenn er seinen Auftrag erfüllt hatte. Mit ein bisschen Glück, würde es bald so weit sein.

Xedoc stand neben dem Feuerbecken und blickte gedankenverloren hinein. Ohne aufzusehen sagte er: »Ich freue mich, dass du so schnell gekommen bist.«

Darian nickte unmerklich. Sie wussten beide, dass er sich mehr Zeit gelassen hatte als nötig.

»Ich habe einen Auftrag, den nur du erledigen kannst. Er erfordert all die Raffinesse und Hinterlist, zu der du fähig bist.«

Darian wusste nicht, ob er sich geschmeichelt fühlen sollte. Trotzdem sagte er: »Ich höre, mein Fürst.«

Die weiße Magierin hatte Endorven in den Wächterturm zurückgeschickt, kaum dass sie den Schuppen verlassen hatten. Er sollte Serendra von seinen Beobachtungen berichten. Sie hatte Lina die Führung überlassen. »Lass dich von dem Buch leiten. Es wird uns den Weg weisen«, hatte sie ihr gesagt. Aber das verdammte Ding tat nichts dergleichen. Seit Stunden folgten sie nun wieder dem ausgetretenen Pfad, den sie am Abend zuvor verlassen hatten, ohne dass das Buch ein Zeichen von sich gab. Längst hatten sie das Hochmoor hinter sich gelassen. Saftige dichte Grasbüschel durchbrachen die sumpfige Landschaft, die sich zu beiden Seiten des Weges ausbreitete. Mondlicht spiegelte sich im Wasser der Teiche und verlieh dem Moor einen Hauch von Unwirklichkeit. »Ob Endorven den Wächterturm schon erreicht hat?«, überlegte Lina. »Er freut sich bestimmt, nach so langer Zeit wieder zurückzukehren.«

»Da wäre ich mir nicht so sicher«, erwiderte Lupinia. »Für ihn wird es ein ganz neuer Anfang sein. In Menduria sind Jahrhunderte ins Land gezogen, während er in den Gedankenströmen unterwegs war. Niemand, den er aus seinem Volk gekannt hat, ist mehr am Leben.«

»Oh.« Daran hatte Lina nicht gedacht. Sie konnte sich gar nicht vorstellen, wie es wäre, heimzukommen und niemand war mehr da. Ihre Gedanken wanderten zu ihrer Mutter und zu Benjamin. Ob er wohl jetzt bei Mama im Krankenhaus war? Sie konnte es nur hoffen.

Modriger Geruch stieg ihr in die Nase, und lenkte ihre Aufmerksamkeit wieder auf den Weg, der immer sumpfiger wurde. Mit gesenktem Blick konzentrierte sie sich auf ihre Schritte.

»Halt. Keinen Schritt weiter«, ertönte plötzlich Lupinias alarmierte Stimme.

Lina hob den Kopf und erstarrte. Sie sah sich einer undurchdringlichen Nebelwand gegenüber. Eisig kalte Nebelfetzen quollen daraus hervor. Ihr Atem schien zu gefrieren. Die Kälte alleine war schon furchterregend genug, aber das wirklich Beängstigende war die Stille. Es war das absolute Fehlen jeglichen Lebens, das den Schrecken dieser Stille ausmachte. Lina war wie paralysiert, konnte sich nicht bewegen. Sie spürte Lupinia, die sich in ihr Shirt verbiss und sie rückwärts aus der Gefahrenzone zog. Erst als sie ein gutes Stück zwischen sie und die Nebelwand gebracht hatte, löste sich ihre Erstarrung.

»Wir müssen umkehren.« Lupinia hielt sich dicht an ihrer Seite.

Immer wieder wandte sich Lina um. Der Nebel kam jetzt auch bedrohlich von der Seite und schien sie einzukreisen. Mit einem Mal wurde es vollkommen dunkel. Der Mond war einfach im Nebel verschwunden.

»Ich sehe nichts mehr«, wisperte Lina verzweifelt.

»Komm, halt dich an mir fest.«

Dankbar vergrub sie ihre Finger im weichen Fell der Wölfin und ließ sich führen. Die Nebelwand zwang sie, vom sicheren Weg ins Moor auszuweichen. Ihre Füße versanken bereits im Morast. Lina knickte ein und landete auf allen vieren im brackigen Schlammwasser, rappelte sich mühsam wieder hoch und watete, so schnell es ging, weiter. Eiseskälte saß ihr bereits im Genick, während sie die nackte Angst weitertrieb. Ihr Haar wirbelte um ihre Schultern, als sie sich zur Nebelwand umdrehte. Es knisterte, als eine ihrer Haarstähnen vom Nebel erfasst wurde und sich einfach auflöste. So würde es auch ihnen ergehen, wenn sie nicht schnellstens einen Ausweg fanden. Lina mobilisierte ihre letzten Kräfte. So wollte sie nicht sterben. Genau in diesem Moment zerflossen die Umrisse der Moorlandschaft vor ihr und gaben einen Durchgang frei. Ein Wald. Ohne zu zögern stürzten Lina und Lupinia darauf zu. Zwei Schritte nur, und sie standen in einer anderen Welt, während sich die magische Barriere hinter ihnen senkte. Mit geschlossenen Augen fiel Lina erschöpft und schwer atmend auf die Knie. Es dauerte eine Weile, bis sie die Augen wieder öffnete und sich umsah. Sie befanden sich auf einer Waldlichtung, umringt von hochaufragenden Nadelbäumen, durch deren Geäst Mondlicht sickerte. Wunderbares weißes Mondlicht.

»Wir haben es geschafft!« Lina war erleichtert. Sie hatte Todesängste ausgestanden, das erste Mal in ihrem Leben.

»Nein, hier stimmt etwas nicht.« Lupinias Fell sträubte sich.

»Aber du hast uns doch in Sicherheit gebracht …« Lina blickte sich um, konnte aber keinerlei Gefahr entdecken.

»Das war ich nicht.« Die weiße Magierin hatte den Satz kaum ausgesprochen, da fiel ein Netz aus den Bäumen und drückte sie beide zu Boden. Blau fluoriszierende Energie durchzuckte es für einen Augenblick und schien die Wölfin zu lähmen. Das Letzte, was Lina sah, ehe sie das Bewusstsein verlor, war Absorbis' fratzenhaftes Gesicht. »So sehen wir uns also wieder.«

Totes Land

Jandamer zu verlassen, kostete Absorbis nicht viel Mühe. Wieder war er auf dem Weg in die Calahadin. Aber dieses Mal würde er im Triumph heimkehren. Er hatte seine Falle gut ausgelegt. Und der vernichtende Nebel war ihm dabei zu Hilfe gekommen.

Absorbis hatte einen Boten vorausgeschickt, um den Fürsten zu informieren. Nur für den Fall, dass die Seherin nicht schon Bescheid wusste. Leider kamen sie mit ihrer Beute nicht so schnell voran, wie er das gerne gehabt hätte. Sie waren gezwungen, ihre feste Form beizubehalten und den Rückweg zu Fuß anzutreten.

Von Zeit zu Zeit warf Absorbis einen Blick über die Schulter. Das Mädchen hing über Randobals Schulter. Der Traumjäger war größer als Absorbis und kräftiger. Sie schlief immer noch, während die weiße Wölfin bereits zu sich zu kommen schien. Die mächtige Andavyan hing an einem Ast, den zwei weitere Traumjäger geschultert hatten. Ihre Wolfsschnauze war zugebunden. Nur so konnten sie verhindern, dass sie sich verwandelte und in den Vollbesitz ihrer Kräfte gelangte, jetzt da sie die Gedankenströme verlassen hatten.

Dieses Mal hatten sie Jandamer am Rande der Noriatwüste verlassen. Dort waren die Barrieren dünner und sie hatten recht brauchbare Verbündete. Die Molochay, Wüstendämonen, die von den Dunkelelfen aus Jandamer befreit worden waren. Die Ausläufer der Noriat gingen nahtlos in die Calahadin über. Sie hatten das Grenzland schon vor mehreren Stunden verlassen. Absorbis war froh, dass sie über die Noriatwüste gekommen waren. Die andere Alternative war die Eldorin, Hoheitsgebiet der Lichtelfen, hässliches Land, in dem grüne Hügel mit Laubwäldern und weiten Ebenen wechselten, und das sich bis hin zum Titanengebirge zog. Absorbis verabscheute die Eldorin. Er war ein Geschöpf der Calahadin mit ihrer kahlen schroffen Erde, den schwarzen erkalteten Lavazungen, die sich von der Krallenfestung aus weit ins Land erstreckten und dem schwarzen Gebirge. Dort war das Land tot. Es reichte bis zum südöstlichen Ende Mendurias. Dort, auf den letzten Klippen, bevor die große Leere begann, hielt Absorbis oft nach seinen Schöpfern Ausschau, nach den Geisterdämonen. Bald schon würde er wieder dorthin gehen.

Absorbis blickte auf und straffte die Schultern. Die Krallenfestung war bereits in Sicht.

Dumpf drang eine Stimme durch den Nebel in ihre Gedanken. Warum sollte sie denn schon aufstehen? Es war doch noch gar nicht richtig hell. »Lina, wach auf!«

Sie wollte nicht. Sie war müde.

»Lina, bitte. Du musst aufwachen!«

Lina wollte sich den Schlaf aus den Augen reiben, aber sie konnte ihre Hände nicht heben. Irgendwie erforderte das zu viel Kraft.

»Ja, so ist's gut. Öffne die Augen.«

Die Augen öffnen. Sogar das kostete Kraft. Aber schließlich schaffte sie es, nur um sie gleich wieder zu schließen. Der Boden schwankte und schien über ihr zu sein. Lina wurde übel. Noch einmal öffnete sie die Augen, diesmal mit mehr Willenskraft. Sie hob den Kopf und ließ ein leichtes Stöhnen vernehmen. Eine kratzige Stimme sagte irgendetwas, und dann hörte das Geschaukel plötzlich auf. Sie wurde in die Höhe gehoben und unsanft auf ihre Füße gestellt. Vollkommen orientierungslos blickte sie sich um. Absorbis stand vor ihr. Er befahl einem anderen Traumjäger, ihre Fußfesseln zu lösen, während er ihr etwas um den Hals hängte. »Hier, das darfst du selbst tragen.«

Lina erkannte, dass es das Gezeitenbuch war, das er ihr in einem Beutel umgehängt hatte.

Zu ihrer Rechten entdeckte sie zwei weitere Traumjäger, die Lupinia zwischen sich trugen. Sie hing mit zugebundener Schnauze an einem Ast. »Oh, Lupinia. Was haben sie mit dir gemacht?« Lina schlug entsetzt die Hand vor den Mund. Erst jetzt bemerkte sie, dass auch ihre Hände gefesselt waren.

»Kannst du alleine gehen, oder müssen wir dich tragen?«, erkundigte sich Absorbis.

»Ich schaff das alleine.« Der Trotz in ihrer Stimme war das Einzige, was sie ihm entgegenzusetzen hatte.

»Gut«, raunte er. »So können sie dich besser sehen.«

Sie spürte einen unsanften Stoß im Rücken.

»Da geht's lang.« Der Traumjäger wies über ihre Schulter. Als Lina sich umwandte, fiel ihr Blick auf ein riesiges Monster aus schwarzem Gestein. Unheil versprechend ragte die Festung in den fahlen Himmel, dem das Licht zu fehlen schien.

»Was ist das?« Lina fragte nicht laut. Sie sandte ihre Gedanken aus und hoffte, dass Lupinia sie auffing.

»Das ist die Krallenfestung, Lina. Wir sind in der Caladhin.« Die Stimme der Magierin klang besorgt.

»Xedocs Festung?«

»Ja«, antwortete die weiße Wölfin leise. »Lina, es tut mir leid. Ich hätte das verhindern müssen. Ich …«

»Schon gut. Es ist nicht deine Schuld.« Lina wollte jetzt keine Selbstvorwürfe hören. Sie brauchte jemanden, der ihr Mut zusprach.

Sie kamen der Festung immer näher. Mittlerweile konnte sie bereits Bewegung auf der Wehrmauer ausmachen.

»Sie bringen uns zu Xedoc, richtig?«

»Ja, das tun sie.«

Lina schluckte schwer.

»Hör mir zu, Lina. Xedoc will dich unversehrt. Wäre es nicht so, hätte Absorbis dir deine Traumessenz bereits gestohlen.« Lupinia sprach jetzt mit Nachdruck. »Ich verspreche dir, dass wir hier wieder heil herauskommen. Ich lasse mir etwas einfallen. Aber es ist wichtig, dass du keine Angst zeigst.«

»Ha.« Ein gequältes Lachen entrang sich ihrer Kehle. Keine Angst zeigen. Wie sollte das denn funktionieren? Lina war auf einmal wieder ein kleines Mädchen, das einen Albtraum gehabt hatte und zu ihren Eltern ins Bett gekrochen kam. In ihrer Verzweiflung begann sie, zu sich selbst zu sprechen. ›Zeig Haltung, komm schon, du kannst das! Gönne ihnen diese Freude nicht.‹ Oh, wäre sie doch nur zu Hause in ihrer Welt geblieben. Sie würde einen Spaziergang mit Otto machen, würde mit Oma Steinmann Tee trinken. Sie würde mit Mama über ihr neuestes Buch diskutieren. Mit Mama … sie lag im Krankenhaus. Wegen dieser Ausgeburt der Hölle, diesem Traumjäger, der sich an ihrer Angst weidete. Lina fühlte Zorn in sich hochsteigen. Nein, sie würde hier nicht als ein zitterndes Häufchen Elend vorgeführt werden. Diesen Triumph würde sie ihm nicht gönnen.

Sie hatten die Krallenfestung erreicht und standen vor einem gewaltigen schwarzen Eisentor. Um das obere Ende sehen zu können, musste sie den Kopf weit in den Nacken legen. Schwere Eisenketten setzten sich quietschend in Bewegung und öffneten das Tor. Lina holte tief Luft und straffte ihre Schultern. Mit hoch erhobenem Kopf und gleichgültiger Miene schritt sie hinter Absorbis durch das Tor.

»Das machst du sehr gut, Lina.« Lupinia versuchte, aufmunternd zu klingen.

»Weißt du, wieso das Tor so groß ist?«, fragte Absorbis sie und grinste hämisch. Ihm schien ihre aufrechte Haltung gar nicht zu gefallen.

Lina antwortete nicht.

»Damit die Trolle problemlos hindurchmarschieren können«, sagte der Traumjäger genießerisch.

Jetzt sah man doch Angst in ihren Augen.

»Trolle?«, japste Lina in Gedanken.

»Du weißt schon, diese riesigen hinterhältigen, mordlüsternen Fleischfresser. Trolle eben.«

»Hör nicht auf ihn. Das ist blanker Unsinn. Trolle sind hässlich, aber harmlos. Du kannst sie mit Elefanten vergleichen. Sie sind hier so etwas wie die Haustiere der Dunkelelfen. Xedocs Heer verwendet sie als Lastenträger. Du wirst jetzt keine sehen. Hier ist viel zu viel los. Weißt du, Trolle sind scheu.«

»Trolle sind was!?« Das war wohl ein schlechter Scherz.

»Nein, ganz ehrlich. Trolle sind harmlos«, versicherte Lupinia.

Mittlerweile hatten sie den Vorhof und die zweite Wehrmauer hinter sich gelassen und waren in einen riesigen Innenhof getreten. Lina fühlte sich von Hunderten von Augenpaaren beobachtet. Sie sah Zentauren mit langem struppigem Haar und bärtigen Gesichtern. Zwischen ihren Pferdekörpern tummelten sich kleine drahtige Wesen, die Lina für Kobolde hielt. Krieger in Kettenhemden und Äxten, etwa doppelt so groß wie die Kobolde, standen in mehreren Gruppen beieinander und gafften sie an. Ihre Bärte waren geflochten, Gesichter und Arme waren mit seltsamen Zeichen bemalt, es mussten wohl Zwerge sein. Sie sah eine Vielzahl von stiernackigen Kreaturen mit vorstehenden Hauerzähnen. Ob das Orks waren? Lina war überrascht, auch Elfen zu sehen. Sie hatte keine Ahnung, wie Dunkelelfen aussahen, aber diese hier sahen Serendra und den Hütern recht ähnlich. Ihre Haut war allerdings blasser, und ihre Gesichter wirkten grimmiger. »Stehen auch Lichtelfen auf Xedocs Seite?«

»Tun sie«, knurrte Lupinia.

Und dann sah Lina etwas, mit dem sie gar nicht gerechnet hatte. Eine Kreatur, halb Vogel, halb Frau, ließ sich auf einer der Zinnen nieder und blickte auf sie herab. Sie hatte die Augen eines Raubvogels.

»Was ist das denn?« Lina wusste nicht, ob sie sie mehr faszinierend oder abstoßend fand.

»Eine Harpyie.«

Bis jetzt hatte Lina sich tapfer und aufrecht gehalten. Doch als sie den Gang betraten, der in die Festung führte, bröckelte die Mauer aus gespielter Selbstsicherheit. Lina fühlte sich klein und hilflos. Sie versuchte, den unvermeidlichen Zeitpunkt hinauszuzögern, da sie Xedoc gegenüberstehen würde. Aber der Traumjäger zog sie unbarmherzig weiter. Als sie die Fürstenhalle betraten, war sie knapp davor, die Nerven zu verlieren. Ihre Furcht hatte sich in lähmende Angst verwandelt. Ihre Knie wurden ganz weich, ihr Magen krampfte sich zusammen und sie begann zu zittern. Kurzum, sie zeigte alle Anzeichen einer Panikattacke.

»Ganz ruhig. Du hast das bis jetzt so gut gemacht«, hörte sie Lupinia wie aus weiter Ferne. Die Wölfin wollte Ruhe in

Linas Gedanken bringen, aber sie schaffte es nicht, die Blockade zu durchbrechen, die Linas komplett verkrampfter Körper auch um ihren Geist aufgebaut hatte.

Lina konnte kaum noch atmen, so sehr schnürte ihr die Angst die Kehle zu. Sie hatte so viel von Xedoc gehört. Xedoc, das Monster, das die Welten verschlingen wollte. In ihrem Kopf hatte sich ein Bild von ihm festgesetzt, das schrecklicher nicht hätte sein können. Lina hatte viel Fantasie, und das Monster Xedoc wuchs darin zu immenser Größe.

Und dann stand sie vor einem leeren Thron aus schwarzer erkalteter Lava. Nirgendwo waren Fackeln angebracht und trotzdem war die Halle in orangerotes Licht gehüllt. Es herrschte gespannte Stille. Nur das leise Blubbern der flüssigen Lava in einem Becken neben dem Thron war zu hören.

Ein groß gewachsener Mann, ganz in Schwarz gekleidet, kam durch die Halle geschritten. Sein Gang war federnd. Sein blondes langes Haar wehte um seine Schultern. Er ließ sich auf dem Thron nieder, schlug die langen Beine bequem übereinander und lehnte sich zurück, wobei er den Kopf auf einer Hand abstützte. In dieser entspannten Haltung verharrte er, den Blick aus eisblauen Augen interessiert auf Lina gerichtet.

»Wer ist das?« Ihre Gedanken wanderten Hilfe suchend zu Lupinia.

»Das ist Xedoc.«

»Xedoc?«, murmelte Lina erstaunt. Er war nicht hässlich, ganz im Gegenteil. Er hatte etwas Charismatisches, etwas Fesselndes an sich. Und da löste sich plötzlich die Angst in ihrem Geist, die sich aufgestaut hatte, und das Atmen fiel ihr leichter.

Ein Lächeln umspielte den Mund des Fürsten. »Was hast du erwartet? Ein achtarmiges Feuer spuckendes Monster?« Auch seine Stimme klang kraftvoll.

Lina fühlte sich ertappt und senkte beschämt den Blick.

»Also wirklich, Lupinia. Was habt ihr dem armen Mädchen denn bloß über mich erzählt?« Und an Absorbis gewandt fügte er hinzu: »Nehmt ihr die Fesseln ab. Das ist hier nicht nötig. Wir werden uns ein wenig unterhalten, Lina wird tun, was ich von ihr will, und alles wird gut sein.« Dabei schenkte er Lina ein hinreißendes Lächeln.

»Nimm dich in Acht, Lina. Der Schein trügt, er versucht, dich in Sicherheit zu wiegen. Er will …« Die Gedanken der Wölfin rissen plötzlich ab, als eine junge Frau von der Seite an das Lavabecken herantrat. Sie war ausnehmend schön, sodass Lina sie wie gebannt ansah. Nur ihr Gang war seltsam, leicht hinkend. Und dann, als sie beim Lavabecken angekommen war, wandte sie sich nun, drehte Lina das Gesicht zu und blickte sie direkt an.

»Um Himmels willen, Galan, was ist mit dir geschehen?« Lina hörte offenes Entsetzen in den Gedanken der Wölfin, die immer noch neben ihr an dem Ast hing. Sie selbst war wie erstarrt. Diese Frau, deren linke Seite so ausnehmend schön war, sah auf ihrer rechten Seite aus wie das Monster, das sie in Xedoc erwartet hatte.

»Lupinia, es ist lange her«, begrüßte die Seherin die weiße Magierin.

Das war also die verräterische Andavyanseherin.

»Das ist wahr.« Die Gedanken der Wölfin schienen für alle Anwesenden hörbar zu sein.

Xedoc genoss das Wiedersehen der beiden. Er lächelte immer noch, als er das Wort an Lupinia richtete. »Das letzte Mal, als wir uns sahen, war ich in deiner Lage. Wie du siehst, haben sich die Dinge geändert. Na ja, du warst ja auch lange weg.«

»Jetzt bin ich zurück.«

Xedoc nickte belustigt. »Dann ist es doppelt schmeichelhaft, dass du mir gleich nach deiner Rückkehr deine Aufwartung machst. Fehlt nur noch Drogonn. Dann hätte ich meine Richter alle komplett.«

Lina wusste, wovon er sprach. Die drei Andavyan, die Xedoc damals verbannt hatten. Was würde er mit Lupinia wohl anstellen?

»Aber nun zu dir, Lina.« Xedoc widmete ihr wieder seine volle Aufmerksamkeit. »Es freut mich, dass du gekommen bist.«

Lina schwieg.

»Und du warst so nett, mir ein Geschenk mitzubringen. Sei so nett und gib es mir.« Xedoc deutete auf den Beutel, der um ihren Hals hing. Das Buch schien plötzlich schwer wie ein Mühlstein zu sein. Nur deswegen stand sie überhaupt hier.

»Gib ihm das Buch«, konnte sie plötzlich die Magierin in ihren Gedanken hören.

»Aber ich dachte, er darf es auf keinen Fall bekommen?«

»Es ist noch versiegelt«, erklärte Lupinia. »Er kann damit nichts anfangen. Leg es ihm einfach in die Hand.«

Wortlos griff Lina in den Beutel und zog das Buch heraus, um es Xedoc mit beiden Händen entgegenzuhalten.

Wieder lachte Xedoc schallend. »Glaubst du, ich bin so dumm?« Er griff nicht nach dem Buch. »Leg es dort hinten in die Nische.« Mit einer beiläufig wirkenden Geste deutete er über seine Schulter. Doch Lina entging das gierige Aufblitzen in seinen Augen nicht.

Sie tat, was ihr befohlen wurde. Langsam näherte sie sich der Nische. Erst jetzt sah sie, dass in den anderen Nischen unzählige Kugeln lagen. Traumkugeln. Es mussten Tausende sein. Daher kam das Licht in der Halle also. Sie waren nicht gleich groß, manche waren winzig, andere faustgroß. Doch jede einzelne stand für einen Menschen, der seiner Träume beraubt in Finsternis dahindämmerte. Lina begann, die Tragweite dessen zu begreifen, was Xedoc getan hatte. Mochte er auch noch so freundlich wirken, er war ein Monster. Mit ihm würde es keine Einigung geben. Sie legte das Buch ab und kehrte zurück.

So, als ob Xedoc ihre Gedanken erraten hätte, sagte er: »Du wirst für mich im Gezeitenbuch lesen.«

Lina schüttelte langsam den Kopf. Nein, das würde sie nicht.

»Doch, das wirst du«, beharrte der Fürst. Jegliche Freundlichkeit war aus seinem Gesicht verschwunden. »Und ich werde dir dafür das hier zurückgeben.« Er hielt plötzlich eine orangerote Kugel in der Hand. Fluoreszierendes Licht pulsierte im Inneren. Sie füllte seine gesamte Handfläche aus. »Es ist die Traumessenz deiner Mutter.«

Lina verspürte einen Stich im Magen. Instinktiv griff sie nach der Kugel. Doch Xedoc zog die Hand zurück. »Es ist ein faires Geschäft.«

»Glaub ihm nicht. Er lügt«, erklang Lupinias Stimme in ihrem Kopf. »Er wird sein Versprechen nicht halten.«

»Du musst sie von der Magierin trennen. Sie flüstert der Kleinen Gift ins Ohr«, erklang plötzlich die rauchige Stimme der Seherin.

Xedoc reagierte sofort. Mit einem Wink befahl er den Traumjägern: »Bringt sie weg.«

Galan wandte ihm ihre makellose Körperhälfte zu und legte ihre Hand auf seinen Arm. »Du hast sie mir versprochen, Xedoc. Erinnerst du dich?«

Der Fürst nickte. »Bringt sie in die Gemächer der Seherin.«

»Ich danke dir, mein Fürst«, raunte Galan.

Hilflos musste Lina zusehen, wie Lupinia aus der Halle getragen wurde. Sie wollte zu ihr, doch das verhinderte Absorbis, der sie mit eisenhartem Griff an der Schulter festhielt. Schmerz fuhr durch Linas Körper und hemmte jede weitere Bewegung.

»Halte durch, Lina! Ich finde einen Weg. Ich bringe uns hier raus. Du musst nur durchhalten.« Die Worte der weißen Wölfin hallten noch in ihrem Kopf, als von ihrer Begleiterin schon lange nichts mehr zu sehen war.

»So und nun noch einmal von vorne«, sagte Xedoc schließlich. »Wirst du für mich lesen?«

Er hielt die Traumkugel über das Lavabecken.

»Ja, ich mach alles, nur lass sie nicht fallen«, hätte Lina am liebsten gerufen. Aber irgendetwas sagte ihr, dass sie das nicht durfte. Das Schicksal ihrer Mutter gegen das Tausender Menschen abzuwägen war etwas, das über Linas Kraft hinausging. Ihre Mutter hätte das nicht gewollt, da war sie sich sicher. Langsam schüttelte sie erneut den Kopf.

»Das ist schade«, sagte Xedoc. Doch er warf die Traumkugel nicht ins Lavabecken. Stattdessen zog er seine Hand zurück und ließ die Kugel in seinem Umhang verschwinden. »Nun, ich glaube, du brauchst Bedenkzeit. Und die wirst du am besten auf der Dämonenklippe verbringen.«

Erneut gab er dem Traumjäger einen Wink. »Absorbis, bring sie dorthin.«

»Auf die Dämonenklippe, Herr?« Das Gesicht des Traumjägers drückte ungläubiges Staunen aus.

»Sehe ich aus, als würde ich scherzen?« Ein harter, grausamer Zug war um den Mund des Fürsten zu erkennen. »Und wenn du das erledigt hast, Absorbis, dann kehrst du in die Schöpferwelt zurück und holst mir ihren Bruder. Wir wollen doch sehen, ob sie das nicht umstimmt.«

»Wie du befiehlst, Herr.«

Xedoc entließ sie mit einem Wink, als wolle er Ungeziefer verjagen, lehnte sich auf seinem Thron zurück und begann erneut mit der Traumkugel zu spielen. Er würdigte Lina keines weiteren Blickes, als sie durch einen Seitengang aus der Halle gezerrt wurde.

Xedoc hatte die ganze Zeit über die größte Mühe gehabt, sich gelassen zu geben. Das Gezeitenbuch war sein. Endlich! Nach einer schier endlosen Zeit des Wartens, nach unzähligen Versuchen, den Wächterturm zu stürmen und es mit Gewalt zu erobern. Und dabei war es so einfach gewesen. Es hatte nur des richtigen Zeitpunktes bedurft. Und nun hatte ihm das Schicksal nicht nur das Buch, sondern auch gleich das Mädchen beschert, das für ihn darin lesen würde.

Sie zu sehen, war ein Schock gewesen. Er war nicht darauf vorbereitet, dass sie der Obersten Hüterin so ähnlich sehen würde. Aber das hatte er schnell verdrängt. Das war lange vorbei. Jetzt zählte nur noch das Buch.

Xedoc erhob sich, umrundete den Thron und näherte sich dem Buch, das in der Nische lag. Zu schade, dass er es nicht berühren durfte. Und wenn das alles nur eine Finte war, um ihn davon abzuhalten? Er war versucht, es auszuprobieren. Er hatte bereits seine Hand über dem Buch ausgestreckt, als plötzlich Galans Stimme neben ihm erklang.

»Lass es sein. Du würdest es schmerzlich bereuen.«

Xedoc nickte langsam und zog die Hand zurück.

»Was hältst du von ihr?«, erkundigte sich der Fürst wie beiläufig. Doch sie wussten beide, dass es keine beiläufige Frage war.

»Sie ist gefährlich, Xedoc.« Galan sprach eindringlich. »Ich habe in ihr eine Kraft gespürt, die du nicht unterschätzen darfst. Sie wird mächtiger sein, als es die Oberste Hüterin je war, wenn sie einmal über alle Kräfte verfügt, die in das Buch gebannt sind.«

Der Fürst hatte die Worte der Seherin vernommen, sein Blick war aber immer noch auf das Buch gerichtet. »Sie wird das Buch beherrschen und ich werde sie beherrschen. Stell dir vor, wie mächtig wir sein werden, Galan.« Xedocs Augen funkelten.

»Und wenn sie sich nicht kontrollieren lässt?«, hielt Galan dagegen. »Xedoc, hör auf mich! Vernichte sie, solange du das noch kannst.«

Widerwillig nickte der Fürst. »Sie wird für mich lesen oder sterben. So einfach ist das.« Damit wandte er sich wieder dem Buch zu.

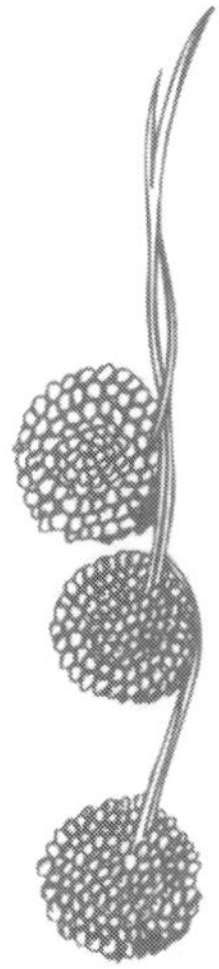

Am Abgrund

Lina hatte nicht damit gerechnet, dass man sie so tief unter die Erde bringen würde. Xedocs Festung musste unterirdisch weit verzweigter und größer sein, als es von außen den Anschein hatte. Gänge wechselten mit Gewölben aus Stein und erweiterten sich zu riesigen Hallen, in denen geschäftiges Treiben herrschte. Sie durchquerten eine Halle, die sie dicht unter der Decke betreten hatten. Ein äußerst schmaler Steinsims führte zu einer Treppe, die ungesichert steil in die Tiefe führte. Unter Lina erstreckte sich so etwas wie eine kleine Stadt. Häuser aus Stein drängten sich dicht an dicht und führten terrassenförmig bis fast unter die gewölbte Decke, die von Rippenbogenkonstruktionen getragen wurde. Der Lärm war ohrenbetäubend. Das Schlagen von Hämmern auf Metall hallte um ein Vielfaches verstärkt von der Decke wider. Dampf hing in der Luft und machte das Atmen schwer. Lina sah Zwerge in den Schmieden, Zentauren und Stiernackenkrieger – vor allem Stiernackenkrieger, aber weder Elfen noch Kobolde. Langsam begann sie zu begreifen, wie groß die Anhängerschaft Xedocs tatsächlich sein musste. Dagegen fühlte sie sich winzig und unbedeutend.

Sie hatten die Halle beinahe durchquert. Am Ende verengte sie sich zu einer Art Grotte und wurde bald so niedrig, dass man gerade noch aufrecht stehen konnte. Der Gang, der dort ins Dunkle führte, war aus schwarzer Lava und sah aus, als hätte ihn ein überdimensional großer Wurm ausgehöhlt. Plötzlich löste Absorbis den Griff um ihren Oberarm.

»Wenn du auch nur einen Funken Verstand hast, dann bleibst du jetzt in meiner Nähe«, sagte er unheilschwanger.

Sie waren noch keine zehn Schritte in den Gang vorgedrungen, als sich eine Kreatur näherte, die Lina nicht einmal bis zur Wade reichte. Mit gefletschten Zähnen kam sie auf allen vieren auf den Traumjäger zugestürmt. Die Zahnreihen erinnerten Lina an einen Piranha. Der Traumjäger schleuderte die Hände nach vorne und erzeugte dabei einen blauen Energieblitz. Die getroffene Kreatur heulte schmerzvoll auf und flüchtete. Zurück blieb der Geruch nach verbranntem Fleisch.

»Was war das?« Lina machte sich erst gar nicht die Mühe, ihr Entsetzen zu verbergen.

»Ein Guhl. Die Tunnel sind voll von ihnen.«

Sie hätte sich nicht träumen lassen, dass Absorbis ihr einmal als das kleinere Übel erscheinen würde.

Der Traumjäger ging vor ihr und legte ein scharfes Tempo vor. Lina sah zu, dass sie sich dicht hinter ihm hielt. All ihre Sinne sagten ihr, dass es tödlich war, alleine in der Dunkelheit zurückzubleiben.

Sie hatte jegliches Zeitgefühl verloren, als es vor ihnen schließlich heller wurde und der Gang endete. Vor ihnen tat sich eine Schlucht auf. Bläuliches Licht schimmerte aus der Tiefe zu ihnen herauf. Auf der gegenüberliegenden Seite ragte eine massive schwarze Felswand empor und verlor sich in der Dunkelheit über ihr. Nur wenige Felsvorsprünge ragten daraus hervor. Einige waren so schmal, dass man darauf nicht einmal stehen konnte. Andere reichten tief ins Gestein und bildeten kleine Felsnischen.

»Willkommen auf der Dämonenklippe.« Absorbis schien ihr Entsetzen zu genießen.

Hier sollte sie bleiben? Lina wurde übel. Absorbis zog an einem Hebel und löste damit einen Mechanismus aus, der eine Fallbrücke aus pechgeschwärztem Holz an einer schweren Eisenkette herabließ. Es knallte, als die Brücke auf dem Felsvorsprung der gegenüberliegenden Seite aufschlug. Das Geräusch kam als unheimliches Echo, um ein vielfaches verstärkt, aus der Tiefe zurück.

»Du solltest tun, was Xedoc verlangt. Am Ende bekommt er immer, was er will«, sagte der Traumjäger und schob sie auf die Brücke.

Lina war viel zu betäubt, um darauf zu antworten. Sie wollte dort nicht hinüber.

»Lauf«, befahl der Traumjäger ungerührt.

Lina schüttelte den Kopf.

Absorbis hob die Hände in einer drohenden Geste und produzierte einen seiner Energieblitze.

»Lauf!«, wiederholte er.

Lina blieb keine Wahl. Langsam setzte sie sich in Bewegung. Schritt für Schritt tastete sie sich vorsichtig über das schmale Holz. Sie wagte nur einen kurzen Blick nach unten. Der Grund dieser Schlucht verlor sich in blauem Licht. Sie konnte die Kälte nun deutlich spüren, die von dort heraufdrang. Eisige Kälte, die das Denken lähmte.

Ein erleichterter Seufzer entrang sich ihrer Kehle, als sie endlich das andere Ende der Brücke erreichte. Kaum hatte sie ihre Füße auf den Felsen gesetzt, wurde die Holzbrücke wieder nach oben gezogen und ließ sie alleine im fahlen Dämmerlicht zurück. Einzig ihre Angst leistete ihr jetzt noch Gesellschaft.

~

Ein Blitz zerriss die Nacht und erhellte für einen Moment das Zimmer. Der darauffolgende Donnerschlag ließ die Scheiben erzittern. Benjamin hob vorsichtig den Kopf. Es funktionierte wieder, ohne dass ihm dabei die Schädeldecke zu zerspringen drohte. Er sah auch keine Sterne mehr. Überrascht registrierte er, dass es bereits Nacht war. Michelle fiel ihm ein. Er hatte sie nicht zurückgerufen. Hoffentlich war sie nicht böse. Er griff nach seinem Handy, dessen Tasten im Dunkeln blau leuchteten. Blaues Licht war auch in seinem Traum gewesen. Es hatte irgendetwas mit Lina zu tun gehabt. Benjamin legte das Handy wieder beiseite und versuchte, sich zu erinnern. Es fiel ihm nicht ein. Seufzend legte er den Kopf in den Nacken, wobei sein Blick auf den Traumfänger fiel, der über seinem Bett hing. Das Ding glühte!

»Interessante Sache, so ein Traumfänger, nicht wahr?«

Zutiefst erschrocken fuhr Benjamin herum. Wer war da in seinem Zimmer? Ein weiterer Blitz zuckte über den schwarzen Himmel und erhellte den Raum für einen kurzen Moment. In seinem Sessel saß eine graue Kapuzengestalt und beobachtete ihn.

Benjamins Hand zitterte, als er zum Schalter seiner Nachtlampe griff und ihn anknipste. Das Licht verjagte die Schatten der Nacht, nicht aber den Traumjäger. Der saß immer noch mit überkreuzten Beinen in seinem Sessel, hatte die Arme seitlich abgestützt und die Finger wie zum Gebet aneinandergelegt. »Deine Träume sind stark, Junge. Ich weiß nicht, wie du es gemacht hast, aber du hast einen Blick auf deine Schwester geworfen, als du geschlafen hast.«

Benjamin konnte sich immer noch nicht genau erinnern. Nur ein ganz starkes Gefühl der Angst war aus dem Traum zurückgeblieben. Angst, die Lina empfunden hatte.

»Und jetzt bist du gekommen, um meine Traumessenz zu holen?«, erkundigte sich Benjamin und versuchte, seine Stimme kraftvoll klingen zu lassen. Dieser Bastard sollte nicht mitbekommen, dass er sich gleich ins Hemd machen würde.

»Du weißt doch, dass ich das nicht kann, solange dieses Ding dort hängt«, gab der Traumjäger gereizt zurück.

Benjamin blickte sich zu dem Traumfänger um, der immer noch glühte. Sein überraschter Gesichtsausdruck verriet ihn.

»Jetzt sag nicht, du hast das gar nicht gewusst?« Absorbis schüttelte ärgerlich den Kopf. »Das ist auch völlig belanglos. Ich will deine Traumessenz gar nicht. Ich will dich. Und du wirst mitkommen, freiwillig.«

»Du kannst mich mal!«, fauchte Benjamin. »Den Teufel werd ich freiwillig tun.«

»Oh doch, das wirst du«, beharrte Absorbis.

»Ach ja, und warum?«

»Weil wir deine Schwester haben.«

»Woher …« Benjamin musste erneut beginnen. Entsetzen schnürte ihm die Kehle zu. »Woher weiß ich, dass du nicht lügst?« Verflucht, diese Magierin hatte doch versprochen, auf Lina achtzugeben!

Absorbis zuckte nur die Schultern. »Du hast sie in deinem Traum gesehen. Weißt du, der Ort, an dem sie ist, heißt Dämonenklippe. Wirklich hässlich dort. Lange überlebt dort niemand. Und schon gar nicht so ein zartes Ding wie deine Schwester. Aber der Fürst hat versprochen, sie von dort wegzuholen, wenn du mitkommst.«

Benjamin fluchte. Viele Tausend Gedanken schossen ihm gleichzeitig durch den Kopf. Und trotzdem liefen sie alle aufs Gleiche hinaus. Er würde mitkommen, freiwillig, so wie es der Traumjäger gerade noch gesagt hatte. Er hatte gar keine andere Wahl. Wenn Lina wirklich dort war, würde er zu ihr gehen müssen.

Ohne noch ein weiteres Wort zu verlieren, stand er auf und folgte dem Traumjäger.

~

Lina wusste nicht, wie lange sie schon hier gekauert und hinüber auf das schwarze Loch gestarrt hatte, in dem Absorbis verschwunden war. Sie war in der Hölle gelandet. Einer eiskalten Hölle, und sie war mutterseelen alleine. Benjamin kam ihr in den Sinn. Wo ihr Bruder jetzt wohl war? Absorbis hatte von Xedoc den Befehl erhalten, ihn ebenfalls auf die Dämonenklippe zu bringen. Lina hoffte inständig, dass er ihn nicht finden würde. Und dann auch wieder doch. Sie wusste, wie egoistisch das war. Aber sie hätte alles dafür gegeben, wenn er jetzt hier bei ihr wäre. Nichts war ihr geblieben. Nicht ihre Mutter, nicht ihr Bruder und nicht die weiße Wölfin. Selbst das Gezeitenbuch hatte sie verloren. Dieses ganze Unternehmen war von Anfang an zum Scheitern verurteilt gewesen. Sie war einfach nicht die Richtige für diese Aufgabe. Sie war nicht stark genug. Das verfluchte Buch hatte sich geirrt, als es sie erwählt hatte. Langsam verwandelte sich ihre Verzweiflung in Wut – Wut auf Xedoc. Dieser Mistkerl hatte so viel Unglück über sie und ihre Familie gebracht, und sie wusste noch nicht einmal, warum. Aber sie würde sich das nicht gefallen lassen! Es war leichter, ihn zu verfluchen, wenn man ihm nicht gegenüberstand. Lina rappelte sich hoch. Mit geballten Fäusten schrie sie ihre Wut gegen die Felswand jenseits des Abgrundes. »Ich bin noch hier, Xedoc. Hörst du mich?! Es ist noch nicht vorbei!«

»Er wird dich nicht hören, aber die Geisterdämonen bestimmt, wenn du weiter so brüllst.«

Lina wandte sich überrascht um. Sie hatte gedacht, ganz alleine zu sein.

Wieder erklang die tiefe sonore Stimme aus der Dunkelheit. »Und du solltest dort nicht stehenbleiben. Das ist gefährlich.«

Automatisch trat sie einen Schritt zurück. Und wie um seine Worte zu bestätigen, schlängelte sich plötzlich etwas Blauglänzendes aus der Tiefe herauf und tastete über den Rand der Klippe. Es knisterte, und der Teil des Felsens, auf dem Lina gestanden hatte, brach weg und stürzte in die Tiefe. Der blaue Fangarm zog sich zurück.

Entsetzt starrte Lina ihm hinterher. »Was war das denn?«

»Geisterdämonen.«

Das klang nicht gut. Sie trat weiter in den Schatten der Felswand und beschloss, herauszufinden, wer da mit ihr sprach, sich aber nicht die Mühe machte, sich zu zeigen. Die Stimme klang nicht unfreundlich. Noch ein Schritt weiter und sie konnte einen Umriss erkennen. Er saß mit angewinkelten Beinen an eine Felswand gelehnt und blickte zu ihr hoch. Lina kam noch näher, ganz langsam und vorsichtig. Und dann erkannte sie sein Gesicht. Diese dunklen Augen …

»Ich habe … von dir geträumt.« Entsetzt schlug sie die Hand vor den Mund. Der Satz war ausgesprochen, ehe sie es verhindern konnte.

»Wie schmeichelhaft.« Er lächelte vielsagend.

»Das waren Albträume!«, fügte sie empört hinzu.

»Noch besser.« Das schien ihn jetzt tatsächlich zu amüsieren.

›Was für ein überheblicher Kerl‹, dachte Lina verärgert. Aber dennoch, sie konnte nicht aufhören, ihn anzustarren. Dunkles halblanges Haar fiel ihm in wild zerzausten Strähnen bis auf die Schultern und in die Stirn. Ein leicht boshafter Zug umspielte seine Lippen. Und diese Augen. Unglaublich dunkel und ausdrucksstark. Ein Blick, dem sie sich nicht entziehen konnte, beinahe hypnotisierend. Das und seine extrem helle Haut brachten Lina auf einen erschreckenden Gedanken. »Du bist doch nicht etwa ein … Vampir?« Unsicher trat sie einen Schritt zurück.

Das Lächeln verschwand augenblicklich aus seinem Gesicht.

»Willst du mich beleidigen?« Er klang entrüstet.

Das hatte sie eigentlich nicht vorgehabt. »Entschuldige. Es ist nur …«, stammelte sie verlegen.

Das Lächeln kehrte in sein Gesicht zurück. »Ich bin kein Vampir, ich bin ein Elf.« Er fuhr sich mit der Hand ins Haar und zog es so weit zurück, dass sie einen Blick auf sein Ohr erhaschen konnte. »Siehst du, keine spitzen Zähne, nur spitze Ohren.«

»Oh.« Lina blickte ihn weiterhin skeptisch an. »Ich habe schon Elfen gesehen. Und die …«

»… sahen anders aus, richtig?«

»Ja.«

»Blond, groß gewachsen, hochnäsiges Gehabe?«

»So in etwa.« Sie lächelte verlegen.

Er nickte. »Ah, verstehe. Das waren Lichtelfen.«

»Und du bist …?«

»Ein Dunkelelf.«

Lina schluckte hörbar. Sie hatte nichts Gutes von den Dunkelelfen gehört. Und in ihrer Vorstellung waren sie hässliche kleine Gnome, die in Lumpen herumliefen. Was er wohl ausgefressen hatte, dass er hier auf der Dämonenklippe gelandet war? Irgendwie saßen sie ja hier im selben Boot, also beschloss sie, sich an die Regeln des Anstands zu halten. Sie trat wieder einen Schritt näher, streckte ihm die Hand entgegen und versuchte, ihrer Stimme einen sicheren Klang zu verleihen. »Ich bin Lina.«

Er ergriff ihre Hand. Es war ein fester Händedruck. »Freut mich, Lina aus der Schöpferwelt. Ich bin Darian.«

Ihre Augen weiteten sich. »Du bist doch nicht etwa der Darian … Clanführer der Dunkelelfen?«

Immer noch hielt er ihre Hand fest, während er zu lachen begann. »Ich sehe, mein Ruf ist mir vorausgeeilt.«

»Das kann man wohl sagen.« Lina entzog ihm ihre Hand und wich ans andere Ende der Klippe zurück. Sie kam sich unglaublich dämlich vor. Seufzend ließ sie sich zu Boden sinken und lehnte sich mit dem Rücken gegen die Wand. Mit beiden Händen umklammerte sie ihre Knie und stützte ihren Kopf darauf. Ein Vorhang aus goldblondem Haar sollte sie vor seinen Blicken schützen, die sie auf sich gerichtet spürte. Sie war in der Hölle gelandet, und der Einzige, der ihr hier Gesellschaft leistete, war ein überhebliches Scheusal, das sich über sie lustig machte. Und trotzdem war es besser, als alleine zu sein. Wie tief konnte sie wohl noch sinken?

Es war ein eigenartiges Gefühl gewesen, als sie auf ihn zugekommen war, die Schöpferin, auf die alle gewartet hatten. Darian kannte Schöpfer aus den Gedankenströmen Jandamers. Aber sie hatte er sich anders vorgestellt. Von ihr wurde Großes erwartet. Er hatte sich eine dementsprechend große, kräftig gebaute Frau vorgestellt, der man ihre Willensstärke sofort ansah. Mehr wie eine der Attanarjägerinnen seines Volkes. Sie dagegen war zierlich, gut einen Kopf kleiner als er selbst. Ihre Gesichtszüge waren von einer zarten Weichheit. Die bernsteinfarbenen Augen wirkten gutmütig und voll Neugier. Aber er glaubte nicht, dass sie es tatsächlich mit Xedoc aufnehmen konnte. Nun saß sie am anderen Ende des Felsvorsprungs und schien eingeschlafen zu sein. Darian wusste nicht, was er davon halten sollte.

~

Er konnte nicht atmen. Seine Lungen hatten sich aufgelöst, so wie sein ganzer Körper sich in Auflösung befand. Jede Faser seines Körpers schmerzte, als er sich wieder zu einem Ganzen zusammenfügte. Benjamin kniete keuchend am Rand einer schmalen Felsspalte und spürte Hitze, die ihm aus der Tiefe entgegenschlug. Er lebte noch. Der Traumjäger stand neben ihm und beobachtete ihn.

Benjamin versuchte zu begreifen, was eben geschehen war. Er hatte angenommen, Absorbis würde ihn über die Treppe führen, die er mit Lina gegangen war. Aber der Traumjäger hatte einen anderen Weg nach Jandamer genommen. Sie waren zwar in die Bibliothek hinuntergegangen. Doch dort hatte sich Absorbis dem Bücherregal genähert. Wahllos hatte er ins Regal gegriffen und das nächstbeste Buch herausgezogen. Mit festem Griff hatte er Benjamin am Arm gepackt, während seine Lippen unverständliche Worte geformt hatten. Und im nächsten Augenblick hatte sich Benjamin in schmerzhafter Auflösung befunden, als sie in dem Buch verschwunden waren.

»Bedank dich bei der weißen Magierin«, sagte Absorbis. »Sie hat die Tore zwischen den Welten verschlossen. Das ist der einzige Weg für uns Traumjäger, zu reisen. Aber keine Angst, du wirst es überleben.«

Benjamins Atem wurde ruhiger, die Hitze dafür immer unerträglicher. Schweiß rann ihm in Strömen über den Körper und brannte in den Augen. Ein unheimliches Zischen und Grollen erklang aus der Tiefe. Benjamin riskierte einen Blick über den Abgrund hinweg. Unter ihm schlängelte sich ein zäher Fluss aus rot glühender Lava. Flüssiges Gestein spritzte in Fontänen hoch. Und dann sah er etwas, das er einfach nicht glauben konnte. Auf dem Lavafluss trieb ein Floß, auf dem sich drei Männer befanden.

»Krass! Wir sind in einer Geschichte von Jules Verne!«

»Was hast du gesagt?«, wollte Absorbis wissen.

»Gar nichts.« Benjamin hatte keine Lust, seine Erkenntnis mit dem Traumjäger zu teilen.

Mit einem Mal fiel die Temperatur. Grauer dicker Nebel quoll aus der Tiefe empor und ließ die Temperatur augenblicklich sinken. Benjamin überlief ein eiskalter Schauer, als das Floß samt den drei Männern im tödlichen Nebel verschwand.

»Los, beeil dich, ich habe keine Lust, hier zu verrecken.«

Absorbis zog ihn unsanft auf die Füße und murmelte erneut magische Worte. Diesmal war es nicht so schmerzhaft wie beim ersten Mal. Und als Benjamin sich umsah, stand er inmitten einer öden Landschaft aus verdorrter Erde.

»Willkommen in der Calahadin.« Absorbis bedeutete Benjamin ihm zu folgen. Er gehorchte. Es war der einzige Weg, der zu Lina führte.

Ohne auch nur ein Wort mit ihm zu wechseln, folgte er dem Traumjäger durch ödes zerklüftetes Land.

Nach einem stundenlangen Fußmarsch kam die Krallenfestung schließlich in Sicht, ein Monster aus Stein und Fels!

Wie Lina wurde auch er als Absorbis' Trophäe in die Festung geführt und sah Xedocs Armee der Finsternis. Benjamin verstand nicht viel von Kriegsführung, aber für ihn sah es so aus, als rüsteten sie sich für eine Schlacht.

Benjamin war erschüttert. Seine ganze Weltanschauung war in den letzten Tagen auf den Kopf gestellt worden. Trolle, Kobolde und wer weiß was sonst noch für Kreaturen, die sich auf einen Krieg vorbereiteten. Er kämpfte die Panik nieder, die in ihm hochsteigen wollte, als er in die Fürstenhalle geführt wurde.

Xedoc musterte ihn kalt.

»Ich sehe, du hast ihn überreden können, Absorbis.«

»Ja, Herr.«

»Die Ähnlichkeit ist verblüffend«, bemerkte der Fürst. Es war kein Kompliment.

Dieser Kerl musste ein Augenleiden haben. Er sah Lina doch überhaupt nicht ähnlich. »Wo ist meine Schwester?« Alleine schon Benjamins Tonfall war eine Beleidigung.

»Mäßige dich!«, zischte Absorbis.

Benjamin dachte gar nicht daran. Im gleichen Tonfall wiederholte er: »Wo ist Lina?«

Der Schlag traf ihn mitten ins Gesicht und ließ ihn zurücktaumeln. So viel Kraft hätte er dem Traumjäger gar nicht zugetraut. Mit dem Handrücken fuhr er über die blutende Lippe, straffte sich und fragte erneut: »Ich habe gefragt, wo ist meine Schwester?«

Absorbis hatte bereits die Hand zum nächsten Schlag erhoben. Doch der Fürst gebot dem Traumjäger Einhalt. »Das reicht.«

Sofort ließ Absorbis seine Hand sinken.

Lange Augenblicke musterte Xedoc ihn, während seine schlanken Finger mit einer Kugel spielten. »Deine Schwester ist auf der Dämonenklippe. Möchtest du dorthin?«, erkundigte sich der Fürst schließlich.

Benjamin nickte wortlos.

»Du hast es gehört, Absorbis. Bring ihn auf die Dämonenklippe! In den untersten Kerker. Du weißt, welchen ich meine.«

Absorbis nickte und führte Benjamin aus der Halle, während sich Xedoc selbstzufrieden wieder der Kugel in seiner Hand widmete. Sie enthielt keine Träume. In ihr waren Erinnerungen gefangen.

~

Darian hatte Zeit genug, die Schöpferin zu studieren. Zusammengerollt lag sie mit angezogenen Beinen auf dem harten Felsboden, hatte die Hände unters Gesicht geschoben und schlief. Ihre Träume waren unruhig. Sie sprach im Schlaf. »Nein, Ben! Das darfst du nicht«, hatte sie gerufen und sich zur anderen Seite gewälzt. Irgendwann war ihr Schlaf ruhiger geworden. Er konnte es nicht fassen. Sie war am schlimmsten Ort Mendurias gelandet und schlief! Wie konnte sie nur so leichtsinnig sein? Kopfschüttelnd schloss auch er die Augen. Nicht um zu schlafen, sondern um seinen Geist auf eine Reise zu schicken. Er würde trotzdem wissen, wann sie kamen, die Kreaturen aus der Tiefe. Dass sie kommen würden, war so sicher, wie der Blutmond jeden Abend wiederkehrte. Der Hunger würde sie aus der Tiefe locken.

Der Teil von ihm, den er auf die Reise schicken konnte, hatte Stunden in den Dunkelwäldern zugebracht, als er die Geisterdämonen spürte. Darian öffnete die Augen und erhob sich. Es war so weit. Er musste die Schöpferin wecken.

Lina wusste im ersten Moment gar nicht, wo sie war. »Ben?«, murmelte sie verschlafen. Sie hatte von ihrem Bruder geträumt. War er tatsächlich gekommen?

»Nein, ich bin's«, sagte Darian, der neben ihr in die Hocke gegangen war und sie anscheinend wach gerüttelt hatte. »Steh auf, sie kommen.«

»Wer kommt?« Lina rieb sich desorientiert die Augen.

»Die Geisterdämonen.«

Schreie erklangen und ein Knistern war zu hören. Darian war an den Rand der Klippe getreten und blickte in die Tiefe. Lina erhob sich und tat es ihm gleich. Sie sah hellblaue, fast durchsichtige Wesen, die sie entfernt an Quallen erinnerten. Sie schwebten, als würden sie im Meer treiben. Ihre Tentakel tasteten das Felsgestein ab. Obwohl sie ein beinahe friedliches Bild abgaben, konnte Lina die Gefahr deutlich spüren, die von ihnen ausging.

»Was tun diese Dinger?«

»Sie suchen nach Nahrung.« Darian trat zurück zur Felswand und kam mit großen Schritten wieder zum Abgrund. Er schien die Entfernung abzuschätzen.

»Wieso Nahrung? Wollen sie uns fressen?« Lina konnte den bangen Unterton nicht aus ihrer Stimme verbannen.

»Das kommt ganz auf dich an.« Wieder blickte er in die Tiefe. Er war die Ruhe selbst, während Lina die Nerven verlor.

»Könntest du mir bitte sagen, was diese Dinger genau wollen?«, blaffte sie ihn an.

Darian legte den Zeigefinger an seine Lippen und blickte sie aus seinen tiefbraunen Augen warnend an. »Schhht. Schreie locken sie an.«

Lina schwieg, während Darian sie von der Felskante wegzog und ihr leise erklärte: »Sie ernähren sich von Lebensenergie. Dort, wo dich ihre Tentakel berühren, bekommst du Kälteverbrennungen. Jeder einzelne dieser Dämonen entzieht dir immer nur ein bisschen Energie. Wenn du schreist, lockst du die anderen an. Es kommt also ganz auf dich an.«

Lina konnte die Kälte bereits spüren. Sie presste ihre Kiefer aufeinander, um die Zähne am Klappern zu hindern.

Darian schob seinen schwarzen Umhang über die Schultern nach hinten und fädelte ihn mit einer wohl tausendmal geübten Handbewegung zwischen die Schwertgurte, die er am Rücken trug. Erst jetzt sah Lina die gekreuzten Schwerter. Die Griffe waren lederumwickelt. Es waren schwarze Klingen, die mit seltsamen Zeichen verziert waren.

Als er sich zu ihr umwandte, sah sie sich erneut seinem intensiven Blick ausgesetzt. »Press dich flach gegen die Felswand und rühr dich nicht.«

Aus der Tiefe erklang ein gellender Schrei, der Lina das Blut in den Adern gefrieren ließ. Das Opfer konnte sich nicht weit unter ihnen aufgehalten haben.

Die ersten Tentakel tasteten sich über die Felskante. Darian wich ihnen spielerisch aus.

»Was hast du vor?«

»Warte hier«, sagte er nur.

Lina wich immer weiter zurück, bis sie die Wand im Rücken spürte. Die Geisterdämonen hatten sie erreicht.

Auch Darian war an die Wand zurückgewichen. Nun aber stieß er sich kräftig ab, holte Schwung und sprang. Lina starrte ihm hinterher, gleichermaßen geschockt wie fasziniert. War er denn wahnsinnig? Mit einem Satz war er auf einem der Quallenkörper gelandet, berührte ihn kaum und sprang weiter. Tentakel tasteten nach ihm, erwischten ihn aber nicht. Seine Wendigkeit war atemberaubend. Es sah beinahe so aus, als würde er tanzen. Linas ganze Aufmerksamkeit hatte nur ihm gegolten, bis ein stechender Schmerz ihr linkes Bein hinaufjagte. Sie schlug die Hände vors Gesicht und unterdrückte einen Schmerzensschrei. Das Bein fühlte sich eiskalt an und brannte gleichzeitig wie Feuer. Die Kälte, die von den Geisterdämonen ausging, begann sie bereits zu lähmen, als sich der Tentakel wieder zurückzog. Nein, hier würde sie nicht bleiben. Sie würde Darian folgen. Bestimmt nicht so elegant wie er, aber sie würde es versuchen. Ohne lange darüber nachzudenken, stieß sie sich mit aller Kraft von der Wand ab und sprang. Der blaue Körper, auf dem sie landete, war glitschig, ihre Füße fanden keinen Halt und sie rutschte ab. Mit einem Entsetzensschrei auf den Lippen stürzte sie in die Tiefe.

Darian hatte die andere Seite fast erreicht. Es lief gut. Er hatte das schon oft gemacht. Nur eine harmlose Verbrennung am

Unterarm hatte er bis jetzt einstecken müssen. Es gab Schlimmeres. Noch zwei Sprünge trennten ihn von dem Felsvorsprung auf der anderen Seite. Da riss ihn ein Schrei aus seiner Konzentration. Er blickte sich um und sah die Schöpferin fallen. Darian fluchte. Hatte sie etwa versucht, ihm zu folgen? Was hatte sie sich bloß dabei gedacht? Sie war entweder extrem mutig oder einfach nur dumm.

Aus der Drehung heraus änderte er die Richtung und sprang auf den nächsttieferen Dämonenkörper. Darian hechtete von einem Dämonenkörper zum nächsten, immer tiefer. So tief hinunter hatte selbst er sich noch nicht gewagt. Das würde eine echte Herausforderung werden.

Warum nur war sie gesprungen? Er hatte ihr doch gesagt, dass sie warten sollte. Geduld war wohl keine Stärke der Schöpfer.

Er musste sie erreichen, bevor sie zu tief fiel. Immer mehr Geisterdämonen tauchten auf, je weiter er in die Tiefe kam. Wie die Aasgeier würden sie über die Schöpferin herfallen, bis sie ihre ganze Lebensenergie aufgesaugt hatten. Das durfte er nicht zulassen. Er musste seinen Auftrag erfüllen.

Die Dämonen hatten ihren Fall bereits bemerkt. Erste Tentakel schnellten in ihre Richtung und auch ihn hatten sie mittlerweile ausgemacht. Sie fiel langsamer, rutschte von einem Körper zum nächsten und hatte längst das Bewusstsein verloren. Als er sie erreichte, fühlte sie sich bereits eiskalt an. Er griff nach ihrem Handgelenk und zog sie über seine Schulter. Sie war nicht schwer. Trotzdem würde der Aufstieg nicht leicht werden. Seine einzige Chance bestand darin, einen der Tunnel zu erreichen, die von der Dämonenklippe wegführten. Aber dazu musste er sich zu den untersten Kerkern wieder hocharbeiten. Erst in den Tunneln waren sie vor den Geisterdämonen in Sicherheit. Aber dann warteten die Guhle auf sie. Je tiefer die Tunnel lagen, desto mehr Guhle hausten dort.

Hatten sie das erst einmal geschafft, mussten sie nur noch ungesehen aus der Festung und an Xedocs halber Armee vorbeikommen. Alleine die Vorstellung ließ ihn den Kopf schütteln.

Ein Tentakel streifte ihn am Arm und jagte eine Woge aus brennendem Schmerz bis in seine Schulter. Dort, wo ihn der Tentakel gestreift hatte, verfärbte sich die Haut grau und wurde faltig. Aber er war kräftig, die Eisverbrennung würde bald abheilen. Wie viele Tentakel sie wohl schon gestreift hatten? Darian konzentrierte sich auf den nächsten Sprung. Aus dem Augenwinkel konnte er eine der Kreaturen auf sich zuschweben sehen. Ein Tentakel schoss vor. Darian sprang auf den nächsten blauen Körper und benutzte die Geisterdämonen wie eine Treppe. Mittlerweile hatte er sich bis zu den untersten Kerkern hochgearbeitet. Die Kerker waren hier mit Kraftfeldern gesichert. Die Geisterdämonen konnten die Gitter zwar nicht überwinden, aber ihre Tentakel griffen jede Nacht nach den Gefangenen und bereiteten ihnen Höllenqualen. Nur wenige von ihnen überlebten hier unten länger als ein paar Tage. Er hatte allerdings von einem Gefangenen gehört, der dort schon seit einer Ewigkeit überleben sollte. Sein Blick streifte die Kerker.

Darian hatte keine Zeit, sich weiter damit zu befassen. Der rettende Gang ins Tunnelsystem war zum Greifen nahe. Allerdings wurden die Fangarme immer zahlreicher. Verflucht, da kam er niemals durch. In diesem Moment zerriss ein Schrei die Stille, unbändig und voll trotzigem Zorn. Einige der Geisterdämonen folgten ihm, als wäre es der Ruf zum Mittagsmahl. Dadurch öffnete sich eine Lücke in der blauen Masse aus Dämonenkörpern. Darian nutzte seine Chance. Mit einem kräftigen Sprung wuchtete er sich in den Gang. Aber aus der eleganten Landung, die er geplant hatte, wurde nichts. Ein Tentakel hatte sich um sein Bein geschlungen. Das Mädchen und er selbst schlugen hart auf, als sie in den Gang stürzten.

Sie hatten den Tunnel zwar erreicht, aber die Geisterdämonen schienen ihre Beute nicht hergeben zu wollen. Darian hatte sich aufgesetzt und versuchte, sich von dem Fangarm zu befreien, der nach wie vor um sein Bein geschlungen war. Er schaffte es nicht. Immer weiter wurde er auf den Abgrund zugezogen. Noch mehr Fangarme schnellten auf ihn zu. Er griff nach seinem Schwert, doch seine Hand wurde von einem Tentakel abgefangen. Verdammt waren diese Viecher schnell! Er würde in die Tiefe gezogen werden. Schmerz jagte durch seinen Körper und raubte ihm fast den Verstand. Diesmal würde er den Kürzeren ziehen.

Da spürte er, wie eines der Schwerter aus der Lederscheide gezogen wurde. Plötzlich war die Schöpferin über ihm. Auf wackeligen Beinen stand sie da und ließ das Schwert niedersausen. Zielte sie auf die Tentakel oder auf ihn? Sie verfehlte sein Bein nur um Haaresbreite. Wieder fuhr die Klinge herab, durchschnitt den Tentakel, der sein Handgelenk hielt, und traf seinen Unterarm.

Nicht zu fassen! Sie hatte ihn mit seiner eigenen Waffe verletzt. Der Schnitt war nicht tief, aber nun wurde es ihm doch zu gefährlich. Sie hielt das Schwert mit beiden Händen fest und schwang es wie eine Koboldfrau ihren Kochlöffel. Kurz entschlossen griff er nach ihrem Handgelenk und entwand ihr die Waffe. Seine Hand führte die Klinge nun präzise und schnitt durch die Tentakel, wie durch Butter. Quietschende Schmerzensschreie der Dämonen waren die Antwort. Er war mittlerweile wieder auf die Beine gekommen und wich rücklings in den Gang zurück, wobei er die Schöpferin vor sich hertrieb. Erst als die Tentakel sie nicht mehr erreichen konnten, blieb er stehen und lehnte sich, auf beide Arme abgestützt, an die kalte Felswand, um wieder zu Atem zu kommen. Die Schöpferin stand neben ihm und beobachtete ihn.

»Was zum Geier hätte das werden sollen?«, fauchte er.

»Ich wollte dort nicht zurückbleiben«, sagte sie kleinlaut. Auch ihr stand der Schreck noch ins Gesicht geschrieben.

»Und deshalb springst du?« Er fürchtete, jeden Moment die Beherrschung zu verlieren. »Ich hab doch gesagt, du sollst warten. Ich hätte dir die Zugbrücke hinuntergelassen.«

»Ich … oh.« Sie blickte ihn aus großen Augen an und fügte dann leise und trotzig hinzu. »Ich bin gefallen, nicht gesprungen.«

Darian konnte es nicht fassen. Sie hatte all seine Pläne zunichte gemacht. Nun standen sie in einem vollkommen falschen Tunnel. Seufzend betastete er die Schnittwunde an seinem Arm. Es war kaum mehr als ein Kratzer.

»Das tut mir leid.« Sie deutete auf den Schnitt. »Ist es schlimm?«

»Ich werd's überleben. Aber sei so nett und lass in Zukunft die Finger von diesen Schwertern. Die sind keine Spielzeuge.«

Sie starrte ihn aus vor Zorn funkelnden Augen an, die Lippen fest aufeinandergepresst. Aber sie sagte kein Wort, drehte sich einfach um und marschierte in den dunkeln Gang.

»Wo willst du denn hin, Schöpferlein?«, rief er ihr nach. Seine Stimme klang nicht mehr so zornig wie zuvor.

Sie drehte sich nicht einmal um. »Raus hier.«

»Und du kennst den Weg?«

»Das kann ja wohl nicht so schwer sein.« Ihre Stimme zitterte vor Zorn.

Darian klang amüsiert. »Bestimmt nicht. Und falls du dich verläufst, fragst du am besten die Guhle nach dem Weg.«

Sie hielt in der Bewegung inne.

Am liebsten hätte sie laut losgebrüllt. Dieser Kerl hatte etwas an sich, das sie zum Rasen brachte. Das war doch sonst nicht ihre Art. Außerdem wusste sie genau, dass sie ihm dankbar sein musste. Er hatte sie aus dieser Hölle aus kalten Riesenquallen herausgeholt. Sie wusste nicht einmal genau, wie er das gemacht hatte. Schon kurze Zeit, nachdem sie abgerutscht war, hatte sie das Bewusstsein verloren und war erst wieder zu sich gekommen, als sie in den Tunnel gestürzt waren. Immer noch benommen, hatte sie gesehen, wie er unaufhaltsam näher an den Abgrund herangezogen worden war. Sie hatte doch nur helfen wollen! Er tat ja gerade so, als hätte sie ihn absichtlich verletzt. Und nun schien er es zu genießen, dass sie ohne ihn gar nicht durch diesen verdammten Tunnel kam.

Lina spürte seine Hand an ihrem Oberarm, als er sie sanft, aber bestimmt mit sich zog.

»Halte dich dicht neben mir, hörst du? Mit den Viechern ist nicht zu spaßen.«

Lina signalisierte ihm durch ein Nicken, dass sie ihn verstanden hatte, und er ließ ihren Arm los. Mit einem schleifenden Geräusch zog er die beiden Schwerter. Die Elfenschrift darauf begann zu leuchten. Nicht besonders hell, aber gerade so viel, dass sie den Weg sehen konnte.

Sie waren noch nicht weit gekommen, als er plötzlich sagte: »Hörst du das?«

Ja, sie hörte es.

Ein Kratzen und Schaben kündigte die sich rasch nähernden Guhle an. Darian verfiel in einen schnelleren Laufschritt und Lina versuchte, mit ihm mitzuhalten. Dann sah sie plötzlich eines der Schwerter niedersausen und hörte einen quiekenden Aufschrei. Die Guhle hatten sie erreicht.

»Schneller!«, befahl Darian. Das zweite Schwert fuhr durch die Dunkelheit auf der Suche nach weiteren Guhlen. Lina lief, so schnell sie konnte, und trotzdem fiel sie immer weiter zurück. Er war einfach viel zu schnell für sie. Bald hatte sie die wirbelnden Lichtreflexe aus den Augen verloren, als die sie die Schwerter bis vor Kurzem noch erkannt hatte. Weil sie einfach nicht mehr sehen konnte, wo sie hinlief, wurde sie langsamer. Irgendetwas streifte ihren Arm. Das Schaben schien jetzt überall um sie herum zu sein. Erneut ergriff sie Panik. Da tauchte Darian plötzlich wieder vor ihr auf.

»Wo bleibst du denn?«

Er hatte ein Schwert zurückgesteckt und griff nach ihrer Hand, um sie mit sich zu ziehen. Von da an ließ er sie nicht wieder los. Aber er legte ein Tempo vor, das Lina nicht lange durchhalten würde.

›Er ist meinetwegen umgekehrt‹, schoss es ihr durch den Kopf. Sie beschloss, ihn doch nicht so unmöglich zu finden, für den Augenblick zumindest.

Darians Schwert fuhr weiter durch die Dunkelheit und schien überall gleichzeitig zu sein. Ein erneutes Quieken und irgendetwas spritzte Lina ins Gesicht. Und dann war es Lina, die schmerzvoll aufschrie, als sie von einer dieser Kreaturen in den Unterschenkel gebissen wurde. Ein weiterer Schwerthieb und sie war den Guhl los. Hinkend lief sie weiter.

Mittlerweile schleifte er sie nur noch hinter sich her, während sie schwitzend gegen die Schmerzen in ihrer Seite kämpfte, die immer heftiger wurden. Er dagegen keuchte nicht einmal. Lina musste sich eingestehen, dass sie ohne ihn hier unten hoffnungslos verloren gewesen wäre. Es war also doch noch ein Held zu ihrer Rettung erschienen. Der Gedanke erheiterte sie, trotz ihrer Atemnot. Es musste wirklich schlecht um sie stehen, wenn sie Darian als ihren Helden betrachtete. Er war eher … Lina wusste nicht, was er war.

Dann tauchten endlich Lichtschemen vor ihnen auf. Keinen Augenblick zu spät, denn sie konnte einfach nicht mehr laufen. Ihre Seite schmerzte so heftig, dass sie zwangsläufig immer langsamer werden musste.

»Wir haben's gleich. Nur noch ein kleines Stück. Siehst du, dort vorne ist das Ende des Tunnels.«

Sein Schwert fuhr bedeutend seltener nieder, während der Lichtschein rasch näher kam. Schließlich ließ Darian die Klinge wieder in seinem Schwertgurt verschwinden. Lina konnte sehen, dass es von grünem Guhlblut triefte. Ein ekelhafter süßlicher Geruch haftete daran. Aber hinter ihnen erstarb das Trappeln und Scharren, und die Kreaturen blieben in der Dunkelheit des Ganges zurück.

Darian fiel in einen gemütlichen Laufschritt und blieb schließlich ganz stehen. Lina stand vornübergebeugt, hielt sich die schmerzende Seite und rang nach Luft.

»War doch gar nicht so schwierig, Schöpferlein.« Er stand vor ihr und grinste.

»Mein Name … ist Lina«, keuchte sie.

Er nickte und wurde wieder ernst. »Von mir aus. Bist du gebissen worden, Lina?«

»Ja. Ist aber nicht so schlimm.« In Wirklichkeit brannte die Bisswunde wie Feuer.

»Lass es mich ansehen«, verlangte er.

»Das geht schon. Es ist wirklich nicht so schlimm.«

»Zeig es mir!« Er duldete keinen Widerspruch. Das war seiner Stimme deutlich anzuhören.

Lina drehte den Fuß zur Seite und schob ihre Jeans bis zum Knie hoch. Erst jetzt sah sie, dass ihr ganzer Unterschenkel voller Blut war.

Darian ging vor ihr in die Hocke und sah sich die Wunde an.

Kopfschüttelnd meinte er: »Nicht so schlimm, wie?« Er löste einen Beutel, den er am Gürtel trug, und förderte eine in ein Stück Tuch eingeschlagene grüne Paste zutage. »Guhlbisse entzünden sich leicht. Das muss desinfiziert werden.«

Noch bevor Lina etwas dazu sagen konnte, strich er ihr die Paste auf die Bisswunde. Sie war überrascht, wie überaus vorsichtig er das tat. Die Salbe linderte das Feuergefühl beinahe auf der Stelle. Darian zog ein kleines Jagdmesser aus dem Gürtel und legte es vor sich auf den Boden. Dann legte er seinen Gürtel ab, öffnete seine schwarze Wildledertunika und schnitt ein Stück vom Saum seines dunkelbraunen Untergewands ab. Mit einem kräftigen Ruck hatte er den Stoffstreifen abgerissen und verband damit Linas Unterschenkel. Schließlich verknotete er die Enden des Verbandes und schob ihre Hose wieder nach unten. »Alles klar. Du wirst es überleben«, meinte er, während er das Messer und den Beutel verstaute und anschließend seinen Gürtel wieder anlegte.

Lina hatte ihn die ganze Zeit über schweigend beobachtet, während sich ihre Gedanken überschlugen. Wieso tat er das? Er war der Clanführer der Dunkelelfen. Sie hatte nur Schlechtes von ihm gehört. Aber er hatte ihr geholfen, hatte sie von der Dämonenklippe geholt, sie durch den Tunnel mit den Guhlen gebracht, und jetzt versorgte er ihre Bisswunde.

»Wieso hilfst du mir, Darian?« Sie musste das jetzt wissen.

Er sah sie einige Augenblicke forschend an, so als würde er abwägen, was er ihr antworten sollte. »Ich habe meine Gründe«, sagte er schließlich. Und so, als ob mit dieser Antwort alles geklärt wäre, fuhr er gelassen fort: »Und jetzt müssen wir unauffällig durch diese Hallen kommen. Das wird nicht einfach werden.«

Benjamin hatte dem Traumjäger seine Furcht nicht gezeigt, als er in die Tiefen des Labyrinths geführt wurde. Absorbis hätte ihm schon direkt in die Augen blicken müssen, um zu sehen, was in ihm vorging. Benjamin hatte sich an einen einzigen Gedanken geklammert. Lina brauchte ihn jetzt. Da blieb kein Spielraum für Schwäche. Wenn er erst einmal bei seiner kleinen Schwester war, würden sie gemeinsam einen Weg aus diesem Albtraum finden. Absorbis hatte ihn mit einem unsanften Stoß durch die breite Öffnung der Zelle befördert. Auf einen Wink des Traumjägers war ein breitmaschiges Netz aus den Wänden gefahren und versperrte den Zugang zu seiner Zelle. Energieentladungen durchpulsten das Netz in unregelmäßigen Abständen. Es erinnerte Benjamin an eine mit Strom gesicherte Rinderweide.

»Und du denkst, dieses Netz hält mich auf?«, rief er trotzig.

Absorbis sah ihn an, den Anflug eines Lächelns auf seinem grausamen Gesicht. »Dieses Netz soll nicht einsperren, es sperrt aus.«

Erst als der Traumjäger verschwunden war, blickte Benjamin sich um. Er war nicht alleine. Tief in der Dunkelheit dieser höhlenartigen Zelle kauerte eine Gestalt. Hoffnung keimte in ihm auf. War es Lina? Benjamin trat näher. Doch schon nach wenigen Schritten stellte er enttäuscht fest, dass sie es nicht war. Hatte er denn tatsächlich erwartet, dass Xedoc sein Wort halten und ihn zu Lina lassen würde?

In der Ecke saß ein sehr alter Mann. Faltige fahle Haut überzog sein ausgezehrtes Knochengerüst. Er kauerte auf dem Boden, hielt seine Knie mit den Armen umschlungen und den Kopf gesenkt. Graues verfilztes Haar hing ihm wirr ins Gesicht. Benjamin konnte nicht sagen, wo das Haar endete, und der Bart begann. Wie lange er wohl schon hier war?

»Entschuldigung. Können Sie mir sagen …«

Der Mann hob den Kopf. Blaugraue Augen blickten ihn erstaunt an.

Benjamin stutzte. Diese Augen weckten vage Erinnerungen in ihm. Langsam ging er vor dem alten Mann in die Knie.

»Entschuldigung, kenne ich Sie?« Das war blanker Unsinn. Woher sollte er diesen Greisen denn kennen, der in Xedocs Kerker saß? Und trotzdem …

Der Alte neigte den Kopf zur Seite und blickte ihn ängstlich an. Er streckte seine Hand mit zwei leicht gespreizten

Fingern nach vorne und berührte Benjamin vorsichtig am Arm. Erstaunt zog er die Hand blitzschnell wieder zurück.

»Du bist kein Trugbild.« Die Stimme des Mannes klang heiser, so als ob er sie schon lange nicht mehr benutzt hätte. Benjamin stand auf und trat einen Schritt zurück, ohne den Mann aus den Augen zu lassen. Er schien ziemlich verwirrt zu sein.

Der Greis streckte ihm die Hand entgegen und blickte ihn flehend an. »Bitte, geh nicht!«

Benjamin seufzte. Er wusste nicht so recht, wie er sich verhalten sollte. Lina konnte viel besser mit alten Menschen umgehen. Sie war diejenige, die ständig bei Oma Steinmann herumhing und sich ihre Geschichten aus alter Zeit anhörte. Aber hier und jetzt war dieser Mann die einzige Gesellschaft, die er hatte. Vielleicht musste er sich einfach nur Mühe geben. So setzte er sich neben ihn.

»Was haben Sie ausgefressen, dass Sie hier sind?«, begann Benjamin die Unterhaltung.

»Ich weiß es nicht.«

Das war seltsam. Wie konnte man nicht wissen, warum man in einem Kerker saß?

»Wieso bist du hier?«, erkundigte sich der Mann nun seinerseits.

»Ich bin auf der Suche nach meiner Schwester«, erklärte Benjamin. »Lina heißt sie. Dieser Drecksack von einem Traumjäger sagte, sie wäre hier. Sie haben meine Schwester nicht zufällig gesehen?«

Sein Zellengenosse schüttelte bedauernd den Kopf. »Was hat denn deine Schwester getan, dass sie in diese Hölle geschickt wurde?«

Benjamin begann, ihm die Geschichte zu erzählen. Und ehe er sich versah, erzählte er dem Alten seine halbe Lebensgeschichte. Er erzählte von Lina, von seiner Mutter, die im

Krankenhaus lag, und von den Schrecken, denen sie alle ausgesetzt waren, seit diese Geschichte begonnen hatte. Als er geendet hatte, saß er lange Zeit schweigend neben dem Greisen, bis er schließlich fragte: »Haben Sie auch eine Familie?«

»Ich glaube nicht«, sagte der Mann. »Aber ich habe das Bild einer Frau auf meinem Arm. Leider weiß ich nicht, wer sie ist.«

»Was haben Sie gesagt?« Benjamin verspürte einen nervösen Stich im Magen.

»Ich habe ein Bild von einer Frau, die ich nicht kenne, auf dem Arm. Das ist doch seltsam, nicht wahr?«

Benjamin blickte ihn jetzt unsicher an. »Darf ich das vielleicht mal sehen?«

Der alte Mann zog sich den zerfransten Hemdärmel bis zur Schulter hoch und spannte die Haut, die sich über einen fast nicht mehr vorhandenen Oberarmmuskel in Falten gelegt hatte. »Sie ist hübsch, nicht wahr?«

Benjamin war unfähig zu antworten. Er hatte die Hand vor den Mund geschlagen und starrte auf das Bild der jungen Frau, das bereits ziemlich verblasst war. Es war seine Mutter! Sein Vater hatte ein solches Tattoo gehabt. Er hatte es sich als Liebeserklärung an seine Mutter stechen lassen. Das konnte einfach nicht sein! Und doch war es die einzig logische Erklärung. Dieser alte Mann hier war … sein Vater. David Wittmar, dessen Leiche man niemals gefunden und den man für tot erklärt hatte. Aber sein Vater war ein junger Mann, als er verschwand. Benjamin stiegen Tränen in die Augen. »Papa, was haben sie dir bloß angetan?«

»Papa?« Verwirrung spiegelte sich in den müden Augen des Mannes wider.

Benjamin wollte den Greis in die Arme schließen, doch er traute sich nicht. Wut kochte in ihm hoch. Unbändige Wut, die es ihm unmöglich machte, still zu sitzen. Er sprang auf, lief zum Gitter und brüllte wie ein Besessener in die tiefschwarze Dunkelheit der Höhle. All seinen Schmerz brüllte er hinaus, bis seine Stimme grausam verzerrt von den schroffen Felswänden widerhallte. Er würde Xedoc dafür bezahlen lassen. Jede einzelne Sekunde der Angst und der Trauer, die er und seine Familie durchlitten hatten, würde dieser Abschaum bezahlen. Er hörte erst auf zu schreien, als er die Hand seines Vaters auf seiner Schulter spürte. »Still jetzt, sie kommen.«

Zuerst wusste er nicht, was das bedeutete, doch als die ersten dieser quallenartigen Wesen aus der Tiefe auftauchten, wurde Benjamin klar, was sein Vater damit meinte. Sie brachten Kälte mit, eine Kälte, die das Blut in den Adern langsamer fließen und den Atem zäh wie flüssiges Eis werden ließ.

»Weg vom Gitter, sonst vereisen sie dich«, sagte sein Vater.

Die blau fluoreszierenden Wesen wurden immer zahlreicher. Ihr Licht erhellte die Finsternis der Höhle. Da tasteten die ersten Tentakel durch das Gitter. Die Kreaturen hatten wohl gelernt, dass ihnen das magische Gitter nicht guttat. Geschickt zielten die Fangarme hindurch, ohne die Schutzbarriere zu berühren.

»Nicht schreien«, flüsterte sein Vater. »Sonst lockst du noch mehr an.«

Als ihn der erste Tentakel berührte, musste er sich auf die Zunge beißen, um nicht zu schreien. Die Stelle, an der Benjamin vereist wurde, fühlte sich an, als hätte ihn dort jemand mit eisigen Brennnesseln ausgepeitscht. Die Haut sah faltig und grau aus. Aus dem Augenwinkel konnte er sehen, dass auch sein Vater von einem Tentakel berührt wurde, jedoch keine Miene verzog. Wie konnte er das nur so einfach ertragen? Und da wurde Benjamin klar, dass sein Vater bestimmt schon Tausende dieser Berührungen hatte ertragen müssen.

Erneut tastete sich ein Tentakel heran. Benjamin bereitete sich auf die Berührung vor. Er musste sich ablenken. Also richtete er seinen Blick auf die Felswand, jenseits des Abgrundes. Da sah er plötzlich einen Körper fallen. Goldblondes Haar flatterte im Fallwind.

Großer Gott, war da eben jemand in die Tiefe gesprungen? Noch jemand stürzte in die Tiefe. Doch das war ein kontrollierter Sprung. Die Gestalt sprang von Quallenkörper zu Quallenkörper und verschwand aus Benjamins Blickfeld. Wie wahnsinnig musste man sein, um sich freiwillig in diesen Abgrund aus Teufelsquallen zu werfen?

Dann tauchten sie gemeinsam wieder auf und Benjamin konnte sie genauer betrachten. Es war ein junger Mann, der ein bewusstloses Mädchen auf seinen Schultern trug. Lina!

»Nicht schreien, leise … bitte nicht schreien …«, flüsterte sein Vater flehentlich in seinem Rücken.

Benjamin sah, dass der Mann immer mehr in Bedrängnis kam. Er würde nicht mehr lange bestehen.

Entschuldigend blickte er zu seinem Vater, dessen Augen starr auf den Boden gerichtet waren.

»Es tut mir leid, Papa«, flüsterte er. Wenn auch nur ein kleiner Rest des Mannes, der einmal sein Vater gewesen war, in dem alten Greis steckte, würde er ihn verstehen.

Benjamin begann zu schreien. Er brüllte, wie er noch nie zuvor in seinem Leben gebrüllt hatte. Und die Geisterdämonen folgten seinem Ruf.

Vertrauen

Mit zugebundener Schnauze saß Lupinia in der Ecke einer kleinen Halle und beobachtete Galan. Man hatte ihr die Stricke von den Pfoten entfernt und eine Kette um den Hals gelegt. Im Zentrum der Halle, die einst Zwerge bewohnt hatten, stand ein weit ausladendes Wasserbecken, über dem weißer Nebel waberte, der sich in unregelmäßigen Abständen verfärbte. Der Gezeitenbrunnen, Mitbringsel aus der alten Welt. Er war der Quell, aus dem die Seherin ihre Visionen schöpfte. Im hinteren Teil der Halle stand ein Himmelbett, dessen Dach ihr eine Projektion der Gestirne simulierte, wie sie zurzeit am Firmament standen. Gegenüber ragte ein mächtiger Kamin aus Granitgestein auf, in dem ein Feuer brannte.

Stoff raschelte, als die Seherin sich quer durch die Halle bewegte. Ohne den angeketteten Wolf in der Ecke zu beachten, trat sie an den Gezeitenbrunnen heran und starrte in den Nebel.

»Sag mir, Galan, wie hat es so weit kommen können?« Die Gedanken der Magierin fanden einen stillen Weg in den Kopf der Seherin.

Die Seherin richtete ihren Blick auf den Wolf und antwortete ebenfalls in Gedanken: »Das würdest du nicht verstehen.«

»Wieso versuchst du es nicht?« Lupinia war sich bewusst, dass die Seherin ihre Gedanken gut abgeschirmt hatte, eine Disziplin, die alle Andavyan beherrschten. Aber sie bemerkte auch, dass es zwei vollkommen unterschiedliche Persönlichkeiten waren, mit denen sie es hier zu tun hatte. Nicht nur das Äußere der Seherin war gespalten, auch ihre Seele war es. Lupinia war entsetzt.

»Was ist mit dir geschehen, Galan?«

»Das war der Preis für die Unsterblichkeit.«

»Komm zurück, Galan, und wir finden einen Weg, dir zu helfen.«

Es war ein ehrliches Angebot. Lupinia spürte den Kampf, der in dem Wesen stattfand, das einst ihre Seelenverwandte gewesen war, an deren Seite sie einst gegen die Haegoth um ihre Welt gekämpft hatte.

»Es ist zu spät, sowohl für mich als auch für Menduria. Auch dieses Mädchen wird daran nichts ändern können.«

»Du solltest Lina nicht unterschätzen.« Lupinia sprach nun zum Rücken der Seherin, die sich wieder in den Gezeitenbrunnen vertieft hatte. »Sie hat die Kraft, die uns gefehlt hat. Sie wird Xedoc Einhalt gebieten. Du wirst sehen, sie wird Menduria verändern.«

»Ich weiß, wovon du sprichst. Aber ihre Chancen stehen schlecht.« Galans Stimme hatte plötzlich einen sehr traurigen Unterton angenommen. Als sie sich wieder der Wölfin zuwandte, konnte Lupinia sehen, dass das Auge ihrer Greisenseite geschlossen war. Die Galan, die sie gekannt hatte, schien die Kontrolle über den gesamten Körper zu haben. Lupinia spürte, dass es sie sehr viel Kraft kostete, diese Kontrolle aufrechtzuerhalten. »Ich sehe, dass es das letzte Siegel sein wird, an dem sie scheitert. Ich wünschte, es wäre nicht so. Aber es ist das, was mir der Gezeitenbrunnen zeigt.«

»Und du irrst dich bestimmt nicht?« Lupinia wollte das nicht glauben.

»Irgendetwas hält sich meinem Blick verborgen. Es ist noch zu undeutlich, um es zu erkennen. Möglicherweise wird es noch Veränderung geben, bis es so weit ist. Aber so wie es sich für mich jetzt darstellt, wird Menduria untergehen. Xedoc wird siegen.«

Die Seherin näherte sich der weißen Wölfin. Jeder Schritt schien ihr sichtbar schwerzufallen. Lupinias Sinne waren aufs Äußerste geschärft, um auf alles gefasst zu sein, was passierte. Sie konnte spüren, wie Galan die Kontrolle über den Körper immer mehr verlor.

»Verräterin. Dafür wirst du bezahlen.« Geifernd drängte das alte Weib wieder in Galans Bewusstsein. Das Augenlid der Greisenseite flatterte bereits. Galan stürzte und kam nun auf allen vieren auf die weiße Wölfin zugekrochen. Nur ein allerletztes Mal noch wollte sie nach ihrem freien Willen handeln. Lupinia zerrte an der Kette und hielt ihr die Schnauze entgegen. Ihre grünen Wolfsaugen waren auf die Seherin gerichtet, ihr Geist mit dem Galans verbunden. Die Schranken waren gefallen und Lupinia konnte das Wesen erkennen, das die dunkle Seite der Seherin befallen hatte. Kalte Furcht lähmte die Magierin, als sie den Ursprung dieses Wesens erkannte. Wenn stimmte, was Lupinia vermutete, war Menduria tatsächlich verloren.

»Oh, Galan. Was hast du getan?« Lupinia konnte nicht glauben, dass eine Andavyan tatsächlich einen Pakt mit diesem Feind geschlossen hatte. Das konnte Unsterblichkeit doch nicht wert sein! Sie spürte, wie der Strick um ihre Schnauze gelöst wurde, und begann zu heulen, während sie die Worte der Macht sprach.

»Nein!«, zeterte das alte Weib, das jetzt wieder die Kontrolle hatte. »Er wird uns dafür bestrafen.«

Die Greisin griff nur noch ins Leere, als sie versuchte, den Wolf zu packen. Lupinia hatte sich bereits in weißen Rauch aufgelöst und in die Gestalt eines weißen Falken verwandelt.

»Ich danke dir, alte Freundin«, sandte sie einen letzten Gedanken an die Seherin. Mit kräftigen Flügelschlägen machte sich Lupinia auf den Weg durch das Labyrinth der Höhlengänge. Sie hatte schon viel zu viel Zeit verloren.

Der Gang wurde breiter und öffnete sich zu der gewaltigsten Höhle, die sie bis jetzt gesehen hatte. Lina empfand die Stiernackenkrieger, die hier in Scharen hausten, als störend in diesen wunderschönen Hallen. Auch hier wurde die Hallendecke von steinernen Rippenbögen getragen. Es erinnerte Lina an das Innere einer Kathedrale. An den Wänden zogen sich Stufen bis ganz nach oben. Mehrere Zugänge führten dort in die Halle, die ebenfalls terrassenförmig angelegt war und die steinerne Gebäude beherbergte. Eine weitere Stadt. Eine Stadt, deren Erbauer das alles mit Liebe zum Detail geschaffen hatten. Jedes Bauwerk, jede Säule, alles war mit den prachtvollsten, fein säuberlich gearbeiteten Ornamenten verziert.

Darian warf ihr einen flüchtigen Blick zu. »Zwergenarbeit«, erklärte er.

Ja, darauf hätte Lina wetten können. Sie hatte genügend Bücher gelesen, in denen die Fähigkeiten des kleinwüchsigen Volkes gepriesen wurden.

»Das ist unglaublich schön.« Sie hatte an einem Ort wie diesem nicht mit solcher Schönheit gerechnet.

»Sie sind geschickte Handwerker«, sagte Darian schulterzuckend.

»Das ist eher die Arbeit von Künstlern als von Handwerkern«, meinte Lina. »Was ist aus ihnen geworden?«

»Sie gingen vor ewigen Zeiten, als der Vulkan den Berg spaltete.«

»Aber ich habe Zwerge gesehen, als ich hergebracht wurde.«

Darian nickte. »Einige von ihnen haben sich Xedoc angeschlossen. Zwei Clans, um genau zu sein.«

»So wie die Dunkelelfen?« Lina hatte das nicht sagen wollen. Es war ihr einfach so herausgerutscht. Sie sollte endlich lernen, sich zu beherrschen. Er blieb stehen und blickte sie ernst an.

»Ja. Wie die Dunkelelfen.«

Lina versuchte, seinem intensiven forschenden Blick standzuhalten, den sie bis in ihr Innerstes spürte. Es ging nicht. Beschämt senkte sie den Kopf und folgte ihm schweigend tiefer in die Halle hinein.

Sie waren noch nicht weit gekommen, als Darian erneut stehen blieb. »Das hat keinen Sinn. Wir kommen hier nicht ungesehen durch.«

»Aber ich hab doch versucht, mich unauffällig zu verhalten.«

Er grinste. »Ich weiß. Es hat aber nicht funktioniert.« Mit einer kurzen Kopfbewegung deutete er auf eine Gruppe Stiernacken, die sie interessiert beobachteten. Sie waren nicht die Einzigen. Lina wurde von allen Seiten angestarrt.

»Es liegt nicht nur an dir. Sie finden es bestimmt schon ungewöhnlich genug, mich hier unten zu sehen. Ich komme so gut wie nie hierher.« Er zog eine Lederschnur aus seiner Tasche und griff nach ihrem Handgelenk.

Lina sah ihn irritiert an. »Was tust du?«

»Ich mache dich hiermit ganz offiziell zu meiner Gefangenen«, sagte Darian.

»Du tust was?« Lina blickte ihn verunsichert an.

Sein Gesichtsausdruck hatte sich verändert. Hart und kalt blickte er auf sie herab, während er ihr die Lederschnur mit einer schnellen Bewegung ums Handgelenk band und sie festzog. Er griff nach ihrer zweiten Hand, die Lina ihm sofort zu entwinden versuchte. Aber er war viel zu kräftig.

»Das ist nicht dein Ernst!«

Sein Gesichtsausdruck blieb unverändert. Lina wartete auf ein erlösendes Lächeln. Es kam nicht. Vor ihr stand der Darian, den alle fürchteten und dessen Ruf bis in den Wächterturm vorgedrungen war. Lina stemmte sich gegen ihn, als er versuchte, sie mit sich zu ziehen.

Er blieb stehen und blickte sie fest an. Sie wollte den Kopf abwenden, doch er ließ es nicht zu. Allein sein Blick genügte.

»Willst du hier raus?«

Sie nickte langsam.

»Dann musst du mir vertrauen.« Es war eine einfache Feststellung.

Ihm vertrauen? Das war viel verlangt. Alles sprach dagegen. Sein Verhalten, sein Ruf, einfach alles.

Sein Blick wurde noch intensiver. Mit hochgezogenen Augenbrauen fragte er: »Vertraust du mir, Lina?«

Sie konnte es sich nicht erklären. Irgendetwas war an ihm, das sie entgegen aller Vernunft und aus tiefster Überzeugung sagen ließ: »Ja, ich vertraue dir.«

Im nächsten Moment gaben ihre Füße unter ihr nach. Eine Energiewelle durchflutete ihren Körper. Sie wäre ganz zu Boden gefallen, wenn Darian sie nicht immer noch an den Händen gehalten hätte.

Er sah sie beunruhigt an. »Was war das denn?«

Lina schüttelte nur den Kopf. Sie wusste, was geschehen war. Doch es war weder der richtige Zeitpunkt noch der richtige Ort, um darüber zu sprechen.

Die weiße Magierin musste es auch gespürt haben, wo immer sie jetzt war. Sie würde wissen, dass es Lina gut ging. Aber es konnte auch dem Fürsten nicht entgangen sein. Die Energiewelle war diesmal viel stärker gewesen als bei den ersten Malen. Auch er würde wissen, dass das Gezeitenbuch ein weiteres Siegel freigegeben hatte. Und das, obwohl Lina nicht einmal im Besitz des Buches war.

»Gut, dann lass uns gehen.« Darian griff nach ihrem Arm und zog sie mit sich.

Die Reaktion war verblüffend. Die Blicke, die sie auf sich zogen, waren nicht weniger geworden, im Gegenteil. Aber es war nun offensichtlich, was der Dunkelelf tat. Er brachte eine Gefangene zum Fürsten. Nicht irgendeine Gefangene. Die Schöpferin. Vor ihnen öffnete sich eine Gasse in der Kriegerschar. Keiner von ihnen hatte das Mädchen zuvor gesehen. Aber sie wussten alle, wer sie war.

Ein Strudel, der aus Gier, Hass und offener Schadenfreude gemacht war, schien Lina zu verschlingen. Ihr Magen verkrampfte sich. Angst und Unbehagen stieg in ihr hoch. Sie wusste nicht, was Darian vorhatte, und trotzdem war sie froh, dass er da war. Lina beobachtete ihn unauffällig von der Seite. Er hatte den Blick starr nach vorne gerichtet. Seine Augen waren verengt, die Lippen aufeinandergepresst. Er sah zum Fürchten aus. Hätte sie ihn so auf der Dämonenklippe gesehen, wäre sie vielleicht doch freiwillig gesprungen.

Sie hatten ungefähr die Mitte der Halle erreicht, als sich plötzlich ein Stiernackenkrieger aus der gaffenden Menge löste und auf sie zukam. Er baute sich vor Darian auf, den er um gut einen Kopf überragte, und starrte ihn aus gelben winzig kleinen Augen herausfordernd an. Sowohl die Augen als auch die Nase saßen viel zu hoch in seinem Gesicht, das von einem riesigen Mund mit wulstigen Lippen dominiert wurde. Seine Zähne hatten braune Flecken, waren stumpf und breit. Aus dem Unterkiefer ragten zwei Hauer steil nach oben. Der Kopf ging beinahe ohne Übergang in den massigen Körper über. Er trug eine nach altem Fett riechende Lederrüstung und einen Waffengurt, in dem sowohl ein Langschwert als auch eine Axt steckten. Lina glaubte, sich übergeben zu müssen, als er zu sprechen begann, so sehr stank er.

»Was machst du denn hier, Darian? Ich dachte, du hättest einen wichtigen Auftrag zu erfüllen?« Seine Stimme klang heiser und kratzig.

»Du solltest das Denken denen überlassen, die es können, Brandan.« Darian fixierte den Stiernackenkrieger. Lina konnte das Aufblitzen in seinen Augen sehen. Doch dann änderte sich sein Gesichtsausdruck und er begann zu lächeln. »Das hier ist mein Auftrag, Brandan. Ich soll sie zu Xedoc bringen.«

Lina war fasziniert und entsetzt zugleich. Er setzte dieses gewinnende Lächeln gezielt ein.

Die Haltung des Stiernackens entspannte sich augenblicklich.

»Ich begleite dich«, sagte Brandan selbstsicher. »Ich muss auch zum Fürsten. Er wünscht meinen Bericht über die Veränderungen an den Katapulten.«

Darians Miene hatte sich wieder verfinstert. »Von mir aus. Aber tu mir den Gefallen und halte dich ein paar Schritte von mir entfernt. Du weißt ja, meine Nase ist ziemlich empfindlich.«

Lina sah das Zucken in Brandans Gesicht. Die Hand des Stiernackens umfing bereits den Griff der Streitaxt.

»Möchtest du das wirklich, Brandan?«, erkundigte sich Darian, der nun wieder grinste, dessen Hand aber ebenfalls bereits am Schwertgriff lag.

Auch der Stiernacken zeigte nun eine Grimasse, die man mit viel Fantasie als ein Lächeln hätte deuten können. »Nein, natürlich nicht.«

Darian nickte. »Gut, dann nach dir.« Er forderte den Stiernacken mit einer knappen Geste auf, vorauszugehen.

Lina warf Darian einen flehenden Blick zu. Sie wollte nicht zu Xedoc gebracht werden.

Aber er ließ ihr keine Wahl. »Komm schon. Ich hab nicht den ganzen Tag Zeit.« Darian verstärkte den Griff um ihren Arm und zwang sie weiterzugehen. Es tat nicht weh, aber der Druck war gerade so stark, dass sie sich nicht befreien konnte.

Linas Gedanken überschlugen sich. War es richtig gewesen, ihm einfach so zu vertrauen? Er tat alles, um dieses Vertrauen eigentlich nicht zu verdienen. Irgendwie wurde sie das bedrückende Gefühl nicht los, einen riesigen Fehler begangen zu haben.

»Nimm den kürzesten Weg, Brandan«, hörte sie Darian barsch sagen. »Ich will das hier rasch hinter mich bringen.«

Der Stiernacken nickte und bog in eine schmale Gasse ein, in der die Steinbauten so dicht aneinanderstanden, dass Brandans massiger Körper den Durchgang fast zur Gänze ausfüllte. Sein Gang wirkte schwerfällig, was vermutlich an seiner überproportional ausgebildeten Beinmuskulatur lag.

Je weiter sie in die Gasse kamen, umso dunkler wurde es. Das Licht der Fackeln reichte nicht aus, um den Durchgang angemessen zu erhellen. Lina spürte, wie sich der Griff um ihren Arm löste. Und dann ging alles blitzschnell. Mit einem Satz hatte Darian Brandan erreicht, griff in das ölige Haar des Stiernackens und zwang seinen Kopf nach hinten. Ein harter Schlag auf seinen Kehlkopf genügte, und Brandan brach röchelnd zusammen.

Lina blickte Darian sprachlos an.

Er erwiderte den Blick und zog eine Grimasse. »Der Kerl hat mir dann doch zu sehr gestunken.«

Lina schwieg. Sie wusste einfach nicht, was sie davon halten sollte.

»Komm jetzt, wir müssen weiter.« Er zog sie über den niedergestreckten Stiernackenkämpfer hinweg und beeilte sich, um um die nächste Ecke zu verschwinden. Dort schleifte er sie hinter sich in einen Hauseingang. Der Torbogen war verfallen, die Holztür hing schief in der Angel, ein unbewohntes Gebäude, wie es schien. Linas Herz hämmerte wie wild, als sie hinter ihm in die Finsternis stolperte. Ihre Knie zitterten. Was hatte Darian vor?

Erst als er die Tür, so gut es ging, hinter sich geschlossen hatte, ließ er sie los.

Sie starrte ihn immer noch aus riesigen angsterfüllten Augen an, als er endlich ein für sie befreiendes Lächeln aufsetzte. »Schon gut, du kannst dich entspannen. Es ist vorbei.«

»Was sollte das denn?«, stieß sie beinahe zornig hervor. »Ich bin fast gestorben vor Angst.«

Er grinste noch breiter. »Ich hab's gesehen. Und genau das war es auch, was alle anderen sehen sollten. Das hast du wirklich gut gemacht.«

Lina sackte in sich zusammen. So ein Mistkerl! Sie hatte tatsächlich gedacht, er würde sie zu Xedoc zurückbringen.

»Tut mir leid, wenn ich dich erschreckt habe. Aber deine Angst musste echt sein. Dass dieser Hornochse uns in die Quere kam, war nicht geplant.«

Lina holte tief Luft und rappelte sich wieder auf. Das Theater hätte er sich wirklich sparen können. Sie war auch so schon verängstigt genug gewesen. Vorsichtig trat sie an ihn heran und hielt ihm die immer noch gefesselten Hände entgegen. »Könntest du mich jetzt bitte losbinden?«

Aber Darian schüttelte nur den Kopf, griff nach dem losen Ende der Lederschnur und zog Lina daran durch den halben Raum auf die andere Seite. Dort schlang er die Schnur durch einen ins Mauerwerk eingelassenen Eisenring und band sie fest.

»Was tust du denn da?« Er konnte sie doch hier nicht einfach festbinden!

»Ich sehe nach, ob die Luft rein ist. Du wartest hier!« Er war es gewohnt, Befehle zu geben. Seine Stimme hatte die dazu notwendige Autorität.

»Und warum musst du mich dann hier anbinden wie eine Kuh im Stall?«

»Du siehst nicht aus wie eine Kuh.« Der Vergleich schien ihn zu amüsieren. »Aber das letzte Mal, als ich sagte, du sollst warten, bist du von einer Klippe gesprungen. Ich will diesmal nur sichergehen.«

»Gefallen, nicht gesprungen. Das ist ein Unterschied«, rief Lina ihm hinterher.

Wie ein Schatten war er mit der Dunkelheit verschmolzen und hatte sie alleine zurückgelassen. Was dachte sich dieser Kerl bloß? Sie war doch kein kleines trotziges Kind, das man in die Ecke stellte, wenn es nicht gehorchte! Wut kochte in ihr hoch. Die Wut verdrängte alle anderen Gefühle, auch die Angst. Lina fasste einen Entschluss. Sie würde eine Weile warten, und wenn er nicht zurückkam, würde sie alleine losgehen. Sie würde es auch ohne ihn schaffen. Das wäre doch gelacht!

Sie atmete tief durch und versuchte, den Lederriemen zu lockern. Doch mit jedem Versuch zog sich die Schnur nur noch enger um ihre Handgelenke. Bald konnte sie sich gar nicht mehr bewegen. Die Lederbänder schnitten bereits tief in ihr Fleisch und schnürten ihr das Blut ab. Was war das bloß für ein verflixter Knoten? Seufzend gab sie schließlich auf. Sie sollte auserkoren sein, einer ganzen Welt zu helfen? Das war doch absolut lächerlich. Sie konnte nicht einmal sich selbst helfen.

Die Minuten zogen sich in die Länge und schienen zu Stunden zu werden. Plötzlich hörte sie Geschrei und Waffengeklirre. Hatte man Darian erwischt? Kamen sie nun, um sie zu holen? Linas Herzschlag beschleunigte sich. Sie drückte sich in den Schatten, so gut es ging. Plötzlich stand Darian wieder neben ihr. Wie aus dem Nichts war er aufgetaucht.

»Hast du mich vermisst?«, fragte er und blickt sie herausfordernd an.

»Ja«, wäre die aufrichtige Antwort gewesen. Aber diesen Triumph würde sie ihm nicht gönnen. Lina schwieg demonstrativ.

»Das hab ich aber nicht so fest gebunden«, bemerkte er beiläufig, als er ihr die Fesseln löste. Es klang wie: »Wusste ich doch, dass diese Maßnahme notwendig war.«

Mit zwei Handgriffen war Lina die Lederschnur um ihre Handgelenke los. Sie rieb sich die schmerzenden Handgelenke und versuchte, wieder Blut in die tauben Finger zu pumpen. Er wollte die Schnur wieder einstecken. Doch Lina streckte ihm auffordernd die Hand entgegen. »Gib mir die Schnur, bitte.«

Darian blickte auf ihre ausgestreckte Hand. Die Striemen um ihr Handgelenk waren tiefrot. Sie musste wie eine Verrückte an den Fesseln gezogen haben. Zweifellos hatte sie einen starken Willen. Und bis jetzt hatte sie sich gar nicht so schlecht geschlagen. Sie hatte den Gang mit den Guhlen gemeistert. Die Bisswunde, die sie sich dabei zugezogen hatte, war ziemlich tief und bestimmt sehr schmerzhaft gewesen. Aber sie hatte sich nicht beschwert. Sie war auch nicht zusammengebrochen, als er sie durch die Reihen der Stiernacken geschleift hatte. Ihre Angst war nicht zu übersehen gewesen. Ja, er hatte sie förmlich riechen können. Trotzdem hatte sie Haltung gezeigt. Das verdiente Anerkennung. Jetzt war sie wütend. Er konnte es am Funkeln in ihren Augen sehen. Sie hatte allen

Grund dazu. Es war kein feiner Zug von ihm gewesen, sie hier festzubinden. Aber von Feingefühl war ja auch niemals die Rede gewesen.

Darian reichte ihr die Lederschnur und rechnete schon damit, dass sie sie ihm um die Ohren schlagen würde. Das tat sie allerdings nicht. Stattdessen band sie sich damit das goldblonde dichte Haar im Nacken zusammen. Er sah ihr fasziniert zu. Sie war viel zarter als die Elfenfrauen, die er kannte, viel zerbrechlicher. Er wandte den Blick von ihrem schlanken Hals ab und verdrängte diese Gedanken.

»Können wir dann endlich gehen?«, fragte er um einiges schroffer, als er es eigentlich beabsichtigt hatte.

Lina nickte und folgte ihm wortlos.

So leise sie konnte, trat sie hinter Darian aus dem alten Torbogen. Trotzdem waren ihre Schritte zu hören, während er sich vollkommen lautlos bewegte. Sie kam sich unzulänglich, plump und trampelig vor. Aber bald schon verschluckte der Lärm der Straße auch ihre unbeholfenen Schritte. Eine Vielzahl Stiernacken, Zwerge, Kobolde und selbst ein paar Zentauren waren mit gezückten Waffen in Richtung Dämonenklippe unterwegs.

»Was ist hier los?«

»Das ist unsere Chance«, erwiderte Darian. »Wenn ich es richtig mitbekommen habe, ist ihnen die weiße Magierin entwischt. Sie ist auf dem Weg ins Labyrinth. Ich schätze mal, da wird die Seherin großen Ärger bekommen.« Seine Schadenfreude war nicht zu überhören.

»Lupinia ist hier?« Ein freudiger Unterton schwang in ihrer Stimme mit.

Darian musterte sie ernst. »Möchtest du ihr ins Labyrinth folgen?«

Wieso war er plötzlich wieder so kalt? Lina gab sich selbst die Antwort. Er war ein Dunkelelf auf Xedocs Seite. Die weiße Magierin war sein Feind. Lina wusste sehr wohl, dass sie keine Chance hatte, Lupinia zu erreichen. »Nein, ich möchte hier raus.«

Darian nickte. »Gut, dann folge mir.«

So folgte sie ihm hinaus auf die breite Straße. In höchster Konzentration heftete sie ihren Blick auf die beiden Schwerter, die er gekreuzt auf dem Rücken trug. Vielleicht bemerkten sie die wenigen übrig gebliebenen Krieger ja nicht, wenn sie sie ignorierte? Das war zwar keine sehr brauchbare Taktik, schien aber erstaunlicherweise eine Weile lang zu funktionieren. Plötzlich blieb Darian stehen. Lina blickte auf. Sie hatten das andere Ende der Halle beinahe erreicht. Nur noch wenige Schritte trennten sie von einem Tunnel, der in die Tiefe führte.

Sie hörte Darian fluchen und erkannte den Grund dafür. Vor ihnen stand Brandan und versperrte ihnen den Weg.

Darian trat einen Schritt zurück. Er stand jetzt ganz dicht neben Lina und neigte den Kopf zu ihrem Ohr, ohne den Stiernacken aus den Augen zu lassen. »Wenn ich es dir sage, läufst du los in den Tunnel. Du hältst dich immer links. Und du bleibst nicht stehen, hörst du? Ich komme nach.«

Der Duft ihres Haares löste ein eigenartiges Gefühl von Vertrautheit in ihm aus, das er nicht erklären konnte. Er richtete sich wieder auf und schob sie aus der Kampflinie.

»Du hast mir etwas zu erklären, Darian.« Brandan bebte vor Zorn. Er hatte den massigen Kopf nach vorne gestreckt und stierte Darian wütend an.

»Das denke ich nicht«, sagte Darian leichthin. Der Stiernacken zog sein klobiges Langschwert. »Dafür wirst du bezahlen, Elfenbastard.«

»Geh uns aus dem Weg und ich werde diese ganze Sache vergessen. Oder …«

»Oder was?«

»Oder du ziehst wieder den Kürzeren.« Darians Gesichtsausdruck zeigte eine Mischung aus Mitleid und Belustigung.

Brandan hob das Schwert und stürmte brüllend auf den Clanführer der Dunkelelfen zu.

Darian wich zurück. Zwei leichtfüßige Schritte nur, ehe er das rechte Elfenschwert in einer fließenden Bewegung aus dem Schultergurt zog und gleichzeitig wieder einen Schritt vorwärts machte, direkt in den Angriff seines Gegners hinein. Die Schwerter trafen aufeinander, Darian ließ seine Klinge von der Spitze des Langschwertes abwärts gleiten. Ein weiterer Schritt zur Seite, eine Drehung des Handgelenks, ein Griff an die Parierstange des Langschwertes, und während sein Gegner noch um sein Gleichgewicht rang, hatte Darian ihm das Schwert bereits aus der Hand gewunden. Blitzschnell schlug er ihm den Schwertknauf gegen die Schläfe. Mit einem überraschten Aufkeuchen ging Brandan zu Boden.

»Ich hab dir doch gesagt, du sollst das bleiben lassen«, sagte Darian kopfschüttelnd. Brandan würde es nie lernen.

Aus dem Augenwinkel sah er weitere Stiernacken auf sich zustürmen, die Brandan zu Hilfe eilten. Darian zog nun auch das zweite Schwert und blickte sich nach Lina um. Sie stand immer noch wie versteinert.

»Lauf!«, rief er und stellte sich dem nächsten Angreifer.

Lina gehorchte augenblicklich. Sie hatte auf sein Zeichen gewartet. Diesmal hatte sie keine Dummheiten gemacht. Sie war vollkommen in seinen Bann gezogen. Es war das erste Mal, dass sie Darian kämpfen sah. So etwas hatte sie bis jetzt nur in Filmen gesehen. Benjamin liebte diese Kampfszenen.

Sie dagegen hatte das immer furchtbar übertrieben gefunden. Niemand bewegte sich so, dachte sie damals. Darian schon.

Nun riss sie sein Kommando aus ihrer Erstarrung. Ein Ruck ging durch ihren Körper, als sie losrannte, direkt auf den Tunnel zu. Als sie an Brandan vorbeilief, griff der immer noch am Boden liegende Stiernacken nach ihrem Fuß. Lina sprang hoch und kam unbeschadet an ihm vorbei.

»Haltet sie auf!«, brüllte Brandan. »Sie will fliehen. Das ist die Schöpferin!«

Lina wagte es nicht, sich noch einmal umzudrehen. Ihr Blick war starr auf den Tunneleingang gerichtet. Sie musste dort hinein. Er hatte gesagt, sie solle einfach immer weiterlaufen. Nicht nachdenken, einfach nur laufen. Sie hatte den Tunnel fast erreicht, als ihr ein massiger Pferdekörper den Weg versperrte. »Hiergeblieben, Schätzchen«, rief der Zentaure.

Darian war ihren Bewegungen mit den Augen gefolgt. Er hatte gesehen, wie sie Brandan ausgewichen war. Das war gut reagiert. Sie schien zu befolgen, was er ihr gesagt hatte. Sie rannte direkt auf den Tunnel zu und kam gut durch. Es waren nicht mehr viele Krieger in diesem Teil der Halle. Die meisten hatten sich an der Verfolgung der weißen Magierin beteiligt. Trotzdem hatte die Auseinandersetzung bereits für Aufsehen gesorgt. Und Brandan brüllte immer noch. Darians Blick fiel auf den Zentauren, der Lina den Weg versperrte. Sie kam schlitternd zum Stehen. Den Pferdemann kannte Darian nicht persönlich, aber er musste zu Karadocks Kriegern gehören. Die Zeichen auf seiner nackten Brust sprachen dafür. Er schwang drohend eine Axt und drängte Lina so vom Tunneleingang ab.

Mit einem wuchtigen Hieb schickte Darian den zweiten Stiernacken zu Boden und lief los. Brandan benutzte er dabei als Treppe und lief einfach über ihn hinweg. Der Stiernacken, der gerade auf allen vieren versucht hatte, auf die Beine zu kommen, sackte nach unten weg und krachte mit seinen riesigen Zähnen auf den harten Fels des Höhlenbodens. Es knackte, als einer der Hauerzähne brach. Darian konnte Brandans Verwünschungen immer noch hören, als er Lina erreichte. Sie hatte die Arme schützend vor dem Körper erhoben und wich vor den schlagenden Hufen des Zentauren zurück. Der Pferdemann schien diese Machtdemonstration zu genießen. Das änderte sich aber schlagartig, als er sich plötzlich dem Clanführer der Dunkelelfen gegenübersah.

»Du willst spielen, Pferdearsch? Das kannst du haben.« Darians Augen funkelten boshaft.

»Darian!«, rief der Zentaur überrascht. »Was treibst du denn hier?«

Lina hatte den Augenblick der Ablenkung genutzt und den Zentauren umrundet. Darian sah sie gerade im Tunnel verschwinden. Er duckte sich unter dem Pferdekörper hinweg. Sofort drehte sich der Zentaur im Kreis, auf der Suche nach ihm.

Darians Schwerter fuhren hoch und trennten den Schweif des Zentauren knapp unter dem Ansatz. Das schwarze Schweifhaar fiel zu Boden.

»Du bist tot!« Der Wutschrei des Zentauren erfüllte die Halle.

Ein boshaftes Grinsen lag immer noch auf seinen Lippen, als er den Tunneleingang erreichte. Aus dem Augenwinkel sah er eine Gestalt, die seine Aufmerksamkeit erregte, weil sie viel zu ruhig für diesen Tumult stand. Darian wandte den Kopf und erkannte Solvay. Das Gesicht seines Elfenfreundes zeigte eine derart ungewöhnliche Reaktion, dass er ihn damit für einen Augenblick vollkommen aus dem Konzept brachte. Er lächelte vielsagend. Darian wandte den Blick ab. Selbst Solvay würde das nicht verstehen. Aber warum lächelte er und was zur Hölle tat er überhaupt hier? Er hatte die Dunkelelfen doch fortgeschickt.

Darian hatte jetzt keine Zeit, darüber nachzudenken. Er musste Lina folgen. Hoffentlich hatte sie diesmal den richtigen Weg genommen. Im Laufen schob er die Schwerter wieder in die Rückengurte und holte rasch auf. Sie war überraschend weit gekommen. Aber auch der Zentaur hatte nicht vor, sich geschlagen zu geben. War der vielleicht sauer! Der Pferdemann stieß obszöne Verwünschungen aus. Vielleicht hätte er die Sache mit dem Zentaurenschweif doch besser gelassen. Ein Pfeil flog dicht an ihm vorbei und verfehlte ihn nur um Haaresbreite. Jetzt wurde es wirklich ungemütlich.

»Schneller, wir haben es gleich geschafft!«, rief er Lina zu, als er sie eingeholt hatte. Er konnte sehen, dass sie am Ende ihrer Kräfte war.

»Lauf nur weiter in die Falle, Elfenbastard! Ich krieg dich und dann kannst du was erleben, samt deiner kleinen Schöpferfreundin!« Die Stimme des Zentauren hallte schaurig von den Wänden wider.

Lina konnte bereits das Ende des Tunnels sehen, der in einer niedrigen Höhle mündete. Das war eine Sackgasse! Sie wurde langsamer. Was hatte denn Flucht jetzt noch für einen Sinn? Der Zentaur würde sie jeden Augenblick einholen. Und lautes Stimmengewirr zeugte von weiteren Verfolgern. Darian griff wieder nach ihrer Hand und zog sie weiter.

Sie verstand seine Eile nicht. »Was soll das? Hier geht's doch sowieso nicht weiter.« Sie bekam kaum noch Luft.

»Geht es doch. Nur nicht geradeaus.«

Sie spürte, wie sich sein Griff um ihr Handgelenk verstärkte und ein Ruck durch ihren Körper ging. Der Boden unter ihr war verschwunden und sie stürzte im freien Fall in tiefschwarze Finsternis. Ihr eigener Entsetzensschrei hallte ihr in den Ohren. Dann tauchte sie in eiskaltes Wasser, ein Gefühl wie tausend Nadelstiche auf der Haut. Panisch kämpfte sie sich an die Wasseroberfläche hoch, hustete Wasser aus, das ihr in Nase und Mund gedrungen war, und schlug wild um sich. Sie konnte nichts sehen. Plötzlich spürte sie, dass Darian hinter ihr war und ihre Hände festhielt.

»Es ist alles in Ordnung. Du hast es geschafft.«

Lina konnte ihn nicht sehen. Sie versuchte sich aus seinem Griff zu befreien, doch er ließ es nicht zu. Er hielt ihre Handgelenke fest und überkreuzte sie ihr vor der Brust.

»Du musst tief durchatmen. Es ist alles gut.«

Gar nichts war gut! Er hatte sie eben in eine Felsspalte gestoßen! Sie hatte geglaubt, sie würde sterben! Ein unkontrolliertes Zittern hatte ihren ganzen Körper erfasst. Tränen schossen ihr in die Augen. Das war einfach alles zu viel für sie. Sie war tatsächlich in der Hölle gelandet.

»Du Mistkerl! Wenn du mich umbringen willst, hättest du das auch einfacher haben können!« Sie presste die Worte zwischen ihren Schluchzern hervor, die Hälfte davon vollkommen unverständlich. »Warum hast du mich nicht gleich von der Dämonenklippe gestoßen? Das wäre doch viel einfacher gewesen.« Sie hatte aufgehört, gegen ihn anzukämpfen. Eine Welle aus Frustration und Erschöpfung schlug über ihr zusammen. Sie fühlte sich so hilflos, alleingelassen und verraten.

»Schon gut, Schöpferlein. Es tut mir leid«, flüsterte er mit samtweicher Stimme, während er sie weiter festhielt. »Ich hätte dich vorwarnen sollen. Aber glaub mir, du wärst da nicht freiwillig runtergesprungen. Niemand ist so verrückt und springt hier runter. Auch die da oben nicht.«

Lina hörte nicht auf die Worte. Es war der Klang seiner Stimme ganz nah an ihrem Ohr, auf die sie reagierte, es war die Wärme seiner Umarmung in dem eiskalten Wasser, die ihr guttat und ihr half, sich nicht ganz so verloren zu fühlen.

Geräuschvoll zog sie die Nase hoch. »Ich möchte nach Hause, zu Ben und zu meiner Mutter.«

»Wer ist Ben?« Seine Stimme klang seltsam, als er das fragte, irgendwie distanziert. Mit einem Mal entließ er sie aus seiner Umarmung.

»Benjamin ist mein Bruder.« Lina schniefte immer noch.

Darian griff wieder nach ihrer Hand. Seine Stimme klang jetzt aufmunternd, als er sagte: »Komm, wir sollten zusehen, dass wir dich aus dem kalten Wasser bekommen.«

Sie gab keine Antwort, aber sie begann zu schwimmen.

Die Energie des Lebens

Das Dröhnen der Signalhörner hallte durch die Gänge. Ihre Flucht war also entdeckt worden. Sie flog in der Gestalt des Falken knapp unter der Decke einer der Hallen. Eine wahre Treibjagd hatte begonnen. Aber keiner der Verfolger stellte für sie eine tatsächliche Gefahr dar. Die Magierin war mit dem Tier verschmolzen, das sie jetzt war. In diesem Moment besaß sie die Reaktionen, die Instinkte und den Weitblick des Falken. Der Luftzug durchströmte ihr Gefieder und sie genoss es in vollen Zügen. Zu fliegen war im Moment ihre Bestimmung. Nichts anderes zählte, und niemand konnte sie daran hindern. Nicht einmal die Pfeile der Lichtelfen. Nur der Moment, in dem das Gezeitenbuch ihr eine Botschaft gesandt hatte, hatte sie aus der Bahn geworfen. Ein weiteres Siegel war gebrochen! Es bedeutete, dass Lina lebte. Und sie war ihrem Ziel einen weiteren Schritt näher gekommen.

Der Falke schrie seine Erleichterung hinaus. Sie musste Lina jetzt nur noch finden. Ihre Sinne gingen erneut auf die Suche nach dem Mädchen, das zu schützen sie sich geschworen hatte. Aber irgendetwas in dieser Festung verhinderte das. Lupinia drang tiefer in den Berg vor. Ihr Ziel war die Dämonenklippe. Die Instinkte des Vogels würden sie dorthin bringen.

Die weiße Magierin schoss aus dem Tunnellabyrinth. Erneut rief sie nach Lina. Wieder bekam sie keine Antwort. Je tiefer sie vordrang, umso mehr sank ihr Mut. Was, wenn sie gar nicht hier war? Und dann spürte sie doch etwas, schwach und verzweifelt. Nur ein Gedanke und ein immer wiederkehrender Name. Lina. Der Falke setzte zum Sturzflug an. Die Gedanken wurden deutlicher. Es war Lina, um die sie kreisten, und sie waren von Sorge erfüllt. Lupinia landete auf einer der untersten Klippen, wo zwei alte Männer in einem Kerker kauerten, abgeschirmt durch ein Energiegitter. Einer der beiden schien nur noch aus Haut und Knochen zu bestehen, mehr tot als lebendig. Aber auch der andere war alt und ausgezehrt. Weißes Haar hing ihm ins Gesicht. Seine Haut war faltig. Er kauerte neben dem lebenden Toten und wiegte dessen Körper sanft vor und zurück. Die weiße Magierin nahm wieder ihre menschliche Gestalt an und trat an das Energiegitter heran. Mit beiden Händen griff sie in das Netz, schloss die Augen und drang kraft ihrer Gedanken in die Struktur der Energie ein, um sie zu neutralisieren. Es dauerte nur einen Augenblick und das Netz brach in sich zusammen. Lupinia erschauderte. Dieses Kraftfeld hatte seinen Ursprung in alles vernichtender Kälte.

Vorsichtig näherte sie sich den beiden Männern und kniete vor dem jüngeren der beiden nieder. Ihre Gedanken tasteten an der Oberfläche seines Geistes. Lupinia erstarrte, als sie entdeckte, wer das war.

»Benjamin?!«

Das war falsch! Benjamin durfte nicht hier sein. Serendra hatte ihn in die Schöpferwelt zurückgeschickt. Es war wichtig, dass er dort war. Und wo war Lina? Seine Gedanken waren voll mit Bildern von ihr. Lupinia sah sie, bewusstlos über der Schulter eines Dunkelelfen. Darian! Großer Gott, was hatte dieser Kerl nur mit ihr angestellt? Um sie herum waren überall Geisterdämonen. Sie fühlte den Schrei, den Benjamin ausgestoßen hatte, fühlte die Angst, als die Dämonen darauf reagiert hatten, die Schmerzen, die sie ihm zugefügt hatten, und die Kälte. Es war nur ein Bruchteil dessen, was er gefühlt hatte. Erinnerungen waren in dieser Hinsicht gnädig. Lupinia spürte eine uralte Furcht in sich aufsteigen. Eine Furcht, die sie schon lange nicht mehr gespürt hatte. Nicht mehr, seit die Andavyan die alte Welt verlassen hatten. Sie spürte, dass die Geisterdämonen nicht von dieser Welt waren. Sie kamen von weit her, so wie die Andavyan selbst. Es war das Wesen der Haegoth, das sie in diesen Kreaturen spürte. Hatten die Haegoth sie etwa gefunden? Steckte Xedoc mit diesem uralten Feind unter einer Decke? Das war ein überaus beängstigender Gedanke. »Benjamin, kannst du mich hören?«

Die müden Augen des alten Mannes blickten fragend zu ihr hoch. »Lupinia?«

Die weiße Magierin nickte.

»Wo ist Lina?« Seine Stimme klang brüchig.

»Ich bin sicher, es geht ihr gut.« Sie klang überzeugter, als sie es tatsächlich war. »Schließ die Augen, Benjamin, und versuch dich zu entspannen. Ich werde dir helfen, aber es wird schmerzvoll sein.«

Benjamin tat, was sie verlangte. Lupinia konnte seine Gedanken hören. Nichts konnte schlimmer sein, als das, was diese Quallen ihm angetan hatten.

Die weiße Magierin legte ihre linke Hand auf Benjamins Brust. Die Rechte streckte sie zur Seite aus, dem Abgrund zugewandt. Dann schloss auch sie die Augen und beschwor die Lebensenergie, die Benjamin geraubt worden war, wieder zurückzukehren. Sie entriss sie den Geisterdämonen. Es war ein uralter Kampf, den sie gehofft hatte, nie wieder ausfechten zu müssen. Die Energie floss durch sie hindurch und ging auf ihren ursprünglichen Besitzer über. Lupinia spürte, wie Benjamin zuerst die Wärme fühlte, die in seinen Körper zurückkehrte. Dann folgte der Schmerz, als sich Muskelfasern dehnten und erneut bildeten, die Haut sich spannte und die Kraft der Jugend in seinen alten Körper zurückkehrte. Er hatte das Gefühl, sein Körper würde erneut in Flammen stehen. Als der Schmerz verebbte und Benjamin die Augen öffnete, war seine Sehkraft wiederhergestellt und er konnte sich wieder normal bewegen.

»Ich danke dir«, flüsterte er überwältigt.

Die Andavyan lächelte. In diesem Moment wünschte sie inständig, die Oberste Hüterin wäre jetzt an ihrer Seite. Lupinia hatte die Kraft, die dem Jungen geraubt worden war, zurückgeholt. Dazu war sie fähig. Aber sie konnte nicht heilen, so wie es ihre Freundin gekonnt hatte. Benjamins Körper war wieder intakt, aber die seelischen Wunden, die dieser Angriff zwangsläufig hinterlassen haben musste, würden bleiben.

»Weißt du, wer das ist?«, erkundigte sie sich schließlich und deutete auf den zweiten Greis.

»Das ist mein Vater.«

»Das … ist unmöglich!« Entsetzen spiegelte sich in Lupinias Miene. Sie hatte David Wittmar gekannt, hatte ihn von Weitem beobachtet, wie sie es mit der ganzen Familie gemacht hatte. Sie kniete vor dem Greisen nieder, der nach diesem letzten Angriff nicht mehr ansprechbar war, und versuchte, in seinen Gedanken einen Hinweis auf seine Identität zu entdecken. Sie fand nichts als Erinnerungen, die mit diesem Kerker zu tun hatten. Eine Abfolge nicht enden wollenden Schreckens über die Angriffe, denen er hier unten Nacht für Nacht ausgesetzt gewesen war. Wie hatte er nur so lange überlebt?

»Bist du sicher, dass das dein Vater ist?« Die weiße Magierin konnte überhaupt keine Ähnlichkeit mit dem jungen

Mann erkennen, der David Wittmar bei seinem Verschwinden gewesen war.

»Ganz sicher.« Benjamin schob den Ärmel seines Vaters hoch und zeigte der Magierin das Tattoo. »Siehst du? Meine Mutter.«

Es stimmte also. Wie hatte ihr das nur entgehen können? Sie hatte damals in England Gefahr gespürt. Aber sie war viel zu sehr darauf konzentriert gewesen, Lina im Auge zu behalten. Sie hatte tatsächlich gedacht, dass es ein Unfall gewesen war, der David das Leben gekostet hatte.

»Kannst du auch ihm helfen?« Ein Flehen lag in Benjamins Stimme, das sie schmerzte.

»Ich kann für ihn dasselbe tun wie für dich, leider nicht mehr. Seine Erinnerungen kann ich ihm nicht wiedergeben.«

Benjamin nickte langsam. »Tu, was du tun kannst. Bitte.«

So begann Lupinia erneut, nach geraubter Lebensenergie zu tasten. In Davids Fall war das bedeutend schwieriger. Er hatte unzählige Angriffe der Geisterdämonen hinter sich. Stück für Stück hatte er an Lebensenergie eingebüßt. Lupinia ertastete die Energie und entriss sie den Räubern wieder. Spätestens jetzt wussten diese Kreaturen, dass sie hier war und was sie tat. Sie würden kommen, denn sie gaben niemals freiwillig wieder her, was sie geraubt hatten. Auch David litt unter dieser Prozedur, doch über seine Lippen kam kein Ton. Die Jahre hier unten hatten ihn gelehrt, Schmerz still zu ertragen.

Schließlich war es vollbracht. »Papa, erkennst du mich?« Benjamins Stimme klang hoffnungsvoll.

David schüttelte den Kopf. »Tut mir leid.«

»Wie gesagt, das ist der Körper deines Vaters, aber alles, was ihn ausgemacht hat, ist ihm von Xedoc geraubt worden. Jede Erinnerung an dich, deine Mutter und deine Schwester.«

»Aber warum? Reicht es ihm denn nicht, dass er unsere Träume stiehlt? Warum ausgerechnet mein Vater?« Zorn loderte in Benjamins Augen. »Welcher Fluch liegt auf unserer Familie, dass wir alle so bestraft werden?«

Die weiße Magierin hätte es ihm gerne erklärt. Doch es blieb keine Zeit mehr. Die Geisterdämonen hatten sich in der Tiefe erhoben. Sie mussten hier verschwinden. Mit geschlossenen Augen konzentrierte sie sich auf das Wesen, in das sie sich verwandeln wollte, und zerfloss in weißem Nebel. Und aus dem Nebel entstand ein weißes geflügeltes Pferd.

»Du bist Pegasus!« Benjamin blickte sie staunend an.

»Auch das.« Die Magierin sprach nun wieder in Gedanken zu ihnen. Sie senkte zuerst den Kopf, dann das rechte Vorderbein. »Steigt auf!«

Ohne zu zögern, kamen die beiden Männer diesem Befehl nach. Denn die Kälte, die aus der Tiefe kam und vom Nahen der Geisterdämonen kündete, hatte sie bereits erreicht. Fast zeitgleich drangen die ersten Rufe aus den Tunneln. Die Zugbrücke begann sich zu senken. Erste Pfeile flogen in ihre Richtung.

»Haltet euch gut fest!«, rief Lupinia.

Unter den Krallen

Der Tod hatte in der Fürstenhalle Einzug gehalten. Dutzende Traumjäger und Stiernacken lagen da, von tödlichen Energieblitzen niedergestreckt. Xedoc stand vor dem Lavathron und feuerte wahllos. Vernunft hatte in seiner Halle in diesem Moment keinen Platz.

»Sie sind entkommen? Beide?! Wie … konnte … das … geschehen …?« Jedes seiner Worte begleitete eine Energieentladung, die von weit größerer Zerstörungskraft war als alles, was die Traumjäger produzieren konnten. Angstvoll kauerten sich die Anwesenden auf den Boden. Niemand wusste, wer Xedocs nächstes Opfer sein würde. Nur Absorbis stand aufrecht. Er hatte gelernt, dass es die als Erste traf, die in Deckung gingen. Sie sahen schuldiger aus.

Außer ihm standen nur noch zwei weitere Anwesende aufrecht im Hintergrund und beobachteten die Szene. Die Seherin und Lugathus, der Rudelführer der Vampire.

»Sag mir, wie, Absorbis?« Ein Energieblitz prallte von der Höhlenwand ab und schlug als Querschläger in einer der Nischen hinter ihm ein. Sämtliche Traumkugeln, die in dieser Nische gelegen hatten, gingen in orangeroten Rauch auf und mit ihnen vergingen die Leben der Schöpfer, denen sie gehört hatten. Es kümmerte den Fürsten nicht. Die beiden Kugeln, auf die es ankam, trug er sicher bei sich. Er wandte sich wieder an Absorbis. Langsam kehrte die Kontrolle zurück.

»Ich frage nicht noch einmal, Absorbis.«

»Die weiße Magierin ist entkommen. Sie hat den Jungen und seinen Vater befreit.« Der Traumjäger sprach ruhig und sachlich.

Xedocs Blick traf die Seherin und sagte mehr, als es Worte hätten tun können. Der Steinboden neben Galan explodierte. Das Orakel zuckte nicht zurück. Sie hatte damit gerechnet. Es würde nicht das letzte Wort in dieser Sache gewesen sein.

Xedoc wandte sich wieder an den Traumjäger.

»Und das Mädchen? Wie konnte sie entkommen?«

»Darian«, war alles, was Absorbis sagte.

»Darian.« Xedoc klang nicht überrascht. Ein satanisches Grinsen breitete sich auf seinem Gesicht aus. »Dann ist es nicht so schlimm.«

Absorbis starrte seinen Herrn verständnislos an.

»Wohin sind sie geflüchtet?«

»In die Osthöhlen.«

»Wohin auch sonst?« Xedoc sprach mehr zu sich selbst. »Gut, Absorbis. Mach dich auf die Suche nach dem Jungen. Und schicke jemanden, der das hier aufräumt.« Er deutete mit einer abfälligen Geste auf die Toten in der Halle. »Und Absorbis, wenn du dieses Mal versagst, teilst du ihr Schicksal.«

Absorbis wusste, dass es keine leere Drohung war.

Xedoc ließ sich auf den schwarzen Thron sinken, schlug die Beine übereinander und lehnte sich entspannt zurück. So saß er einige Augenblicke ganz ruhig da, ehe er die im Schatten wartende Gestalt zu sich rief. »Lugathus.«

»Ja, Herr?« Der Vampir kam mit langen Schritten zu ihm herüber. Seine Lederstiefel knirschten, der Mantel raschelte.

»Du hast sie gesehen, als sie hierhergebracht wurde, nicht wahr?«

»Ja, Herr.« Die Gier nach ihrem Schöpferblut stand ihm ins Gesicht geschrieben. Er hatte es gewittert, als sie hierhergeführt wurde. Unwiderstehlich.

»Mach dich auf die Suche nach ihnen. Und diesmal bitte keinen Streit mit Darian.« Xedocs Miene wirkte übertrieben gequält, so als ob er ein ungezogenes Kind maßregeln würde.

Der Vampir knurrte. »Natürlich nicht.«

»Wenn sie nicht tut, was ich von ihr verlange, gehört sie dir, das verspreche ich.«

»Ja, Herr«, raunte Lugathus.

Ohne dem Vampir noch weitere Beachtung zu schenken, zog Xedoc die Kugel mit den Erinnerungen des Mannes heraus, der so lange in seinem Kerker überlebt hatte. Fast zärtlich ließ er sie auf seiner Hand hin und her wippen, während er darin las. Das Mädchen war noch sehr klein in diesen Erinnerungen. Ein Kind war ein faszinierender Anblick, selbst für ihn. Denn Kinder gab es in Menduria nicht – nicht mehr seit dem Schöpferfluch. Xedoc konnte das silberhelle Lachen der kleinen Lina in diesen Erinnerungen hören. Sie sah so harmlos aus. Als man sie hierher gebracht hatte, war nicht einmal ein kleines Lächeln auf ihren Lippen und sie war auch kein Kind mehr gewesen. Die Seherin hatte recht. Sie war gefährlich. Er würde ihr nur noch eine Chance geben, für ihn in dem Buch zu lesen. Nun hatte er seine beiden besten Jäger auf sie angesetzt. Einer von ihnen würde sie zurückbringen. Wenn Darian versagte, hatte er immer noch Lugathus.

Xedoc ließ die Kugel wieder in seinem Umhang verschwinden und wandte sich der Seherin zu, die bis jetzt reglos neben ihm gestanden hatte. »Du warst böse, Galan. Das weißt du doch, nicht wahr?«

Allmählich wurden Linas Glieder taub vom kalten Wasser, und ihre Schwimmbewegungen zaghafter. Die Strömung des unterirdischen Flusses trieb sie immer weiter. Sie musste zusehen, dass sie nicht unterging. Lina hatte jedes Gefühl für Zeit und Entfernung verloren. Der Fluss hatte sie durch Grotten und Höhlen getragen, manche so niedrig, dass sie die Decke mit ausgestreckten Händen hätte berühren können. Hier sah es vollkommen anders aus als in den Hallen unter der Krallenfestung. Einige der Höhlen waren beinahe taghell, in anderen herrschte angenehmes Dämmerlicht. Aber keine war in absolute Dunkelheit gehüllt, wie die Grotte, in die sie gestürzt waren. Darian schwamm neben ihr und beobachtete sie. Lina ignorierte ihn, oder sie versuchte es zumindest. Jetzt, da sie sich wieder beruhigt hatte, war ihr ihr Gefühlsausbruch äußerst peinlich.

»Dir ist kalt, nicht wahr?« Es war das erste Mal, seit sie losgeschwommen waren, dass er etwas sagte.

Lina nickte. Es abzustreiten, wäre auch sinnlos gewesen. Ihre klappernden Zähne verrieten diese Tatsache.

»Wenn du mir deine Hand gibst, können wir das ändern.« Er streckte ihr seine Hand auffordernd entgegen und wartete darauf, dass sie zugriff.

Lina war überrascht. Diesmal hatte er nicht einfach nach ihrer Hand gegriffen, sondern gefragt. Das war immerhin ein Fortschritt. Zögernd griff sie zu und ließ sich von ihm zur gegenüberliegenden Seite des unterirdischen Flusses ziehen.

»Halt dich hier fest«, sagte er, als sie das felsige Ufer erreicht hatten.

Und während Darian sich aus dem Wasser stemmte und den Felsen hochkletterte, gab sich Lina Mühe, nicht von der immer stärker werdenden Strömung mitgerissen zu werden. Mittlerweile zitterte sie so stark, dass sie keine koordinierten Bewegungen mehr zustande brachte. Wieder streckte er ihr seine Hand entgegen, um ihr aus dem Wasser zu helfen. Diesmal griff sie sofort zu. Darians Kleidung war, kaum dass er aus dem Wasser gestiegen war, beinahe trocken. Lina dagegen war klitschnass, ihre Kleidung klebte unangenehm kalt auf der Haut.

»Das wird helfen«, sagte er aufmunternd, als er ihr den Elfenumhang um die Schultern legte.

»Danke.« Sie blickte zu ihm hoch und schenkte ihm ein zaghaftes Lächeln. »Ist dir denn nicht kalt?«

»Bestimmt nicht so wie dir. Elfen können ihre Körpertemperatur bis zu einem gewissen Grad ausgleichen.« Er sprach über diese Art der Elfenmagie, als wäre es das Normalste auf der Welt. Lina beneidete ihn ziemlich um diese äußerst praktische Gabe.

Aber auch der Umhang musste Elfenmagie in sich tragen. Kaum hatte sie ihn angelegt, spürte sie, wie Wärme ihren ganzen Körper umfing. Es war herrlich!

Darian stand immer noch vor ihr und blickte sie unverwandt an, während sie ihre klappernden Zähne langsam in den Griff bekam. Plötzlich begann er breit zu grinsen.

»Was?« Machte er sich etwa schon wieder über sie lustig?

Aber er wehrte nur kopfschüttelnd ab. »Gar nichts. Es ist nur, deine Lippen sind so blau, dass dich jeder Wassermann darum beneiden würde.«

»Wassermann? Du nimmst mich auf den Arm.« Lina blickte ihn ungläubig an.

Ein vielsagendes Lächeln umspielte seine Lippen. »Nein, gar nicht. Weißt du, je blauer ihre Lippen, umso höher ihre Chancen bei den Nixen.«

»Du willst mir also tatsächlich einreden, es gäbe hier Nixen und Wassermänner?«

»Nicht hier in der Calahadin, aber im Arratmeer.« Damit wandte er sich zum Gehen.

Lina zog den Umhang noch ein bisschen fester um ihre Schultern und folgte ihm. Eine ganze Weile marschierte sie schweigend hinter ihm her, nur darauf konzentriert, nicht auf dem zerklüfteten Felsboden zu stolpern. Anfänglich waren sie noch dem Flusslauf gefolgt. Aber dann verschwand der Fluss einfach im Felsen. Darian wählte einen schmalen Weg, der sie in eine niedrige Grotte führte, die fast zur Gänze von einem Teich ausgefüllt wurde. Das Wasser war gelbgrün und zeichnete seltsame Lichtreflexe an die Wände. Nebelschwaden zogen über der Teichoberfläche auf, es roch nach faulen Eiern.

»Das ist ein Schwefelteich.« Darian führte sie ganz nahe am Teichufer entlang. »Pass auf, dass du nicht mit dem Wasser in Berührung kommst. Es verätzt die Haut.«

Lina nickte.

»Verrätst du mir, wo wir hingehen?«, erkundigte sie sich schließlich, nachdem Darian wieder in Schweigen versunken war.

»Wir müssen zurück zum Fluss. Aber der macht hier eine weite Schleife. Wir kürzen die Strecke ab. Hier werden wir unbehelligt durchkommen. Hinter dem Schwefelteich beginnt das Reich der Dunkelelfen. Dort haben Xedocs Krieger keinen Zutritt.«

»Und wieso nicht?« Lina hätte gedacht, dass die ganze Calahadin Xedocs Befehl unterstand.

»Weil ich es untersagt habe«, erwiderte Darian schlicht.

Ohne weitere Fragen zu stellen, lief Lina weiter. Ihre Gedanken kreisten allerdings immer noch um ihn. Sie wurde aus Darian einfach nicht schlau. Er konnte so hinreißend lächeln, dass er Eisberge damit zum Schmelzen bringen würde. Wenn er sich von seiner offenen Seite zeigte, war Lina einfach nur fasziniert von ihm. Aber dann konnte er sich von einem Augenblick zum anderen in einen derart kaltschnäuzigen Mistkerl verwandeln, vor dem sie am liebsten zurückweichen würde. Und trotzdem half er ihr. Lina wusste sehr wohl, dass sie ohne ihn nicht einmal annähernd so weit gekommen wäre. Wie sie es auch drehte und wendete: sie war auf ihn angewiesen. Ein tiefes Seufzen entrang sich ihrer Kehle.

Sie zog die Kapuze des Elfenumhangs tiefer ins Gesicht, während sie ihm durch das unterirdische Höhlensystem weiter folgte. Der Umhang wärmte immer noch. Der Stoff, der ihre Wangen umspielte, verströmte einen schweren erdigen Duft, den Lina als äußerst angenehm empfand und der sie an irgendetwas erinnerte. Doch als sie darauf kam, erschrak sie. Der Umhang roch nach ihm! Mit einer schnellen Bewegung streifte sie die Kapuze nach hinten.

Vor ihnen war der Fluss wieder zu sehen. Darian war stehen geblieben und hatte sich zu ihr umgedreht. Hatte er ihre Reaktion bemerkt?

Es schien nicht so. »Du kannst mir den Umhang jetzt wiedergeben. Im Wasser wird er dich nur stören.«

Lina löste die Schnalle und reichte ihm den Umhang. Irgendwie hatte sie überhaupt keine Lust, wieder ins kalte Wasser zu steigen.

Er schien es ihr anzusehen. »Ich finde die Aussicht auch nicht gerade berauschend. Ich hasse kaltes Wasser, aber es gibt keinen anderen Weg.«

Lina nickte schicksalsergeben.

»Das wird jetzt ziemlich ungemütlich«, sagte Darian und lächelte herausfordernd, als er fortfuhr: »Und damit du mich danach nicht wieder beschimpfst, sag ich es dir lieber gleich. Es geht steil bergab.«

Sie senkte verlegen den Kopf und folgte ihm ins Wasser.

Die Strömung war noch stärker geworden und Darian griff wieder nach ihrem Handgelenk.

»Vertrau mir, dann kommen wir unbeschadet durch.« Sein Blick war beschwörend und ließ Lina Schlimmes ahnen.

Dann ging alles sehr schnell. Darian ergriff nun auch ihr zweites Handgelenk, während sie auf eine Felswand zutrieben, in der der Fluss verschwand.

»Hol tief Luft!«, sagte er und zog sie einen Augenblick später mit einem Ruck unter Wasser, wo der Sog noch stärker war. Ganz instinktiv versuchte sie, sich dagegen zu wehren. Ihr Rücken schrammte an scharfen Felskanten entlang und jagte einen bohrenden Schmerz ihre Wirbelsäule hinab. Darian zog sie näher an sich. Ihr Kopf wurde an seine Brust gepresst. Sie konnte seine angespannten Muskeln fühlen, während der Sog immer noch an Stärke zunahm. Erst da begriff sie, dass sie nicht gegen ihn, sondern mit ihm gemeinsam gegen den Fluss kämpfen musste. Sie hörte auf sich zu wehren, überließ ihm die Kontrolle und ergab sich in seine Umarmung, in der sie plötzlich Sicherheit fühlte. Nur Augenblicke später gab sie der Fels frei. Der Fluss trat an die Oberfläche und spülte sie über eine Klippe. In einer Kaskade aus schäumendem Wasser stürzten sie in eine Schlucht. Erst in den Tiefen des Beckens am Fuße des Wasserfalls löste Darian die Umarmung. Mit kräftigen Schwimmbewegungen strebte Lina der Wasseroberfläche entgegen und schnappte gierig nach Luft. Darian tauchte neben ihr auf und schüttelte sich das Wasser aus dem Haar. Selbst im nassen Zustand war es immer noch zerzaust.

»Jetzt sag bloß, das hat keinen Spaß gemacht?« Er lächelte verschmitzt.

»Spaß gemacht?« Sie schnappte immer noch nach Luft. Ihr Blick wanderte nach oben. Erst jetzt registrierte sie, wie tief sie tatsächlich gefallen waren. Er fürchtete schon einen erneuten Heulkrampf, aber da breitete sich ein strahlendes Lächeln auf ihrem Gesicht aus. »Ja, das hat Spaß gemacht!«

Darian beobachtete sie fasziniert. Sie sah bezaubernd aus, wenn sie lachte. Sogar ihre Augen schienen zu lächeln. Wassertropfen glänzten auf ihren langen dichten Wimpern und der Bernstein ihrer Augen bekam olivegrüne Sprenkel. Ihre Freude war ansteckend. Es war seltsam, aber es machte ihn irgendwie glücklich. Warum war das so? Sie war sein Auftrag. Sie musste bloß am Leben bleiben, nichts weiter. Dabei spielte es wirklich keine Rolle, ob sie glücklich war. Und doch gefiel es ihm, wenn sie lachte. Darian verbannte diese Gedanken aus seinem Geist und gab Lina ein Zeichen, ihm zu folgen.

Der Fluss wand sich aus der Schlucht, die sich zu einer breiten Senke am Fuße des Berges ausweitete. Sie ließen sich von der Strömung tragen. Mit etwas Glück würden die Traumjäger ihre Spur so nicht gleich finden. Doch es waren ohnehin nicht die Traumjäger, die Darian Sorge bereiteten. Auch die Dunkelelfen, die sehr wohl in der Lage gewesen wären, sie aufzuspüren, fürchtete er nicht. Nur Solvay hatte sie zusammen gesehen. Solvay würde nicht verstehen, was Darian tat, aber er würde ihm nicht in den Rücken fallen. Das viel größere Problem waren die Vampire. Die Bluthunde des Fürsten würden nicht lange brauchen, um sie aufzuspüren.

Langsam trieb sie der Fluss aus dem Schatten des massiven Felsens heraus, wo sich die Senke vollends öffnete. Vor ihnen erhoben sich schwarze Berge, die die Senke zu ihrer Rechten begrenzten.

Lina blickte Darian entsetzt an, als sie sah, worauf sie da zutrieben. Zu beiden Seiten des Flusses breitete sich ein Heerlager aus, dessen Ausmaß für Lina von hier nicht zu erfassen war.

»Das kann nicht dein Ernst sein! Bitte sag, dass du nicht da durchwillst!«

Er zuckte nur die Achseln. »Das ist der einzige Weg, der uns bleibt.«

»Bist du verrückt? Ich schwimm da nicht durch!« Linas Stimme klang hysterisch. Sie begann gegen den Strom anzuschwimmen. Es war ein lächerlicher Versuch, ihrer Verzweiflung Ausdruck zu verleihen, und er scheiterte natürlich.

Darian beendete ihren Fluchtversuch, indem er sie näher an sich heranzog, um ihr fest in die Augen sehen zu können. »Hör zu, dieser Weg ist ganz bestimmt auch nicht meine erste Wahl. Nur von den unteren Höhlen der Dämonenklippe aus ist es die einzige Möglichkeit, aus der Festung zu kommen. Aber ich verspreche dir, dass wir da unbeschadet durchkommen, wenn du machst, was ich dir sage.«

Lina nickte zaghaft. Er hatte ihr nicht direkt vorgeworfen, dass sie es ihrem Sturz von der Dämonenklippe zu verdanken hatten, jetzt in dieser Lage zu stecken. Aber sie verstand es auch so.

»Halt dich an meinen Schultern fest.«

Sie tat, was er verlangte, ohne dabei den Blick von dem Geschehen abzuwenden, auf das sie immer weiter zutrieben. Von der Stille, die sie im Berg als beruhigend empfunden hatte, war nichts mehr übrig geblieben. Feuer loderten, Hämmer schlugen auf Metall, Katapulte und riesige Belagerungstürme wurden auf quietschenden Wagen fortgezogen. Und sie sah zum ersten Mal in ihrem Leben Trolle. Großer Gott, waren diese Kreaturen hässlich! Aber sie schienen tatsächlich einigermaßen harmlos zu sein.

Darian hatte den Elfenumhang über ihren Köpfen ausgebreitet und nur einen ganz kleinen Spalt offen gelassen, sodass sie sehen konnten, was am Ufer vor sich ging.

Lina hatte ihre Arme um seinen Hals geschlungen und versuchte, über seine Schulter hinweg etwas zu erkennen. Sie war sich bewusst, dass sie ihm viel zu sehr auf die Pelle rückte, aber das war ihr in dem Moment gleichgültig. Sie hatte furchtbare Angst, und seine Nähe schien Sicherheit zu bieten. Und ihn schien es auch nicht zu stören.

Sie waren bereits weit im Heerlager, als er sich zu ihr umwandte und flüsterte: »Siehst du, sie bemerken uns nicht. Sie sehen das, was sie zu sehen glauben, nämlich Treibgut.«

»Treibgut?« Zuerst verstand Lina nicht so recht, was er meinte. Sie war so abgelenkt gewesen, dass sie erst jetzt bemerkte, wie unangenehm sich der Fluss verändert hatte. Aus dem reinen, klaren Quellfluss, der sie aus dem Berg gespült hatte, war eine übel riechende Kloake geworden. Ein öliger Film trieb auf der Oberfläche und hüllte sie bereits ein. Der Fluss führte jetzt auch eine Menge verkohlter Treibholzstücke mit sich. Lina konnte erkennen, dass die Feuerstellen hier näher am Ufer lagen. Sie sah Abwasserkanäle, die in den Fluss mündeten.

Sie blickte Darian entsetzt an. »Das ist nicht wirklich das, wofür ich es halte, oder?«

»Ich fürchte doch.« Es war ihm anzuhören, dass er versuchte, nicht durch die Nase zu atmen.

Lina schnaubte. »Ganz toll! Ich bin in einem Albtraum aus Scheiße gelandet!«

Jetzt grinste er breit, als er sagte: »Na ja, aber die Gesellschaft ist doch recht nett, oder?«

Sie hätte sich, ehrlich gesagt, keine bessere vorstellen können. Davon war sie in diesem Moment zu hundert Prozent überzeugt. Aber sie würde sich hüten, ihm das zu sagen. Lina zog sich so weit wie möglich hinter seine Schulter zurück. Seine Tunika, die nass an ihm klebte, war verrutscht und gab den Blick auf seinen Nacken frei. Dort konnte sie verschlungene Schriftzeichen sehen, die sich seinen Rücken hinunterzuziehen schienen … Aber dann wurde ihre Aufmerksamkeit auf eine Brücke gelenkt, unter der sie gerade hindurchtrieben.

Jede Menge Unrat sammelte sich an den Brückenpfeilern, und Darian hatte alle Hände voll zu tun, sie unbeschadet hindurchzubringen. Er griff nach einem breiten Ast und löste ihn aus einem Verband verkeilter Stämme.

»Versuch, dich daran hochzuziehen!«, sagte er. Er umfasste Linas Hüften und half ihr hoch. »Leg dich so flach wie möglich auf den Ast und beweg dich nicht!«

Lina war dankbar, dem kalten Wasser zumindest teilweise entkommen zu sein. Darian hatte darauf geachtet, dass sie vollkommen von dem Umhang verborgen wurde und so nicht entdeckt werden konnte. Erst dann löste er den Stamm aus dem restlichen Treibholz. Augenblicklich spülte sie der Fluss unter der Brücke hervor und weiter durch das geschäftige Heerlager.

Obwohl der Umhang sie nun wieder wärmte, fror Lina mit einem Mal. Es war eine Kälte, die von innen kam, erzeugt durch die Bilder, die sie plötzlich und ohne Vorwarnung vor ihrem inneren Auge sah. Sie blickte von oben auf eine zerstörte Stadt! Schutt und Asche, Flammen und Tod breiteten sich zu ihren Füßen aus. Sie konnte die Verzweiflung spüren, die die flüchtenden Bewohner dieser Stadt ergriffen hatte. Lina wollte so gerne helfen. Trauer überwältigte sie, das Gefühl, machtlos zusehen zu müssen, war unerträglich. Sie zitterte am ganzen Körper, während ihr Tränen in die Augen stiegen. Doch im nächsten Moment wurde sie ruckartig von einer Welle magischer Energie durchflutet, die die Bilder vor ihren Augen vertrieb. Und dann kam die Erkenntnis. Ein weiteres Siegel hatte sich geöffnet.

»Was ist mit dir?« Darian blickte sie besorgt an. Sie lag zitternd auf dem Ast und reagierte nicht. Erst als er ihr Kinn zwischen Daumen und Zeigefinger genommen hatte, ihren

Kopf leicht anhob und sie so zwang, ihn anzusehen, fand sie ins Hier und Jetzt zurück.

»Lina, sieh mich an!« Seine Stimme war fordernd und schien endlich zu ihr durchzudringen. Ihr Blick wurde klarer. Tränen liefen ihr über die Wangen. Er hätte sie ihr gerne fortgewischt, aber das wagte er nicht. »Hattest du eben eine Vision?«

Es war nur eine Vermutung. Er hatte so etwas schon gesehen. Die Seherin verfiel manchmal in einen solchen Zustand. Und je nachdem, was sie gesehen hatte, reagierte auch sie sehr heftig. Was auch immer Lina gesehen haben mochte, musste sie zutiefst erschüttert haben.

»Ich glaube schon.« Ihre Stimme war dünn und brüchig.

»Hattest du das schon öfter?«

»Nein. Eigentlich nicht. Bis jetzt waren es immer nur Träume. Ich hab so etwas noch nie im Wachzustand erlebt.« Sie klang ziemlich verunsichert. Ihre Stimme war kaum noch ein Flüstern, als sie weitersprach: »Ich habe eine Schlacht gesehen und eine brennende Stadt. Überall Tod und Zerstörung.«

Darian seufzte tief. Sie trieben unter einer weiteren Brücke hindurch und näherten sich dem Ende der Senke. »Kannst du mir die Stadt beschreiben?«, bat er.

Lina versuchte es, so gut es ging. Sie beschrieb eine halbkreisförmige Stadtmauer, die sich an den beiden Enden in hohem Fels verlor. Ein Gebirge erhob sich dahinter. Massive graue Felsformationen, die bis in den Himmel zu reichen schienen. Enge Gassen und eine hohe Festung, die über dem Gassengewirr aufragte.

»Warst du jemals in der Eldorin, Lina?«

Alleine schon ihr verwirrter Blick gab ihm die Antwort. »Ich war überhaupt noch nie zuvor in Menduria.«

Er nickte. Sie hatte Kathmarin beschrieben, ohne jemals dort gewesen zu sein. Die alte Hauptstadt, die den Weg hinauf ins Titanengebirge sicherte, und die das Ziel von Xedocs bevorstehendem Angriff war. Sie hatte die zukünftige Schlacht gesehen und sie hatte den Fall Kathmarins gesehen. Nun lief es auch Darian eiskalt über den Rücken. Lina war weit mehr, als es den Anschein hatte. Sie hatte Seherkräfte. In Menduria gab es nur zwei Wesen, die dazu fähig waren. Galan die Seherin, die in Xedocs Diensten stand, und Anta-Dragona, die Drachenmagierin. Ob Xedoc wusste, dass Lina diese Fähigkeit auch besaß? Plötzlich fiel ihm wieder ein, was sie zu ihm gesagt hatte, als sie ihn auf der Dämonenklippe zum ersten Mal gesehen hatte. »Ich habe von dir geträumt.« Einen Albtraum hatte sie es genannt. Sie hatte eine Vision von ihm gehabt. Wie viel wusste sie tatsächlich über ihn und den Grund, weshalb er auf der Dämonenklippe gewesen war? Er musste seinen Auftrag erfüllen. So schnell wie möglich.

Richtungswechsel

Lina hatte das Gefühl, nicht nur sie selbst sei über das Geschehene erschrocken gewesen. Darian war seither sehr schweigsam. Der Fluss hatte sie noch ein ganzes Stück weitergetragen. Die Senke samt Xedocs Streitmacht lag nun weit hinter ihnen. Der Fluss war auf gleicher Höhe mit der Senke geblieben, während sich das Land rundherum aufzutürmen begann. Zu beiden Seiten hatte sich der Fluss tief in die Landschaft gegraben. Nicht ein Büschel Gras war zu finden. Nur Felsen, Staub und vertrocknete Erde. Darian hatte irgendwann den Elfenumhang wieder an sich genommen und den Ast zum Ufer gelenkt. Nun folgte ihm Lina die steile Uferböschung hinauf, wobei sie darauf achtete, ein gutes Stück hinter ihm zu bleiben. Er war, kaum aus dem Wasser gestiegen, bereits wieder sauber und trocken. Sie dagegen war wieder nass und zu allem Übel stank sie nun auch noch.

Sie hatten das Plateau über dem Fluss erreicht, als sie plötzlich eine Stimme in ihrem Kopf hörte. »Lina, bist du das?«

»Ja, ich bin hier!«

Darian drehte sich verdutzt um. »Ich weiß, dass du hier bist, Schöpferlein.«

»Lupinia ist hier!« Linas Stimme überschlug sich fast vor Aufregung.

»Ich kann dich sehen.« Lupinias mädchenhaftes Lachen erklang in ihren Gedanken.

In diesem Moment setzte ein geflügeltes weißes Pferd vor ihr zur Landung an. Pegasus! Und dann machte ihr Herz einen Sprung, als sie ihren Bruder erkannte.

»Ben!« Lina konnte ihr Glück kaum fassen. Ihr Bruder war hier! Mit einem Freudenschrei stürzte sie sich in seine ausgebreiteten Arme.

Lange Augenblicke standen sie so da, in denen Benjamin in einem fort wiederholte: »Bin ich froh, dass es dir gut geht!« Dann erst hielt er sie auf Armeslänge von sich, um sie genauer betrachten zu können. »Und du bist wirklich in Ordnung, Kleine?«

Lina grinste. »Ja, Großer, es geht mir gut.«

Erst als er sie erneut an sich drückte, stutzte Benjamin und schnüffelte. »Gott, Lina, du stinkst ja fürchterlich! Hast du in Scheiße gebadet?«

»So könnte man es nennen«, gab sie grinsend zurück. Dabei warf sie Darian einen verstohlenen Blick zu. Er war abseits stehen geblieben und hatte die Szene still beobachtet. Seine Miene wirkte wie versteinert. Benjamin war Linas Blick gefolgt.

»Ich habe euch auf der Dämonenklippe gesehen«, sagte Benjamin und ging auf Darian zu. »Du hast meine Schwester dort herausgeholt. Dafür möchte ich dir danken.« Er streckte ihm die Hand entgegen.

»Keine Ursache.« Darian ergriff die Hand ihres Bruders und drückte sie kurz.

Plötzlich richtete sich ihre Aufmerksamkeit auf den Mann, der jetzt ebenfalls von Pegasus' Rücken stieg. »Papa?!« Das war doch nicht möglich! Ganz langsam ging sie auf den Mann zu.

»Lina, warte, ich muss dir etwas erklären …« Sie achtete nicht auf ihren Bruder.

»Papa, bist du es wirklich?« Den letzten Schritt machte sie zaghaft auf ihn zu.

»Wer bist du?« Der Mann hob hilflos die Arme.

»Ich bin es, Lina.«

»Es tut mir leid, aber ich kann mich nicht erinnern …«

Hilfe suchend wanderte ihr Blick zu Benjamin.

»Lina, er erkennt uns nicht.«

»Aber, wieso denn nicht?« Lina war wie betäubt.

»Xedoc hat ihm seine Erinnerungen geraubt, und damit seine Identität.« Vor ihren Augen hatte sich die weiße Magierin wieder in ihre menschliche Gestalt verwandelt und übernahm es, Lina zu erklären, was passiert war.

Es dauerte eine Weile, bis sie das Gehörte verarbeitet hatte. »Warum?«, presste sie schließlich hervor.

»Weil er euer Vater ist.« Lupinia blickte Lina eindringlich an. »Es tut mir so leid! Ich habe es nicht gewusst.«

»Lässt es sich rückgängig machen?«

Lupinia hob hilflos die Hände. »Du bräuchtest seine Erinnerungen dafür. Aber selbst damit glaube ich nicht, dass es klappt. Es ist zu viel Zeit vergangen.«

Lina beobachtete ihren Vater, der völlig unbeteiligt danebenstand, so als würde ihn das alles nicht betreffen. Es war so unfair! Sie dachte an ihre Mutter, an die harte Zeit, die sie nach dem Verschwinden ihres Vaters durchgemacht hatte. Wie sollten sie ihr das beibringen? Und Benjamin, wie musste er sich fühlen, wenn es für sie selbst schon fast unerträglich war? Lina betrachtete ihren Bruder. Er befand sich in einer Welt, die er nicht verstand, und trotzdem war er hier. Nun war es an ihr zu handeln.

»Ich will, dass das aufhört!« Lina sprach leise, aber mit unüberhörbarer Entschlossenheit.

»Du willst zurückgehen.« Die weiße Magierin fragte nicht, sie stellte es fest. Sie hatte wieder in Linas Gedanken gelesen.

Lina nickte. »Ich brauche das Buch.«

»Vergiss das Buch!«, rief Benjamin entsetzt. »Wir sollten zusehen, dass wir hier wegkommen, ehe dir vielleicht auch noch etwas zustößt.«

»Nein, Benjamin, das geht nicht! Xedoc ist ein Monster. Er wird nicht aufhören. Sieh dir an, was er mit Papa gemacht hat. Und was er Mama angetan hat!« Sie blickte ihren Bruder flehend an. »Wenn wir diese Sache jetzt nicht durchkämpfen, wird es niemals Ruhe geben.«

Benjamin seufzte. »Ich kann dich nicht davon abhalten, richtig?«

Ein entschuldigendes Lächeln zeigte sich in ihrem Gesicht. »Nein, kannst du nicht.«

Benjamin seufzte. »Also gut, dann werde ich dich begleiten. Treten wir diesem Xedoc eben kräftig in den Arsch.«

»Nein, das geht nicht, Benjamin.« Lupinia sprach mit einer Autorität, die Lina noch nie bei ihr gehört hatte. »Du musst zurückkehren, in deine Welt.«

»Oh nein, diesmal wirst du mich nicht wieder zurückschicken! Ich bleibe bei meiner Schwester, ob dir das passt oder nicht!« Benjamins Gegenwehr war nicht nur in seiner Stimme zu hören. Seine ganze Körperhaltung zeigte Angriffslust.

»Benjamin, du dürftest gar nicht hier sein.« Lupinia sprach jetzt beschwörend.

»Ist mir vollkommen egal. Ich bleibe bei Lina.«

»Ich verstehe dich ja. Aber du musst zurück, hörst du? Sie wird dich dort brauchen.« Lupinia seufzte. »Du hast eine Aufgabe in deiner Welt für Lina zu erfüllen. Eine Aufgabe, ohne die deine Schwester hier scheitern wird. Darauf hat die Oberste Hüterin bestanden. Aber sei versichert, ich werde an die

Seite deiner Schwester zurückkehren, sobald ich euch heil in die Schöpferwelt gebracht habe.«

Lina legte ihre Hand beschwichtigend auf den Arm ihres Bruders. »Benjamin, sie hat recht. Du musst Papa nach Hause bringen. Du musst dort sein, wenn Mama aufwacht und du musst ihr erklären, was mit ihm geschehen ist.«

Benjamin schien dieses Argument zu bedenken. »Aber du kannst nicht alleine zurück in diese Festung! Das wäre Selbstmord!«, hielt er dagegen.

»Sie wird nicht alleine gehen. Darian wird sie begleiten«, versicherte ihm Lupinia.

Darian wollte seinen Ohren nicht trauen. Er hatte die ganze Szene bis jetzt schweigend beobachtet. Lina musste den Verstand verloren haben, wenn sie wieder zurückgehen wollte. Aber das war nicht mehr sein Problem. Er hatte sie sicher aus der Festung gebracht. Und das Erscheinen der weißen Magierin entband ihn von seinem Auftrag. Endlich, nach so vielen Hundert Jahren, würde er frei sein! In seinen Augen lag ein gefährliches Funkeln, als er die Magierin anblickte. »Das werde ich bestimmt nicht tun.«

Mit einem Mal sah sich Lupinia mit einem ungleich stärkeren Gegner konfrontiert, als es Benjamin gewesen war. Sie hielt seinem Blick stand und versuchte, seine Gedanken zu lesen.

»Lass das, Magierin!« Darian schien sie mit Blicken zu durchbohren. Er verschloss seinen Geist vor ihr und konnte verhindern, dass sie tiefer in seine Seele blickte, aber er konnte sich nicht vor der Stimme verschließen, die jetzt nur in seinem Kopf zu hören war.

»Ich habe viel von dir gehört, Darian.«

»Schön für dich.«

»Du hast einen Auftrag, nicht wahr?«

Was sollte diese Frage? Das wusste sie doch. »Den habe ich erfüllt. Ich habe sie heil hierhergebracht.«

»Das ist nicht genug. Erst Drogonn kann dich von deinem Schwur entbinden. Begleite sie und schütze sie!«

Das stumme Wortgefecht zwischen den beiden war für die anderen nur als Blickduell sichtbar.

»Das kannst du nicht machen! Du weißt nicht, was du verlangst, Magierin.«

»Du riskierst dein Leben, nicht mehr und nicht weniger. Wir alle tun das in diesem Kampf, Darian.« Für Lupinia war die Sache damit beendet. Sie ignorierte den zornigen Aufschrei hilfloser Wut, den er ihr in Gedanken entgegenschleuderte.

Sie hatte ja keine Ahnung! Er riskierte sehr viel mehr. Hätte Lupinia es geschafft, seine Abwehr zu überwinden, um in seine durch die Jahrhunderte verwüstete Seele zu blicken, so hätte sie das erkannt.

Lupinia hatte nur einen kurzen Blick erhascht, bevor Darian sie aus den tieferen Regionen seines Geistes verbannt hatte. Aber es hatte genügt, um sich ernsthafte Sorgen zu machen. Sie wusste nicht, ob es eine gute Entscheidung war, ihm Lina erneut anzuvertrauen, doch sie hatte keine andere Wahl. Die Zeit lief ihr davon. Sie musste Benjamin in seine Welt zurückbringen. Und Drogonn hatte Darian damals mit diesem Auftrag betraut. Sie musste dem Urteil ihres Gefährten vertrauen.

»Darian wird dich begleiten, Lina.« Lupinia sprach nun wieder für alle hörbar.

Darian widersprach nicht. »Kannst du eine falsche Spur legen, Magierin?«, fragte er stattdessen. »Xedoc wird uns bereits seine Bluthunde hinterhergeschickt haben. Und ich spreche nicht von meinen Jägern.«

Lupinia wusste, woran Darian dachte. »Ja, das kann ich, aber es wird sie nicht lange täuschen.« Sie trat zu Lina und legte ihr die Hand auf die Brust. »Keine Angst, es tut nicht weh.« Ihre Lippen formten uralte Andavyanformeln, die ein exaktes Abbild von Lina schufen. Durchscheinend und flüchtig war diese Nebelgestalt, aber der üble Geruch des Flusses haftete ihr an und befreite Lina davon. Mit einem Wink schickte Lupinia die Nebelgestalt auf den Weg.

»Ihr habt vielleicht einen Tag, möglicherweise weniger. Holt das Gezeitenbuch und kommt dann nach Kathmarin. Drogonn zieht dort unser Heer zusammen. Dort werde ich euch treffen.« Als sie sich schließlich an Darian wandte, war jedes Lächeln aus ihrem Gesicht verschwunden. »Wenn du sie dort hingebracht hast, ist dein Auftrag erfüllt, Dunkelelf.«

Darian erwiderte den Blick nicht minder kalt und nickte stumm.

Lina stand neben Darian und beobachtete, wie der Pegasus in der Ferne immer kleiner wurde. Der Abschied von Benjamin war ihr nicht leichtgefallen. Sie hatte gegen ihre Tränen gekämpft, als er sie zum Abschied umarmt hatte. Ihrem Vater hatte sie nur schüchtern die Hand geschüttelt. »Bis bald, Papa.«

»Bis bald, Lina.« Er hatte gelächelt. Es war dasselbe Lächeln, das sie aus ihrer Kindheit in Erinnerung hatte. Er war am Leben. Dafür musste sie dankbar sein. Vielleicht würde ja die Erinnerung auch wiederkommen, mit der Zeit.

Nun stand sie also wieder alleine da. Nur Darian war noch hier. Aber er schien alles andere als erfreut, dass er sie nach wie vor am Hals hatte. Lina wusste nicht, welchen Kampf er im Stillen mit Lupinia ausgetragen hatte, aber er hatte den Auftrag, sie nach Kathmarin zu bringen. Vermutlich war es von

Anfang an sein Auftrag gewesen, sie aus der Krallenfestung zu bringen. Das zu wissen, war irgendwie beruhigend. Wenigstens wusste sie, woran sie bei ihm war. Als sie sich zu ihm umdrehte, sah sie sich seinem forschenden Blick ausgesetzt.

»Also gut. Dann lass uns umkehren und diese verfluchte Schwarte holen. Nach dir.«

Lina versuchte, ihre Schritte selbstsicher wirken zu lassen. Sie war es, die zurückwollte, nein, zurückmusste. Sie hatte versucht, das Gezeitenbuch zu ignorieren. Ihr einziger Gedanke hatte der Flucht gegolten. Aber je weiter sie sich von dem Buch entfernt hatte, umso mehr hatte sie gespürt, dass es falsch war, ohne das Gezeitenbuch zu gehen. »Vertrau dem Buch. Es wird dich leiten«, hatte Endorven gesagt. Sie hatte es nicht verstanden. Aber nun spürte sie es. Das Buch rief sie zurück. Es war ihre Entscheidung gewesen, und trotzdem hatte sie das Bedürfnis, Darian zu erklären, warum sie so handelte.

»Weißt du, ich brauche dieses Buch.«

»Wozu? Es ist doch nur ein Buch.«

Sie schüttelte entschieden den Kopf. »Nein, es ist mehr als das. Wie soll ich das erklären?«

Lina suchte nach Worten, die ihm begreiflich machen sollten, wie sie empfand. »Es ist wie mit deinen Schwertern. Ich habe gesehen, wie du damit kämpfst. Es sah aus, als wärst du eins mit diesen Waffen.«

Er nickte anerkennend. »Das hast du gut erkannt. Sie sind wie ein Teil von mir.«

»Siehst du und so ist das mit dem Buch bei mir. Es ist meine einzige Waffe im Kampf gegen Xedoc. Ich brauche es.«

Plötzlich begann Darian, schelmisch zu lächeln.

»Was?«, fragte Lina.

»Nichts.« Er versuchte den boshaften Ausdruck aus seinem Gesicht zu verbannen, was ihm aber nicht gelang.

»Sag schon! Ich werd's schon aushalten«, gab Lina zurück. Er sah umwerfend aus, wenn er lächelte.

»Ich dachte bloß, wenn du das Buch so schwingst, wie du das mit meinem Schwert getan hast, dann bist du für den Fürsten tatsächlich lebensgefährlich.«

Lina konnte nicht anders. Auch sie musste lachen.

Der Fluss lag bereits weit hinter ihnen. Lina hatte Darian nun wieder den Vortritt gelassen. Er führte sie näher an das schwarze Gebirge heran, dessen hügelige Ausläufer jetzt zu ihrer Linken lagen.

»Was ist Kathmarin?«, erkundigte sich Lina und riss Darian damit aus seinen Gedanken.

»Das ist die alte Hauptstadt der Eldorin. Die Andavyan haben sie erbaut. Es ist die älteste Stadt Mendurias.« Etwas leiser fügte er hinzu: »Und es ist die Stadt, die du brennen gesehen hast.«

Lina schluckte schwer. Sie hätte die Gedanken an diese Vision gerne verdrängt. Bei all der Aufregung um ihren Vater hatte sie vollkommen vergessen, Lupinia davon zu erzählen. Sie war immer noch mit diesem Gedanken beschäftigt, als Darian plötzlich stehen blieb. Die Krallenfestung lag im fahlen Licht vor ihnen. Er ging in die Hocke, legte seine Hand flach auf den Boden und lauschte mit zur Seite geneigtem Kopf.

»Stimmt etwas nicht?«

»Wir sollten zusehen, dass wir hier verschwinden.« Ohne noch weitere Erklärungen abzugeben, änderte er die Richtung und fiel dabei in einen gemütlichen Laufschritt. Lina folgte ihm. Was auch immer er gespürt hatte, konnte nichts Gutes bedeuten.

Sie verließen die Ebene, und Darian machte erst halt, als sie die Ausläufer des Bergmassives erreicht hatten. Obwohl er nicht besonders schnell gelaufen war, hatte Lina bald große Mühe gehabt, mit ihm Schritt zu halten.

Lina kämpfte bereits schwer gegen ihre Atemnot, als Darian endlich langsamer wurde und eine Anhöhe hinaufkletterte. Erst als sie massiven Fels unter den Füßen hatten, suchte er im Schatten eines gewaltigen Schieferblocks Deckung. »Mach es dir bequem. Das wird länger dauern«, sagte er und folgte seinem eigenen Rat.

Schwer atmend sank Lina auf die Knie. »Was bedeutet das?« Sie zeigte auf eine Staubwolke, die immer näher kam.

»Xedoc setzt seine Streitmacht in Bewegung.«

Es dauerte nicht lange, bis Lina erkennen konnte, was das genau hieß. Stiernackenkrieger kamen in großen Verbänden an ihnen vorbeimarschiert. Die Erde erzitterte unter dem Stampfen abertausender Fußsohlen. Ein Dröhnen lag in der Luft und übertrug sich auch auf den Berg.

Darian lehnte mit geschlossenen Augen an dem Felsbrocken und konnte Lina trotzdem sagen, welcher Teil von Xedocs Streitmacht soeben an ihnen vorbeimarschierte.

»Bergtrolle.«

Lina blickte nach unten und sah die riesigen grauen Monster, die das schwere Kriegsgerät auf überdimensional großen Wagen zogen.

»Zentauren. Und sie haben sich seit gut einem Mondzyklus nicht mehr gewaschen«, stellte er nach einer Weile mit gerümpfter Nase fest.

»Wie machst du das?« Sie war fasziniert.

»Übung, Schöpferlein. Unendlich viel Übung.«

Lina beobachtete weiter, was tief unter ihnen vor sich ging. Die anfängliche Angst hatte sich gelegt. Niemand schien sie zu bemerken. Aber immer öfter wanderte ihr Blick nun zu Darian. Er hatte schon seit geraumer Zeit kein Wort mehr gesagt. Ob er schlief? Lina konnte sich seiner Ausstrahlung nicht entziehen. Sein gesamter Körperbau war drahtig und durchtrainiert. Erst als er Benjamin gegenübergestand, hatte sie das so richtig wahrgenommen. Auch ihr Bruder war groß und schlank. Aber trotz seines fast erwachsenen Aussehens konnte man Benjamin ansehen, dass er die Zwanzig noch nicht überschritten hatte. Seine Gesichtszüge waren noch zu jugendlich. Bei Darian war das anders. Wie alt er wohl war? Wäre sie ihm in ihrer Welt begegnet, hätte sie ihn vielleicht auf Anfang, Mitte zwanzig geschätzt. Linas Blick wanderte von seinen Oberarmen weiter aufwärts. Sie konnte seine Halsschlagader pulsieren sehen. Sein scharf geschnittenes Kinn, das er so trotzig nach vorne streckte, wenn es galt, eine Konfrontation auszufechten, die spitzen Ohren, die zumeist unter dem dunklen Haargewirr verborgen lagen. Und seine Augen. Lina war vollkommen hingerissen von seinen tiefbraunen Augen, die jetzt unter geschlossenen Lidern mit dunklen Wimpern versteckt waren. Sein beinahe hypnotischer Blick, wenn er sie mit leicht gesenktem Kopf ansah, ließ ihr die Knie weich werden. Er war ein Elfenmann, aber trotzdem der faszinierendste Mann, der ihr je begegnet war. Sie betrachtete seine leicht zusammengekniffenen Lippen, die sonst viel voller waren. Wie musste es sich anfühlen, von diesen Lippen geküsst zu werden? Halt! Was dachte sie denn da? Das war doch verrückt! Und trotzdem wurde ihr klar, dass es ihr gefallen würde, von ihm geküsst zu werden.

›Lass den Unsinn, das bringt dich nur in Schwierigkeiten!‹, warnte sie ihre innere Stimme.

Plötzlich öffnete Darian die Augen und blickte sie direkt an. Hatte er gespürt, dass sie ihn angestarrt hatte? Lina senkte verlegen den Blick und konnte nicht verhindern, dass sie rot wurde.

»Hast du Hunger?«

Sie nickte stumm.

»Gut, dann warte hier.« Mit einem Satz war er aufgesprungen und in der Staubwolke verschwunden.

Darian hatte ihren Blick gespürt. Zuerst nur flüchtig, aber dann immer intensiver. Er hatte versucht, sich vorzubereiten, so wie er das vor jedem Kampf machte. Es war wichtig, die innere Ruhe zu finden und alle Sinne zu schärfen. Man überlebte länger in der Schlacht, wenn man den Überblick bewahrte und nicht in Panik geriet. Auch das war ihm schon passiert. Es war lange her, und reines Glück hatte ihn damals am Leben gehalten. Er hatte daraus gelernt, niemals einen Gegner zu unterschätzen, sich immer vorzubereiten. Aber diese Schlacht konnte er nicht gewinnen. Sie tobte in ihm. Er suchte verzweifelt nach einem Ausweg und fand doch keinen. Und dann hatte er ihren Blick gespürt, prüfend und voller Neugier. Es war lange her, dass es jemand geschafft hatte, ihn so dermaßen zu verwirren.

Sie hatte Seherkräfte. Sie musste doch wissen, was geschehen würde, wenn sie zurück in die Festung ging. Wieso folgte sie ihm trotzdem? Vielleicht sah sie ja etwas, das ihm verborgen war. Wahrscheinlich besaß sie noch andere Kräfte. Sollte sie die gleichen Fähigkeiten wie die weiße Magierin haben, so konnte er ihren Tiefblick zumindest nicht spüren. Den Blick der oberflächlichen Prüfung allerdings schon. Vermutlich hatte Lina ihn das absichtlich spüren lassen. Sie durfte auf keinen Fall in seinen Gedanken lesen. Das wäre ihm unerträglich. Sicherheitshalber hatte er seinen Geist verschlossen, so wie er es bei der Andavyanmagierin getan hatte. Doch dann hatte er selbst ihrem oberflächlichen Blick entkommen wollen. Er hatte ihm auf eine Weise Angst gemacht, die er nicht kannte. Was war bloß mit ihm los? Es war ihm doch sonst gleichgültig, was man von ihm dachte …

Die Versorgungswagen der Streitmacht waren seine Rettung. Er hatte die Augen geöffnet und die Bestätigung erhalten. Sie hatte ihn angesehen. Ihre Augen, leuchtend wie der Bernstein seiner Heimatwälder bei Sonnenaufgang, waren auf ihn gerichtet gewesen. Darian hatte einen Stich im Magen verspürt. Sie hatte den Blick gesenkt und er war geflohen. Fabelhaft!

Die Proviantwagen zu finden und unbemerkt hineinzugelangen, war nicht schwer gewesen. Er griff sich einen der Metschläuche, etwas Süßbrot und eine kleine Fleischpastete und verschwand wieder im Staub der sich drehenden Räder. Niemand hatte ihn bemerkt.

Sie kauerte immer noch hinter dem Felsen und beobachtete, was vor sich ging.

»Hast du mich vermisst?«, hätte er eigentlich sagen wollen, es aber dann doch bleiben lassen. Großartig, jetzt hatte er auch noch seinen Sarkasmus eingebüßt, den er sonst in jeder Situation behielt.

Mit einem leisen Seufzen ließ er sich wortlos in die Hocke fallen und reichte ihr den Schlauch. Er würde sie nicht weiter reizen. Nicht nachdem er wusste, was unweigerlich kommen würde.

»Hast du schon einmal Zwergenmet getrunken?«, fragte er stattdessen.

Lina konnte die Erleichterung über seine Rückkehr nicht verbergen.

»Nein.«

»Dann sei vorsichtig. Das Zeug reißt sogar die Zentauren von den Hufen.«

In Linas Gesicht hatte sich ein schelmisches Grinsen ausgebreitet.

»Was ist?« Er beobachtete sie aufmerksam, während er nebenbei etwas, das wie Brot aussah, teilte.

Lina lächelte immer noch. »Ich stelle mir nur vor, wie das aussieht, wenn ein betrunkener Zentaur die Kontrolle über seine Füße verliert.« Darian erwiderte ihr Lächeln. Es klang ein bisschen gequält, als er sagte: »Das ist furchtbar. Du solltest dann mindestens zehn Schritte weit entfernt sein, glaub mir.«

Das tat sie. So wie sie ihn kennengelernt hatte, konnte sie ihn sich gut unter einer Horde betrunkener Zentauren vorstellen. Aber sie nahm sich seinen Rat zu Herzen und trank nur wenig von dem süßen Getränk, während sie gemeinsam die Pastete und das Süßbrot aßen.

»Wer hat das gemacht?«, erkundigte sie sich nach den ersten Bissen. »Das schmeckt wunderbar.«

»Zwerge. Sie machen nicht nur den besten Met. Sie sind auch hervorragende Köche.«

»Vielleicht könnte ich ja einen davon überreden, mit mir zu kommen, wenn das hier alles vorbei ist. Klarissa lässt immer alles anbrennen.« Lina stutzte. Wieso faselte sie denn so ein dummes Zeug? Darian wusste doch gar nicht, wer Klarissa war, und einen Zwerg in ihre Welt mitzunehmen, war absurd. Aber was noch viel schlimmer war, das Lächeln war aus Darians Gesicht verschwunden.

»Denkst du, ihr Schöpfer könnt dieser Streitmacht standhalten?« Die Frage klang ernst.

Lina warf einen Blick über die Schulter. Langsam wurden die Reihen der Marschierenden dünner.

»Ich hoffe, dass sie meine Welt gar nicht erreichen«, sagte sie und fragte dann ihrerseits: »Denkst du, dass sie dieser Drogonn aufhalten kann?«

Darian zog die Stirn kraus. »Ganz ehrlich? Ich glaube nicht. Und selbst wenn er es könnte. Nach dieser Schlacht wird in Menduria nichts mehr sein, wie es einmal war.«

»Wie meinst du das?«

»Es wird einen Bruderkrieg geben«, erklärte Darian und deutete über seine Schulter nach unten. »Sieh sie dir an. Zentauren werden gegen Zentauren kämpfen, Elfen gegen Elfen und so weiter. Ja, selbst die Trolle stehen nicht alle auf Xedocs Seite. Es gibt kein Volk, das geeint für eine der Parteien kämpft, abgesehen von den Stiernacken. Aber die sind wie die Traumjäger eine Schöpfung Xedocs.« Er seufzte. »Weißt du, Kriege hat es in Menduria schon früher gegeben. Die Elfen, vor allem die Lichtelfen, mögen die Zwerge nicht besonders und umgekehrt. Wir Dunkelelfen haben so unsere Probleme mit den Lichtelfen. Ihr Schöpfer habt uns so erschaffen und so sind wir nun einmal. Aber wir haben unsere eigenen Völker niemals verraten. Xedoc ist es gleichgültig, aus welchem Volk seine Krieger kommen. Hauptsache, sie sind hinterhältig, brutal und niederträchtig. Darin finden sie ihre Gemeinsamkeit.«

Lina schwieg und beobachtete weiter, was auf der Ebene unter ihnen geschah, während sie über Darians Worte nachdachte. Auch er stand mit seinem ganzen Volk auf Xedocs Seite. Das war eine Tatsache, und sie wusste nicht, was sie davon halten sollte. Plötzlich wurde ihre Aufmerksamkeit auf eine angekettete, zerlumpte Gruppe Menschen gelenkt, die unter ihnen vorbeigeführt wurde. »Xedoc hält Menschen gefangen?« Linas Gesichtsausdruck war eine Mischung aus Überraschung und Entsetzen.

»Das sind Werwölfe«, erklärte Darian.

»Werwölfe?« Alleine der Gedanke reichte aus, um Lina einen kalten Schauer über den Rücken zu jagen.

»Sie kommen aus Jandamer.« Darian sagte es sehr leise.

Lina wusste, dass die Dunkelelfen Vampire aus Jandamer befreit und nach Menduria gebracht hatten. Von Werwölfen hatte sie nichts gewusst. Also fragte sie sehr vorsichtig: »Und die verwandeln sich bei Vollmond?«

Darian nickte. »Ja, und bei drei Monden ist einer so gut wie immer voll.«

Drei Monde? Wollte er sie auf den Arm nehmen? Doch Darian schien es ernst zu meinen.

»Erstaunt dich das?«

»Schon. In meiner Welt gibt es nur einen Mond.«

»Nur einen! Da habt ihr wohl nicht so viele Probleme mit Werwölfen.«

»In meiner Welt gibt es gar keine Werwölfe«, erklärte sie.

»Nicht?« Darian schnaubte verächtlich. »Und warum erschafft ihr diese Kreaturen dann in unserer Welt?« Der Vorwurf in seiner Stimme war unüberhörbar.

»Aber das tun wir doch nicht vorsätzlich. Menschen haben Träume, erzählen Geschichten und haben Fantasien. Keiner von uns Schöpfern, wie ihr uns nennt, ahnt, dass all das in eurer Welt real wird! Ja, wir haben noch nicht einmal eine Ahnung von der Existenz dieser Welt«, entgegnete Lina.

»Das kann nicht sein!« Darian war sein Zweifel ins Gesicht geschrieben. »Ihr müsst doch wissen, was ihr hier erschafft. Ich meine, ihr seid die Schöpfer.«

Jetzt war es Lina, die hilflos schnaubte. »Wir sind keine Götter, Darian. Mag schon sein, dass wir einiges hiervon erschaffen haben. Ich weiß es auch nicht. Aber sag mir, haben Elfen keine Fantasien? Träumen eure Völker nicht?«

»Doch, natürlich.«

»Ja, und wer sagt dir dann, dass diese Fantasien nicht auch in irgendeiner anderen Welt Wirklichkeit werden? Wer sagt dir, dass ihr nicht für andere Völker Schöpfer seid?«

»Das ist absurd.« Darian schien dieser Gedanke vollkommen abwegig zu sein.

»Ist es das? Aber sag mal, ihr habt doch einen freien Willen oder bestimmen die Schöpfer über euch?«

»Nein, das tun sie nicht.«

»Also, wo liegt dann das Problem? Ich meine, wofür klagst du die Schöpfer denn eigentlich an? Das wäre ja genauso, als würdest du den Regen dafür anklagen, dass er fällt. Er ist Regen, es ist seine Bestimmung zu fallen. Aber er hält das Land dadurch am Leben und macht es fruchtbar.« Lina hob die Hände mit ausgestreckten Fingern vor die Brust. »Vielleicht ist es ja die Bestimmung der Schöpfer, durch ihre Fantasie diese Welt am Leben zu erhalten. Damit kannst du doch kein Problem haben, oder?«

»Nein, damit ganz bestimmt nicht«, erwiderte Darian. »Aber es geht um die Willkür, mit der ihr das macht. Einige Völker habt ihr reichlich mit Schöpfungen bedacht, während andere von euch vollkommen vergessen wurden. Die Dunkelelfen hatten seit Hunderten von Jahren keine Neuschöpfung mehr, während ihr den Lichtelfen weiterhin Schöpfungen gewährt. Also selbst wenn Xedoc diese Welt nicht auslöscht, wird es die Zeit tun. Die Völker Mendurias sterben aus, so wie die Andavyan es tun. Auch dafür hat dein Volk gesorgt, mit dem Schöpferfluch.«

Lina sah ihn verwirrt an. »Was ist denn das nun wieder?«

Darian blickte sie skeptisch an. »Du weißt tatsächlich nicht, was der Schöpferfluch ist?«

»Nein, woher denn? Ich hab dir doch gerade erklärt, dass ich so gut wie nichts über diese Welt weiß. Aber ich lasse mich gerne aufklären, also tu dir bloß keinen Zwang an. Erzähl mir, woran wir Schöpferungeheuer noch alles Schuld haben!« Lina wusste selbst nicht, warum sie so gereizt reagierte. Aber es tat irgendwie gut, dem Frust über ihre Unwissenheit auf diese Art Luft zu machen.

Darian ignorierte ihren Tonfall und sagte schlicht: »Es gibt keine Kinder mehr in Menduria. Und eure ganze Schöpferkraft fließt jetzt nach Jandamer. Also sterben die Völker langsam aus. Das ist der Schöpferfluch.«

Linas Miene spiegelte Unverständnis. »Was heißt, es gibt keine Kinder mehr in Menduria? Heißt das ihr könnt nicht … na, du weißt schon?«

Darian konnte sich ein süffisantes Grinsen nicht verkneifen. Er ließ sich ein paar Augenblicke länger als nötig für seine Antwort Zeit. »Wir können sehr wohl … ›na, du weißt schon‹. Aber es trägt eben keine Früchte, wenn man es so nennen will.«

Sie errötete in hilfloser Verzweiflung und konnte ihm nicht in die Augen sehen. Es schien ihr Probleme zu bereiten, über dieses Thema zu sprechen. Das hätte er nicht erwartet. Heiliger Schöpferfluch, war sie süß, wenn sie so verlegen war! Er wollte sie nicht noch weiter in Verlegenheit bringen, also wischte er sich das Grinsen aus dem Gesicht und fuhr in völlig ernstem Tonfall fort: »Weißt du, vor dem zweiten Zeitalter gab es sehr wohl Kinder bei allen Völkern Mendurias. Das war zu einer Zeit, als die Tore in eure Welt noch offen waren. Damals war es uns auch noch möglich, eure Welt zu besuchen. Daher stammen wohl auch die Geschichten über euch Schöpfer. Leider gab es auch damals schon bösartige Kreaturen in Menduria. Schöpferkinder wurden geraubt. Die Legende besagt, dass eine mächtige Schöpferhexe Menduria daraufhin verflucht und zur Kinderlosigkeit verdammt hat.«

Lina schaffte es nun wieder, ihn anzublicken. Sehr vorsichtig sagte sie: »Es gibt tatsächlich Legenden in meiner Welt, die davon erzählen, dass Elfen Kinder geraubt haben sollen. Es wird erzählt, dass es …«

»… Dunkelelfen waren«, vollendete er den Satz für sie.

Lina nickte. »Ja, das sagen unsere Legenden.«

Darian blickte sie einige Augenblicke lang schweigend an. »Es sind keine Legenden, Lina. Es gab diesen Kindesraub tatsächlich. Aber es waren nicht die Dunkelelfen. Es waren

Nachtmahre, die das getan haben. Die Schöpfer haben sie für Dunkelelfen gehalten. Und vermutlich ist das auch der Grund, weshalb die Schöpfer uns so verachten und uns keine Neuschöpfungen mehr gewähren.« Darian seufzte. Sein Blick war eindringlich, als er fortfuhr: »Es war der Grund für den ersten Nachtmahrkrieg und es hat die Dunkelelfen viele Leben gekostet. Wir haben die Nachtmahre damals aus der Eldorin vertrieben und hinauf in die Eiswüste gedrängt. Dort gibt es keine Tore in die Schöpferwelt. Wir haben gesiegt, aber unseren Ruf konnten wir nicht wiederherstellen und auch der Schöpferfluch ließ sich nicht wieder aufheben. Erst viel später haben die Andavyan dann sämtliche Tore in eure Welt geschlossen. Alle, bis auf das große im Titanengebirge. Das konnte selbst die weiße Magierin nicht schließen.«

»Lässt er sich denn aufheben, dieser Schöpferfluch?«, erkundigte sich Lina.

»Ich wüsste nicht, wie. Die Schöpferhexe, die ihn ausgesprochen hat, ist seit vielen tausend Jahren tot. Und wer weiß, vielleicht ist es ja auch nur eine Legende und es gibt einen ganz anderen Grund dafür.«

»Das wäre aber ziemlich dumm für dich«, sagte Lina plötzlich unvermittelt. Ihre Mundwinkel umspielte ein Lächeln.

»Wieso denn das?« Darian wusste nicht, worauf sie anspielte.

»Na ja, wenn es doch kein Schöpferfluch war, hättest du ja gar keinen Grund mehr, auf die Schöpfer böse zu sein.«

»Nur keine Angst. Mir würde schon etwas einfallen.« Er machte eine wegwerfende Handbewegung.

»Du bist unmöglich, weißt du das?« Sie warf den Kopf in den Nacken und begann zu lachen.

Darian hätte sich in ihrem Lachen verlieren können. Dieses Mädchen war das faszinierendste Geschöpf, das ihm je begegnet war. In ihrer Gegenwart fühlte er sich glücklich.

Ihr Lachen verstummte und war einem nachdenklichen, fast melancholischen Gesichtsausdruck gewichen. »Woran denkst du?«

»An Kinder und Eltern«, gestand Lina, der das Thema nicht aus dem Kopf zu gehen schien. »Ich könnte mir nicht vorstellen, keine Eltern zu haben, oder keinen Bruder. Das ist für uns Schöpfer ganz normal. Du hast meinen Vater gesehen. Er war der liebevollste Vater, den ein Kind haben kann. Wir dachten, er sei tot. Und ein Teil von ihm ist das ja auch irgendwie. Und meine Mutter, auch sie ist dem Traumjäger zum Opfer gefallen.« Es klang bitter.

Darian versuchte sich vorzustellen, wie es sein musste, Eltern zu haben. Er dachte an Finrod. Wenn es jemand in seinem Leben gegeben hatte, der Linas Beschreibung eines Vaters ähnlich kam, dann der Clanführer der Dunkelelfen, der ihm alles beigebracht hatte, ihn gefordert und geformt hatte, und dessen Freundschaft und vor allem Anerkennung ihm so wichtig gewesen war. Solvay dagegen war für ihn so etwas wie ein Bruder. Dabei musste er unweigerlich an den jungen Burschen denken, den Lina so voll Freude umarmt hatte. Benjamin. Darian hatte gesehen, wie er sich schützend vor seine Schwester gestellt hatte und bereit gewesen war, sie zu verteidigen, selbst gegen die weiße Magierin. Ja, der Bursche hätte für sie gekämpft wie ein Drache. Er hatte gesehen, wie vertrauensvoll sie ihren Bruder angeschaut hatte. Es war ein ähnlicher Blick, mit dem sie ihn jetzt bedachte. Sein Magen verkrampfte sich schmerzhaft. Sie sollte das nicht tun. Er war der Letzte, der dieses Vertrauen verdient hatte.

Darian betrachtete sie immer noch, als ihn plötzlich etwas ablenkte. Sein Nackenhaar sträubte sich. Gefahr, aber er konnte sie noch nicht zuordnen.

Das fahle Licht war mittlerweile einer schwarzen Nacht gewichen. Nur noch vereinzelt waren Krieger zu sehen. Gerade bewegte sich eine Horde johlender Zentauren unter ihnen vorbei.

»Das hast du also mit dem Zwergenmet gemeint«, sagte Lina und deutete auf die torkelnden Pferdemänner. Sie schien von Gefahr nichts zu spüren.

Die Geräusche verklangen, während sich der Staub langsam legte. Über die Festung hatte sich ein kleiner voller Mond geschoben, der ständige Begleiter des großen Blutmondes. »Meinst du, wir können es jetzt riskieren?« Lina wollte bereits aufstehen, aber Darian hielt sie zurück.

»Warte noch.« Er zog sie nervös zu Boden.

»Worauf?«

»Darauf.« Darian sah die dunklen Kreaturen lange vor ihr. Eine Gruppe von etwa zwei Dutzend Gestalten in schwarzen bodenlangen Ledermänteln näherte sich in atemberaubendem Tempo. Auch Frauen waren unter ihnen, die ebenfalls lange schwarze Mäntel trugen.

»Wer ist das?«, flüsterte Lina.

»Vampire. Sie suchen nach uns.«

Ihre Augen weiteten sich.

»Komm her, Lina!«, befahl er. Und da sie nicht schnell genug reagierte, griff er einfach nach ihrem Arm und zog sie an sich. Mit einer schnellen Bewegung löste er die Schnalle des Elfenumhangs und breitete ihn so aus, dass sie beide darunter Platz fanden.

»Können sie uns wittern?« Ihre Stimme klang gepresst.

»Mich nicht, aber dich.«

Die Vampire waren jetzt auf ihrer Höhe. Darian hatte lautlos seine Schwerter gezogen.

»Mach dich so klein du kannst«, flüsterte er.

Sie gehorchte sofort, zog ihre Arme und Beine an den Körper und presste sich so gut es ging in die staubige Erde. Darian kauerte über ihr und hielt sie fest umschlungen. Er hatte sein Gesicht in ihren Haaren vergraben und roch an ihrem Nacken. Sie verströmte einen blumig-süßen Duft, der ihn fast um den Verstand brachte und seine Gedanken für einen Moment in eine weit zurückliegende Vergangenheit trug. Es dauerte einige Augenblicke, bis er sich wieder voll und ganz auf die Gegenwart konzentrieren konnte. Wenn die Vampire sie wittern würden, hätten sie keine Chance. Und ihr Geruchssinn war extrem ausgeprägt. Ihn selbst würden sie nicht wittern können. Dunkelelfen konnten ihren Geruch der Umgebung anpassen. Das war sehr hilfreich, wenn sie auf die Jagd gingen. Auch der Umhang, den Darian trug, war etwas Besonderes. Ein Beutestück aus dem letzten Nachtmahrkrieg. Er ließ seinen Träger mit der Umgebung praktisch verschmelzen. Man musste schon über ihn stolpern, um ihn zu entdecken. Darian konzentrierte sich auf den Geruch der Umgebung. Er versuchte, ihn wie einen schützenden Mantel über Linas Duft zu breiten. Vergeblich. Es würde nicht reichen. Nicht bei Lugathus.

Der Anführer der Vampire blieb plötzlich stehen und gab den anderen ein Zeichen anzuhalten. Er reckte seine große Nase witternd in den Wind. Seine rabenschwarzen dünnen Augenbrauen zogen sich in höchster Konzentration zusammen. Wie ein Raubtier folgte er dem Geruch seiner Beute.

Genau das hatte Darian befürchtet. Es würde dem Vampir ein besonderes Vergnügen sein, mit ihm abzurechnen. Die beiden hatten schon so manche Kämpfe ausgefochten. Darian war immer klug genug gewesen, ihm und seiner Sippe nicht alleine zu begegnen. Lugathus würde sich für all die Demütigungen rächen, die er ihm zugefügt hatte. Und Lina? Darian mochte sich gar nicht vorstellen, was sie mit ihr machen würden. Es hieß, das Blut einer Schöpferin würde den Vampir übermächtig stark machen. Xedoc hatte die Vampire mit dem Versprechen eines unendlich großen Jagdrevieres in der

Schöpferwelt an sich gebunden. Darian kannte und verabscheute die Art, mit der die Vampire unter Lugathus' Führung ihre Opfer quälten, bevor sie sie durch einen Biss verwandelten oder bestialisch ermordeten.

Er spürte, wie Lina unter ihm zu zittern begann. Auch sie blickte wie gebannt durch eine Lücke im Umhang auf den sich nähernden Vampir. Panik hatte von ihr Besitz ergriffen. Das merkte er selbst an ihrem Geruch. Es war die nackte Angst, die sie aus jeder Pore ihres Körpers verströmte. Ein unwiderstehliches Elixier für Vampire. Er musste sie beruhigen, ehe sie vollkommen außer Kontrolle geriet. Darian zog sie noch fester in seine Umarmung und strich mit seiner Wange an ihrer entlang. »Schhht. Ganz ruhig«, raunte er ihr mit samtweicher Stimme ins Ohr.

Lina blickte wie gebannt auf den Vampir. Xedoc war bestimmt gefährlich, Absorbis furchterregend, aber die Kreatur, die sich ihnen jetzt näherte, strahlte abgrundtiefe Bösartigkeit aus. In geduckter Haltung näherte sich der Vampir mit zur Seite gestreckten, leicht angewinkelten Armen, witternd folgte er dem Geruch seiner Beute. Lina spürte die Angst in sich hochsteigen. Kalter Schweiß stand ihr auf der Stirn, während der Vampir immer näher kam. Es war nur Darians Nähe, die sie davon abhielt, ihrem Instinkt zu folgen, aufzuspringen und davonzulaufen. Sie spürte seine Wärme, spürte, wie er seine Arme fester um sie legte. Sein warmer Atem strich über ihre Wange, als er beruhigende Worte in ihr Ohr flüsterte. »Schließ die Augen, entspann dich.« Lina tat, was er verlangte. Sie konzentrierte sich nur auf ihn. Seine Wange an ihrer, so zärtlich und tröstlich. Und dann verharrte er plötzlich regungslos, schien nicht einmal mehr zu atmen. Das Knirschen von Stiefeln auf dem steinigen Untergrund war zu hören. Der Vampir hatte sie erreicht.

Fremdes Zuhause

Benjamin hätte nicht gedacht, dass ihm seine eigene Welt mit einem Mal so fremd vorkommen würde. Nur ein paar geflüsterte Worte Andavyanmagie waren notwendig gewesen, um eines der Tore zu öffnen, das sie zurück in die Schöpferwelt brachte. Benjamin war ihr dankbar, dass sie nicht den Weg durch die Gedankenströme gewählt hatte.

Sobald Lupinia das Tor öffnete, wusste Benjamin, wo sie in seine Heimatwelt zurückkehren würden. Es war die kleine Insel in der Mitte des Teiches im verwilderten Teil des Parks. Linas Beschreibung damals hatte sich viel zu fantastisch angehört, um sie glauben zu können. Und nun trat er selbst durch dieses Tor von einer Welt in die andere. Seltsam, wie schnell sich die Dinge oft änderten, wenn man bereit war, sie aus einem anderen Blickwinkel zu betrachten. Benjamin lauschte aufmerksam. Das Zwitschern der Vögel war ohrenbetäubend laut in dieser Stille. Der Wind schien von Unheil zu sprechen. Keine lachenden und spielenden Kinder, keine Mütter, die sich miteinander unterhielten, niemand, der Tauben fütterte. Der Park war ausgestorben.

Trotzdem schritt Benjamin zielsicher voran.

»Wo willst du hin?«, erkundigte sich sein Vater.

»Zu Mama, ins Krankenhaus. Kommst du mit?«

»Warum nicht?« Lupinia hatte die Gestalt einer weißen Maus angenommen. »Wenn du gestattest, werde ich euch begleiten«, konnte Benjamin die Stimme der Magierin in seinen Gedanken hören. Benjamin ging vor der kleinen Maus in die Hocke und ließ sie an seiner Hand hochklettern.

›Erstaunlich‹, dachte er. ›Eben noch war sie Pegasus und hat mich getragen und jetzt trage ich sie.‹

»So schnell ändern sich die Dinge oft im Leben«, sagte die Stimme in seinem Kopf.

»Hat dir schon einmal jemand gesagt, dass es unhöflich ist, im Kopf anderer herumzuschnüffeln?«, versetzte Benjamin. Er war nicht wirklich beleidigt, aber es musste einmal gesagt werden.

»Oh ja, deine Schwester«, gab die Magierin zurück und ließ ihr mädchenhaftes Kichern vernehmen.

Benjamins Blick fiel auf den Pavillon. Er registrierte eine Bewegung im Inneren. Im nächsten Augenblick trat eine graue Kapuzengestalt ins Freie. Ohne sie zu bemerken, eilte die Gestalt davon.

»Traumjäger«, flüsterte Benjamin.

»Ja.« Die Stimme der Magierin klang besorgt. »Sie machen sich nicht einmal mehr die Mühe, sich zu verbergen.«

Der Traumjäger war längst außer Sichtweite, als Lupinia nachdenklich hinzufügte: »Es müssen Wochen in dieser Welt vergangen sein.«

»Wie ist das möglich?« Er war doch erst vor zwei Tagen nach Menduria aufgebrochen. Diesmal war er froh darüber, dass Lupinia seine Gedanken las. So musste er seine Bestürzung nicht erst erklären.

»Die Zeit vergeht in den beiden Welten nicht linear«, erklärte die weiße Magierin in seinen Gedanken. »Zeit ist relativ. Das war es doch, was ein sehr kluger Kopf eurer Welt einmal gesagt hat.«

Benjamin nickte nur, während Lupinia nach Worten zu suchen schien. Schließlich sagte sie: »Menduria befindet sich nicht in eurer Dimension. Aber die beiden Welten sind durch die magischen Tore und durch die Gedankenströme wie durch ein Band miteinander verbunden. Ein elastisches Band, das sich in einem bestimmten Rhythmus dehnt und wieder zusammenzieht, dem sogenannten Gezeitenzyklus. Je weiter die beiden Welten an diesem Band auseinanderdriften, umso unterschiedlicher vergeht die Zeit. Während in Menduria nur Tage vergehen, können es hier viele Jahre sein und umgekehrt. Zum Glück liegen die beiden Welten im Augenblick sehr nahe beieinander. Andernfalls hätte es uns auch passieren können, dass wir in einem anderen Zeitalter wieder hier gelandet wären.«

›Kein Wunder, dass Albert Einstein an diesem Zeitzeugs fast verrückt geworden ist‹, dachte Benjamin. Er beschleunigte seine Schritte, um auf dem schnellsten Weg zum Krankenhaus zu kommen. Es lag nur ein paar Häuserblöcke vom Park entfernt. Unterwegs begegnete ihnen keine Menschenseele. Kein Auto fuhr, keine Straßenbahn. Die Stadt war zur Geisterstadt geworden. Wie hatte das so schnell geschehen können? Auch in der Eingangshalle des Krankenhauses war niemand zu sehen. Lupinias Worte klangen noch in seinen Gedanken. Benjamin begann zu laufen. War seine Mutter überhaupt noch hier? Er hatte plötzlich panische Angst, das Krankenbett seiner Mutter leer vorzufinden. Er hastete die Treppe hinauf, immer zwei Stufen auf einmal nehmend. Sein Vater folgte ihm. Benjamin stieß die Tür des Krankenzimmers auf und atmete erleichtert aus. Seine Mutter war noch hier. Die Maschinen, an die sie angeschlossen war, arbeiteten und gaben leise Pieptöne von sich.

Benjamin sank neben dem Bett auf einen Sessel. Er nahm die Hand seiner Mutter und presste sie an seine Wange. »Mama, ich hab dir jemanden mitgebracht«, sagte er leise.

Sein Vater war hinter ihm ins Zimmer getreten und betrachtete seine Mutter eingehend. »Sie ist wunderschön«, flüsterte er.

»Ich weiß, Papa, das hast du früher auch immer gesagt.«

»Wie ist ihr Name?«

»Ariana«, sagte Benjamin. »Ariana Wittmar.«

»Ariana«, wiederholte sein Vater. Es klang träumerisch.

Lupinia hatte in der Zwischenzeit wieder ihre menschliche Gestalt angenommen und sich zu seiner Mutter aufs Bett gesetzt. Liebevoll strich sie ihr eine blonde Haarsträhne aus dem Gesicht. »Du hast gewusst, was kommen wird, nicht wahr?«

Keine Antwort. Nur die Maschinen piepsten eintönig vor sich hin.

»Wir werden ihn aufhalten. Das alles soll nicht umsonst geschehen sein.« Entschlossen stand sie auf. »Ich muss gehen, Benjamin. Ich wollte mich nur selbst davon überzeugen, dass es ihr gut geht. Sei so nett und führe mich zu dem Bild in eurem Keller. Ich muss zurück.«

Benjamin nickte und erhob sich. »Kommst du?«, fragte er seinen Vater, als er bereits in der Tür stand.

»Ich möchte hierbleiben, wenn du nichts dagegen hast.«

Benjamin hatte absolut nichts dagegen. Er sah zu, wie sein Vater sich auf den Sessel neben dem Bett niederließ und vorsichtig die Hand seiner Mutter in die eigene nahm. Schüchtern wie ein Schuljunge wirkte er. Benjamin prägte sich dieses Bild gut ein. Seine Eltern waren beide am Leben und sie waren zusammen. Der Rest würde sich finden.

Zielsicher ging die Magierin neben Benjamin her, als würde sie den Weg kennen. Benjamin selbst schwieg. Zu viel war in den letzten Tagen passiert. Er wollte seine Gedanken ordnen, aber kaum waren sie in eine der Geschäftsstraßen eingebogen, sah er die Verwüstung, die ringsum herrschte. Plünderer mussten hier am Werk gewesen sein. Auslagenscheiben waren eingeschlagen, Türen aufgebrochen.

»Wer tut so etwas?« Benjamin war fassungslos.

»Die Schöpfer, die Xedoc verschonen wird«, gab die Magierin zurück.

»Wieso verschonen? Ich dachte, er will alle Schöpfer auslöschen.«

»Nein. Das denke ich nicht. Er wird die Schöpfer übrig lassen, die zu genau solchen Taten und noch schlimmeren fähig sind. Denn die sind auch zu solchen Träumen und Fantasien fähig. Und die wird er nach wie vor als Nährquelle für Menduria brauchen. Kannst du dir vorstellen, wie unsere beiden Welten dann aussehen werden?«

Benjamin wollte sich das gar nicht vorstellen. Er hatte das Gefühl, dass all das hier eine Nummer zu groß für ihn war. Er verstand jetzt, warum es Lina war, die das Gezeitenbuch ausgewählt hatte. Ihr Glaube an das Gute war unerschütterlich. Er vermisste sie so sehr, dass es wehtat.

Zu Hause angekommen, folgte Lupinia Benjamin ins Kellergeschoss. Dort trat sie vor das Treppenbild und sprach eine Andavyanformel. Benjamin konnte sehen, wie eine Welle der Energie durch das Bild ging und das magische Tor öffnete.

»Ich muss gehen.«

»Aber dieses Tor führt doch in den Wächterturm, oder nicht?«, fragte Benjamin.

Die weiße Magierin nickte. »Ja, genau dort muss ich hin. Serendra wird mich dort brauchen.«

»Aber wenn die Traumjäger hier ein- und ausgehen, wird Jandamer schon völlig zerstört sein!«

»Ich muss trotzdem dorthin. Und der Wächterturm scheint noch zu existieren, sonst hätte sich das Tor nicht öffnen lassen.« Sie blickte ihn jetzt eindringlich an. »Benjamin, hol dir den Traumfänger und bleib hier unten. Es wäre gut möglich, dass die Traumjäger hier noch einmal vorbeikommen. Und egal was sie dir erzählen, du darfst diese Welt unter gar keinen Umständen verlassen, hörst du? Lina wird dich hier brauchen. Du wirst es wissen, wenn es so weit ist.«

Es fiel ihm schwer zurückzubleiben. Aber nach allem, was sie für ihn getan hatte, vertraute er der weißen Magierin. Er konnte nur hoffen, dass er die Zeichen erkennen würde. »Viel Glück«, sagte Benjamin schließlich.

Lupinia nickte und verwandelte sich wieder in den Falken.

»Leb wohl, Benjamin.« Sie breitete ihre Flügel aus und tauchte in das Gemälde ein. Kaum war der Vogel hinter dem roten Vorhang verschwunden, ging erneut eine Energiewelle durch das Bild. Das Tor nach Menduria hatte sich wieder geschlossen.

~

Lina hielt den Atem an. Ihr Blick war auf die schmutzverkrusteten Stiefel des Vampirs gerichtet, der nur eine Handbreit von ihrem Kopf entfernt stehen geblieben war. Noch schützte sie der Umhang, ließ sie mit der Umgebung verschmelzen. Sie konnte hören, wie der Vampir geräuschvoll die Luft durch die Nase sog. Lina spürte, wie die Anspannung in Darian wuchs. Seine Lippen waren jetzt ganz nah an ihrem Ohr. Sie konnte seine geflüsterten Worte mehr erahnen, als hören. »Es tut mir leid, Schöpferlein. Das habe ich nicht gewollt.«

Sie würden sterben, jetzt.

Da zerriss ein heiseres Bellen die Stille. »Lugathus!« Der Vampir trat einen Schritt zurück und wandte sich um. Zwischen seinen Füßen hindurch konnte Lina ein haariges Monster auf zwei Beinen erkennen. Es stand vornübergebeugt, die Arme viel zu lang für den Körper, die Hände ähnelten Klauen. Gelbe Reißzähne ragten aus einer gefletschten Wolfsschnauze. »Lugathus«, bellte die Kreatur erneut. »Wo bleibt ihr?«

»Wir sind auf der Jagd«, gab Lugathus zurück und nahm erneut Witterung auf.

»Wonach denn bitte?« Die Kreatur wurde immer ungeduldiger.

»Nach der Schöpferin, du Flohteppich.« Lugathus klang genervt. Wieder nahm er Witterung auf.

»Nun komm schon, Lugathus, und spinn hier nicht rum. Die Schöpferin wurde in der Nähe des Flusses gesichtet«, bellte die behaarte Kreatur. »Und Xedoc will dich sprechen.«

»Verfluchte Werwölfe«, knurrte Lugathus. »Fast so schlimm wie Dunkelelfen.« Dann drehte er sich zu seinen Begleitern um. »Wer es von euch schafft, dem Werwolf eine hübsche Narbe zu verpassen, bekommt die nächste Beute.«

Die Vampire bleckten die Zähne und begannen zu laufen. Aber der Werwolf musste geahnt haben, was geschehen würde, denn auch er war bereits losgerannt. Nur Lugathus ging gemächlich hinter ihnen her und verschwand aus Linas Blickfeld. Darian kauerte immer noch über ihr. Ihr Puls raste. Sie versuchte, sich zu bewegen. Doch Darian hielt sie mit seinem Gewicht am Boden. »Noch nicht«, raunte er ihr ins Ohr. »Er kommt noch einmal zurück.« Eine Hand hatte er jetzt auf ihren Mund gelegt.

Kaum waren die Worte an ihrem Ohr verklungen, hörte sie schnelle Stiefelschritte. Nur Zentimeter vor ihnen ging der Vampir in die Hocke, seine Hände zu Fäusten geballt, die Zähne gefletscht, stieß er einen ohrenbetäubenden Wutschrei aus. Nichts regte sich, als der Schrei verklungen war. Mit einem wütenden Zischen machte Lugathus kehrt und verschwand erneut. Diesmal endgültig.

Erst jetzt konnte Lina spüren, wie Darians Anspannung wich. Trotzdem ließ er sich noch ein paar Augenblicke Zeit, bis er sie freigab.

Es kostete ihn unglaubliche Überwindung, sie loszulassen. Ja, war er denn vollkommen verrückt geworden? Er musste Abstand zu ihr gewinnen, und zwar schnell! Mit dem Rücken zu ihr stand er nun da und tat so, als würde er den Vampiren hinterhersehen. Dabei konnte selbst er Lugathus und seine Sippe nicht mehr ausmachen. Verflucht, war das knapp gewesen! Immer noch versuchte er seinen eigenen rasenden Puls unter Kontrolle zu bringen. Er wusste genau, dass es nicht nur die Gefahr war, die ihn so aus der Reserve gelockt hatte. Sie war es gewesen. Ihre Nähe. Und die Angst, sie nicht vor diesem Ungeheuer schützen zu können. Heiliger Schöpferfluch, das durfte nicht sein! Sie war Feuer und er würde sich furchtbar an ihr verbrennen. Sie war der Spielball in diesem Machtspiel zwischen Xedoc und den Andavyan. Damit wollte er nichts zu tun haben. Und trotzdem.

»Woher hast du gewusst, dass er noch einmal zurückkommt?«

Darian wandte sich langsam zu ihr um. Ihr stand der Schreck immer noch ins Gesicht geschrieben.

»Ich kenne ihn. Ich weiß, wie er denkt und wie er jagt. Er wusste, dass wir hier sind. Er wollte uns in Sicherheit wiegen und uns leichtsinnig werden lassen. Kein Opfer denkt, dass der Vampir noch mal zurückkommt.«

Lina nickte langsam. »Da hätte er bei mir voll ins Schwarze getroffen. Wärst du nicht gewesen, hätte ich genau das getan.«

Er blickte sie nur stumm an. Ihre Ehrlichkeit war entwaffnend. Sie versuchte nicht einmal, ihre Angst hinunterzuspielen.

»Danke«, sagte sie schließlich und machte einen zaghaften Schritt auf ihn zu. Doch dann blieb sie stehen und senkte mutlos den Blick.

»Keine Ursache.« Darian straffte die Schultern und wandte sich ab. »Ich glaube, jetzt können wir es riskieren.« Und ohne sich noch einmal nach ihr umzudrehen, lief er los. Er konnte immer noch nicht fassen, was eben passiert war. Alleine der Gedanke, wie knapp sie Lugathus entronnen war, verursachte ihm körperliche Schmerzen. Er musste einen klaren Kopf bekommen, und zwar schnell.

Verrat

Lina folgte ihm schweigend. Auch sie kämpfte gegen eine Flut von Gefühlen. Langsam wich auch von ihr die Anspannung. Sie war nur um Haaresbreite einem Monster entkommen. Und das hatte sie Darian zu verdanken. Seltsamerweise blendete sie Lugathus in ihren Erinnerungen an diesen Vorfall fast zur Gänze aus. Darian war es, an den sie dachte. Die Erinnerung an seine Nähe, seine Berührungen, seine samtweiche Stimme waren es, die ihre Magennerven vollkommen verrücktspielen ließen. Es fiel ihr nicht leicht, sich das einzugestehen, aber sie konnte sich ihren Gefühlen für ihn nicht entziehen. Diese Erkenntnis machte es ihr unmöglich, ruhig hinter ihm herzugehen. Deshalb fiel sie in einen schnellen Laufschritt und hatte ihn bald eingeholt. Doch anstatt stehen zu bleiben, lief sie an ihm vorbei, geradewegs auf die Krallenfestung zu. Er überließ ihr die Führung und hielt sich ein paar Schritte hinter ihr. Lina hatte das Gefühl, mit ihm an ihrer Seite konnte sie alles erreichen.

Als sie an der hohen Festungsmauer ankamen, wusste Lina noch nicht, wie sie die Mauer überwinden sollte, aber sie war davon überzeugt, dass das Gezeitenbuch sie leiten würde. Sie wusste, dass das Buch noch in der Festung war. Je näher sie kamen, umso deutlicher spürte sie dessen Präsenz. Sie hatten eine niedrige Seitenpforte erreicht, die sich unerwarteterweise quietschend öffnete, als sie sich mit der Schulter dagegenlehnte. »Siehst du, offen«, sagte sie, so als wäre das die natürlichste Sache der Welt.

Lina fand den Weg in Xedocs Halle auf Anhieb. Sie erinnerte sich noch genau daran, wie sie sich gefühlt hatte, als sie das letzte Mal hierhergebracht worden war. Eine Gefangene des Traumjägers. Es schien Ewigkeiten her zu sein. Das Gezeitenbuch zog sie magisch an. Die Verbindung, die zwischen ihr und dem Buch bestand, war bereits viel zu groß, um es ignorieren zu können. Aber auch Lina konnte spüren, dass hier irgendetwas nicht stimmte. Xedoc würde das Buch doch ganz bestimmt nicht unbewacht zurücklassen. Und trotzdem fühlte sie sich sicher. Sie hatte Darian an ihrer Seite. Mit festen Schritten durchquerte sie die düstere Halle.

Nur wenige Fackeln brannten in den Wandhalterungen. Das thronartige Steinpodest war leer. Schwaches rotes Licht strahlte aus dem blubbernden Lavabecken und erhellte die Umgebung. Doch die Steinnischen, in denen sich das letzte Mal eine Unzahl von Traumkugeln befunden hatten, waren leer. Nur das Gezeitenbuch lag noch genau so, wie sie es zurückgelassen hatte. Sie konnte ihr Glück kaum fassen! Die in die Ornamente eingelassenen Steine leuchteten. Nur noch vier davon waren rot.

In diesem Moment spürte sie plötzlich etwas sehr Scharfes an ihrer Kehle. Es war ein Schwert. Ein schwarzes Elfenschwert.

Lina erstarrte in der Bewegung. »Darian, was tust du?«

»Schscht …«, zischte er. Und dann rief er in die Dunkelheit. »Wir sind hier, Xedoc!«

»Lass das, Darian. Das ist nicht komisch!«

Er reagierte nicht. Ein Schatten löste sich aus der Dunkelheit. Xedoc kam auf sie zu. Galan folgte ihm, hielt sich aber weiter im Schatten.

»Ich wollte der Seherin nicht glauben, dass du tatsächlich so dumm sein würdest und zurückkehst.« Xedocs Stimme klang schmeichelnd.

Lina blickte ihn mit vor Entsetzen geweiteten Augen an.

»Was hast du dir gedacht, Mädchen? Du könntest hier einfach hereinmarschieren, dir das Buch holen und seelenruhig damit hinausspazieren und ich würde dabei tatenlos zusehen? Denkst du, ich wäre, was ich heute bin, wenn ich ein Narr wäre? Oder bist du tatsächlich so naiv?«

Ja, sie war anscheinend so naiv. Sie hatte geglaubt, dass sie siegen könnte, wenn sie nur fest genug daran glaubte. Die Erkenntnis, wie leichtgläubig sie gewesen war, traf sie nun mit voller Härte. Lina war wie betäubt.

»Und du, Darian«, fuhr Xedoc im Plauderton fort. »Ich sagte dir, du sollst sie beaufsichtigen. Ich sagte nicht, dass du einen Ausflug mit ihr machen sollst.«

»Entschuldige, Fürst. Sie ist schwer zu kontrollieren.« Darians Stimme klang ganz anders. Kalt und fremd.

Lina versuchte sich den Gefühlen zu verschließen, die sie zu überwältigen drohten. Es gelang ihr nicht. Xedoc las in ihrem Gesicht wie in einem offenen Buch.

Sichtlich amüsiert sagte er: »Du hast ihm vertraut, nicht wahr? Wusstest du nicht, wer er ist? Nun, dann lass mich dich aufklären: Er ist der Clanführer der Dunkelelfen, und diese sind meine persönliche Leibgarde. Und er ist noch dazu mein bester Jäger.«

Das hatte Lina nicht gewusst.

»Nein«, flüsterte sie fast unhörbar. »Das ist nicht wahr.«

»Doch«, bestätigte Darian, der dicht hinter ihr stand, das Schwert immer noch an ihre Kehle gepresst.

»Was glaubst du, hatte er auf der Dämonenklippe zu suchen? Dich retten?«

Wie Peitschenhiebe trafen sie Xedocs Worte.

Der Fürst blickte in ihr Gesicht und begann zu lachen. »Also wirklich, Darian, du solltest endlich aufhören, Herzen zu brechen. Das gehört sich doch nicht!« Xedoc genoss die Szene in vollen Zügen.

Plötzlich verschwand das Grinsen aus seinem Gesicht. »Und nun nimm das Buch und komm mit.« Der Fürst gab Darian einen Wink und der zog das Schwert zurück. Lina stolperte auf die Nische zu, in der das Gezeitenbuch lag. Mit zitternden Händen nahm sie das Buch. Sie hoffte, irgendetwas zu spüren. Doch es war nur ein Buch, nichts weiter. Schwer lag es in ihren Händen. Xedoc packte sie am Arm und zog sie mit sich, als sich ein weiterer Schatten aus der Dunkelheit löste.

»Lugathus«, sagte Xedoc verträumt.

»Herr?« Der Vampir senkte unterwürfig den Kopf zum Gruß. Dann trat er neben Lina. Witternd fuhr seine Nase über ihr Haar. »Ich hatte recht. Sie war es.«

Xedoc nickte. »Ja, sie war es.« Im Vorbeigehen wandte er sich an Darian, der immer noch reglos in der Halle stand. »Kehre zu deinem Clan zurück. Wir treffen uns vor den Toren Kathmarins.«

»Soll ich nicht lieber noch bleiben, mein Fürst?«, erkundigte sich Darian beiläufig.

»Das ist nicht nötig«, sagte Xedoc. »Lina und ich werden uns einigen. Und wenn nicht, wird Lugathus bekommen, was ich ihm versprochen habe.«

Der Vampir schenkte Darian ein siegessicheres Grinsen. Er schlug den schwarzen Ledermantel zur Seite und versenkte eine Hand lässig in seiner Hosentasche, während er mit dem gestreckten Zeigefinger der anderen Hand Linas Hals entlangstrich. Sein langer spitzer Fingernagel hinterließ einen roten Striemen.

Linas gequälter Blick streifte Darian, als sie durch einen Seitengang hinausgeführt wurde. Darian machte kehrt und verließ die Halle.

Sie nahm ihre Umgebung nur noch wie durch einen dumpfen Schleier wahr. Lina hatte erwartet, dass man sie wieder auf die Dämonenklippe bringen würde. Doch stattdessen führte ihr Weg bergauf. Zuerst auf die äußere Wehrmauer und dann an der Außenmauer des Krallenturms empor. Ungleich hohe Stufen zogen sich spiralförmig nach oben. Nur ein falscher Schritt, und sie würde in die Tiefe stürzen. Für einen kurzen Moment hatte sie tatsächlich überlegt zu springen. Sie wusste, was Xedoc von ihr wollte. Sie sollte das Buch für ihn lesen. Doch das kam nicht infrage. Niemals. Er hatte ihre Mutter und Tausende von Menschen ihrer Träume beraubt und hatte sie damit in eine tiefe Finsternis gestürzt, aus der es kein Entrinnen gab. Ihrem Vater hatte er all seiner Erinnerungen gestohlen, hatte ihn zu einem lebenden Fremden gemacht und das alles nur ihretwegen. Nur weil sie von diesem Buch auserwählt worden war. Auserwählt wofür? Seit sie diese Welt betreten hatte, war sie von einer Katastrophe in die nächste geschlittert. Sie war der ihr gestellten Aufgabe nicht gewachsen. Menschen, die zu so etwas fähig waren, mussten aus einem anderen Holz geschnitzt sein. Alles, was jetzt noch in ihrer Macht stand, war, sich zu weigern, das Buch für Xedoc zu lesen. Sie würde sich weigern und Xedoc würde sie Lugathus überlassen.

Lina musste an Darian denken. Daran, wie er sie vor dem Vampir beschützt hatte, nur um sie dann an Xedoc auszuliefern. Darian. Sie hatte ihm vertraut. Nein, das war sehr viel mehr als Vertrauen gewesen … Aber er hatte sie verraten, hatte von Anfang an mit ihr gespielt. Wie hatte sie sich nur so in ihm täuschen können? Und warum konnte sie ihn trotzdem nicht hassen? Hass hätte ihr geholfen, hätte sie stark gemacht. Doch die schmerzhafte Enttäuschung, die sie verspürte, raubte ihr jegliche Kraft.

Mittlerweile hatten sie das Ende der Treppe erreicht. Eine geländerlose Ringplattform umschloss den Turm. Von hier oben konnte man meilenweit sehen. Ein zweiter Mond war aufgegangen. Er war fast voll und verströmte rotes Licht. Der Blutmond. Wie passend. Sie konnte flaches Land erkennen, das am Horizont von einer Bergkette eingefasst war. Als sie den Turm umrundeten, fiel ihr auf, dass weit in der Ferne eine dicke Nebelwand zu sehen war. Dicker dichter Nebel, so weit das Auge reichte.

»Das war Jandamer«, sagte Xedoc, der Linas Blick gefolgt war. »Siehst du nun, wie groß meine Macht ist? Ich bin imstande, ganze Welten auszulöschen. Es gibt nur meinen Weg. Alle anderen führen ins Verderben. Schließ dich mir an, Lina, oder wähle den Tod!«

Xedoc schob sie durch eine schwarz getünchte Holztür in einen runden Raum. Ekelhafter, süßlicher Geruch empfing sie. Es roch nach Blut und Tod.

Darian wollte die Fürstenhalle so schnell wie möglich verlassen. Doch noch ehe er den Ausgang erreichte, vertrat ihm die Seherin den Weg. Sie hatte sich erschreckend verändert. Von der makellos schönen Gesichtshälfte war nichts mehr geblieben. Nur noch eine einzige Strähne schwarzen Haares erinnerte an die einstige Schönheit der Andavynseherin.

»Wohin so eilig?« Die alte Greisin musterte ihn aus wässrigen Augen.

»Du hast es doch gehört, Galan. Ich soll mich den Dunkelelfen anschließen. Ich habe eine Schlacht vorzubereiten.«

Der Blick der Seherin wurde noch eindringlicher. Darian versuchte, ihm standzuhalten. Plötzlich schien sie zu begreifen. »Du warst es, der sich vor meinen Blicken verborgen gehalten hat.« Die Greisin ließ ein gackerndes Lachen vernehmen. »Es ist vorbei, Darian. Du kannst mich nicht mehr täuschen. Du empfindest etwas für sie.«

Darian ging nicht darauf ein. »Geh mir aus dem Weg. Ich habe keine Zeit für deine Spielchen.«

Ihre Stimme klang triumphierend, als sie sich mit ihren gichtverknoteten Händen in seinen Oberarm krallte. »Du kannst sie nicht mehr retten. Warum glaubst du wohl, hat er sie Lugathus versprochen?«

Darian löste sich ohne Mühe aus ihrer Umklammerung und stieß sie zu Boden. Mit einem Satz sprang er über sie hinweg und begann zu laufen.

Es war nicht schwer zu erraten, wo Xedoc und Lugathus Lina hinbringen würden. Der höchste Krallenturm war Lugathus' Behausung. Dort oben waren ihm seine Opfer wehrlos ausgeliefert. Die Seherin hatte recht gehabt. Er empfand etwas für Lina. Galan hatte es am Ende doch gesehen. Sie war hier immer schon die größte Gefahr für ihn gewesen.

Es war an der Zeit, eine alte Schuld einzufordern. Darian verschmolz mit der Dunkelheit und lief an der Festungsmauer entlang, wobei er zum Krallenturm hinaufblickte. Ja, da waren sie. Während Xedoc vorausging, hatte Lugathus Lina bei den Haaren gepackt und schob sie vor sich her.

Darian verspürte unbändigen Zorn in sich hochsteigen. Auf Xedoc, auf Lugathus, aber am meisten auf sich selbst. Er musste an ihren Blick denken, als sie aus der Halle geführt worden war. Er hatte keinen Hass darin entdecken können, nur unendlich tiefe Enttäuschung. Hass hätte er verkraftet, ja sogar verstanden, aber das? Sein Magen krampfte sich schmerzhaft zusammen. Er hatte von Anfang an gefürchtet, dass es so weit kommen würde. Verdammte Andavyanmagierin. Wieso hatte sie sie auch zurückschicken müssen? Es wäre ein Leichtes für ihn gewesen, jetzt zu den Dunkelelfen zurückzukehren. Xedoc würde diesen Kampf gewinnen. Der Fürst würde niemals von Darians wahrem Auftrag erfahren. Er könnte aufhören, gegen seine dunkle Seite anzukämpfen, die unaufhörlich gewachsen war, seit er in Xedocs Diensten stand.

Aber das war unmöglich, ihretwegen. Lina war über ihn hinweggefegt, wie ein Sandsturm in der Noriat und hatte in seinem Inneren eine Spur der Verwüstung hinterlassen. Jede einzelne Faser seines Körpers sehnte sich schmerzlich nach ihr. Darian raufte sich die Haare. Wie hatte es nur so schnell so weit kommen können? Verdammt, er empfand sehr viel mehr für dieses Mädchen, als gut für ihn war. Er konnte sie nicht ihrem Schicksal überlassen!

Seine Hände formten einen Trichter. Er gab einen krächzenden Vogellaut von sich – ein Ruf. Doch er erhielt keine Antwort. Was, wenn sie sich bereits dem Heer angeschlossen hatten? Dann würde er tatsächlich zu spät kommen. Er rief erneut, fordernder diesmal.

Endlich vernahm er das Schlagen von Schwingen. Sie kam, zum Glück. Die Harpyie landete mit gespreizten Krallen neben ihm. Sie sträubte das hellgraue Gefieder, und warf ihr schwarzes langes Haar in einer hochmütigen Geste nach hinten.

Lina konnte kaum noch atmen, so sehr stank es in diesem Raum. Sie hielt das Gezeitenbuch umklammert wie ein Ertrinkender eine Holzplanke.

Xedoc stand vor ihr, während Lugathus sie immer noch an den Haaren gepackt hielt. Er schien seinen Blutdurst kaum noch unter Kontrolle halten zu können.

Auf der Hand des Fürsten tanzten bereits Energiefunken. Er würde nicht zögern, sie einzusetzen. Seine Geduld war zu Ende.

»Wirst du das Gezeitenbuch für mich lesen, oder nicht?«

»Selbst wenn ich wollte, ich kann nicht«, begann Lina zögernd. »Es ist noch versiegelt.« Sie öffnete das Buch und zeigte dem Fürsten zum Beweis die leeren Seiten.

Xedoc nickte. Diese Tatsache schien ihn zu beruhigen.

»Dann lass es mich anders formulieren. Wirst du für mich darin lesen, wenn es geöffnet ist?«

Lina kämpfte mit sich selbst. Sie erinnerte sich an die Worte ihrer Mutter. ›Ihr müsst für eure Prinzipien einstehen.‹ Das hatte sie Benjamin und ihr selbst immer wieder gesagt. Aber das war nicht so einfach, wenn man halb wahnsinnig vor Angst war. Sie hätte den Fürsten belügen können. Damit hätte sie zumindest Zeit gewonnen. Aber Zeit wofür? Nein! Er konnte ihr das Leben nehmen. Aber er konnte ihr nicht ihre Überzeugungen nehmen. Sie nahm all ihren Mut zusammen und schleuderte ihm die Worte förmlich ins Gesicht. »Nein, niemals! Nur über meine Leiche!«

»Das lässt sich einrichten«, sagte Xedoc trocken und feuerte.

Noch ehe die Harpyie ihre Krallen auf die Ringplattform gesetzt hatte, war Darian mit gezogenen Schwertern abgesprungen. »Warte hier!«

Ein Lichtblitz gefolgt von einem schmerzerfüllten Aufschrei war aus dem Inneren zu hören. Heiliger Schöpferfluch, er kam zu spät! Mit einem Wutschrei trat er die Tür ein und stürmte den Vampirhorst.

Lina lag zusammengekauert mit dem Rücken zur Wand, das Buch immer noch fest umklammert. Blut lief ihr von der Schläfe übers Gesicht, ihr Blick war wirr, aber sie lebte. Den

Schöpfern sei Dank! Auf der anderen Seite des Raumes entdeckte er Xedoc, der gekrümmt auf seinen Knien lag und wimmernde Laute von sich gab. Gesicht und Hände des Fürsten waren von Brandwunden übersät, sein blondes Haar angesengt. Die Luft stank nach verbranntem Fleisch. Darian eilte auf Lina zu, da rappelte sich Lugathus unter der Tür wieder auf und zog sein Schwert. Der Vampir war viel zu schnell wieder auf den Beinen. Darian musste sich ihm stellen. Das gefährlichste an Lugathus waren seine Fangzähne, die jetzt aus den Kieferhöhlen schossen. »Darauf habe ich lange gewartet, Dunkelelf!«

Mit seiner Linken stieß Darian das Schwert nach vorne, während er das rechte in einer halbkreisförmigen Bewegung über seinem Kopf schwenkte, um es dann auf Lugathus' Schwert niedersausen zu lassen. Lugathus parierte. Stahl traf auf Stahl. In den Augen des Vampirs lag blanker Hass. Immer wieder schnappte er nach Darians Armen und versuchte, seine Zähne in dessen Fleisch zu vergraben. Darian war in die Defensive geraten. Ein weiterer heftiger Angriff drängte ihn hinaus auf die Plattform.

»Ich komme gleich wieder, Schätzchen, und dann werde ich mich um dich kümmern«, fauchte Lugathus in Linas Richtung.

Erst als Darian dem Blutgestank des Vampirhorsts entkommen war, konnte er wieder frei atmen. Er versuchte, all seine Gefühle aus diesem Kampf zu nehmen, sich nicht von Lugathus provozieren zu lassen. Gefühle hatten in einem Kampf nichts verloren. Lugathus dagegen setzte genau das als Kampfmittel ein. Keuchend legte er Darian dar, was er alles mit Lina anstellen würde, wenn er ihn erst einmal in die Tiefe befördert hatte.

Mit sichtlicher Begeisterung beobachtete die Harpyie den Kampf vom Rande der Plattform aus. Lugathus hatte gerade einen Treffer gelandet und Darian eine tiefe Schnittwunde mit seinem Schwert zugefügt.

»Autsch«, kommentierte Aerin.

»Du schwächelst, Darian«, stellte der Vampir belustigt fest. »Du kämpfst nicht wie Xedocs bester Jäger, eher wie … wie dieses Mädchen dort drinnen.«

Das reichte. Darian musste diesen Kampf beenden, ehe ihm tatsächlich noch die Kraft ausging. Deshalb täuschte er weiter Schwäche vor und Lugathus fiel darauf herein. Je sicherer sich der Vampir in seinen Angriffen wurde, umso mehr vernachlässigte er seine Deckung. Jetzt war der Zeitpunkt gekommen! Darian ging in einer gedrehten Bewegung in die Hocke, wandte Lugathus den Rücken zu und stieß das Schwert mit einem plötzlichen Ruck von unten in die Brust des Vampirs, während er mit dem anderen Lugathus' Schwert abwehrte. So drängte er ihn an den Rand des Abgrunds. Dort setzte er seinen Fuß knapp unter dem Schwert an, zog es aus der Brust des Vampirs und stieß ihn mit derselben Bewegung in den Abgrund.

»Guten Flug, Blutsauger!« Lugathus fixierte ihn aus weit aufgerissenen Augen, bis er in der Tiefe verschwand.

Nach Luft ringend, lehnte Darian sich für einen Moment gegen die Wand des Turmes.

»Netter Kampf«, bemerkte Aerin, die neben ihn getreten war und ihn lächelnd beobachtete.

Darian schnaubte verächtlich. »Ja. Und vielen Dank auch für deine Hilfe.«

Aerin blickte ihn mit Unschuldsmiene an. »Davon hast du nichts gesagt.«

»Natürlich nicht.«

»Du weißt, dass er dich jagen wird, bis ans Ende deiner Tage, wenn es sein muss?«, sagte die Harpyie und riss Darian damit aus seinen Gedanken.

»Ich weiß.« Mit einem Ruck richtete er sich auf und kehrte in den Vampirhorst zurück.

Ein stechender Schmerz war in Linas Kopf gefahren, als sie gegen die Wand geschleudert wurde und hart auf dem Boden aufgeschlagen war. Benommen sah sie, dass auch Xedoc durch die Luft geschleudert wurde. Das Buch hatte ein Schutzschild um sie herum aufgebaut, und den Energieblitz, den er auf sie abgefeuert hatte, zu ihm zurückgeschickt. Sie hatte gespürt, wie sich ein weiteres Siegel geöffnet hatte. Die Welle magischer Kraft, die durch ihren Körper gerollt war, hatte ihr den Atem geraubt. Es war, als hätte sich jedes einzelne Molekül ihres Selbst umgestülpt. Sie fühlte sich eigenartig fremd in ihrem eigenen Körper. Irgendetwas Warmes lief ihre Wangen hinunter. Blut. Wie durch einen Schleier sah sie, dass die Tür aus der Angel flog und Lugathus unter sich begrub. Darian stand plötzlich im Raum, beide Schwerter gezogen.

Sie musste hier verschwinden. Ihr Blick fiel auf das Gezeitenbuch, das immer noch in ihrer Hand lag. Nur noch zwei Steine leuchteten rot. Lina verstand das nicht. Aber erst einmal musste sie von diesem Turm herunter. Sie stemmte sich mit dem Rücken gegen die Wand und versuchte, sich daran hochzuschieben. Sie war jetzt mit Xedoc alleine. Sie musste den Ausgang erreichen, ehe einer der beiden zurückkam.

Von draußen war ein schmerzhaftes Aufheulen zu hören. Ihr lief die Zeit davon. Mittlerweile stand sie wenigstens wieder auf ihren Füßen. Schwer atmend lehnte sie an der Wand und war nicht fähig, sich davon zu lösen oder auch nur einen Schritt zu machen. Alles drehte sich. Dann verstummten die Kampfgeräusche. Ein Schatten fiel in den Eingang. Panik stieg in ihr hoch. War es Darian oder der Vampir? Lugathus'

Absichten kannte sie. Aber was würde sie erwarten, wenn es Darian war? Würde er kommen, um seinen Fürsten zu rächen?

Es war Darian, der durch die Tür trat. Er sah mitgenommen aus. Blut lief ihm den linken Arm hinab.

»Komm, Lina, wir müssen gehen!«

Sie starrte ihn aus schreckgeweiteten Augen an, während sie versuchte, sich an ihm vorbei an der Wand in Richtung Ausgang zu schieben. »Mit dir gehe ich nirgendwo hin!«

»Lina, du musst mir vertrauen! Wir haben nicht viel Zeit.« Er klang beschwörend.

Nur noch ein paar Schritte, bis zum rettenden Ausgang.

»Ich hab dir vertraut, und sieh dir an, wo es mich hingeführt hat.« Sie brachte nicht mehr als ein heiseres Flüstern zustande. Wieso war sie nur so geschwächt?

In seiner Stimme lag ein Flehen, als er weitersprach. »Lina, bitte, komm mit mir! Vertrau mir noch dieses eine Mal und ich verspreche dir, dass ich dir alles erklären werde.«

Lina wollte ihm glauben. Sie wollte es so sehr. Aber die Erinnerung an die schwarze Klinge an ihrer Kehle ließ sie zweifeln. Entschlossen löste sie sich von der Wand und versuchte, die Tür zu erreichen.

Darian sah Angst in ihren Augen. Angst vor ihm! Wie konnte es auch anders sein? Sie hatte ihm vertraut, und er hatte sie an Xedoc ausgeliefert. Das war nichts, worauf er stolz war, aber es war der einzige Ausweg gewesen. Und jetzt versuchte sie vor ihm zu fliehen, obwohl sie nicht einmal mehr aufrecht stehen konnte. Ihre Willenskraft war so viel stärker, als er gedacht hatte. Auch Xedoc begann sich hochzurappeln. Lina stieß sich von der Wand ab und sackte zusammen. Mit zwei Schritten war er bei ihr und fing sie auf. Er hob sie hoch, bettete ihren Kopf an seine Schulter und trug sie hinaus. Sollte sie ihn danach auch keines Blickes mehr würdigen, so würde er damit leben, aber er würde sie hier nicht zurücklassen. Immer noch hielt sie das Gezeitenbuch fest umklammert.

»Wirf die kleine Hexe vom Turm, Darian!« Xedoc hatte sich aufgerichtet und starrte ihn an. Darian beachtete ihn gar nicht.

»Darian, hörst du mich?! Sieh nur, was sie deinem Herrn angetan hat!« Xedoc war außer sich vor Wut.

»Ich habe keinen Herrn. Ich hatte noch nie einen.« Abscheu lag in Darians Blick, als er den Vampirhorst verließ.

Draußen angekommen, atmete er tief durch. Es war der Moment, auf den er so lange gewartet hatte. Er hatte sich endlich von Xedoc losgesagt, die Karten offen auf den Tisch gelegt. Aber es war kein Moment des Triumphs, so wie er sich das immer ausgemalt hatte. Das Mädchen in seinen Armen war vollkommen verängstigt und verletzt. Das hatte er nicht gewollt. Irgendwie lief überhaupt nichts mehr nach Plan, seit sie aufgetaucht war.

Er trat hinter die Harpyie und kletterte auf ihren Rücken, Lina immer noch fest im Arm. Mit einem Zipfel des Elfenumhanges wischte er ihr zuerst das Blut aus dem Gesicht und strich ihr danach zärtlich mit dem Handrücken über die Wange. »Es wird alles gut. Ich verspreche es dir.« Er hatte nicht die geringste Ahnung, ob er dieses Versprechen einhalten konnte, aber er würde es zumindest versuchen.

Aerin blickte an ihm herunter. »Du blutest auch«, stellte sie trocken fest.

»Ich weiß. Es ist nicht so schlimm.«

»Nicht so schlimm!«, brauste Aerin auf. »Du versaust mir das Gefieder.«

»Das tut mir aber leid!« Darian blickte suchend in die Tiefe, während sich die Harpyie vom Krallenturm abstieß und ihre Flügel ausbreitete. Dort, wo der Vampir aufgeschlagen war, konnte er nur noch einen Abdruck im Staub erkennen. Lugathus lebte also noch. Darian hatte nichts anderes erwartet.

»Wer ist die Kleine?«, wollte Aerin wissen und deutete auf Lina.

»Die Schöpferin«, sagte Darian ruhig.

»Du meinst DIE Schöpferin?«

Darian nickte: »Ganz genau.«

Für einen Moment vergaß die Harpyie mit den Flügeln zu schlagen. Sie sackten ein gutes Stück in der Luft ab. »Ach du großer Titanenarsch! Na, in deiner Haut möchte ich aber nicht stecken!« Plötzlich schien sie es sehr eilig zu haben. »Und wo darf ich euch Turteltäubchen absetzen?«

»Wir müssen nach Kathmarin.«

»Das kannst du vergessen! Der Fürst hat die Streitmacht in Bewegung gesetzt. Der gesamte Osten der Calahadin wimmelt nur so von Kriegsverbänden, die er an der Grenze zur Eldorin zusammenzieht. Dort flieg ich mit euch bestimmt nicht hin.«

Die Harpyien waren die Späher des Fürsten. Wenn stimmte, was Aerin sagte, würde Xedoc keine fünf Tage brauchen, um Kathmarin zu erreichen. Es würde schon bald zu ersten Kämpfen im Osten der Eldorin kommen. Diesen Weg konnten sie also nicht nehmen. Der Weg durch die Gedankenströme wäre der schnellste. Aber von seinem letzten Besuch im Wächterturm wusste er, wie weit sich der Nebel schon ausgebreitet hatte. Trotzdem fragte er: »Wie sieht es in Jandamer aus?«

Aerin schüttelte den Kopf. »Es existiert so gut wie nicht mehr. Nichts als vernichtender Nebel. Nicht einmal die Traumjäger konnten zurückkehren, die in der Schöpferwelt unterwegs waren. Ich hab gehört, dass Xedoc jegliche Verbindung zu Absorbis verloren hat.«

Darian fluchte. Dann blieb ihnen nur ein Weg offen. »Gut, dann sei so freundlich und bring uns an den Rand der Noriatwüste.«

Aerin wandte den Kopf und sah ihn forschend an. »Du willst die Noriat durchqueren? Mit ihr?«

Darian nickte. Genau das hatte er vor.

»Hast du einen Sonnenstich, Süßer?« Sie zuckte mit den Schultern. »Aber von mir aus! Es ist ja nicht mein Hintern, der dort verkohlen wird.«

»Deine Sorge rührt mich zu Tränen.«

Sie zuckte nur gleichgültig mit den Schultern und schwenkte nach Westen in Richtung der Noriatwüste. »Je eher ich euch loswerde, umso besser.«

Die Sterne begannen bereits zu verblassen, als sie die Grenze der Calahadin überflogen und das Land unter ihnen flach wurde. Hier setzte die Harpyie zur Landung an. Vor ihnen lag der Sand einer unbarmherzigen Wüste, die sich schon bald in einen Glutofen verwandeln würde. Zu ihrer Rechten erhob sich in einiger Entfernung eine undurchdringliche Nebelwand, die nur von den magischen Barrieren zurückgehalten wurden.

»Du weißt, was passiert, wenn du in den Nebel gerätst?«, warnte die Harpyie, als sie ihre beiden Fluggäste absetzte.

Darian nickte. Er hatte mehr als einmal erlebt, wie vernichtend der Nebel sein konnte.

Im Wächterturm

Lupinia war auf das Schlimmste gefasst, als sie den Wächterturm betrat. Sie eilte die Gänge entlang, die sie zum Kuppelsaal führen würden. Je weiter sie kam, umso klarer wurde ihr das Ausmaß der Zerstörung. Alles zerfressender Nebel lag hinter den Portalen, wo auch immer sie hinsah. Jandamer lag in seinen letzten Zügen. Wie lange würden die Barrieren, die den Wächterturm schützten, wohl noch halten? Als sie um eine Ecke bog, um in den nächsten Gang zu gelangen, wäre sie fast über einen leblosen Körper gestolpert. Ein Traumjäger! Auf ihrem Weg zur Kuppel fand sie noch weitere tote Traumjäger, aber auch Elfenkrieger. Es musste einen Kampf um den Wächterturm gegeben haben.

Endlich, nach einer halben Ewigkeit, so schien es ihr, erreichte sie die Kuppel. Serendra kauerte am Fuß des Steinpodestes, auf dem einst das Gezeitenbuch gelegen hatte. Sie war gealtert, seit Lupinia sie das letzte Mal gesehen hatte. Weiße Strähnen durchzogen das aschblonde Haar. Ihre Augen waren blutunterlaufen. Serendra hatte bestimmt schon lange nicht mehr geschlafen und vermutlich zu viel Magie eingesetzt.

»Erzähl mir, was passiert ist!«, bat Lupinia.

Die Oberste Hüterin berichtete von dem Chaos, das hinter den Portalen ausgebrochen war. »Die Barrieren sind an zu vielen Stellen gebrochen. Wir konnten einfach nichts dagegen tun.«

»Und die Traumjäger?«, erkundigte sich die weiße Magierin.

»Sie haben einen Weg in die Schöpferwelt gesucht. Wahrscheinlich hat sie der Nebel ebenso überrascht wie uns. Sie haben versucht, durch die Portale in den Wächterturm zu gelangen. Das konnten wir aber verhindern.«

»Wer hat sie angeführt?«

»Absorbis. Er ist auch im Nebel umgekommen. Endorven hat ihn dorthin geschickt.«

»Ich verstehe. Und Lina, hast du etwas von ihr gehört?«

Serendra schüttelte den Kopf. »Ich habe eine erneute Erschütterung der Magie verspürt. Extrem stark. Es war unheimlich.«

Diese Nachricht war beunruhigend. Deshalb bat Lupinia die Hüterin: »Gestattest du mir einen Blick in deine Erinnerung?«

Serendra nickte und öffnete ihren Geist für die Magierin. Es dauerte nur einen Moment, bis Lupinia das Ereignis im Gedächtnis der Lichtelfe fand. Sie spürte die Machterschütterung als Nachhall in ihrem eigenen Körper wider. Lupinia konnte ein überraschtes Aufkeuchen nicht verhindern.

»Mut und Ehrlichkeit«, sagte sie leise. »Was auch immer geschehen ist, das Gezeitenbuch hat zwei Siegel auf einmal freigegeben und einen großen Teil der Andavyanheilkräfte noch dazu. Das war eine Überdosis an Magie für Lina. Sie muss extrem geschwächt sein.« Lupinia fluchte. »Ich hätte bei ihr sein müssen!«

»Ist sie denn allein?«

»Nein, Darian ist bei ihr.«

»Der Clanführer der Dunkelelfen?« Serendra war entsetzt. »Ihm ist nicht zu trauen.«

»Auch ich habe meine Zweifel, aber Drogonn vertraut ihm.«

Serendra nahm es zur Kenntnis, aber ihre Zweifel blieben ihr ins Gesicht geschrieben.

Lupinia straffte ihre Schultern. »Wir müssen verhindern, dass Xedoc die Schöpferwelt erreicht. Dann werden die Schöpfer neue Gedankenströme schaffen und du wirst sie hüten, so wie du es bisher gemacht hast. Aber jetzt müssen wir gehen.«

Serendra nickte schicksalsergeben. Nur Augenblicke später verließ sie auf dem Rücken des Pegasus den Wächterturm.

Lina konnte sich nicht erinnern, jemals zuvor so müde gewesen zu sein. Erst als die Harpyie zur Landung angesetzt hatte, war sie aufgewacht. Der Elfenumhang schützte sie vor der frischen Morgenluft. Darians Wärme schien sie zu umfangen, so wie es seine Arme taten. Lina fühlte sich geborgen an seiner Schulter. So lange, bis die Erinnerung an die letzte Nacht zurückkehrte. Kaum hatte die Vogelfrau ihre Krallen auf die Erde gesetzt, machte sie sich von ihm los und rutschte verlegen vom Rücken der Harpyie. Sie vermied es dabei, ihn anzusehen. Zumindest konnte sie sich jetzt wieder auf ihren eigenen Beinen halten. Sie blickte sich um. Vor ihr lag karges Steppenland, das in einiger Entfernung in weiße Sanddünen überging. Wo sie auch hinsah, war nichts als trostlose Ödnis. Lina hatte das Gefühl, das Spiegelbild ihrer Seele zu erblicken. Dort sah es zurzeit genauso aus.

Sie konnte die Reste einer Mauer ausmachen, die wohl einmal zu einem Haus gehört hatte. Ein paar Holzbalken waren davor aufgestellt. Die Vogelfrau erhob sich in die Luft. Lina blickte ihr nach und sah zu, wie sie am Horizont immer kleiner wurde. Sie wusste, dass sie da nicht ewig stehen bleiben, Darian nicht ewig ignorieren konnte. Er beobachtete sie. Das spürte sie genau. Lina zwang sich, den Blick vom Horizont zu lösen und ihn anzusehen. Lange Augenblicke standen sie einander so gegenüber, schweigend. Schließlich war es Darian, der das Schweigen brach. »Was ist da oben im Turm passiert?«, fragte er vorsichtig.

Lina zuckte mit den Schultern. Was sollte sie ihm darauf antworten? Sie wusste es ja selbst nicht genau.

»Hast du Xedoc diese Wunden zugefügt?«

Lina schüttelte den Kopf. »Es war das Buch«, sagte sie, um ein bisschen mehr Kraft in ihrer Stimme bemüht.

»Das verstehe ich nicht.«

»Er hat einen seiner Energieblitze auf mich geschleudert, und das Gezeitenbuch hat ihn abgewehrt und zurückgeschickt.« Die Erinnerung daran ließ sie immer noch schaudern.

»Warst du deshalb so geschwächt?«

»Das weiß ich nicht. Vielleicht hängt es aber auch damit zusammen, dass das Buch genau in diesem Moment zwei weitere Siegel freigegeben hat.« Es war nur eine Vermutung, aber es klang logisch.

Darian wusste zu wenig über das Buch und seine Kräfte. Also fragte er: »Fühlst du dich jetzt wieder besser?«

Lina nickte.

»Gut, dann lass uns gehen.« Er wandte sich bereits um, aber sie blieb an Ort und Stelle stehen.

»Nein, ich werde nicht mit dir gehen! Nicht, ehe du mir erklärt hast, was gestern passiert ist.« Und dann stellte sie die Frage, die ihr wie keine andere auf der Seele brannte: »Warum hast du das getan, Darian? Warum hast du mich verraten?« Lina war nicht sicher, ob sie die Antwort überhaupt verkraften würde. Aber sie musste es wissen.

Darian seufzte und sagte dann ausweichend: »Es war notwendig.«

»Das genügt mir nicht.« Ihre Augen funkelten zornig. »Ich hab genug von deinen Halbwahrheiten. Hör endlich auf, mit mir zu spielen, und sag mir die Wahrheit! Das bist du mir schuldig!«

Darian zögerte. »Bist du ganz sicher, dass du es wissen willst? Es wird dir danach nicht besser gehen.«

Lina nickte. Schlimmer konnte es wohl nicht mehr werden.

»Also gut, komm mit dort hinüber in den Schatten, und ich erkläre dir alles.«

So folgte sie ihm zu der eingestürzten Mauer. Erst jetzt bemerkte sie, dass das Holzgestell über einem gemauerten Brunnen stand. Während sich Lina auf einen Steinhaufen setzte, ließ Darian den leeren Kübel an einem Seil in die Tiefe und zog ihn mit Wasser gefüllt wieder hoch.

Mit dem Kübel in der Hand kam er auf sie zu und ging vor ihr in die Hocke. Er tauchte die Schöpfkelle, ins Wasser und reichte sie ihr. »Hier, du solltest erst einmal etwas trinken.«

Lina nahm die Wasserkelle und trank. Es war kaltes Wasser, das ihre Lebensgeister augenblicklich wieder weckte.

»Danke.«

Er tauchte die Kelle erneut ein und leerte den Inhalt dann über eine Ecke des Elfenumhanges um ihn zu befeuchten. »Darf ich mir nebenbei deine Kopfwunde ansehen?«

Lina nickte, ließ ihn aber nicht aus den Augen. Konnte es sein, dass er versuchte, Zeit zu gewinnen? Vorsichtig nahm er ihr Kinn zwischen Daumen und Zeigefinger und drehte ihren Kopf sachte zur Seite. Und während er begann, das verkrustete Blut rund um die Platzwunde an ihrer Schläfe wegzuwaschen, sagte er: »Lina, du hast doch nicht wirklich geglaubt, dass wir einfach in die Festung marschieren, uns das Buch holen und wieder verschwinden können, ohne dass Xedoc das verhindert?«

Lina senkte verlegen die Augenlider. Genau das hatte sie gedacht.

Darian löste eine verkrustete Haarsträhne aus ihrem Gesicht. »Es war eine Falle. Das war klar, spätestens, als das Tor offen gestanden hatte. Xedoc hat uns erwartet. Die Seherin hat uns erwartet. Sie musste glauben, dass ich dich verraten würde, andernfalls hätte sie es durchschaut.«

»Du bist tatsächlich der Anführer seiner Leibwache?«

Er hatte ihr Kinn jetzt wieder losgelassen. Seine Finger tasteten vorsichtig über die Krusten der Wunde, die unter ihrem Haaransatz lag. Es war nicht so schlimm, wie er gedacht hatte, und würde von selbst heilen.

»Ja, das war ich.« Er zog seine Finger wieder aus ihrem Haar, ließ sich auf die Knie nieder und sah sie nun direkt an. »Und ich wusste ganz genau, wer du warst, als du auf die Dämonenklippe gebracht wurdest. Ich hatte von Xedoc den Auftrag, dich zu bewachen.«

»Ich verstehe.«

»Nein, du verstehst nicht.« Nervös fuhr er sich durchs Haar. »Du warst der Grund, warum ich dort war, aber nicht, weil Xedoc das so wollte. Ich wusste schon lange, dass du kommen würdest. Mein halbes Leben lang habe ich das gewusst.« Den letzten Satz hatte er kaum hörbar gemurmelt, während er sie weiter anblickte und nur noch mehr Verwirrung in ihrem Blick sah.

»Ich habe dir doch erzählt, dass mein Volk aus den Dunkelwäldern am Rande des Titanengebirges gekommen ist.«

Lina nickte.

»Wir wären heute noch dort, wenn Drogonn nicht gekommen wäre und mir einen Auftrag erteilt hätte. Drogonn sagte mir, dass eine Schöpferin kommen würde, und dass von ihrem Überleben unter Umständen das Schicksal unserer Welt abhängen würde. Er sagte, Xedoc würde alles daran setzen, sie in seine Finger zu bekommen.«

»Woher wusste Drogonn das?«

»Keine Ahnung. Er ist ein Andavyan. Er teilt seine Geheimnisse nicht«, sagte Darian, respektvoll und verbittert zugleich. Er hatte noch nie über diesen Auftrag gesprochen. Nicht einmal Solvay wusste davon, und der wusste sonst alles über ihn.

»Drogonn brauchte einen Verbündeten in Xedocs Reihen. Er sagte, ich sollte alles, wirklich alles tun, um Xedocs Vertrauen zu gewinnen. Er ließ mich einen Schwur im Drachenfeuer ablegen. Deshalb habe ich meinen Clan aus den Dunkelwäldern geführt und mich Xedoc angeschlossen. Ich habe alles getan, was der Fürst von mir verlangt hat. Die Dunkelelfen wurden unter meiner Führung zu seiner Leibwache und ich ihr Anführer. Unser Ruf ist legendär. Du weißt ja, selbst in deiner Welt spricht man das Wort Dunkelelf mit Abscheu aus. Ich habe mein Volk in die wahre Dunkelheit geführt. Und ich habe zugesehen, wie sie sich verändert haben, wie ich mich verändert habe. Und das alles nur deinetwegen, Lina. Ich habe begonnen, dich dafür zu hassen, obwohl ich dich gar nicht kannte. Und dann warst du plötzlich da. Du warst so ganz anders, als ich dich mir immer vorgestellt habe.« Darian hob in einer hilflosen Geste die Hände. »Du warst so …«

»Naiv«, stellte sie fest.

»Nein. Vertrauensvoll und gutmütig. Und wir haben es tatsächlich aus der Krallenfestung geschafft. Plötzlich habe ich gedacht, dass es sich ausgezahlt hat, so lange zu warten. Ich habe gedacht, dass mein Auftrag nun endlich erfüllt sei. Aber die weiße Magierin hat uns zurückgeschickt. Ich wollte das nicht. Vielleicht erinnerst du dich daran?«

Lina nickte. »Ja, ich erinnere mich.«

»Aber ich habe mich gefügt. Und dann haben wir die Festung betreten. Dieser Hinterhalt stank zum Himmel. Ich dachte, du hättest einen Plan. Aber du bist da hineinmarschiert, als ob es ein Spaziergang wäre. In der großen Halle habe ich Xedocs Anwesenheit sofort gespürt und die der Seherin. Und ich habe Blut gerochen. Ich wusste, dass Lugathus dort war. Also habe ich getan, was ich tun musste.«

Er konnte sehen, wie sie schwer schluckte, aber kein Wort sagte.

»Ganz ehrlich, Lina. Ich habe mit dem Gedanken gespielt, einfach zu den Dunkelelfen zurückzukehren, alles zu vergessen und dich deinem Schicksal zu überlassen. Es wäre so leicht gewesen. Aber ich konnte nicht. Weil ich …« Nein, er konnte es nicht sagen. Auch wenn er wollte, er durfte es nicht. Er war an den Elfencodex gebunden. Auch wenn sie keine Elfe war, musste er sich daran halten. Also sagte er nur: »Ich habe die Harpyie gerufen und da sind wir nun.«

Darian blickte sie forschend an und wartete. Er hatte ihr die Wahrheit gesagt. Er hatte ihr damit Schuld aufgeladen, das wusste er. Ein edelmütigerer Charakter hätte das vielleicht nicht getan. Aber so edelmütig war er nicht. Es war befreiend gewesen, einen Teil der Schuld, die er seinem Clan gegenüber empfand, auf die Schultern von jemand anderem abzuladen. Es waren zarte Schultern, und er war nicht sicher, wie sie damit umgehen würde. Aber sie hatte gefragt, und er hatte geantwortet, offen und ehrlich.

Lina war erschüttert und sie fühlte sich schuldig. Aber sie verstand nun viele seiner Reaktionen besser. Er hatte ihr endlich die Wahrheit gesagt, und das war ihm bestimmt nicht leichtgefallen. Nun kniete er vor ihr im Staub und wartete auf eine Reaktion von ihr. Jeder Muskel seines Körpers war angespannt. Seine Augen hielten ihren Blick fest.

Ein vorsichtiges Lächeln zeigte sich in ihrem Gesicht. »Jetzt können wir gehen. Vorausgesetzt, du schubst mich nicht wieder irgendeine Klippe hinunter.«

Darian erwiderte ihr Lächeln. »Keine Angst, das hab ich erst mal nicht vor.« Er kam in einer fließenden Bewegung auf die Füße und zog sie mit sich hoch.

»Trink, so viel du kannst«, sagte er und reichte ihr die Wasserkelle, während er den Metschlauch leerte und anschließend mit Wasser füllte.

Die Sonne stand bereits hoch am Himmel, als sie den Brunnen verließen. Lina hatte das Gezeitenbuch wieder in den Gürtel gesteckt und ihr Shirt darübergezogen. Sie folgte Darian, der einen ausgetretenen Steppenpfad einschlug.

Sie waren diesem Pfad bereits eine ganze Weile lang gefolgt, als er den Weg schließlich verließ und auf die ersten Dünen zusteuerte, die sich nun vor ihnen erhoben.

»Verrätst du mir, was du vorhast?«, fragte Lina.

»Die weiße Magierin möchte, dass ich dich nach Kathmarin bringe. Leider hat uns Xedoc den kürzesten Weg abgeschnitten, indem er seine Streitmacht genau dort in Bewegung gesetzt hat. Und durch Jandamer können wir auch nicht mehr. Der Nebel dort hat sich zu weit ausgebreitet. Also müssen wir außen herum. Und das bedeutet einen sehr langen Umweg.«

Lina hörte aufmerksam zu. Es war tatsächlich das erste Mal, dass er ihr genau erklärte, was er vorhatte, und sie nicht einfach im Ungewissen ließ. Sie machten wirklich Fortschritte. Darian schien zu erraten, was sie dachte, denn er sagte: »Wir müssen diese Wüste hier durchqueren, um in die Eldorin zu kommen. Das wird nicht einfach. Wir haben keinen

Proviant, fast kein Wasser und es wird nicht lange dauern, bis uns Lugathus im Nacken sitzt.«

Der Name des Vampirs ließ Linas offene Miene augenblicklich versteinern. »Ich dachte, er ist tot?«

Darian seufzte. »Leider nicht. Du kannst Lugathus und seinesgleichen nicht töten, nur weil du ihn mit dem Schwert durchbohrst und von einem Turm wirfst. Du müsstest ihn schon enthaupten, was nicht ganz so einfach ist, wenn er dabei versucht, dich zu beißen. Also bleibt nur Sonnenlicht. Und dem setzt er sich bestimmt nicht freiwillig aus.«

»Verstehe. Was ist mit Knoblauch?«

»Funktioniert bei Lugathus nicht«, sagte Darian und begann plötzlich überaus schadenfroh zu grinsen.

Lina blickte ihn verständnislos an. »Was ist? Hab ich etwas Dummes gesagt?«

»Nein, gar nicht. Es gab da bloß einen Vorfall, der mit Knoblauch, Lugathus und sehr viel Zwergenmet zu tun hatte. Und glaub mir, du willst die genauen Details nicht wissen.« Sein Gesichtsausdruck wurde so vielsagend, dass Lina beschloss, nicht weiter nachzufragen.

»Jedenfalls wissen wir seither, dass er bloß üblen Ausschlag auf Knoblauch bekommt, und dass wir wohl niemals Freunde werden, Lugathus und ich.«

Lina blickt ihn fasziniert an. Sie hätte sich in seinem Lächeln verlieren können. Leider verschwand dieses Lächeln sehr bald wieder aus Darians Gesicht.

Sein Blick wurde eindringlich. »Nach dem, was da oben im Krallenturm passiert ist, wird Xedoc nichts unversucht lassen, um uns in die Finger zu bekommen. Und es wird mit Sicherheit Lugathus sein, den er schickt.« Darian schnaubte verächtlich. »Ich mag diesen Blutsauger nicht. Aber er ist ein verdammt guter Jäger. Er wird nicht lange brauchen, um unsere Spur zu finden. Unser einziger Vorteil ist, dass die Vampire die

Wüste nur bei Nacht durchqueren können. Das verschafft uns etwas Zeit. Aber es wird trotzdem ein harter Marsch werden, vor allem bis wir die Koboldoase Sindwa erreichen. Dort werden wir uns Proviant und ein Reittier besorgen. Aber bis dahin müssen wir laufen. Meinst du, du schaffst das?«

»Ja, natürlich!« Eine gehörige Portion Empörung schwang in Linas Stimme mit. Gut, sie hatte noch nie eine Wüste durchquert, und es stand ihr jetzt schon der Schweiß auf der Stirn, aber sie würde alles daransetzen, Darian nicht zur Last zu fallen.

»Gut.« Er legte ihr den Elfenumhang mit einem aufmunternden Augenzwinkern über die Schultern und zog ihr die Kapuze tief ins Gesicht. Sofort bekam sie die kühlende Wirkung des Umhangs zu spüren. Er wärmte also nicht nur, sondern kühlte auch, wenn es erforderlich war. Lina war fasziniert. Aber Darian war nun ungeschützt der Sonne ausgesetzt.

»Brauchst du den Umhang denn nicht?«, erkundigte sie sich daher.

Er wehrte mit einer wegwerfenden Handbewegung ab. »Bestimmt nicht so dringend wie du.« Und da sie ihn immer noch skeptisch ansah, fügte er hinzu: »Ich hab dir doch erzählt, dass Elfen ihre Körpertemperatur kontrollieren können. Und nun sollten wir zusehen, dass wir unsere Kräfte schonen.«

Lina kannte ihn mittlerweile gut genug, um den Unterton herauszuhören, der ihr sagte, dass jede Widerrede zwecklos war. Also folgte sie ihm schweigend. Es dauerte nicht lange, bis sie am eigenen Leib spürte, was Darian mit dem harten Weg gemeint hatte. Sie hatte von Anfang an Mühe, mit ihm Schritt zu halten. Sie vermutete sogar, dass er alleine noch viel schneller unterwegs gewesen wäre. Der Sand unter ihren Füßen war heiß und gab bei jedem Schritt nach. Sand rieselte in ihre Schuhe und begann unangenehm zu scheuern. Obwohl der Elfenumhang die schlimmste Hitze abhielt, bekam sie bald großen Durst. Die Luft flimmerte und ließ den Horizont tanzen, während die Sonne nun senkrecht auf sie herunterbrannte.

Sie war bereits knapp davor, um eine Pause zu bitten, als vor ihnen ein Schemen auftauchte, der sich beim Näherkommen als riesiges Knochengerüst entpuppte.

»Dort werden wir rasten.« Es war das erste Mal, dass Darian gesprochen hatte. Auch er klang erschöpft.

Lina folgte ihm in das gigantische Gerippe, dessen hochaufragende Knochen sich in einem Bogen über ihrem Kopf spannten und spärlichen Schatten spendeten. Dort ließ sich Darian an eine der Rippen gelehnt nieder und winkte Lina zu sich.

»Du musst etwas trinken.« Er reichte ihr den Wasserschlauch, den sie dankend entgegennahm.

Erst als die ersten Wassertropfen ihre Lippen benetzten, bemerkte sie, wie durstig sie tatsächlich war.

»Was ist das gewesen, als es noch gelebt hat?«, erkundigte sie sich, während sie ihm den Schlauch zurückgab. Darian trank einen Schluck und verschloss den Schlauch dann wieder.

»Ein Sanddrache.«

»Der muss ja riesig gewesen sein.« Lina versuchte sich das Tier vorzustellen, in dessen Überresten sie jetzt saßen.

Er nickte bestätigend. »Sie sind ziemlich groß. Die Wüstenkobolde reiten auf ihnen.«

Vor Linas innerem Auge entstand das Bild eines Kobolds auf einem Drachen, das fantastischer nicht hätte sein können, während sie das Drachengerüst mit in den Nacken gelegtem Kopf betrachtete. Langsam kehrte ihr Blick wieder zu Darian zurück und blieb an den blutverschmierten Rissen am Oberarm seiner Jacke haften.

»War das Lugathus?« Sie deutete auf seinen Oberarm.

Darian nickte.

»Darf ich mir das ansehen?«

»Nicht so schlimm. Ich kümmere mich heute Abend darum«, sagte er abwehrend und schloss die Augen.

»Darian.« Es klang wie eine Drohung.

Er öffnete die Augen und sah sie mit leicht schräg gelegtem Kopf forschend an. Lina konnte sehen, dass seine Augen gerötet waren. Ganz so spurlos schien die Sonne also doch nicht an ihm vorbeizugehen.

»Darf ich mir das bitte ansehen?«, wiederholte sie mit Nachdruck.

Mit einem Seufzen gab er sich geschlagen. »Ich leg mich doch nicht mit einer Schöpferin an! So wie es aussieht, hast du das zweite Gesicht. Wer weiß, vielleicht hast du ja auch den bösen Blick?!«

Lina wäre es lieber gewesen, er hätte ihre Visionen nicht erwähnt. Aber sie dachte nicht daran, klein beizugeben. Sie zog die Nase kraus und sagte: »Wenn das so ist, bist du ganz bestimmt der Erste, der ihn zu spüren bekommt.«

»Bloß nicht! Ich fürchte mich so schon genug vor dir.«

»Ja, das glaub ich dir aufs Wort«, gab Lina lächelnd zurück. Das Lachen verging ihr allerdings, als er die Jacke geöffnet und über den Arm gezogen hatte. Ein tiefer blutverkrusteter Schnitt kam zum Vorschein, der sich bereits entzündet hatte.

»Nicht so schlimm, wie?« Linas Blick sprach Bände. »Gibst du mir das Wunderzeugs, das du mir auf die Bisswunde gestrichen hast?«

Er griff an seinen Gürtel und löste den Beutel. »Ich fürchte, davon wird nicht mehr viel übrig sein. Das meiste davon hat sich im Fluss aufgelöst.«

Leider hatte er recht. Als Lina den Beutel öffnete, waren nur noch wenige Reste der Paste übrig. Das würde nicht reichen. »Gibst du mir den Wasserschlauch?«, bat sie.

»Wir brauchen das Wasser«, widersprach Darian, sah sich aber sofort wieder ihrem tadelnden Blick ausgesetzt.

»Ich nehm nicht viel. Aber das muss gereinigt werden. Das weißt du bestimmt besser als ich. Also, her mit dem Wasserschlauch!« Lina kannte sich mit Verletzungen nicht so gut aus. Aber sie war ziemlich sicher, dass dieser Schnitt eigentlich sogar genäht gehörte.

Nun war sie es, die eine Ecke des Elfenumhanges spärlich mit Wasser benetzte und vorsichtig begann, die Wundränder zu reinigen. Darian hatte die Augen wieder geschlossen und den Kopf in den Nacken gelegt. Seine Armmuskeln waren angespannt, und trotzdem zuckte er leicht zusammen, als sie die verklebten Stofffasern entfernte. Seine Haut fühlte sich heiß an. Lina fluchte still, als sie sah, dass die Heilsalbe, die bei ihrer Bisswunde so gut geholfen hatte, nicht einmal für die Hälfte des Schnittes ausreichen würde. Die Wunde würde sich weiter entzünden. Sie wünschte inständig, sie könnte etwas dagegen unternehmen. Und da tat sie etwas, das ihr im ersten Moment vollkommen unsinnig erschien. So, als ob eine innere Stimme sie leiten würde, legte sie ihre Hände flach auf seinen Oberarm und schloss die Augen. Wärme floss augenblicklich durch ihre Finger. Für einen Moment brannten ihre Hände, so als wäre die Schnittwunde nun auf ihren Handflächen. Vor ihrem geistigen Auge sah sie, wie sich der Schnitt schloss und die Entzündung abklang.

Seufzend öffnete sie die Augen wieder und begegnete Darians verwundertem Blick. Unsicher zog sie die Hände von seinem Arm zurück und betrachtete die Stelle. Die Schnittwunde war verschwunden. Nur eine hellrote lange Narbe war zurückgeblieben.

»Wie hast du das gemacht?«

Sein Gesichtsausdruck spiegelte die Verwirrung wider, die sie fühlte.

»Ich … ich weiß es nicht.« Immer noch starrte sie ungläubig auf seinen Oberarm. »Hab ich dir wehgetan?«, fragte sie zaghaft.

»Nein, ganz im Gegenteil.« Darian ließ sie nicht aus den Augen. »Lina, bist du sicher, dass du eine Schöpferin bist?«, erkundigte er sich schließlich.

»Natürlich, was denn sonst?!« Jetzt klang sie beinahe hysterisch.

»Schon gut.« Darian hob beschwichtigend die Hand. »Es ist nur, was du da eben gemacht hast, ist höchste Andavyanheilkraft. Soviel ich weiß, konnte das nur Ariana.«

Lina sah ihn nun völlig verwirrt an. »Was weißt du denn von meiner Mutter?«

»Ich spreche nicht von deiner Mutter, Lina. Ich spreche von Ariana, der Obersten Hüterin Jandamers. Sie war die mächtigste Heilerin der Andavyan.«

Lina sah aus, als würde sie gleich den Verstand verlieren. »Ihr Name war Ariana? Das ist auch der Name meiner Mutter! Das hat mir Lupinia gar nicht gesagt, als sie mir vom Gezeitenbuch erzählt hat.«

Darian schnaubte verächtlich. »Wie es aussieht, hat sie dir so einiges nicht gesagt.« Doch dann schlug er einen sehr viel versöhnlicheren Ton an. »Ich bin sicher, sie wird dir alles erklären, wenn wir in Kathmarin sind.«

Lina wusste nicht, was sie davon halten sollte. Die weiße Magierin hatte gesagt, dass die Oberste Hüterin ihre Kräfte in das Buch gebannt hatte, und dass sie, sobald sie die Siegel geöffnet hätte, voll darüber verfügen könnte. Vielleicht war diese Heilkraft ja auch nur ein Teil dessen, über den sie bereits jetzt verfügen durfte? Aber es wäre schon hilfreich gewesen, wenn ihr das irgendjemand erklärt hätte. Lupinia hatte ihr tatsächlich einiges zu erzählen.

»Ruh dich jetzt aus, wir müssen bald weiter«, sagte er.

Lina nickte und setzte sich wortlos neben ihn. Der Umhang entfaltete seine kühlende Wirkung im Schatten um einiges besser. Ohne ihn um Erlaubnis zu fragen, löste sie den Umhang, rückte näher an ihn heran und breitete den Umhang so aus, dass er sie beide bedeckte.

Darian schenkte ihr ein dankbares Lächeln und schloss die Augen. Die Sonne schien ihn zu schmerzen und er sah müde aus. Wann hatte er wohl das letzte Mal geschlafen?

Sie wusste nicht, wie lange sie gedöst hatte, als sie seine Hand auf ihrer Schulter spürte.

»Wir müssen weiter«, sagte er und gab ihr den Elfenumhang zurück, wobei er den Blick auf den Boden gerichtet hielt. Kaum waren sie aus dem Schatten des Knochengerüstes getreten, traf sie die Hitze wie ein Faustschlag. Lina hielt sich dicht hinter ihm. Ihr Blick war starr auf seine am Rücken getragenen Schwerter gerichtet. Sie folgte den Elfenrunen auf den Klingen, nur um irgendetwas zu tun, das sie ablenkte. Mittlerweile schwitzte sie sogar trotz des Umhangs. Ihre Füße brannten wie Feuer und fühlten sich feucht an. Der Sand in den Schuhen hatte ihre Fußsohlen bereits wund gescheuert. Bis auf zwei kurze Pausen, in denen sie den Rest des Wasservorrates leerten, liefen sie, bis die Sonne unterging. Zum Schluss war es nur noch schierer Trotz, der sie auf den Beinen hielt. Sie stolperte mehr, als sie ging. Darian hatte bereits vor einiger Zeit die Richtung gewechselt und machte schließlich in einer Senke am Rande einer großen Sanddüne halt. Der Wüstenboden war hier härter, zerklüfteter und felsiger.

Die Nacht brach schnell über die Noriatwüste herein, und mit ihr kam die Kälte. Die Luft hatte aufgehört zu flirren und gab nun einen klaren Blick auf die Sterne frei. Drei Monde standen am Himmel. Einer davon war voll. Der Blutmond stand kurz davor. Sie konnte die Schönheit dieses Anblicks nicht würdigen. Kaum hatte Darian angehalten, war sie an Ort und Stelle zusammengebrochen. Nicht einen einzigen Schritt hätte sie jetzt mehr machen können. Er hatte gesagt, dass es anstrengend werden würde. Davon, dass es ein Höllentrip sein würde, hatte er nichts gesagt. Wie sollte sie das morgen noch einmal durchstehen?

Wie aus weiter Ferne hörte sie seine Frage. »Hast du Hunger?«

Lina schüttelte nur matt den Kopf. Sie hatte weder Hunger noch Durst. Ja, sie fühlte nicht einmal mehr ihre schmerzenden wunden Füße. Sie wollte nur noch schlafen. Und es vergingen nur Augenblicke, bis sie diesen erlösenden Zustand erreichte.

Lange konnte sie bestimmt noch nicht geschlafen haben, als sie ein Gefühl banger Angst hochschrecken ließ. Es dauerte eine Weile, bis sie sich zurechtfand. Hatte sie wieder einen Albtraum gehabt? Nein, sie konnte sich nicht daran erinnern. Trotzdem, irgendetwas stimmte nicht. Mühsam stemmte sie sich auf ihre Unterarme und blickte sich um. Der Blutmond, der die Wüste in orangefarbenes Licht tauchte, war bereits ein ordentliches Stück übers Firmament gezogen und stand jetzt direkt über ihr. Sie war allein.

»Darian?«

Lina bekam keine Antwort.

Mit einiger Anstrengung kam sie auf die Füße. Jeder Schritt brannte wie Feuer. Lina verdrängte es. Sie musste Darian finden. Irgendetwas stimmte hier nicht. Schließlich entdeckte sie ihn ein gutes Stück entfernt. Er kauerte auf seinen Knien, sein Oberkörper war nach vorne gebeugt, die Arme vor der Brust gekreuzt.

Seine Schwerter lagen neben ihm.

»Darian!?«, rief sie erneut.

Er reagierte nicht.

Schon beim Näherkommen sah sie, dass er am ganzen Körper zitterte. Ihr Blick fiel auf seine Ohren, die spitz aus dem Haargewirr hervorragten und dunkel gerötet waren. Sie ließ sich vor ihm auf die Knie sinken.

»Darian, was ist mit dir?«

Er murmelte etwas, in einer Sprache, die Lina nicht verstand. Den Versuch ihn aufzurichten, quittierte er mit einem schmerzvollen Aufstöhnen. Erneut wurde er von einem Krampf geschüttelt. Lina tastete nach seinen Händen, die er zu Fäusten geballt hatte. Sie fühlten sich heiß an.

»Darian, sieh mich an!«, forderte sie in einem Tonfall, der keine Widerrede duldete.

Nur unmerklich hob er den Kopf. Lina konnte Schweißperlen auf seiner Stirn sehen. Seine Augen waren tief gerötet, sein Blick wirr. Vermutlich nahm er sie überhaupt nicht wahr. Auch sein Gesicht war tief gerötet und zeigte Verbrennungen. Darian wurde erneut von einem Fieberkrampf geschüttelt, der sich auf Lina in Form von panischer Angst übertrug.

So sah das also aus, wenn Elfen ihre Körpertemperatur kontrollierten. Er hatte ihr den Umhang gegeben und sich selbst der Sonne ausgesetzt. Ob er gewusst hatte, was geschehen würde, oder sich einfach nur überschätzt hatte, konnte sie nicht sagen. Aber eins wurde ihr in genau diesem Moment klar. Sie liebte ihn. Und sie durfte ihn nicht verlieren! Nichts anderes hatte mehr in ihren Gedanken Platz.

Plötzlich war die innere Stimme wieder da, die sie anleitete. Lina beugte sich zu ihm, ihre Hände umschlossen seine Wangen, sie legte vorsichtig ihre Stirn an seine. Kaum hatte sie so Kontakt zu ihm aufgenommen, konnte sie die Hitze spüren, das Fieber und die Schmerzen, die ihn quälten. Sie konnte ihn spüren, sein ganzes Wesen. Lina schloss die Augen und ließ sich von dem Wunsch zu heilen überwältigen. Da war Kraft in ihr, die sich nicht kontrollieren ließ, die sie einfach nur fließen lassen konnte. Es war Magie, reine heilende Magie, die sie nun ganz auszufüllen schien und sich auf ihn übertrug. Sie teilte seine Schmerzen und konnte spüren, wie das Feuer aus seinem Körper getrieben wurde, einfach nur, weil sie sich vorstellte, es zu vertreiben. Das Zittern ließ langsam nach, und die Verbrennungen begannen zu verblassen.

Der Blutmond war bereits ein ganzes Stück weitergezogen, als Lina endlich ihre Stirn von seiner löste. Sie tat es erst, als sie sicher war, dass auch der letzte Rest des Fiebers gewichen war. Er konnte sich nicht mehr aus eigener Kraft aufrecht halten und sackte zur Seite weg. Lina fing ihn auf. Aber auch ihr fehlte jegliche Kraft, und so ließ sie sich von ihm mit zu Boden reißen. Sie war so furchtbar erschöpft, ähnlich wie nach Xedocs Angriff. Aber diesmal fühlte sie sich trotzdem besser, weil sie wusste, dass es Darian wieder gut ging. Sie konnte seine regelmäßigen Atemzüge spüren, seine Körperwärme fühlen. Jetzt durfte auch sie schlafen. Jetzt war es in Ordnung.

Kathmarin

Die Sonne sank bereits, als Lupinia die Stadtmauer Kathmarins überflog. Nach so vielen Jahren kehrte sie endlich heim. Diese Stadt, die einst von den Andavyan erbaut worden war, war ihr Zuhause. Die versammelte Streitmacht lagerte vor der Stadt. Drogonn hatte sie alle unter seinem Oberbefehl vereint. Nur er war dazu fähig. Nur dem letzten Kriegsherrn der Andavyan folgten die Zwerge. Niemand anderem hätten sich Lichtelfen untergeordnet. Von niemand anderem hätten sich Zentauren Befehle erteilen lassen. Drogonn war es, dem die Drachen folgten. Und von ihm wurde erwartet, dass er sie im Kampf gegen Xedoc zum Sieg führte. Eine Niederlage, das wussten sie alle, bedeutete Vernichtung und Sklaverei. Xedoc wollte sowohl die Völker Mendurias als auch die Schöpfer unterwerfen.

Die Andavyan hatten die Stadt genau an dieser Stelle errichtet, um das große magische Tor zur Schöpferwelt, das im Titanengebirge auf der Hochebene von Arvakur lag, zu schützen. Ob dies gelingen würde, sollte sich bald herausstellen. Lupinia strebte der Hohen Festung entgegen, die sich über der Stadt erhob. Schon von Weitem konnte sie Drogonn auf dem Balkon stehen sehen. Ihr Herz machte einen Sprung, als sie ihren Gefährten erkannte. Der alte Drache, so wurde er auch genannt. Drogonn war ein großer, kräftiger Mann. Er strahlte die Stärke und Autorität derer aus, bei denen er aufgewachsen war, den Drachen. Sein schulterlanges Haar war grau geworden. Doch das ließ ihn nur noch kraftvoller erscheinen. Er war in eine dunkle Lederrüstung gekleidet, über der er den grauen Drachenharnisch trug. Dieser Harnisch, der ihm in breiten Streifen bis fast zu den Knien reichte, war tatsächlich aus Drachenhaut gefertigt und hatte ihm seinen Beinamen eingebracht. Der Harnisch war ein Geschenk der Drachen an einen der Ihren gewesen, denn als solchen betrachteten sie Drogonn. Er stammte vom ersten Schuppenwechsel des Drachenfürsten Tek-Dragon. Dieser Harnisch, in den magischen Drachenfeuern gehärtet, war undurchdringlich.

Drogonns graue Augen waren auf Lupinia gerichtet, als sie vor ihm landete, Serendra absteigen ließ und sich in ihre menschliche Gestalt verwandelte.

»Ich habe dich vermisst, mein Herz.« Seine Stimme war kraftvoll und doch zärtlich.

»Auch ich habe dich vermisst.« Das war es, was sie laut sagte. In ihren Gedanken aber sprach sie Worte der Liebe, die sie niemals laut ausgesprochen hätte. Der alte Drache lächelte. Er brauchte nicht zu antworten. Lupinia konnte in seinem Geist lesen, was er für sie empfand.

Spät in dieser Nacht stand Lupinia an der Brüstung des Gemaches und beobachtete den Blutmond. Er war fast voll. Kein gutes Zeichen. Schlimme Dinge passierten, wenn der Blutmond voll war. Nur die Dunkelelfen verehrten diesen Mond. Drogonn war aufgestanden und trat zu ihr auf den Balkon. »Kannst du nicht schlafen?«

Lupinia schüttelte den Kopf. »Lina hat ihre Kräfte benutzt, hast du es gespürt?«

Drogonn nickte. »Das ist doch gut, nicht wahr? Das bedeutet, sie lebt.«

»Es bedeutet, dass jemand verletzt ist«, widersprach die weiße Magierin.

»Erzähl mir von ihr«, bat Drogonn. »Wie ist sie?«

Lupinia musste lächeln. »Sie ist wie ihre Mutter, nur stärker. Bloß weiß sie das noch nicht. Sie hat aber auch viel von ihrem Vater. Wusstest du, dass Xedoc ihn gefangen gehalten hat? Er hat seine Erinnerungen geraubt.«

Drogonn war entsetzt. »Wie hat uns das verborgen bleiben können?«

Die weiße Magierin schüttelte den Kopf. »Xedoc ist so verdammt stark geworden. Es wird so gut wie unmöglich sein, ihn zu schlagen.«

»Ich weiß«, sagte Drogonn. »Denkst du, Lina kann ihm die Stirn bieten?«

»Vielleicht. Wenn Darian es schafft, sie rechtzeitig herzubringen.«

»Hast du ihn gesehen?«

Die weiße Magierin nickte. »Ich habe kein gutes Gefühl, was ihn betrifft. Er hat mir den Tiefenblick verwehrt, als ich ihn prüfen wollte.«

»Alleine schon deswegen ist er der Richtige. Niemand sonst hätte eine so lange Zeit unerkannt an der Seite Xedocs überleben können.«

»Mag sein«, sagte die weiße Magierin. »Aber wer sagt uns, dass er seiner dunklen Natur nicht längst erlegen ist?«

»Darian ist wild, ungestüm und nicht leicht zu führen. Aber er war niemals bösartig«, verteidigte Drogonn den Clanführer der Dunkelelfen.

Sie schwiegen eine Weile, beide in ihre eigenen Gedanken versunken.

»Geht es Lina gut?«, fragte er schließlich.

»Ich weiß es nicht genau«, musste die Magierin zugeben. »Ich kann sie nur ganz schwach spüren. Bestimmt hat sie ihre Kräfte falsch eingesetzt und sich übernommen. Du weißt doch, wie viel Übung es erfordert, diese Kräfte richtig zu beherrschen.«

Drogonn nickte nachdenklich. »Xedoc hat es bestimmt auch gespürt.«

»Bestimmt.« Davon war sie überzeugt.

Drogonn ließ einen fauchenden Seufzer vernehmen. Es machte ihn immer wütend, wenn er an Xedoc dachte. »Sag mir, Lupinia, wie haben wir nur so einen Fehler begehen können?«

»Der Fehler war, zu glauben, dass Xedoc ganz ohne Hilfe so mächtig werden konnte«, entgegnete Lupinia ernst.

»Was willst du damit sagen?«

Lupinia sah ihren Gefährten eindringlich an. »Ich war auf der Dämonenklippe. Ich glaube, die Geisterdämonen gehören zu den Haegoth.«

Drogonn sah sie an, als hätte sie ihn mit einem heißen Glüheisen geschlagen. Er brachte keinen Ton heraus. Aber in seinem Geist formten sich zwei Worte: »Bitte nicht.«

»Sie sehen anders aus als in der alten Heimat, aber es ist die gleiche bösartige Kraft, die gleiche Vorgehensweise. Ich habe ihre Opfer gesehen. Linas Vater war eins davon.«

»Aber wenn es tatsächlich Haegoth wären, warum sind sie dann nicht schon längst über uns alle hergefallen?«, hielt Drogonn dagegen. »Du musst dich irren!«

»Du weißt genauso gut wie ich, dass Zeit für sie noch weniger Bedeutung hat, als sie es für uns Andavyan hat.« Lupinia seufzte. »Überleg doch, Drogonn, als wir Xedoc verbannt haben, war er ein Hüter. Er war ein einfacher Lichtelf ohne eine Spur Magie im Leib. Und sieh dir an, wozu er jetzt fähig ist! Ich habe ihn gesehen. Er ist nicht einen Deut älter geworden, dabei dürfte er gar nicht mehr leben!«

Drogonn zweifelte immer noch. Deshalb setzte Lupinia nach.

»Das gilt übrigens auch für Darian und die Dunkelefen.«

»Du weißt, warum sie nicht altern!«, brauste Drogonn auf.

»Ich weiß, das magische Drachenfeuer«, sagte die weiße Magierin beschwichtigend. Sie wollte ihren Gefährten nicht angreifen, sondern ihm nur etwas vor Augen führen. »Und genau das ist der Punkt! Ich kenne keine Macht auf dieser Welt und auch nicht in der Schöpferwelt, die Unsterblichkeit verleiht, bis auf das magische Drachenfeuer. Und wenn ich mich nicht sehr irre, hätten die Drachen Xedoc das Feuer bestimmt verweigert.«

»Natürlich hätten sie das!«

»Ich glaube sogar, dass er selbst nicht einmal weiß, wer oder was die Geisterdämonen sind. Sein ganzes Verhalten spricht dafür, dass er tatsächlich denkt, er kontrolliere diese Kreaturen«, vermutete die Magierin. »Und dann erst Galan. Du würdest sie nicht wiedererkennen! Auch was mit ihr geschehen ist, sieht aus wie ein Werk der Haegoth.«

Drogonn schwieg lange. Doch dann sagte er seufzend: »Die Haegoth also. Du weißt, was das bedeutet?«

Lupinia nickte. »Ich weiß. Dann geht es hier nicht nur um die Unterwerfung der beiden Welten. Die Haegoth werden sie aussaugen und anschließend zerstören, so wie sie es mit unserer alten Welt getan haben.«

»Ich werde die Drachen informieren«, sagte Drogonn schließlich.

Unter Kobolden

Das erste Morgenrot war bereits am Horizont zu sehen, als Darian erwachte. Der Schlaf hatte ihn vollkommen übermannt. Nun kehrten seine Instinkte zurück. Noch bevor er ganz munter war, wusste er, dass Lina bei ihm war. Ihr Duft hüllte ihn ein, wie ein schützender Mantel. Er spürte ihre Körperwärme sogar. Er öffnete die Augen und glaubte, doch noch zu träumen. Hatte er tatsächlich die halbe Nacht auf ihrer Brust geschlafen und es nicht mitbekommen? Er stemmte sich hoch und versuchte, sich aus den Bruchstücken seiner Erinnerung zusammenzureimen, was hier geschehen war. Es hatte ihn wirklich übel erwischt. Bereits am frühen Nachmittag des Vortages hatte er gemerkt, dass er auch mit noch so viel Konzentration seine Körpertemperatur nicht mehr kontrollieren konnte. Seine Haut hatte gebrannt, seine Augen und sein Kopf geschmerzt, das Fieber hatte ihm den Verstand vernebelt. Und er war unfähig gewesen, das Zittern zu kontrollieren. So hatte er die halbe Nacht verbracht, nicht sicher, ob er den nächsten Sonnenaufgang überhaupt noch erleben würde. Und dann hatte er sie plötzlich gespürt, ganz nah. Wie durch einen fernen Schleier hatte er wahrgenommen, dass sie ihn aufgerichtet hatte, ihre Hände an seine Schläfen gelegt und ihre Stirn an seine gepresst hatte. Sie war einfach unter seine Haut geschlüpft, zumindest hatte es sich so angefühlt. Sie hatte den Schmerz gelindert, das Fieber vertrieben und seine Wunden geheilt. Und es hatte sich so gut angefühlt, so vertraut. So, als ob er es schon einmal erlebt hätte. Als sie sich wieder zurückgezogen hatte, hatte sie ein warmes Gefühl von Geborgenheit hinterlassen und er war in die Dunkelheit weggeglitten.

Jetzt lag sie immer noch halb unter ihm begraben und schlief. Ganz vorsichtig strich er ihr mit dem Handrücken über die Wange. »Lina, es ist Zeit aufzuwachen.«

Er bekam nicht mehr als ein leises Seufzen zur Antwort, das ihm unwillkürlich ein Lächeln entlockte. Sie sah so zauberhaft aus, wenn sie schlief. Am liebsten hätte er sie schlafen lassen, nur um sie dabei betrachten zu können. Aber das ging nicht. Sie mussten weiter, ehe es noch heißer wurde. Wenn sie jetzt aufbrachen, konnten sie noch vor der größten Hitze die Oase Sindwa erreichen. Dort konnte sie sich ausruhen.

»Komm schon, Kleines, wach auf.« Diesmal legte er schon mehr Nachdruck in seine Stimme. Es nützte nichts. Das gefiel ihm überhaupt nicht. Er umfasste ihre Schultern und zog sie zu sich hoch.

»Lina, wach auf!« Sein befehlsartiger Tonfall hätte Tote aufgeschreckt. Sie aber murmelte nur ein paar unverständliche Worte, dann sank ihr Kopf an seine Schulter und sie schlief weiter. Gestern hatte sie sich kaum noch auf den Beinen halten können und trotzdem war sie weitergegangen. Sie hatte nichts gegessen und das Wasser war ihnen auch ausgegangen. Er konnte sehen, dass sie bereits vollkommen dehydriert war. Ihre Lippen waren rissig und die Haut ihrer Hände begann, faltig zu werden. Sie musste aus der Sonne und zwar schnell. Er zog sich den Elfenumhang über die Schultern, hob sie zu sich hoch, bettete ihren Kopf erneut an seiner Schulter und hüllte auch sie in den Umhang ein. So schnell es seine eigenen Kraftreserven erlaubten, lief er durch den Wüstensand. Die Sorge um sie trieb ihn zu ungeahnter Leistung an. Den ganzen Weg über achtete er darauf, ob er ihre Atemzüge noch spüren konnte. Verflucht, warum war sie so extrem erschöpft? Er kannte sich mit der Physiologie der Schöpfer nicht aus. Vermutlich war es falsch, sie mit der von Elfen zu vergleichen. Aber eine Nacht Schlaf hätte ihr zumindest ein bisschen Kraft zurückgeben müssen. Und da wurde ihm klar, dass sie gar keine Nacht Schlaf und Erholung gehabt hatte. Sie hatte ihn geheilt. Das hatte bestimmt Stunden gedauert. Ob sie die Heilung so viel Kraft gekostet hatte? Sie hatte ihm vermutlich in der letzten Nacht das Leben gerettet. Das durfte sie auf keinen Fall so bezahlen. In einem Impuls aus Dankbarkeit und inniger Zuneigung zog er sie ein wenig fester in seine Arme und beschleunigte seine Schritte noch mehr.

Die weißen Sanddünen zogen sich allmählich zurück und sagten ihm, dass er seinem Ziel bereits sehr nahe war. Sindwa lag in einer weitläufigen Senke, die sich nun zu seinen Füßen erstreckte. Selbst am Ende seiner Kräfte, erreichte er die Vorposten der Oase. Er musste sie nicht sehen, um zu wissen, dass die Wächterkobolde ihre Pfeile auf ihn gerichtet hatten. Allzu oft mussten sie sich hier draußen gegen Angriffe der Molochay verteidigen, Wüstendämonen der übelsten Art. Darian wusste, dass Dunkelelfen in Sindwa nicht gerne gesehen waren. Aber sie würden ihm trotzdem helfen, ihretwegen. Und er hatte keine Skrupel, diese Karte auszuspielen.

»Keinen Schritt weiter, Dunkelelf!« Zwei der Kobolde waren wie aus dem Nichts vor ihm aufgetaucht und richteten ihre gespannten Bogen auf ihn.

Darian blieb stehen. Er wusste, dass die Pfeile der Kobolde treffen würden, wenn er sich widersetzte. Sie gehörten zu den

Arkviranern, einem Orden von Kriegerkobolden, die sich den großen Freiheitskämpfer Arkvir zum Vorbild genommen hatten.

»Ich komme in friedlicher Absicht und erbitte eure Hilfe und euren Schutz«, sagte Darian und schüttelte mit einer Kopfbewegung die Kapuze ab. Er wusste, dass ihn die Kobolde erkennen würden.

»Der Clanführer der Dunkelelfen erbittet unsere Hilfe? Das kann doch nur ein schlechter Witz sein!« Der höhnische Unterton des Koboldes war nicht zu überhören.

Darian biss sich auf die Zunge. Tief war er gesunken, dass er sich von einem hakennäsigen Wicht, der ihm nicht einmal bis zur Hüfte reichte, solche Frechheiten anhören musste.

»Ich erbitte diese Hilfe nicht für mich, sondern für eine Schöpferin.« Bei diesen Worten sank er auf ein Knie, auf das er Lina absetzte, und schlug den Umhang so weit zurück, dass der Kobold sie sehen konnte.

Das Erstaunen im Gesicht des kleinen Mannes war nicht zu übersehen. Aber er schien immer noch misstrauisch zu sein. Langsam kam er näher und blieb schließlich drei Schritte vor Darian stehen. Die buschigen Augenbrauen zogen sich in angespannter Konzentration zusammen, als er Lina betrachtete. Darian konnte sehen, wie die riesige gekrümmte Nase des Kobolds versuchte, den Geruch zu identifizieren. Der fremdartige Geruch, der den Schöpfern anhaftete, war unverkennbar. Wie vom Blitz getroffen, fiel er vor ihr auf die Knie. Mit gesenktem Kopf bellte er ein paar Befehle nach hinten und Darian bemerkte, wie augenblicklich Bewegung in einen Sandhügel kam, der sich als weiterer Wächter entpuppte. Der kleine Krieger rannte, als wäre ein Wüstendämon hinter ihm her. Darian war sicher, dass er die Ordensführerin herbeiholen würde. Keiner der hier anwesenden Kobolde hatte je zuvor einen Schöpfer gesehen. Das war ein

Ereignis von so bedeutender Tragweite, dass es nach Herdred verlangte.

Vorsichtig zog Darian den Umhang wieder über Lina, um sie vor der Sonne und den neugierigen Blicken der Kobolde zu schützen, die nun aus ihren Sandverstecken kamen und so wie der alte Koboldkrieger auf die Knie fielen. Nur Momente später eilte eine Koboldfrau herbei und blieb mit in die Hüften gestemmten Händen vor ihm stehen. Herdred. Selbst wenn er, so wie jetzt, kniete, reichte sie ihm gerade mal bis zur Nase. Sie befehligte die Kobolde der Oase. Sie gewährte Hilfe oder verweigerte sie.

»Was höre ich da für einen Unsinn, Dunkelelf? Du sollst eine Schöpferin bei dir haben? Das will ich sehen!«

Darian nickte nur und schlug den Umhang vorsichtig zur Seite. Lina reagierte auf die plötzliche Helligkeit, indem sie ihren Kopf an seiner Schulter vergrub, wachte aber nicht auf.

Die Augen der Koboldfrau weiteten sich. Auch sie hatte Lina als Schöpferin erkannt. »Bei Arkvir, was hast du mit ihr angestellt, Dunkelelf?«

Mühsam schluckte Darian seinen aufkeimenden Zorn hinunter und sagte scheinbar ruhig: »Wie du siehst, geht es ihr nicht gut. Wir verschwenden kostbare Zeit.«

Herdred nickte knapp und wandte sich zum Gehen. »Folge mir.«

Ohne die rundumstehenden Kobolde zu beachten, erhob sich Darian und folgte Herdred in die palmenbewachsene Oase. Herdred winkte eine zweite Koboldfrau an ihre Seite, gab ihr ein paar Anweisungen und scheuchte sie dann davon.

»Hier herein, Dunkelelf.«

Darian folgte ihr in das Zelt, das alleine von seiner Höhe her schon verriet, dass es nicht für Kobolde gedacht war. Kaum hatte er den Eingang passiert, wurde die Temperatur angenehmer. Wände und Böden waren mit bunten Teppichen ausgelegt. Holzbalken und Seile hielten die Zeltplanen. In der Mitte stand ein Kohlebecken, das Wärme gegen die nächtliche Kühle spenden sollte. Herdred durchquerte das Zelt und schlug einen Teppich zur Seite, der als Abtrennung zu einem niedrigeren Teil des Zeltes diente. Dort stand eine mit Kissen und Decken ausgelegte Schlafstatt.

Überaus vorsichtig bettete er Lina auf das Lager und schob ihr ein Kissen unter den Kopf. Herdred ließ ihn nicht aus den Augen.

»Was hat Xedocs treuester Schoßhund hier draußen mit einer Schöpferin zu schaffen?« Darian hatte sich neben Lina auf die Kante der Schlafstatt gesetzt und strich ihr eine verschwitzte Haarsträhne aus dem Gesicht. Er wusste, dass die Koboldfrau versuchte, ihn zu provozieren. Für einige Augenblicke lieferten sie sich ein stummes Blickduell, während er mit sich rang, was er der Ordensführerin antworten sollte. Schließlich beschloss er, ihr die Wahrheit zu sagen.

»Wir sind auf der Flucht vor Xedoc und seinen Schergen.«

Mit dieser Antwort schien sie nicht gerechnet zu haben. »Du bist vor Xedoc auf der Flucht? Warum?«

»Weil er sie tot sehen möchte«, sagte Darian und deutete dabei auf Lina.

»Und was hat das mit dir zu tun?« Das Misstrauen der Koboldfrau war nicht zu übersehen.

Darian hätte ihr sagen können, dass er den Auftrag hatte, Lina heil nach Kathmarin zu bringen. Es wäre auch die Wahrheit gewesen. Stattdessen antwortete er jedoch: »Sie ist mir wichtig.«

»Also gut. Dann sieh zu, dass du sie aus diesen stinkenden Sachen herausbekommst. Ich habe bereits nach frischen Kleidern und Medizin geschickt.«

Darian nickte. Er zog Lina die Schuhe aus und förderte damit ihre wunden Fußsohlen zutage. Lina stöhnte.

»Ach, du großer Schöpfer! Du hast sie auf diesen Füßen durch die Wüste geschickt?« Herdred hatte wieder die dünnen Arme in die Hüften gestemmt und die riesigen Hände zu Fäusten geballt. »Du bist doch wirklich der letzte Schinder! Weißt du was? Ich mach das lieber selbst. Wer weiß, was dir noch einfällt!« Sie war ans Bett getreten und scheuchte ihn davon, als wäre er eine Schmeißfliege. »Du wartest besser draußen.«

Er fragte sich ernsthaft, wie viele Frechheiten er sich von dieser Koboldfrau noch gefallen lassen konnte, bevor er ihr den dünnen Hals umdrehte. Seufzend erhob er sich und machte ihr Platz.

Er hatte das Zelt noch nicht verlassen, als ihm Herdred nachrief: »Sieh zu, dass du selbst ein Bad nimmst und lass dir im Versorgungszelt etwas zu essen geben! Du siehst mir aus, als könntest du es brauchen.«

Darian nickte und verschwand.

Nur ein paar Minuten später stand er am Rande des kleinen Oasenteiches. Ohne auf die neugierigen Blicke der Kobolde zu achten, legte er seine Kleider ab und tauchte kopfüber ins Wasser.

Lina streckte sich mit einem genüsslichen Seufzen. Sie hatte unglaublich gut geschlafen und fühlte sich rundum wohl. Träge schlug sie die Augen auf und war einigermaßen verwirrt. Wo, bitteschön, war sie?

Mit einem Ruck setzte sie sich auf und blickte in das faltenübersäte Gesicht einer hakennasigen alten Frau. Einer sehr kleinen Frau, die vor ihr auf dem Bett saß und sie aus blassblauen Augen neugierig betrachtete.

»Guten Morgen, verehrte Schöpferin.« Die Stimme der Koboldfrau klang krächzend.

»Guten Morgen«, erwiderte Lina unsicher.

»Wie hast du geruht, verehrte Schöpferin?«

»Äh, gut, denke ich. Und sei so nett, nenn mich Lina.«

»Gut, verehrte Lina.«

»Nein, nur Lina. Das genügt vollkommen.«

Die Koboldfrau nickte ergeben. »Ich bin Herdred.«

»Freut mich, Herdred.« Linas Blick schweifte durch den Raum und dann an sich selbst hinunter. Was hatte sie denn da bloß an? Aber viel wichtiger war die Frage …

»… wo bin ich hier?«

»Das ist die Oase Sindwa.«

»Aha.« Das erklärte, wieso die Koboldfrau wie eine Minibeduinin gekleidet war. Lina versuchte sich in Erinnerung zu rufen, was geschehen war. Die letzte Nacht fiel ihr wieder ein. Darian, der so gezittert hatte, dem es so schlecht gegangen war.

»Wo ist Darian?«

»Der Dunkelelf?«

»Ja, wo ist er? Geht es ihm gut?« Sie machte sich gar nicht erst die Mühe, den sorgenvollen Unterton zu verbergen.

»Warum sollte es ihm denn nicht gut gehen?« Die Koboldfrau machte hingegen keinen Hehl daraus, dass sie nichts von ihm hielt. Aber als sie sich weiterhin Linas durchdringendem Blick ausgesetzt fühlte, sagte sie: »Er ist draußen.«

»Gut.« Sie würde ihn fragen, wie sie hierhergekommen war.

»Ich habe hier etwas zu essen für dich und wir haben uns erlaubt, dir ein Bad herzurichten, bevor du aufbrichst.« Sie wies auf eine hölzerne Wanne, die im Nebenraum des Zeltes stand.

Linas Augen begannen zu leuchten. Wann hatte sie das letzte Mal ein Bad genommen? Diese Gelegenheit würde sie sich ganz bestimmt nicht entgehen lassen. Sie schwang die

Beine aus dem Bett und stand auf. Autsch. Ihre Fußsohlen spannten und taten immer noch bei jedem Schritt weh.

»Dafür alleine schon hätten wir ihn vierteilen müssen«, bemerkte Herdred spitz und deutete auf Linas Füße. »So kann man doch nicht mit einer Schöpferin umgehen. Das habe ich ihm gesagt, als er dich gestern hier angeschleppt hat. Aber so sind sie eben, die Dunkelelfen. Rücksichtslose Spitzohren.«

»Gestern?« Lina glaubte sich verhört zu haben. Das war doch nicht möglich!

»Jawohl, gestern.« Die Koboldfrau hatte ihre Hände in die Hüften gestützt und ließ ihrer Missbilligung freien Lauf. »Was hat der Kerl bloß mit dir angestellt?«

»Das war nicht seine Schuld.« Lina wusste auch nicht, wieso sie sich über diese Unterstellung so ärgerte. Die kleine Frau schien es ja nur gut mit ihr zu meinen. »Ohne ihn wäre ich nicht mehr am Leben«, fügte sie daher etwas versöhnlicher hinzu.

Herdred nickte, wobei ihre eigenen riesigen spitzen Ohren wackelten. »Dann lasse ich dich jetzt alleine. Ruf nach mir, wenn du etwas brauchst.«

»Danke, das werde ich.«

Kaum hatte die Koboldfrau das Zelt verlassen, versank Lina im herrlich duftenden warmen Wasser der riesigen Holzwanne. Und nachdem sie ihr Haar gewaschen und ausgewrungen hatte, lümmelte sie am Rand der Wanne und schaufelte frisches Brot und Käse in sich hinein. Dabei konnte sie sich ein seliges Lächeln nicht verkneifen. Für einen Moment verdrängte sie alle Gedanken und genoss einfach nur den Augenblick. Irgendwann war der Teller leer und das Wasser begann kühler zu werden. Schweren Herzens kehrte sie in die Wirklichkeit zurück. Ein weiches Tuch lag neben der Wanne. Sie wickelte zuerst ihr Haar darin ein und drückte es aus. Dann stand sie auf, stieg aus dem Wasser und wickelte das Tuch um ihren Körper. Sie drehte sich um und wollte gerade nach dem Kaftan greifen, als ihr Blick zum Zelteingang fiel. Dort stand Darian mit der Schulter an eine Zeltstange gelehnt und sah sie an. Verflucht, wie lange hatte er denn da schon gestanden? Lina spürte, wie sie bis unter die Haarwurzeln errötete.

»Guten Morgen, Siebenschläfer!« Er blickte sie mit leicht zur Seite geneigtem Kopf an und hatte sein hinreißendstes Lächeln aufgesetzt.

Lina brachte keinen Ton heraus, hielt sich einfach nur an ihrem Badetuch fest.

»Ich hab dir frische Kleidung mitgebracht und anständige Stiefel«, sagte er, löste sich von der Zeltstange und kam in seiner typisch leichtfüßigen Art auf sie zu. Knapp vor ihr blieb er stehen, ohne ein Wort zu sagen, und blickte ihr einfach nur in die Augen.

Ihre Magennerven begannen zu tanzen. Das Atmen fiel ihr plötzlich schwerer als zuvor. Lina schluckte schwer, während sie zu ihm aufblickte. Plötzlich hatte sie nur noch einen einzigen Wunsch. Er sollte sie in den Arm nehmen und küssen. Jetzt!

Er tat es nicht. Stattdessen entließ er sie aus seinem Bann und reichte ihr die Kleidung.

»Wir dürfen nicht noch mehr Zeit verlieren.« Seine Stimme klang samtweich.

Lina senkte den Blick, tappte auf wackeligen Beinen zurück zu ihrer Schlafstatt und ließ sich auf der Kante des Bettes nieder.

Darian war ihr wortlos gefolgt und sank nun vor ihr auf die Knie.

»Ich möchte mir deine Füße noch einmal ansehen«, sagte er, als er ihren fragenden Blick auffing.

»Das ist nicht nötig«, versuchte sie abzuwehren.

Sein Tonfall wurde streng. »Lina, du lahmst wie ein altersschwacher Zentaur. Es ist wichtig, dass deine Füße so schnell wie möglich heilen.« Und ohne auch nur ein weiteres Wort der Widerrede zu dulden, umfasste er ihre Knöchel und stellte ihre Füße auf seinen Schenkeln ab. Dann griff er sich einen Tonkrug, aus dem er eine nach Kräutern duftende Salbe zuerst auf ihrer linken, dann auf ihrer rechten Fußsohle auftrug.

Lina versuchte, ihm ihre Füße zu entwinden und zuckte immer wieder zurück.

»Tut das noch weh?«

»Nein, es kitzelt!«, sagte sie und verzog das Gesicht zu einer Grimasse.

Darian hielt kurz inne und blickte sie forschend an. Sie hatte die Hände vors Gesicht geschlagen und versuchte verzweifelt, gegen den Lachkrampf anzukämpfen, der sie zu übermannen drohte.

»Tut mir leid«, presste sie glucksend hervor. »Aber ich bin wirklich furchtbar kitzlig.«

»Das sehe ich.«

Mittlerweile hatte sie den Kopf in den Nacken geworfen und lachte ungehemmt.

»Ihr Schöpfer«, sagte er amüsiert, während er sie nicht aus den Augen ließ. »Ihr erschafft ganze Völker, aber ihr könnt nicht einmal die Füße stillhalten.«

»Ich hab doch gesagt, dass wir Schöpfer nicht perfekt sind«, gab sie schmunzelnd zurück, als sie sich wieder gefangen hatte.

›Und ob du perfekt bist!‹, dachte Darian und musste sich zwingen, seine Hände von ihren Fesseln zu lösen. Er hob den Blick. »Lina, ich weiß, was du in der Nacht draußen in der Wüste für mich getan hast. Und ich möchte mich dafür bedanken.«

»Aber das hast du doch schon.« Lina sah ihn nun ebenso ernst an. »Du hast mich hierhergebracht. Und jetzt fühle ich mich so gut wie schon lange nicht mehr.«

»Gut.« Darian erhob sich. »Von nun an wird es einfacher werden. Wir gehen nicht mehr zu Fuß.«

»Darüber werde ich mich bestimmt nicht beklagen.« Auch sie war aufgestanden und griff nach den Kleidungsstücken. Da er keine Anstalten machte zu gehen, sagte sie: »Du kannst schon mal vorgehen, ich schaff das hier alleine.«

Darian konnte sich ein Grinsen nicht verkneifen, als er fragte: »Ganz sicher?«

Ihre Wangen hatten sich schon wieder gerötet.

»Ich nehme an, du hast mir beim Ausziehen geholfen, anziehen kann ich mich alleine.«

»Halt, halt.« Er hob die Hände abwehrend vor die Brust. »Nur um das klarzustellen: Ausgezogen haben dich die Koboldfrauen.«

»Ist das so?«

»Ganz sicher.«

»… gut.«

Darian hatte den Ausgang schon fast erreicht, als er sich doch noch einmal umdrehte. »Aber ich bin sicher, dass es da nichts gibt, was ich nicht schon einmal gesehen hätte.« Ein boshaftes Lächeln begleitete diesen Satz und wurde noch breiter, als er das Kissen auffing, das sie nach ihm warf.

Kaum hatte er den Zeltausgang erreicht, konnte er sich ein leises Seufzen nicht mehr verkneifen. Und ob es da etwas gab, das er so noch nie gesehen hatte. Er hatte geglaubt, seinen Augen nicht zu trauen, als er ins Zelt getreten und sie vor ihm aus dem Wasser gestiegen war. Heiliger Schöpferfluch, war sie schön! Ihre zarten Rundungen waren viel ausgeprägter, als das bei den drahtigen Elfenfrauen seines Volkes der Fall war. Sie ähnelte mehr einer Eldorinfee. Mit viel Glück sah man vielleicht ein, höchstens zweimal in seinem Leben eine von ihnen. Sie waren scheue Wesen von unglaublicher Schönheit und voller Magie. Lina glich in allem einem dieser Feenwesen. Wie gebannt hatte er sie angesehen, nicht fähig, den Blick abzuwenden. Und dann hatte sie vor ihm gestanden, nur in dieses Tuch gehüllt und hatte ihn angesehen, auf eine Weise, die sein Blut in Wallung gebracht hatte. Er war ihr bereits in einem Maße verfallen, das erschreckend für ihn war.

Immer noch in Gedanken versunken, war er gerade auf dem Weg zum Sattelplatz, als er aus dem Augenwinkel eine vertraute Bewegung wahrnahm, die ihn sofort eines der Schwerter ziehen ließ.

»Ich will keinen Ärger, Clanführer.«

Darian erkannte den Dunkelelf, der sich ihm näherte, sofort. Es war Andor, einer seiner besten Schwertkämpfer. Auch er hatte seine Schwerter gezogen. Hatte der Clan Andor geschickt, um ihn zu stellen? Darian würde nur ungern gegen ihn kämpfen.

»Ich hätte nicht erwartet, dich bereits so früh anzutreffen«, sagte Andor und senkte die Schwerter.

»Was willst du, Andor?« Darian klang nicht unfreundlich, wappnete sich aber gegen die Antwort.

»Ich muss mit dir sprechen. Solvay schickt mich.«

Ja, das hatte Darian sich schon gedacht. »Gut, begleite mich.«

Andor ging neben ihm zum Sattelplatz. Es schien ihm sichtlich nicht leichtzufallen, die Nachricht zu überbringen. »Der Rat der Ältesten hat den Bannspruch über dich verhängt. Sie haben Solvay zum Clanführer ernannt.«

Nur wer Darian gut kannte, konnte sehen, dass ihn diese Nachricht tief traf. Er hatte damit gerechnet. Es war Verrat an seinem Volk, den er begangen hatte. Auch wenn es im Auftrag Drogonns geschehen war. Der Clan wusste nichts von diesem

Auftrag. Sie hatten so handeln müssen. Trotzdem schmerzte es ihn. Aber es war nicht Solvays Ernennung zum Clanführer, die ihn traf. Er selbst war immer schon der Meinung gewesen, dass sein Freund die bessere Wahl gewesen wäre. Es war der Bannspruch, der ihn schmerzte. Er würde ein Ausgestoßener sein für den Rest seines unsterblichen Lebens.

»Ich verstehe.« Sie hatten den Sattelplatz mittlerweile erreicht und Darian war froh, sich dem Zaumzeug des Reittieres widmen zu können.

»Solvay lässt dir ausrichten, dass er deine Verbannung nicht akzeptiert. Er möchte, dass du vor den Rat der Ältesten trittst und deine Beweggründe erklärst.«

Darian blickte Andor überrascht an. »Er hat dem Rat widersprochen?«

Ein erstes Lächeln zeigte sich auf Andors Gesicht. »Ja, er hat ihnen gesagt, dass er den Clan nur so lange führen wird, bis du zurückkommst.«

Solvay war den Traditionen der Dunkelelfen sehr verbunden. Darian hatte den Bann verdient. Er war der Clanführer. Gerade er musste sich an den Elfencodex halten. Mit seiner Flucht hatte er den Clan verraten und somit das oberste Gebot gebrochen. Darians Gründe spielten dabei keine Rolle. Solvay konnte das nicht akzeptieren. Und doch tat er es mit seiner Weigerung, den Bannspruch anzuerkennen. Darian würde sich dem Rat stellen, aber nicht in der Calahadin.

»Gut, sag Solvay, er soll den Clan zurück in die Dunkelwälder führen. Dort werde ich mich dem Ratsspruch stellen.«

Andor wollte gerade antworten, als ihn ein Raunen ablenkte, das durch die Menge der Kobolde ging. Sie waren in großer Zahl in der Oase erschienen. Viele von ihnen senkten die riesigen Köpfe oder fielen auf die Knie, als Lina durch die Menge hindurch auf sie zukam.

»Ist sie das?«, flüsterte Andor. »Ist das die Schöpferin?«

Darian nickte. Auch er konnte den Blick nicht von Lina wenden. »Ja, das ist sie.«

Ein wissendes Lächeln erschien auf Andors Gesicht. »Das erklärt allerdings einiges.«

Darian fixierte ihn mit seinem durchdringendsten Blick. »Tut es das?«

»Ist sie tatsächlich so gefährlich, wie Xedoc sie darstellt? Sie sieht nicht so aus.«

»Das täuscht. Sie ist weit mehr, als es den Anschein hat«, sagte Darian leise. »Xedoc hat guten Grund, sich vor ihr zu fürchten. Glaub mir.« Oh ja, sie war gefährlich. Und zwar in jeder Hinsicht. Ihm selbst hatte sie bereits seinen Seelenfrieden geraubt, und Darian hatte Grund zu der Annahme, dass es nicht dabei bleiben würde. Sie veränderte. Die Kobolde jedenfalls behandelten sie wie eine Göttin.

Lina hatte sie fast erreicht, als Andor sich verabschiedete. »Eines noch, Darian. Lugathus ist euch bereits dicht auf den Fersen. Er hat die Grenze zur Noriatwüste schon überschritten und er hat seine besten Jäger dabei. Also seht zu, dass ihr verschwindet.«

Darian nickte und reichte Andor zum Abschied die Hand. »Ich danke dir.«

Lina schlüpfte in die neuen Kleidungsstücke und war überrascht, wie gut sie passten, von der Unterwäsche bis zum Umhang. Sie schloss die Schnallen der schwarzen Wildlederstiefel und blickte an sich hinab. Verwegen kam sie sich vor. Solche Kleidung hatte sie noch nie getragen. Über der engen schwarzen Hose aus elastischem Stoff trug sie nun einen weinroten Kaftan, der ihr bis knapp über die Knie reichte und an den Seiten bis zur Hüfte geschlitzt war. An den Unterarmen und am Kragen waren wunderschöne Verzierungen eingearbeitet. Auch der breite Ledergürtel zeigte dasselbe Muster. Darüber trug sie einen Umhang in der gleichen Farbe, der mit zwei Silberschließen gehalten wurde. Die Kleidung war angenehm kühl auf der Haut, das Gehen tat in diesen Stiefeln, trotz ihrer noch nicht ganz verheilten Fußsohlen, nicht weh. Lina griff nach dem Gezeitenbuch, das neben ihr auf dem Bett lag, und machte sich auf den Weg.

Kaum hatte sie das Zelt verlassen, war es mit dem Verwegenheitsgefühl vorbei. Sie sah sich einem Meer von Kobolden gegenüber, die ehrfürchtig ihre großen Köpfe neigten. Hilfe suchend blickte sie sich nach Darian um und entdeckte ihn abseits auf einem freien Platz in ein Gespräch vertieft. War das ein weiterer Dunkelelf, der bei ihm stand? Doch als sie zu ihnen stieß, umfasste er gerade Darians Unterarm in einem Abschiedsgruß, nickte auch ihr kurz zu und wandte sich dann ab.

»Was ist hier los?«, fragte sie leise, als sie sich endlich durch die Menge der Kobolde gekämpft und ihn erreicht hatte.

»Sie wissen, wer du bist.« Er hatte den Kopf geneigt und lächelte vielsagend. »Sie sind gekommen, um eine ihrer Göttinnen zu sehen.«

»Das ist nicht dein Ernst!« Lina war entsetzt. Am liebsten wäre sie im Boden versunken. Ein Blick in Darians Gesicht machte die Sache noch schlimmer. Er schien ihre Befangenheit auch noch zu genießen, dieser Schuft!

»Weißt du, nicht jeder in Menduria denkt so über die Schöpfer wie ich. Und so, wie du das Buch hältst, machst du es ihnen noch einfacher, an die Geschichte von der Erlöserin zu glauben.«

Ihr Blick fiel auf das Gezeitenbuch, das sie wie einen Schutzschild vor der Brust umklammert hielt. Ihr wurde bewusst, dass die Kobolde dem Buch ebenso viel Aufmerksamkeit schenkten wie ihr selbst.

»Oh.« Sie ließ das Buch so unauffällig wie möglich unter ihrem Umhang verschwinden und löste damit ein enttäuschtes Raunen in der Menge aus.

Darian lächelte immer noch. »Du musst das von der praktischen Seite sehen. Wärst du keine ihrer Göttinnen, hätten sie bestimmt nicht die halbe Nacht damit verbracht, dir diese Kleidung anzufertigen, die dir übrigens ausgezeichnet steht.«

Lina wusste nicht, was sie mehr in Verlegenheit brachte. Darians Kompliment, oder die Tatsache, dass die Kobolde diese Kleider extra für sie angefertigt hatten. Sie musste das Thema wechseln, aber schnell, ehe ihre Gesichtsfarbe der ihrer Kleidung glich. Darians Gesprächspartner fiel ihr wieder ein. »Wer war das eben, mit dem du dich vorhin unterhalten hast?«

Darians Gesichtszüge veränderten sich schlagartig. Aus dem Lächeln wurde eine Miene, die Besorgnis und noch etwas widerspiegelte, das Lina nicht deuten konnte. »Ein Bote aus der Calahadin. Er sagte mir, dass Xedoc Sehnsucht nach uns hat.«

Lina hatte den starken Verdacht, dass er ihr etwas verschwieg. Sie beschloss aber, nicht weiter nachzubohren. Außerdem stand Herdred plötzlich vor ihr. »Ich danke euch für alles, was ihr für uns getan habt.« Lina sank auf ein Knie, um Herdred auf Augenhöhe zu begegnen und streckte ihr die Hand entgegen.

Die blassblauen Augen der Koboldfrau leuchteten, als sie ihre Hände um Linas schloss.

»Wir danken dir, dass du uns die Ehre erwiesen hast! Der Orden der Arkviraner steht hinter dir. Wenn du unsere Hilfe im Kampf gegen den Aggressor brauchst, dann ruf uns! Wir werden zur Stelle sein.« Ihre nächsten Worte galten allerdings Darian. »Und du, Dunkelelf, bring sie ja heil an ihr Ziel. Anderenfalls wirst du den Zorn der Kobolde zu spüren bekommen.«

Von der Drohung scheinbar ungerührt richtete er das Wort an Lina: »Wenn die unerschrockene Ordensführerin der Arkviraner dann so nett wäre, deine Hand loszulassen, könnten wir aufbrechen.«

Lina kannte ihn mittlerweile gut genug, um den schalkhaften Unterton herauszuhören. Sie wusste nur nicht genau, über wen er sich gerade lustig machte. Also stand sie auf und wandte sich zum Gehen. Und erst da fiel ihre Aufmerksamkeit auf das seltsame Geschöpf, das sie auf seinem Rücken durch die Wüste tragen sollte.

»Was ist das denn?« Sie musste sehr an sich halten, um nicht laut loszulachen. Das Reittier hatte den Kopf abgewandt. Trotzdem sah es irgendwie aus wie eine Mischung aus einem Kamel und einem federlosen Strauß.

»Das ist ein Wüstenmekal«, erklärte Darian und zog am Zaumzeug, sodass das Tier gezwungen war, den Kopf zu wenden. Es sah tatsächlich aus wie ein Kamel, dem verfilztes Haar bis weit über die Augen hing.

Plötzlich konnte Lina sich nicht mehr beherrschen. Sie hielt sich die Hand vor den Mund, um nicht laut loszuprusten. »Das Ding hat eine Frisur wie …« Sie biss sich auf die Lippen.

»Wie wer?« Darian sah sie herausfordernd an.

»Wie du!«, presste Lina zwischen zusammengebissenen Zähnen hervor.

Darian blickte von Lina zu dem Wüstenmekal, und dann wieder zu ihr zurück. Seine Miene verriet nicht, was er dachte.

»Entschuldige.« Sie hatte ihn nicht beleidigen wollen.

Immer noch wortlos schwang er sich in den Sattel und reichte ihr die Hand, um sie hinter sich auf den Rücken des Mekals zu ziehen.

Lina hatte ein furchtbar schlechtes Gewissen. Sie schien ihn tatsächlich beleidigt zu haben. Er nahm die Zügel in die

Hand und lenkte das Reittier im Schritttempo aus der Oase, vorbei an den Kobolden, die immer noch warteten und ihnen nachblickten. Lina warf einen letzten sehnsüchtigen Blick auf die kühle palmenbewachsene Wasserstelle. Kaum hatten sie die Steinmauern hinter sich gelassen, traf sie die volle Hitze wieder. Lina hielt das Schweigen nicht mehr länger aus.

»Darian?«

»Hmm?« Er drehte sich nicht um.

»Es tut mir leid.« Sie klang so gedrückt, wie sie sich fühlte.

»Wenn dich die Schöpfer mit so unendlich vielen Wirbeln gesegnet hätten, würde dein Haar genauso aussehen.«

»Bist du mir böse?«

»Nein, aber heimzahlen werde ich dir das trotzdem.« Er grinste genüsslich.

»Oh!« Sie knuffte ihn vorwurfsvoll in den Arm, heilfroh, dass er nicht beleidigt war.

Darian lenkte das Mekal noch ein kleines Stück hinaus in die Wüste, während Lina die Kapuze ihres Umhangs über den Kopf zog und das lange Ende noch einmal um ihren Hals schlang. Schließlich sagte er: »Halt dich gut fest. Dieses Vieh legt ein Affentempo vor.«

Lina schlang die Arme um seine Taille und rückte noch näher an ihn heran, während er dem Mekal die Fersen in die Flanken trieb.

Lugathus erreichte die Oase Sindwa nur kurze Zeit später. Er hätte nicht gedacht, dass er den beiden schon so nahe war. Im Zentrum der künstlichen Sandstürme, die die Molochay für ihn und seine Jäger aufbauten, konnten sie auch bei Tageslicht reisen. Damit würde Darian nicht rechnen. Ihre Spur war noch frisch. Lugathus grinste zufrieden. Die Stunde der Abrechnung war nahe.

Unvollendet

Benjamin wartete und wartete, und wusste doch nicht worauf. Das machte ihn fast verrückt. Er war zurückgekehrt, um Lina zu helfen. Doch je länger er wieder zu Hause war, umso unwirklicher erschienen ihm die Erlebnisse aus Menduria. Er wollte zu seiner Mutter ins Krankenhaus, wollte sehen, ob sein Vater tatsächlich dort neben ihr saß, oder ob alles nur ein Traum gewesen war. Vielleicht war er es ja, der verrückt geworden war? Bereits mehrere Male war Benjamin aufgestanden, um die Bibliothek zu verlassen. Und jedes Mal hatte ihn ein eigenartiges Gefühl zurückgehalten. ›Wenn du dieses Haus verlässt, lässt du Lina im Stich‹, sagte sein Bauchgefühl. Mittlerweile traute er sich kaum noch, auf die Toilette zu gehen.

Benjamin hatte bereits auf jedem Lehnstuhl dieses Raumes herumgelümmelt und die bequeme alte Ledercouch belagert. Aber er hielt es nirgends lange aus. Jetzt brach er ein Tabu der Wittmars. Er setzte sich an den Schreibtisch seiner Mutter. Der Tisch war aus schwarzem Holz, die Gebrauchsspuren von über zweihundert Jahren waren deutlich zu sehen. Seine Mutter hatte sich geweigert, ihn renovieren zu lassen.

Sie liebte ihn, so wie er war. Der Stuhl, bestimmt genauso alt, war mit Leder überzogen, auch schon ziemlich durchgewetzt, aber sehr bequem. Benjamin lehnte sich zurück und ließ den Blick schweifen. Hier arbeitete seine Mutter. Er hatte nie so richtig begreifen können, was sie tat. Ein Hauch von Magie lag über dem Arbeitsplatz, das konnte sogar er spüren. Wenn stimmte, was die weiße Magierin gesagt hatte, erschuf seine Mutter überaus kraftvolle und stabile Gedankenströme. Sie erschuf Welten in Jandamer. Das war schon faszinierend.

Benjamins Blick fiel auf einen Stapel Papier. Eine Klammer hielt die einzelnen, in säuberlicher Handschrift geschriebenen Blätter zusammen. Das musste ihr neues Buch sein. Es hatte noch keinen Titel. Das war eine Eigenart seiner Mutter. Sie gab ihren Büchern immer erst nach deren Vollendung einen Titel. Daneben lag ein riesiger Haufen Notizzettel. Benjamin griff nach dem Stapel und zog die Hand wieder zurück. Beinahe konnte er die Stimme seiner Mutter hören. »Du weißt, dass ich das nicht möchte!« Oh ja, er wusste das. Lina hatte sich oft genug die Zähne an dem Wunsch ausgebissen, nur einen Blick in ein unvollendetes Manuskript werfen zu dürfen. Und doch sagte ihm irgendetwas, dass es diesmal erlaubt sein würde. Benjamin griff erneut nach dem Papier und begann zu lesen.

Wäre der Mond auf die Erde gefallen, er hätte nicht überraschter sein können. Er fand seine Schwester zwischen den Seiten dieses Manuskripts wieder! Es war ihre Geschichte, ihre Reise durch Menduria. So erfuhr Benjamin von Linas Rückkehr in die schwarze Festung, und von Darians hinterhältigem Verrat. Er würde diesen Elfenbastard eigenhändig erwürgen, wenn er ihn in die Finger bekam. Benjamin litt mit Lina, als sie die Treppen hoch in den Krallenturm gezerrt wurde. Sein Herz setzte für einen Moment aus, als Xedoc auf Lina feuerte. Mit Erleichterung las er, dass der Elfenbastard doch zurückgekehrt war, und davon, dass er sie in die Wüste gebracht hatte. Vielleicht würde Benjamin ihn doch nicht erwürgen, sondern nur ein bisschen verprügeln. Benjamin las und las und konnte nicht aufhören. Was ihm allerdings gar nicht gefiel, war die Tatsache, dass sich Lina in Darian verliebt zu haben schien.

»Oh, bitte, Lina«, stöhnte Benjamin gequält. »Doch nicht dieser Kerl!« Zuerst Denny, dieser Blender, und jetzt ein Dunkelelf? Er würde ein ernstes Wort mit ihr reden müssen, wenn sie zurückkam. Doch dann las er etwas, das ihm noch viel größere Sorgen bereitete. Lugathus saß den beiden im Nacken. Sehr viel näher, als sie ahnten.

~

Die Sonne stand bereits über dem Zenit, und das Mekal lief immer noch unermüdlich im gleichen Tempo durch den brennend heißen Wüstensand. Nur einmal hatten sie kurz gerastet, um Wasser zu trinken und eine Kleinigkeit zu essen. Nun waren sie wieder unterwegs. Sie hatte ihre Kapuze weit ins Gesicht gezogen, die Arme wieder um Darians Mitte geschlungen und den Kopf zwischen seinen Schulterblättern gebettet. Schon seit geraumer Zeit hielt sie die Augen geschlossen und dachte nach. In dieser Welt waren so viele Dinge ihretwegen geschehen. Die weiße Magierin hatte Menduria verlassen, um sie von Kindheit an zu schützen, Xedoc hatte nicht nur ihren Vater entführt, sondern auch ihre Mutter angegriffen. Ihre Mutter, die den gleichen Namen trug wie die mächtigste Andavyanheilerin einst. Wie hing das zusammen? Denn dass es einen Zusammenhang gab, stand für Lina fest. Und alles nur, damit sie ein Buch lesen konnte, das versiegelt war und dem sie bereits fünf Siegel abgetrotzt hatte. Es hatte ihr Kräfte verliehen, die sie befähigten, andere zu heilen, nicht aber sich selbst. Sie hatte es bei ihren Füßen versucht. Ohne Erfolg. Und dann war da noch Darian. Er hatte einen Schwur im Drachenfeuer geleistet, um sie zu schützen, wenn sie hier auftauchen würde. Woher hatte Drogonn gewusst, dass sie in Xedocs Fänge geraten würde? Darian war da gewesen, als sie ihn gebraucht hatte. Darian, an dessen Schulter sie sich nun lehnte, und den sie eigentlich überhaupt nicht mehr loslassen wollte, dessen anfänglich rüdes Verhalten ihr gegenüber sich so verändert hatte. Es war nicht Liebe auf den ersten Blick gewesen. Aber auf den zweiten ganz bestimmt. Sie hatte ihr Herz nicht an ihn verlieren wollen. Sie hatte sich überhaupt nicht mehr verlieben wollen. Nicht nach dem Debakel mit Denny. Darian war anders als Denny, aber womöglich noch gefährlicher für sie. Er war kein siebzehnjähriger Junge, so wie ihr erster Freund das gewesen war. Gut zwei Jahre lag es nun zurück, dass Denny sie abserviert hatte. Über die Umstände konnte sie bis heute nicht nachdenken, ohne das Gefühl der Demütigung wieder zu spüren. Er hatte sie eine »prüde Schnalle« genannt, und das nur weil sie nicht in sein Bett gestiegen war, als er das von ihr gewollt hatte. Denny war mittlerweile Geschichte. Aber was war mit Darian? Sie war ein Auftrag für ihn. Das wusste sie, seit Lupinia ihn mit ihr zurückgeschickt hatte. Darian selbst hatte es ihr bestätigt. Es war im höchsten Maße unvernünftig, mehr hineininterpretieren zu wollen. Er war der Clanführer der Dunkelelfen. Ja, er war ja nicht einmal ein Mensch! Was wusste sie denn schon über Elfen? Und trotzdem hatte sie noch nie zuvor für jemanden solch tiefe Gefühle empfunden. Vielleicht musste sie nur nach Kathmarin kommen, ihre Aufgabe erfüllen und diese Welt wieder verlassen. Vielleicht würde dann ja alles wieder normal werden. Die Frage war nur, ob sie das überhaupt wollte.

Sie wurde aus ihren Gedanken gerissen, als Darian ihr auf

den Handrücken klopfte. Lina hob den Kopf und blickte ihn fragend über die Schulter an.

»Wir bekommen ein Problem«, sagte er und deutete links über seine Schulter.

Lina war schon aufgefallen, dass er sich von Zeit zu Zeit umgesehen hatte. Aber außer ein paar Wolken am Himmel hatte sie nichts Ungewöhnliches entdecken können. Jetzt allerdings war der Horizont zu ihrer Linken vollkommen verschwunden. Es sah aus wie die Nebelwand, der sie sich in Jandamer gegenübergesehen hatte. Die Erinnerung löste augenblicklich Panik in ihr aus.

»Ist das Nebel?«

»Nein, Sand.« Darian trieb das Mekal noch ein bisschen mehr an. »Das ist ein gewaltiger Sandsturm. Wenn er uns hier draußen erwischt, sind wir tot!«

Das half nicht gerade, ihre Panik zu verkleinern. »Was machen wir jetzt?«

»Wir müssen Schutz suchen. Vielleicht schaffen wir es noch bis Wardan.«

Was auch immer Wardan war, es klang sehr verlockend. Lina hielt sich noch ein bisschen fester und konzentrierte sich darauf, im Rhythmus des Mekals zu bleiben. Sie hätte nicht gedacht, dass dieses Tier noch schneller werden konnte. Das Vieh war eine Wüstenrakete! Und trotzdem kam der Sandsturm rasend schnell näher. Die ersten Ausläufer hatten sie bereits erreicht. Und von diesem Wardan war weit und breit nichts zu sehen. »Binde dir den Umhang vors Gesicht, so gut du kannst«, rief Darian über seine Schulter hinweg, während er das Mekal eine Düne hinunterjagte.

Sie war immer noch damit beschäftigt, die Kapuze festzuziehen, als sie ein dröhnendes Hornsignal hörte.

»Verflucht, sie schließen die Tore!«

Lina sah weder Tore noch sonst etwas. Überall wirbelte

Sand. Aber dann löste sich aus der nächsten Düne doch noch das Bild eines riesigen Tores, das tatsächlich im Begriff war, sich zu schließen. Die Düne entpuppte sich als Felsmassiv. Ein zweiter Hornton erklang und das Tor öffnete sich wieder, einen Spaltbreit nur. Das konnte niemals breit genug sein, um durchzukommen. Aber Darian schien das anders zu sehen. Er trieb das Mekal in mörderischem Tempo auf den Spalt zu. Lina ging hinter ihm in Deckung und schloss die Augen. Angespannt wartete sie auf den Aufprall.

Doch es kam kein Aufprall. Sie hörte nur das Quietschen der Angeln, als sich das Tor hinter ihnen schloss. Sie hatten es tatsächlich geschafft! Erst jetzt zügelte Darian das Mekal und Lina wagte einen Blick. Darian ließ das Tier in einem Halbkreis auslaufen. Das Tor lag nun vor ihnen und war immer noch einen Schritt weit geöffnet, als der Sandsturm es mit voller Wucht traf. Ein beängstigendes Knarzen begleitete die Erschütterung.

»Ganz ruhig. Braver Junge.« Darian legte seine Hand auf den Hals des Mekals und versuchte, das nervös tänzelnde Tier zu beruhigen.

Erst als sich das Tier halbwegs beruhigt hatte, lenkte er es durch einen schmalen Gang, der sich bald öffnete und den Blick auf eine ringförmig angelegte Felsensiedlung freigab, die sich terrassenförmig in die Höhe zog. Schwere Schutzplanen waren über dem Ort aufgezogen, über dem jetzt der Sandsturm tobte. Lina blickte sich immer noch fasziniert um, als ein Zentaur auf sie zukam. Er war bis zu den Zähnen bewaffnet.

»Ha, Xedocs oberster Bluthund erweist uns die Ehre!«, rief er dröhnend. »Das war aber arschknapp, Darian! Darauf sollten wir einen trinken!«

»Worauf du dich verlassen kannst, Jardok.« Darian lenkte das Mekal so an die Seite des Zentauren, dass er ihn bei den

Armen fassen konnte. »Kannst du uns ein Quartier anbieten, bis der Sturm vorbei ist?«

»Kannst du bezahlen?« Der Zentaur lachte wiehernd, wobei ein Goldzahn in der oberen Zahnreihe aufblitzte.

»Natürlich.« Darian zog einen großen Rubin aus einem Beutel und legte ihn dem Zentauren in die Hand. »Aus den Nordhöhlen der Krallenfestung. Das sollte für Verpflegung und Quartier genügen.«

Wieder lachte der Zentaur und machte eine einladende Handbewegung. »Willkommen in Wardan! Die Gesellschaft hast du dir diesmal gleich mitgebracht, wie ich sehe?«

»Das siehst du ganz richtig.«

»Du kannst deine übliche Unterkunft haben.«

Erst als der Zentaur sich entfernt hatte, drehte Darian sich zu Lina um.

»Hör zu, wir müssen hier extrem vorsichtig sein. Wardan ist die schlimmste Schmugglerhöhle in der Noriatwüste. Das ist eigentlich der letzte Ort, an dem ich mit dir stranden wollte.«

Darian schwang ein Bein über den Hals des Mekals und rutschte aus dem Sattel. Dann umfasste er Linas Taille und half ihr beim Absteigen. Erst als sie vor ihm stand, schenkte er ihr ein halbwegs entspanntes Lächeln. »Hier gibt es ausgezeichneten Echseneintopf und der Zwergenmet ist auch nicht übel. Ich würde sagen, wir besorgen uns jetzt etwas zu essen und tauchen dann im Felsquartier unter, bis der Sturm vorbei ist.«

»Klingt gut«, meinte Lina.

»Gut, dann warte hier. Ich bringe nur schnell den Burschen hier in den Stall.« Dabei tätschelte er erneut den Hals des Mekals, das ihn aus großen Augen treuherzig ansah, und führte es weg.

Nun stand sie ganz alleine in der Nähe des Eingangs und kam sich ziemlich verloren vor. Ihr Blick schweifte über die terrassenförmige Anlage nach oben zu den Schutzplanen, durch die an einigen Stellen Sand rieselte. Das Heulen des Sturmes übertönte alle anderen Geräusche. Sie war heilfroh, nicht mehr da draußen zu sein. Erst als sie den Blick wieder auf die unteren Felszugänge richtete, sah sie, dass sie nicht mehr alleine war. Zwei Elfen, die von einem Zentauren begleitet wurden, kamen zielsicher auf sie zu. Der Zentaur hatte verfilztes Haar und einen langen Bart. Sein nackter Oberkörper war mit blauer Farbe bemalt. Die Elfen konnte Lina nur an der Größe und dem blonden langen Haar als Lichtelfen erkennen. Sie hatten beide Lederbänder ins Haar geflochten und trugen dunkle Kleidung. Auch ihr Auftreten hatte nichts von der beherrschten Distanziertheit, die Lina bei den Hütern oder auch bei Endorven gesehen hatte. Sie stand mit dem Rücken zur Felswand und sah sich plötzlich von dem Trio eingekreist.

»Aber hallo, was haben wir denn da?« Der kleinere der beiden Elfen kam tänzelnd näher. Sein Blick war gierig. »Hast du dich verlaufen?«

»Nein.« Lina zog die Schultern hoch, sodass ihr Gesicht noch weiter in der Kapuze ihres Umhangs verschwand. Sie konnte sehen, wie der zweite Elf seine Nase witternd in ihre Richtung hielt. »Meglas, riechst du das? Sie ist …«

Auch der zweite Elf hielt nun die Nase in ihre Richtung. »Du hast recht«, raunte er. »Das wird ja immer besser.« Er streckte gerade seine Hand nach ihr aus, als ihn ein schleifendes Geräusch innehalten ließ. Darian stand hinter den dreien und hatte eines der Schwerter gezogen. In einem Tonfall, der keine Widerrede duldete, befahl er Lina zu sich.

Sie bahnte sich einen Weg zwischen den beiden Elfen hindurch, die ihr sofort Platz machten. Kaum hatte sie Darian erreicht, zog er sie in einer sehr besitzergreifenden Geste an sich.

»Wir wussten nicht, dass sie zu dir gehört, Darian.« Der

kleinere der Elfen sah ihn herausfordernd an. »Caltan denkt, dass sie eine Schöpferin ist.«

Darian nickte und sah Lina dabei an, als wolle er sie alleine mit seinen Blicken verschlingen. »Ja, das ist sie.« Sie war wie hypnotisiert, unfähig sich diesem Blick zu entziehen.

»Eine Schöpferin!« Der Elf namens Caltan klang empört. »Sag, Darian, ist dir denn überhaupt nichts mehr heilig?«

Darian setzte ein süffisantes Grinsen auf. »Wie du siehst, nicht.« Er zog Lina noch näher an sich, beugte sich zu ihr und verschwand mit seinem Gesicht in ihrer Kapuze. Seine Lippen streiften ihre Wange und hielten knapp bei ihrem Ohr, während er die zweite Hand in ihren Nacken legte. »Spiel einfach mit«, raunte er. »Tu so, als wärst du mir absolut verfallen.«

Ein Aufschrei ging durch Linas Gedanken. ›Tu so?‹ Er hatte ja gar keine Ahnung, wie wenig sie dazu schauspielern musste! Augenblicklich schlang sie ihre Arme um seinen Nacken, ohne auf das amüsierte Gejohle in ihrem Rücken zu achten. Für die Elfen sah es aus, wie ein langer Kuss.

Der Zentaur, der sich bis jetzt zurückgehalten hatte, wieherte. »Sag ich doch, diese Dunkelelfen haben Schneid.«

»Wenn du dann fertig bist, hoffe ich doch, dass du uns die Ehre eines Spielchens gibst!« Caltan klang immer noch pikiert. »Meglas brennt darauf, sich das zurückzuholen, was du ihm beim letzten Mal abgeknöpft hast.«

Darian hob den Kopf und sah ihn herausfordernd an. »Wie könnte ich mir denn so eine Chance entgehen lassen?«

»Dann lass uns doch gleich zu Thorgri in die Kneipe gehen«, schlug der Zentaur begeistert vor. »Ich bestell schon mal den Zwergenmet.« Ohne eine Antwort abzuwarten, marschierte der Pferdemann los und zog Caltan mit sich.

Nur Meglas blieb stehen, wo er war, und blickte Darian weiterhin unverwandt an. »Wir dürfen doch mit dir rechnen, nicht wahr?«

Darian nickte. »Geht schon vor, wir kommen gleich nach.« Wieder verschwand er in Linas Kapuze.

»Also bitte, das kannst du doch auch noch später erledigen«, meinte der Elf kopfschüttelnd und machte sich auf den Weg zur Kneipe.

Lina stand immer noch an ihn geschmiegt. Darian wartete noch ein paar Augenblicke, dann ließ er Lina los. »Entschuldige. Das war dir bestimmt unangenehm.« Ein sehr zweideutiges Lächeln begleitete diese Aussage.

Lina sagte nichts, blickte ihn nur weiter unverwandt an.

Schließlich wurde seine Miene ernst. »Die drei haben mir hier gerade noch gefehlt.«

»Wer sind die denn?«

»Kopfgeldjäger, Schmuggler, Auftragskiller. Wenn die Bezahlung stimmt, machen sie alles. Gordock, der Zentaur, ist harmlos. Aber die beiden Elfen könnten uns gefährlich werden. Sie sind vom Lichtelfenfürsten verbannt worden und dürfen sich in der Eldorin nicht mehr blicken lassen. Vermutlich wissen sie noch nicht, dass Xedoc uns sucht. Also tun wir einfach so, als wären wir auf dem Weg in die Calahadin. Wir werden mit ihnen etwas essen, ich werde ein paar Runden Karten spielen und wenn ich dir ein Zeichen gebe, dann möchte ich, dass du mir auf eindeutige Weise erklärst, dass du gehen willst.« Darian blickte sie forschend an. »Schaffst du das?«

»Ich denke schon.« Lina war sich zwar nicht ganz sicher, was er unter ›eindeutig‹ verstand, aber nach dieser Demonstration eben …

Darian nahm sie bei der Hand und zog sie mit sich. »Ach ja, noch etwas: Ich entschuldige mich jetzt schon aufrichtig für alle Anzüglichkeiten, die du dir da drinnen gleich anhören musst.«

Plötzlich war es Lina, die zu grinsen begann. »Ich habe

Xedocs Energieblitz überlebt. Da wird mich das da drinnen bestimmt nicht umbringen.«

»Wir werden sehen. Andererseits, ich hab dir doch versprochen, dass ich dir die Sache mit meinen Haaren heimzahlen werde.« Er zwinkerte.

Tatsächlich war Thorgris Kneipe gar nicht so übel, wie sie befürchtet hatte. Die Felswände waren rostbraun getüncht. Sandsteinbögen, die mit Ornamenten verziert waren, ähnlich wie die Hallen unter der Krallenfestung, durchbrachen die dunklen Wände. Bänke und Tische waren aus beinahe schwarzem Holz. Hinter dem Tresen stand ein Zwerg von unglaublicher Körperfülle. Seine Unterarme waren bis fast zu den Ellenbogen mit Silberreifen verziert, die bei jeder Bewegung klimperten.

So leer die Siedlung auch von außen gewirkt hatte, so voll war diese Kneipe. Es schien, dass jedes Lebewesen der Noriat hier eingekehrt war. Eine Fülle von neuen Eindrücken prasselte auf Lina ein und sie war froh, Darian hinter sich zu wissen. Er hatte seine Hände auf ihre Schultern gelegt und schob sie durch das Gedränge.

»Ho, Darian! Was führt dich in meine bescheidene Gaststätte?« Der Zwerg winkte freundlich. »Und was für eine Schönheit du da wieder bei dir hast!«

Darian ging nicht darauf ein, bestellte stattdessen Zwergenmet und ›das Hausgericht‹ und schob Lina weiter.

Lina wusste, dass sie es besser bleiben lassen sollte. Trotzdem blickte sie über ihre Schulter und fragte mit Unschuldsblick. »Was meint er denn mit ›wieder‹?«

Darian schmunzelte nur und zuckte in einer entschuldigenden Geste die Schultern. »Ich weiß nicht, was er meint.«

»Aha.«

Sie hatten den Tisch erreicht, an dem die beiden Elfen saßen. Der Zentaur hatte es sich ihnen gegenüber gemütlich gemacht und bereits zwei leere Krüge Zwergenmet vor sich stehen. Darian schob Lina an ihm vorbei und platzierte sie neben sich auf der Bank des kurzen Tischendes. Kaum hatten sie sich gesetzt, kam ein Kobold herbeigelaufen. Mit einem Satz war er auf dem Tisch und balancierte dabei ein Tablett, auf dem weitere Krüge und Tonschüsseln standen. Trotz seines gewagten Sprunges verschüttete er nicht einen Tropfen.

Lina zog sich die Kapuze vom Kopf und konnte sich ein amüsiertes Lächeln nicht verkneifen, als der Kobold ihr eine Tonschüssel und einen Krug mit dem Fuß vor die Nase schob.

»Vielen Dank.« Ihr Lächeln wurde immer breiter, die Augen des Kobolds immer größer, als er erkannte, was sie war.

Plötzlich lag er vor ihr auf den Knien und hatte den Kopf so tief gebeugt, dass seine Ohren die Tischplatte berührten. »Verzeih mir, ehrenwerte Schöpferin! Ich wollte nicht unhöflich sein!« Seine Stimme war ein einziges unterwürfiges Wimmern.

Lina sah nur noch Ohren, eine Nase, die sich in den Tisch zu bohren schien, und dahinter seinen hoch aufragenden Hintern. Und obwohl sie sich vorgenommen hatte, sich unauffällig zu verhalten, musste sie nun laut loslachen. Dieser Anblick war einfach zu komisch. »Das ist in Ordnung, glaub mir. Auf so interessante Weise wurde mir das Essen noch nie zuvor serviert.«

Der Kobold blickte sie unsicher an. Aber dann schien er es als Kompliment zu sehen. Mit einem Satz war er wieder auf den Beinen und hüpfte mit einem Freudensprung vom Tisch, um in der Küche zu verschwinden. »Sie hat über mich gelacht!«, rief er euphorisch. »Ich hab eine Schöpferin zum Lachen gebracht!«

Auch Gordock lachte wiehernd. »Darauf trinke ich.« Und das tat er an diesem Abend noch sehr oft.

Lina fand heraus, dass man den Echseneintopf, der mit

Weizengrieß zu einer festen Masse verkocht war, mit den Fingern essen musste, und dass er ausgezeichnet schmeckte. Auch der Zwergenmet schmeckte gut. Damit hielt sie sich allerdings sehr zurück. Kaum hatten sie fertig gegessen, bestellten die beiden Elfen bei dem kleinen Kobold, der nur noch für ihren Tisch da zu sein schien, Spielkarten und eine Runde Ziegenmilchschnaps. Und während sich Caltan und Gordock einen anzüglichen Witz nach dem anderen erzählten, verlor Darian eine Runde nach der anderen im Kartenspiel gegen Meglas. Er hatte ihr erklärt, wie das Spiel funktionierte, das er ›Kerben‹ nannte. Es war so ähnlich wie Poker. Nur dass auf den Karten die hässlichsten Kobolde abgebildet waren, die sie je gesehen hatte. Derjenige, der die Partie verlor, musste eine Kerbe in den Tisch schlagen. Darian hatte das kleine Jagdmesser vor sich auf dem Tisch liegen und schlug eine Kerbe nach der anderen hinein. Lina verstand das nicht. Er hatte oft genug ein gutes Blatt und verlor trotzdem. »Also, du bringst mir aber kein Glück«, sagte er irgendwann und blickte Lina dabei vorwurfsvoll an.

Sie schnappte nach Luft, schwieg aber.

Meglas brach in schallendes Gelächter aus. »Das kommt davon, wenn man sich mit einer Schöpferin einlässt.« Und sehr genießerisch fügte er dann hinzu. »Ich gönn dir eine kleine Verschnaufpause und geh kurz austreten.«

»Wie freundlich«, erwiderte Darian und leerte sein Schnapsglas in einem Zug.

Als Meglas zurückkam, brachte er den Kobold mit einer neuen Runde Ziegenmilchschnaps mit. Er klopfte Caltan auf die Schulter, ehe er sich setzte, und sagte dann: »Denkst du, in der Schöpferwelt erzählen sie auch solche Witze?« Dabei warf er Lina einen herausfordernden Blick zu, der ihr zu verstehen gab, dass er sie in Verlegenheit bringen wollte.

»Bei uns gibt's nur Witze über beschränkte blonde Lichtelfen. Die willst du bestimmt nicht hören«, erwiderte sie mit einer Unschuldsmiene.

»Und ob wir die hören wollen! Los, erzähl!«, forderte der Zentaure.

»Lass hören!«, sagte nun auch Caltan.

Lina warf Darian einen fragenden Blick zu. Aber auch er signalisierte seine Zustimmung. »Lass dich nicht aufhalten.«

»Also gut«, sagte Lina. »Sitzen zwei Lichtelfen in einer Kneipe. Sagt einer zum anderen: Dein Krug ist leer. Möchtest du noch einen? Sagt der andere: Was soll ich denn mit zwei leeren Krügen?«

Lina blickte die beiden Lichtelfen aus großen Augen an. Darian warf den Kopf in den Nacken und begann schallend zu lachen, und auch der Zentaur wieherte los.

Caltan grinste breit und stellte Lina noch ein Glas Ziegenmilchschnaps vor die Nase. »Der war nicht übel. Hast du noch einen?«

Aber noch ehe Lina nach dem Glas greifen konnte, schob Darian das Glas wieder zurück. »Hör auf, sie abzufüllen! Sonst werd ich sauer.«

»Das wollen wir auf keinen Fall«, meinte Caltan beschwichtigend. »Wir wissen ja alle, dass das unschön werden würde.« Er nahm das Glas und trank es selbst leer.

Meglas hatte sich in der Zwischenzeit wieder den Karten gewidmet und Darian ein neues Blatt ausgeteilt. »Und weiter geht's!« Er schien in Hochstimmung, denn Darian schnitt schon bald weitere Kerben in den Tisch.

In gespielter Verzweiflung warf er wieder ein verlorenes Blatt auf den Tisch und lehnte sich seufzend gegen die Wand. Da spürte Lina wie er sie unter dem Tisch unauffällig mit dem Fuß berührte. Das Zeichen. Sie hatte den ganzen Abend darüber nachgedacht, was sie tun sollte, wenn es so weit war. Nun folgte sie einfach ihrer Intuition. Sie streckte sich genüsslich. Und noch ehe er sich wieder nach vorne lehnen konnte, saß sie auf seinem Schoß und schlang ihm die Arme um den Hals. Sie strich mit ihrer Wange an seiner entlang und raunte ihm gut hörbar ins Ohr: »Ich bin wirklich müde und würde gerne schlafen gehen, kommst du mit?«

Das Gejohle der Anwesenden folgte aufs Stichwort. Darian nahm Lina in den Arm und sah über ihre Schulter hinweg auf die Karten. »Du hörst es, Meglas, Mylady ist müde. Und ich brauche dringend Trost nach dieser Niederlage hier.«

»Wie schade, dass du schon gehst! So einen guten Lauf hatte ich schon lange nicht mehr.« Meglas sah höchst zufrieden aus.

Darian nickte und schob Lina wieder zurück auf ihren Platz. »Du kannst schon vorgehen. Aber warte am Tresen auf mich!« Wieder war es ein Tonfall, der keine Widerrede duldete.

Lina nickte, wünschte den Anwesenden eine gute Nacht und machte sich auf den Weg. Dabei hoffte sie inständig, dass man ihr nicht ansah, wie aufgewühlt sie war. Sie hatte sich an ihn gedrückt, ihre Hände in seinem seidenweichen Haar, hatte seinen unvergleichlichen Duft inhaliert und nicht gewusst, ob sie ihn überhaupt je wieder würde loslassen können. Ein lustvoller Aufschrei jagte durch ihre Nervenbahnen. Sie merkte den Ziegenmilchschnaps mittlerweile sehr deutlich. Aber auch ohne ihn wäre der Wunsch, ihm nahe zu sein, ihn zu spüren, da gewesen. Nun stand sie am Tresen und beobachtete ihn. Er schien mit Meglas zu verhandeln. Lina konnte seine jetzt toternste Miene erkennen, so als wolle er den Lichtelfen alleine mit seinem Blick an die Wand nageln. Und dann zog er eines seiner Schwerter, ganz langsam. Lina hielt den Atem an. Der Lichtelf lächelte breit und nickte. Darian legte das schwarze Schwert vor Meglas auf den Tisch, wandte sich ab und kam auf sie zu.

»Lass uns gehen«, sagte er und zog sie zum Ausgang.

»Und dein Schwert?« Lina verstand nicht, was das zu bedeuten hatte.

Er gab keine Antwort.

»Darian, was hast du da eben getan?«

»Ich habe meine Spielschulden bezahlt.«

Sie blieb stehen und blickte ihn entsetzt an. Er selbst hatte ihr doch gesagt, dass die Schwerter wie ein Teil von ihm waren. »Aber wieso denn mit einem dieser Schwerter?«

Er sah sie ganz ruhig an. Jeder Ärger war aus seinem Gesicht gewichen. »Weil ich nicht bereit war, den Preis zu zahlen, den er eigentlich verlangt hat.«

»Was hat er denn verlangt?«

»Er wollte dich.«

»Oh.« Lina schluckte schwer.

Darian lachte, als er ihr Entsetzen sah. »Mach dir keine Sorgen! Ich habe ihm das Schwert nur als Pfand gegeben. Das nächste Mal, wenn ich ihn treffe, gewinne ich es wieder zurück.«

Elfenkuss

Sie hatten den Ausgang mittlerweile erreicht und Darian schob sie zur Tür hinaus. Es war bereits tiefste Nacht. Der Sandsturm tobte immer noch. Jetzt, wo sie dem Lärm der Kneipe entkommen waren, konnte Lina das Heulen des Windes wieder deutlich hören.

»Du hast absichtlich verloren, nicht wahr?« Lina blickte ihn forschend an.

»Ja.«

»Wieso?«

»Meglas kann sehr ungemütlich und nachtragend sein, wenn er verliert, also habe ich ihn gewinnen lassen, damit wir Ruhe haben.« Plötzlich begann Darian zu schmunzeln. »Ich hätte nicht gedacht, dass es so schwierig sein würde, zu verlieren. Der Kerl spielt so schlecht, das ist unfassbar! Ich dachte schon, wir schaffen es nie dort raus.«

»He, Moment mal! Ohne meine Darbietung würden wir immer noch da drinnen sitzen.«

»Da hast du recht.« Darians Lächeln wurde neckisch. »Du warst sehr überzeugend.«

»Danke.« Lina senkte den Blick.

»Na komm, lass uns schlafen gehen! Ich hoffe, dass sich der Sturm bis morgen gelegt hat und wir rechtzeitig aufbrechen können.« Er ging voraus und Lina folgte ihm die Treppen hinauf zu einem der oberen Felszugänge.

Und dann sagte er wie beiläufig über die Schulter. »Du schläfst heute in meinem Bett.«

Sie wusste nicht, wie sie das verstehen sollte, also sagte sie erst einmal gar nichts, bis sie das Quartier erreicht hatten. Es bestand aus zwei Räumen, die durch einen offenen Zugang getrennt waren. Türen und Fenster waren mit Strohmatten verhängt. Darian hatte sie bei der Hand genommen und führte sie in den zweiten Raum, der nicht viel größer war als das Bett, das sich darin befand. Lina stand neben dem Bett, er vor ihr, und sie wusste nicht, was sie jetzt tun sollte. Und zu allem Unglück schien ihn ihre Befangenheit auch noch zu amüsieren. Sie wollte etwas sagen: »Ich …«

»Du bekommst das Bett. Ich schlafe draußen«, sagte er schmunzelnd. »Schlaf gut, Schöpferlein.«

»Gute Nacht.« Lina ließ sich auf das Bett sinken und wusste nicht, ob sie nun erleichtert oder enttäuscht sein sollte. Aber darüber konnte sie immer noch nachdenken, wenn sie unter der Decke lag. Mit ein paar Handgriffen hatte sie sich ihrer Kleider und Stiefel entledigt. Nur ihre Unterwäsche behielt sie an. Sie schlüpfte unter die Decke und rutschte in die Mitte. Aber noch ehe sie sich nach hinten in die Kissen sinken lassen konnte, erstarrte sie in der Bewegung. Sie fühlte etwas Eigenartiges unter der Bettdecke. Ein flehender Gedanke schoss ihr durch den Kopf. ›Bitte lass es nicht das sein, wonach es sich anfühlt!‹

»Darian!« Ihre Stimme klang gebrochen, als sie nach ihm rief.

Sein Gesicht zeigte ein erwartungsvolles Lächeln, als er in dem Durchgang erschien. »Ja?«

Lina blickte ihn aus schreckgeweiteten Augen an. »Da ist etwas Kaltes unter der Decke und es bewegt sich!«

Seine Miene wurde schlagartig ernst. »Beweg dich nicht, hörst du?«

Ein zaghaftes Nicken war alles, was sie zustande brachte. Wie gebannt beobachtete sie, wie er ganz langsam die Decke nach unten zog, während er gleichzeitig über die Schulter griff, um das verbliebene Schwert aus der Schwertscheide zu ziehen. Kalte Schuppen schlängelten sich an ihrem Knöchel entlang. Sie bekam keine Luft mehr. Die Panik wurde immer größer, während die Decke über ihre angewinkelten Knie streifte. Darian musste erkannt haben, wie knapp sie davor war, die Nerven zu verlieren. »Sieh mich an, Lina!«, forderte er.

Lina zwang sich, ihren Blick von der Decke zu lösen und ihn anzusehen. Seine dunklen Augen schienen sie nun mit voller Absicht hypnotisch in seinen Bann zu ziehen. »Du musst ruhig atmen!«

Sie versuchte es. Die Decke war jetzt bei ihren Zehen angelangt.

Er warf einen kurzen Blick nach unten. »Gut, und jetzt schließ die Augen!«

Lina schloss die Augen.

Seine Stimme hatte eine unglaublich beruhigende Wirkung. »Vertrau mir, es ist gleich vorbei.«

Ihm vertrauen. Das hatte sie von Anfang an getan. Sie spürte seine warme Hand an ihrem Knöchel, als er ihr angewinkeltes Bein langsam zur Seite zog. Und dann hörte sie das Niedersausen des Schwertes und ein schmatzendes Geräusch, in dem Augenblick, in dem die Matratze erzitterte.

»Es ist vorbei.«

Sie öffnete die Augen und sah gerade noch, wie er sich mit dem schlaff nach unten hängenden Schlangenkörper, entfernte. Als sie zwischen ihren Beinen auf die Matratze sah, konnte sie einen Blutfleck und einen tiefen Schnitt in den Laken sehen. Sie stürzte nach vorne, zog die Decke wieder hoch und verkrallte ihre Finger darin. Nur langsam wich die Anspannung und ihr pochendes Herz beruhigte sich wieder. Aus dem Nebenraum konnte sie Darian fluchen hören. Und dann krachte es gewaltig, als irgendetwas gegen die Wand flog. Lange Augenblicke vergingen, in denen sie nicht wusste, was er tat. Dann endlich erschien er wieder im Türrahmen. Er stand einfach nur da und blickte sie an. »Geht es dir gut?«

Lina nickte, ohne ihn aus den Augen zu lassen.

»Darian?«

»Hmm?«

»Könntest du vielleicht doch hier bei mir schlafen?«, bat sie.

»Wenn du das möchtest.«

Lina nickte, rutschte zur Seite und ließ sich in die Decke eingewickelt nach hinten in die Kissen sinken. So blieb sie liegen und beobachtete ihn, wie er sich auf die Kante setzte. Er streifte seine Stiefel ab, löste den Schwertgurt und zog die Übertunika aus. Dann ließ auch er sich in die Kissen sinken.

»War sie giftig?« Lina versuchte, seine Gesichtszüge im Halbdunkel zu erkennen.

»Ja.«

»Wer hat sie dort versteckt?«

»Meglas.« Er knurrte den Namen förmlich.

»Warum?«

»Das ist seine Art von Humor.« Darian hatte seine Arme im Nacken verschränkt und blickte sie jetzt von der Seite an. »Ich hätte es wissen müssen. Es tut mir leid. Das hätte wirklich schlimm ausgehen können.«

Lina sah, wie angespannt er wirkte, beinahe nervös.

»Es ist ja nichts passiert.« Wenn man einmal davon absah, dass sie in ihrer Angst vermutlich ein total lächerliches Bild abgegeben hatte. Er hatte sie davor bewahrt, vollkommen durchzudrehen. Alleine nur durch seinen Blick. Und nun sah er sie schon wieder so an, als ob ihre Gedanken offenliegen würden. Viel war das nicht mehr. In diesem Moment wünschte sie sich nur noch, ihm nahe zu sein. Er lag neben ihr, und trotzdem war ihr das viel zu weit entfernt. Lina fasste sich ein Herz und gab ihrer Sehnsucht nach. Sie rutschte ganz nah an ihn heran, hüllte auch ihn in die Decke ein und ließ ihren Kopf auf seine Brust sinken. Darian legte seinen Arm um ihre Schulter und ließ seine Fingerspitzen ganz vorsichtig über ihren Oberarm gleiten. Eine Berührung, flüchtig, wie ein Windhauch und trotzdem so durchdringend.

Lange Augenblicke lagen sie so da, in denen sie seinem Atem lauschte. Lina konnte nicht anders, sie wollte mehr … Doch war das klug? Sie erinnerte sich an einen Satz aus einer Erzählung über Elfen. ›Der Kuss eines Elfen wird ihm Macht über dich geben‹, stand damals in dem Buch. Er hatte doch schon Macht über sie …

Lina hob den Kopf, ihre Lippen tasteten sich an seinem Hals entlang, über seine Wangen, unendlich langsam, während er ganz still hielt. Erst als ihre Lippen die seinen berührten, reagierte er, genau so, wie sie es sich gewünscht hatte. Er zog sie ganz fest an sich, eine Hand in ihrem Nacken und küsste sie.

Lina hatte sich in den letzten Tagen oft vorgestellt, wie sich das anfühlen würde. Aber damit hatte sie nicht gerechnet. Sehnsucht lag in diesem Kuss, Hingabe und Begierde. Aber vor allem unendlich viel Zärtlichkeit.

Die Legenden hatten recht. Lina wusste, dass sie verloren war. Aber das war genau das, was sie in diesem Augenblick wollte. Sie hatte ihre Arme um ihn geschlungen und hielt sich fest, während sein Kuss sie immer tiefer berührte. Er hatte sie auf den Rücken gedreht. Eine Hand strich zärtlich ihren Hals entlang. Er küsste ihre Wangen, ihre Nase, ihre geschlossenen Augenlider, während seine Fingerspitzen ihren Körperkonturen folgten. Lina erbebte unter seinen Berührungen, die sie bis in ihr Innerstes spüren konnte. Ihre Hände strichen zärtlich über seinen Rücken, wo sie bereits einen Weg unter seine Tunika gefunden hatten. Er küsste sie wieder, tief und viel leidenschaftlicher noch als zuvor, sodass es ihr den Atem raubte. Seine Finger strichen jetzt unter ihrem Hemd über die nackte Haut, über ihre Brust und dann über ihren Bauch. Und da erstarrte sie plötzlich unter seiner Berührung. Jeder Muskel ihres Körpers hatte sich mit einem Mal verspannt. Diese Reaktion schockierte sie. Aber sie kam nicht gegen die Erinnerungen an, die sie vollkommen unvorbereitet überfallen hatten. Erinnerungen an Denny. Der versucht hatte, zu erzwingen, was sie nicht wollte. Seine verletzenden Worte klangen in ihren Ohren.

Das hatte hier und jetzt nichts zu suchen! Darian war anders. Und trotzdem schaffte sie es nicht, sich zu entspannen. Er hatte in der Bewegung innegehalten, als er ihre Reaktion gespürt hatte. Einen Augenblick lang, der für Lina zur Ewigkeit wurde, hatte er so völlig reglos verharrt. Jetzt zog er sich vorsichtig zurück. Ja, er beendete sogar den Kuss. Lina hätte aufschreien können vor Verzweiflung! Würde er sie jetzt auch fallen lassen? Das würde sie nicht verkraften!

Darian rollte sich zurück auf den Rücken und zog sie mit sich, sodass sie nun wieder auf seiner Brust lag. Was würde er jetzt von ihr denken? Er hatte bis jetzt kein Wort gesagt und das verunsicherte sie noch mehr. Lina kämpfte gegen Tränen der Verzweiflung, während er ihr nur vorsichtig durchs Haar strich.

»Es tut mir leid.« Ihre Stimme war ein zittriges Flüstern und verriet das Ausmaß ihrer Verzweiflung.

»Das muss es nicht.« Es klang ehrlich.

Trotzdem hatte Lina das Gefühl, es erklären zu müssen. Sie stützte sich auf seiner Brust ab, um ihm in die Augen sehen zu können. »Es ist nur … ich wollte doch …« Lina blinzelte die Tränen weg.

Darian umschloss ihr Gesicht mit beiden Händen und sah sie bestürzt an. »Lina, nicht! Ich will nicht, dass du hier irgendetwas erklärst! Was denkst du bloß von mir?« Mit den Daumen wischte er ihre Tränen fort. »Ich weiß nicht, wie du das siehst, aber für mich ist das hier etwas Besonderes. Du bist etwas Besonderes! Ich habe das Gefühl, dass ich mein halbes Leben lang auf dich gewartet habe. Und glaub mir, dieses Leben war lang! Denkst du nicht, dass ich da auch noch ein bisschen länger warten kann? Es ist absolut in Ordnung, wenn du mehr Zeit brauchst!«

Lina schloss die Augen und atmete tief ein. Allein dieser Augenblick war es wert gewesen, nach Menduria zu kommen. In ihm war sie ihrem Schicksal begegnet. Sie fand keine Worte, das zu beschreiben. Und als sie ihre Augen wieder öffnete, sah sie ihn lächeln. Sein unwiderstehliches Lächeln. Sie vergrub ihre Hände in seiner dunkeln Mähne und senkte ihre Lippen wieder auf seine. Und er küsste sie erneut, während ihre linke Hand seinen Nacken sanft entlangstrich und dann an seinem Hals vorbei zum Ohr wanderte. Sie fuhr mit dem Zeigefinger bis hinauf zur Spitze. Er reagierte mit einem lustvollen Stöhnen, dessen Resonanz in ihrem Körper widerhallte und durch ihre Nervenbahnen jagte. Mit sanftem Druck löste er dann aber ihre Hand von seinem Ohr. »Das müsstest du bitte bleiben lassen, wenn du keine Katastrophe auslösen willst. Weißt du, Elfenohren sind sehr empfindlich …« Nun grinste er so eindeutig, dass sie nicht missverstehen konnte, was er meinte.

»Entschuldige, das wusste ich nicht.« Sie vergrub ihren Kopf vor Verlegenheit an seiner Schulter.

Seine Stimme klang amüsiert, als er ihr ins Ohr flüsterte: »Jetzt weißt du es. Und wenn du es das nächste Mal machst, weiß ich, dass du bereit bist. Bis dahin verspreche ich, mich zurückzuhalten. Was hältst du von dieser Abmachung?«

Meinte er das tatsächlich ernst? Anscheinend. Denn sein fragender Blick sagte ihr, dass er auf eine Antwort zu warten schien. »Das klingt fair«, meinte sie daher.

»Gut.« Darian drückte ihr einen schnellen Kuss auf die Nasenspitze. »Dann sollten wir jetzt vielleicht doch besser schlafen.« Doch er entließ sie nicht aus seiner Umarmung. Lina kuschelte sich wieder an seine Seite und schloss die Augen. Aber an Schlaf war nicht zu denken. Dazu war sie viel zu aufgewühlt. Sie spürte, dass auch er nicht schlief. Daher fragte sie schließlich: »Woran denkst du?«

»Heimat«, sagte er nur.

»An die Dunkelwälder?« Lina erinnerte sich, dass er dieses Gebiet als seine Heimat bezeichnet hatte.

»Unter anderem.«

»Erzählst du mir davon?«, bat sie und blickte wieder zu ihm auf.

»Ich kann versuchen, es dir zu zeigen.«

»Jetzt?«

Darian nickte. »Gib mir deine Hand.«

Lina hielt ihm ihre Hand mit aufgestellten Fingern entgegen. Er legte seine Hand an ihre und verflocht seine Finger mit ihren. Alleine diese Geste genügte, um ihr einen erneuten Wonneschauer durch den Körper zu jagen.

»Und jetzt schließ die Augen und lass dich fallen.«

Sie schloss die Augen und es fühlte sich tatsächlich an, als würde sie fallen.

»Keine Angst, ich hab dich.« Darian verstärkte den Griff um ihre Schulter. Prickelnde Wärme ging von seiner Hand aus, und schien sie ganz zu umschließen. Lina fühlte sich losgelöst, so als ob sie ihren Körper irgendwo zurückgelassen hätte.

»Und jetzt öffne deine Augen.« Es hörte sich an, als ob er aus weiter Ferne zu ihr sprechen würde.

Als sie die Augen öffnete, glaubte sie tatsächlich zu träumen. Sie stand neben Darian, der immer noch ihre Hand hielt. Staunend blickte sie sich um. Sie standen am Rande einer Felsenklippe, hoch über einer Bucht. Unter ihr brandete das Meer donnernd gegen die Felsen. Als sie sich umwandte, sah sie, dass sie sich am Rande eines Waldgebietes befanden, das am Horizont von hoch aufragendem Gebirge begrenzt war. Dunkle Nadelwälder waren es, die zum Horizont hin beinahe schwarz wirkten. Sie spürte eine leichte Brise, die vom Wald herübergeweht kam, und roch würzige Bergluft, die sich mit dem salzigen Geruch des Meeres vermischte. Wieder schweifte ihr Blick über den Waldrand, der im Morgennebel lag und genauso magisch wirkte wie dieser Augenblick.

»Das ist unglaublich schön!« Lina flüsterte, aus Angst, dieses Bild durch ihre Stimme zu zerstören. Sie sah zu Darian auf, dessen Augen so dunkel wie die Stämme der Bäume waren. Sein Blick auf die Wälder vor ihm gerichtet, voller Sehnsucht. Lina hatte das Gefühl, einen ganz besonderen Augenblick mit ihm teilen zu dürfen. Er gehörte hierher, war Teil dieser Wälder, die tief in seiner Seele verwurzelt waren. Jetzt kehrte sein Blick aus der Ferne zurück. Nun waren seine Augen auf sie gerichtet, in denen sie sich verlor, und somit zu einem Teil von ihm wurde. Sie hätte ihre Seele verkauft, um diesen Augenblick zur Ewigkeit werden zu lassen.

Langsam verblasste das Bild und Lina fand sich in der Felsenstadt wieder, inmitten eines tobenden Sandsturmes in der Noriatwüste. Aber er war immer noch da, lag neben ihr und hielt ihre Hand.

»Waren wir tatsächlich dort?« Die überwältigenden Eindrücke des eben Erlebten schwangen immer noch in ihrer Stimme mit.

Darian nickte. »Ein Teil von uns.«

»Aber wie ist das möglich?«

»Elfenmagie.« Er sprach sehr leise. »Wir schaffen es, einen Teil von uns an den Ort, mit dem wir uns zutiefst verbunden fühlen, zu projizieren. Und für mein Volk sind das die Dunkelwälder im Titanengebirge.« Dann erzählte er ihr von diesem, wie er es nannte, schönsten Gebiet Mendurias. Und Lina wurde klar, wie sehr er seine Heimat vermisste. Sie lauschte seinen Beschreibungen von Höhlen, die Geborgenheit versprachen, von heißen Quellen und kalten Bergseen und von so vielem mehr. Eingehüllt in seine Wärme und getragen von seiner Stimme glitt sie immer weiter davon, bis sie schließlich einschlief.

»Lina, du musst aufstehen.«

»Hmmm.«

Er beugte sich über sie und drückte ihr einen sanften Kuss auf die halb geöffneten Lippen. »Komm schon, Kleines, wach auf! Du kannst auf dem Sanddrachen weiterschlafen.«

Lina schlug die Augen auf und blickte ihn mit einem erwartungsvollen Lächeln an. »Sagtest du eben Sanddrache?«

»Sagte ich.«

Lina hatte bereits ihre Kleider wieder angezogen und zwängte sich in ihre Stiefel, während er sie von der Tür aus beobachtete. »Was ist aus dem Mekal geworden?«

»Hat dir der Eintopf gestern Abend geschmeckt?«

»Nein!« Entsetzen spiegelte sich in ihrem Gesicht wider, bis sie sein schelmisches Lächeln bemerkte und entrüstet die Arme in die Hüften stemmte. »Du bist unmöglich!«

»Ich weiß.« Das schien ihn nur noch mehr zu amüsieren. Schließlich hob er beschwichtigend die Arme. »Keine Angst. Dem Burschen geht's gut. Ich hab ihn gegen einen Sanddrachen eingetauscht, weil wir so einfach schneller vorankommen.«

Nur wenig später saß Lina auf dem größten Regenwurm, den sie je gesehen hatte. Anders ließ sich ein Sanddrache nicht beschreiben. Sein ringförmiger Körper war weiß und beige gestreift, sodass er mit dem hellen Wüstensand beinahe verschmolz. Nur seine verstümmelten Flügel und der breite Kopf berechtigten ihn dazu, das Wort ›Drache‹ im Namen zu tragen. Riesige Augen und ein Bart, der zu beiden Seiten des großen Mauls hinabhing, ließen ihn gutmütig erscheinen. Darian lenkte ihn aus einer Felsenhöhle, die sich zur Wüste hin öffnete. Wellenförmig schob sich der Sanddrache vorwärts, und hinterließ eine tiefe Spur im Sand, während er immer schneller wurde. Lina hielt sich an einem breiten Lederknauf fest, der quer zum Sattel über den Rücken führte, und kam aus dem Staunen gar nicht mehr heraus. Als sie sich an die Bewegungen des Riesenwurms erst einmal gewöhnt hatte, löste sich auch ihre anfängliche Anspannung und sie genoss den Ritt in vollen Zügen. Die Sonne ging am Horizont auf und verdrängte die Kühle der Nacht. Die letzten Wolkenfetzen waren in zartes Rosa und blasses Blau getaucht. Jetzt, da die Luft noch nicht in der Hitze tanzte, konnte man meilenweit sehen. Der Sandsturm hatte im flachen Wüstenboden ein rippenartiges Muster hinterlassen, wie Lina es nur von Sandstränden bei Ebbe kannte.

»Möchtest du ihn lenken?«, fragte Darian. Er saß hinter ihr und hielt die Zügel ganz locker in den Händen.

»Kann ich das denn?« Lina blickte ihn fragend über ihre Schulter hinweg an.

»Das ist nicht schwer.« Darian legte ihr die Lederzügel in

die Hand. »Siehst du, so.« Er führte Linas linke Hand und zog ganz sachte, sodass sich die Zügel leicht spannten. Sofort schwenkte der Sanddrache nach links.

»Gut, lenk ihn wieder zurück. Aber vorsichtig. Die Viecher sind extrem schreckhaft.«

Lina lenkte den Sanddrachen wieder zurück auf den alten Kurs. »Ich lenke einen Drachen. Siehst du?« Sie schenkte ihm ein strahlendes Lächeln.

»Ich sehe es.« Darian hatte einen Arm um ihre Mitte geschlungen, den anderen um ihre Schulter gelegt und zog sie mit einem Seufzen an sich.

»Kann es sein, dass ich den Drachen nur deshalb lenken darf, damit du deine Hände frei hast?«

»Du hast mich erwischt.« Er drückte ihr einen schnellen Kuss auf die Wange. Aber nach einem Moment des Schweigens fragte er. »Stört dich das?«

»Ganz im Gegenteil.« Lina schmiegte sich an ihn. Wenn es nach ihr ginge, hätte es bis in alle Ewigkeit so weitergehen können. Lina war rundum glücklich. Sie fürchtete nur, dass sie aufwachen könnte, und alles nur ein Traum gewesen war.

Leichte Beute

Als die Hitze zunahm, hüllte Darian sie in den kühlenden Elfenumhang ein. Er überließ ihr die Zügel den ganzen Vormittag über. Sie schien Spaß daran zu haben. Nur einmal griff er ein, um den Sanddrachen weiter in nördliche Richtung zu lenken. Das führte sie zwar näher an die Barrieren Jandamers heran und somit an den tödlichen Nebel. Aber hier am Rande der Noriat waren die Temperaturen erträglicher.

»Lenkt man so auch einen echten Drachen?« Sie riss ihn mit ihrer Frage aus seinen Gedanken.

»Einen echten Drachen kannst du nicht zähmen«, erklärte er. »Wenn dich ein Drache einlädt, mit ihm zu fliegen, ist das eine große Ehre.«

»Verstehe. Bist du schon mit einem Drachen geflogen?«

»Oh ja.« Alleine die Erinnerung daran war berauschend. Es gab nicht viel, was an den Ritt auf einem Drachen herankam. Er wollte ihr gerade davon erzählen, als ihm ein eiskalter Schauer über den Rücken lief.

Gefahr! Es war ein Aufschrei all seiner Instinkte. Darian zog die Kapuze vom Kopf, um einen besseren Überblick zu haben. Vor ihnen begann sich der Himmel zu verdunkeln.

Verflucht, das konnte doch nicht schon wieder ein Sandsturm sein! So viel Pech konnten sie doch nicht haben! Ein zweiter Blick sagte ihm, dass das Phänomen viel zu begrenzt für einen echten Sandsturm war. Es mussten Molochay sein. Die Wüstendämonen waren die Einzigen, die so etwas zustande brachten.

»Lina, gib mir die Zügel.« Seine gepresste Tonlage verriet ihr, dass etwas nicht in Ordnung war.

»Was ist los?«

»Ich bin mir nicht sicher.« Darian zügelte den Sanddrachen und änderte die Richtung. Aber auch der Drache musste die Gefahr bereits wittern. Darian spürte die Unruhe, die den Wüstenwurm ergriffen hatte.

Was hatten die Molochay hier zu suchen? Noch dazu tagsüber? Sie mieden das Tageslicht, griffen nur bei Nacht an. Außerdem lag ihr Jagdgebiet viel weiter im Südosten. Darian beschloss, sie zu umrunden. Doch kaum hatte er die Richtung gewechselt, erhob sich vor ihm ein zweiter Sandwirbel. Das war doch nicht möglich! Und auf gar keinen Fall konnte es Zufall sein. Seine Anspannung stieg. Er war nun gezwungen, in die entgegengesetzte Richtung auszuweichen. Der Sanddrache ließ sich nur noch mit größter Mühe lenken. Immer wieder durchliefen ruckartige Bewegungen den Riesenkörper.

»Halte dich an der Sattelstange fest!«, rief er Lina zu.

Er selbst verstärkte den Schenkeldruck, um besseren Halt zu finden. Schließlich würde ihnen die letzte Fluchtmöglichkeit durch einen weiteren Sandwirbel versperrt. Nun war der Sanddrache nicht mehr zu bändigen. Ein erneutes Zittern ging durch den Körper, bevor er sich aufbäumte. Weder Lina noch Darian hatten eine Chance, sich auf seinem Rücken zu halten. Im Fallen griff Darian nach Linas Hüften und zog sie mit sich. Als sie seitlich über den Wurmkörper abrutschten, fing er ihren Sturz ab. Es war nicht das erste Mal, dass er von einem Sanddrachen gestürzt war, und so wusste er, dass die größte Gefahr nun von dem Drachenschwanz ausging, mit dem das Tier um sich schlug. Darian rollte sich zur Seite und begrub Lina unter sich. Der Boden erzitterte unter einem letzten Schwanzhieb, der sie nur um Haaresbreite verfehlte. Dann stieg der Sanddrache erneut und floh in wilder Panik hinaus in die Wüste.

»Feige Drachenmemme!«, brüllte Darian dem Sanddrachen wütend hinterher. Im Aufstehen zog er Lina mit sich hoch. »Bist du verletzt?«

»Ich glaub nicht.« Sie blickte wie gebannt auf die sich nähernden Sandwirbel, die sich wie die Finger einer riesigen Hand auf sie zuschoben. »Darian, was ist das?«

»Molochay.«

»Die Wüstendämonen, die ihr aus Jandamer befreit habt?«

Darian nickte. »Glaub mir, das war ein Fehler, und leider nicht der einzige.« Er überlegte fieberhaft, was er nun tun sollte. Sie saßen in der Falle. Vor ihnen zogen die Molochay den Kreis immer enger und hinter ihnen ragte die tödliche Nebelwand Jandamers auf, nur zurückgehalten von den magischen Barrieren.

»Vielleicht können wir mit den Molochay verhandeln.« Er klang zuversichtlicher, als er war. Er hatte nichts, was diese Dämonen interessieren könnte. Mit den letzten Diamantsplittern hatte er den Sanddrachen gekauft, der jetzt samt den Vorräten irgendwo in einem Wüstenloch steckte und zitterte. Aber irgendetwas sagte ihm, dass hier noch etwas anderes im Gange war, denn es war nicht die Art der Molochay, so koordiniert zu jagen. Und nun war ihre Flucht zu Ende.

Keine zehn Schritte trennten sie noch von der Barriere. Der Nebel dahinter strahlte eisige Kälte aus, die das Blut in den Adern zäh werden ließ. Da stieg ihm ein Geruch in die Nase, der alles erklärte. Noch bevor er ihn sah, wusste er, dass jede Verhandlung zwecklos sein würde. Lugathus war gekommen, um zu töten, nicht um zu verhandeln.

Darian zog sein Schwert. Indis war ihm geblieben. Das Schwert des Feuers, das er mit der linken Hand führte. Rumil, das Eisschwert, hatte er dem Lichtelfen als Pfand gegeben. Es hätte keinen Unterschied gemacht. Auch mit beiden Schwertern hätte er hier keine Chance gehabt. Darian kämpfte gegen die aufsteigende Verzweiflung an, die ihn zu übermannen drohte. Er hatte geschworen, Lina zu schützen. Ohne mit der Wimper zu zucken, hätte er sein Leben dafür gegeben, wenn es etwas genützt hätte.

Die Sandfinger hatten sich geschlossen und bildeten jetzt einen Halbkreis, der die Sonne verdunkelte.

Zuerst waren es die Molochay, die sich aus dem Sand lösten. Zerlumpte Gestalten, die Lina an wiederauferstandene Mumien erinnerten. Und dann sah sie den Vampir, der an der Spitze seiner Begleiter aus dem Sand auftauchte, in einer überheblichen Lässigkeit, als würde er hier spazieren gehen.

»Hallo, Schätzchen. Ich habe dich gesucht.« Dabei zwinkerte Lugathus ihr zu und ließ mit gebleckten Zähnen die Zunge über seine Oberlippe wandern.

Lina zuckte unwillkürlich zusammen und trat Schutz suchend noch einen Schritt näher an Darian heran.

Lugathus hatte den schwarzen Ledermantel nach hinten geschlagen und war auf ein Knie gesunken. Aus dieser sprungbereiten Position heraus grinste er Darian mit selbstsicherer Überlegenheit an. »Gib sie uns freiwillig, und ich verspreche dir, du stirbst schnell.«

Darian antwortete nicht.

Lugathus zog in gespieltem Unverständnis die schmalen Augenbrauen zusammen. »Was, gar keine dummen Sprüche mehr, Clanführer?« Mit zwei Fingern verschloss er seine eigenen Lippen. »Ups, ich vergaß. Das bist du ja gar nicht mehr. So ein Jammer aber auch! Nicht einmal dein eigener Clan will dich noch haben.« Die rundumstehenden Vampire lachten und zollten ihrem Anführer Beifall. »Ich hoffe, das kleine Miststück war es wert.«

Lina wusste, dass sie hier sterben würde. Dieses Mal half ihnen auch der Elfenumhang nichts. Sie hatte Angst, sehr sogar. Aber an Darians Seite war es nicht so schlimm. Sie trat ganz nahe an ihn heran und schmiegte sich an seine Seite, während er seinen freien Arm schützend um sie legte.

»Herzergreifend«, kommentierte Lugathus.

Lina beachtete ihn nicht. Dieser letzte Augenblick sollte nur Darian gehören. Sie konnte spüren, wie er vor Zorn bebte. Sie schlang ihre Arme um seinen Hals und brachte ihre Lippen ganz dicht an sein Ohr. Was sie zu sagen hatte, war nur für ihn bestimmt. »Danke, dass du für mich da warst.« Sie strich ihm mit der Hand über die Wange. »Ich liebe dich. So sehr, dass ich es gar nicht in Worte fassen kann«, flüsterte sie und presste ihre Lippen an seinen Hals. Und dann ergab sie sich in seine liebevolle Umarmung, die ihr die Kraft geben würde für das, was jetzt kommen würde.

Darian konnte spüren, wie sie sich an ihn schmiegte. Ihre Angst war förmlich greifbar. Und dann hörte er ihre Worte.

»Lina, ich …« Er wollte ihr sagen, dass er das Gleiche für sie empfand, wollte ihr noch so vieles sagen.

Aber da wurde ihm die Luft aus den Lungen gepresst. Eine gewaltige Welle magischer Energie rollte über ihn hinweg. Auch Lina wurde erfasst. Nein, sie war der Ausgangspunkt! Sie verlor den Boden unter den Füßen. Selbst er konnte dem Druck nicht standhalten und wurde in die Knie gezwungen. Die Welle breitete sich explosionsartig aus und überrollte den Ring der Angreifer. Die Molochay verloren die Kontrolle über den Sandsturm. Sonnenlicht begann hindurchzusickern und löste umgehend Panik unter den Vampiren aus. Ein Sonnenfenster hatte sich zwischen den Angreifern und ihren Opfern gebildet. Lugathus lag auf dem Boden und sah, wie zwei seiner Vampire vor seinen Augen von den Sonnenstrahlen erfasst wurden und zu Asche verbrannten.

»Molochay! Sandsturm! Schnell!«

Die ersten Molochay erhoben sich wieder aus dem Sand und führten den Befehl aus. In wenigen Augenblicken würde das Sonnenfenster wieder geschlossen sein.

Lina hing immer noch nach Luft ringend in Darians Armen.

»Was war das?«

»Ein weiteres Siegel«, keuchte sie. Sie wusste nicht, wo sie war. Ein Bild tauchte vor ihren Augen auf, das nicht hierher in die Wüste gehörte. Aber es war vertraut. Benjamin war da. Er saß an Mamas Schreibtisch. Er schrieb. Im nächsten Augenblick kehrte die Wüste zurück. Sie blickte in Darians Augen, der ihr Kinn zwischen zwei Fingern hielt.

»Lina, komm zu dir.«

Ihr Blick wurde klarer. Und da wusste sie mit einem Mal, was zu tun war.

»Darian, vertraust du mir?« Ihr Blick war eindringlich.

»Ja, das tue ich.«

»Gut, dann komm mit!«

Ein Blick zur Sonne zeigte ihr, dass sich das Fenster rasend schnell schloss. Lugathus hatte sich im Schutz des Sandwirbels bereits sprungbereit gemacht. Lina nahm Darians Hand und zog ihn mit sich. Zielsicher schritt sie auf die Barriere zu, dem tödlichen Nebel entgegen. Es wurde immer kälter, und trotzdem wurde sie nicht langsamer. Erst als sie nur noch zwei Schritte von der Nebelwand trennten, blieb sie stehen und blickte ihn noch einmal an.

»Da hinein?«

»Ja!«

Ein Lächeln lag auf seinem Gesicht. »Wenn du das sagst.«

Sie spürte, wie sich sein Händedruck verstärkte, als sie gemeinsam in den Nebel traten.

»Sie hat das sechste Siegel geöffnet, nicht wahr?« Drogonn kam zur Tür hereingestürzt. Er war bei einer Lagebesprechung mit den Heerführern der jungen Völker gewesen, als er die Erschütterung der Magie gefühlt hatte.

Die weiße Magierin saß mit dem Rücken zu ihm auf dem harten Steinboden. Drogonn sah ein kaum wahrnehmbares Nicken. Was tat sie da auf dem Boden?

»Aber das sind doch gute Nachrichten!« Er umrundete Lupinia, um sie ansehen zu können und erschrak. Ihr Gesicht war hinter einem Schleier aus Tränen verborgen. Er hatte sie zuletzt weinen gesehen, als sie ihre alte Welt verlassen hatten.

»Was ist passiert?«

Lupinias Stimme war kaum ein Flüstern: »Ich kann sie nicht mehr spüren.«

Die Macht der Schöpfer

Benjamin war seiner Schwester Seite für Seite gefolgt, durch die Wüste, durch den Sturm, in die Felsenstadt. Er hatte sie durch eine Nacht begleitet, in der sie glücklich gewesen war. Benjamin freute sich für sie. Alles in allem lief es gut für Lina. Aber dann war Lugathus aufgetaucht und hatte die beiden in die Enge getrieben. Nun standen sie mit dem Rücken zu einer vernichtenden Nebelwand. Und zu Benjamins großem Entsetzen saß er vor einem leeren Blatt. Das Buch seiner Mutter endete mit den Worten: ›Gemeinsam traten sie in den Nebel.‹ Sie hatte es nicht vollendet!

Minutenlang starrte er das leere Blatt vor sich an und versuchte, sich einen Reim darauf zu machen. Kurz zuvor hatte er gelesen, dass Lina eine weitere Vision gehabt hatte. Sie hatte ihn gesehen, am Schreibtisch seiner Mutter. Benjamin suchte die Zeile und las sie erneut. ›Er schrieb‹, stand da …

Da begriff er plötzlich, worin seine Aufgabe bestehen sollte! Das war der Grund, weshalb er zurückgeschickt worden war. »Lina wird dich dort brauchen«, hatte Lupinia zu ihm gesagt. Aber selbst die Magierin hatte nicht gewusst, was damit gemeint war. Lina hatte gewusst, was sie tat, als sie in den

Nebel trat. Für sie war es kein Schritt in den Tod. Es war der Anfang eines Weges, den Benjamin ihr bereiten sollte! Sie wusste, dass er da war. Benjamin griff nach Arianas Schreibfeder und begann unbeholfen zu schreiben: ›… und als sie in den Nebel traten, war vor ihnen ein Tunnel.‹ Nein. Benjamin strich das Wort Tunnel wieder weg und ersetzte es durch ›Weg‹. Das war besser. Er schrieb weiter: ›Ein breiter Weg, gesäumt von hohen Fichten lag vor ihnen. Der Nebel konnte sie nicht erreichen. Er wich immer weiter zurück.‹

»Das ist gut!«, dachte Benjamin und schrieb weiter. ›… Der Weg, den die beiden wählten, führte sie weit weg von der Noriatwüste und immer tiefer hinein nach Jandamer …‹ Benjamin schrieb und schrieb. Und so wurde er zu einem Schöpfer Jandamers, wie seine Mutter es vor ihm war.

~

Sterben hatte sich Darian anders vorgestellt. Weder Alter noch Zeit konnten ihm als unsterblichem Wesen etwas anhaben. Das hieß aber nicht, dass er sein Leben nicht im Kampf verlieren konnte oder im tödlichen Nebel Jandamers. Für einen kurzen Moment hatte er sehr wohl das Gefühl gehabt, dass der Tod nach ihm gegriffen hatte. Eiskalt und grauenvoll hatte sich das angefühlt. Aber dann stand er plötzlich in einem Tunnel. Der Tunnel war zu einem Weg geworden, der sich vor ihm durch den Nebel wand. Er war von einem Gedanken beseelt. Lina war bei ihm. Und sie war am Leben. Lugathus hatte sie nicht in seine dreckigen Finger bekommen. Darian blieb stehen und zog sie an sich und Lina versank in seinen Armen. Lange Augenblicke hielt er sie so fest umschlungen, hatte sein Gesicht in ihr Haar gedrückt und atmete ihren Duft ein. Schließlich blickte sie zu ihm auf und er verlor sich im Bernstein ihrer Augen.

»Du gehörst zu mir! Und ich werde nicht zulassen, dass dir irgendjemand wehtut.« Darian küsste sie, lange und zärtlich. Er musste ihr nicht sagen, dass er sie liebte. Er ließ es sie spüren und sie verstand. Und als er diesen Kuss beendete, gab es für keinen der beiden mehr einen Zweifel. Sie gehörten zusammen.

Erst als er sie aus seiner Umarmung entließ, blickte er sich genauer um. Er konnte beobachten, wie der Nebel immer weiter abgedrängt wurde, wie vor seinen Augen Bäume erwuchsen, wunderschöne hohe Fichtenbäume, und moosbewachsener Waldboden entstand. »Lina, was passiert hier?«

»Eine Welt entsteht.« Ihrer Stimme war anzuhören, dass sie ebenso beeindruckt war wie er. »Das ist es, was die Schöpfer tun. Sie erschaffen Welten.«

Der Weg vor ihnen führte immer tiefer in den Wald hinein.

»Hast du gewusst, was uns hier erwartet?«

»Ich habe darauf vertraut, dass der Schöpfer, der hier am Werk ist, mich nicht im Stich lässt.«

»Du weißt, wer das hier macht?« Darian konnte seine Verwunderung nicht verbergen.

Lina schenkte ihm ein wissendes Lächeln. »Ja, ich habe ihn in meiner Vision gesehen. Es ist mein Bruder, Benjamin. Er wird uns durch den Nebel führen.«

Darian erinnerte sich an Linas Bruder. Ein junger Bursche, der für seine Schwester gekämpft hätte. Aber er hatte nicht wie jemand ausgesehen, der Welten erschaffen konnte. Und doch tat er es, hier und jetzt.

Nebeneinander gingen sie den Weg entlang. Er konnte die Magie spüren, die hier wirkte. Er, der er ein zutiefst erdverbundenes Wesen war, fühlte das Atmen der Bäume, das Wachsen des Grases, die Essenz jedes Gesteins, und er fühlte, wie diese Magie in die Tiefen Mendurias eindrang und ihr Kraft verlieh. Linas Bruder führte ihm vor Augen, was Schöpfung bedeutete. Er begann die Schöpfer in einem ganz neuen Licht zu sehen.

Lina war müde, und wieder taten ihr die Füße weh. Sie war in ihrem ganzen Leben noch nie so viel gelaufen wie in diesen Tagen. Aber sie durfte keine Schwäche zeigen. Nicht, solange sie in diesem Nebel steckten, der allmählich an ihren Nerven zu zerren begann. Um sich abzulenken, begann sie, ihre Gedanken zu ordnen. Das Gezeitenbuch hatte alle Siegel freigegeben, bis auf eines. Lina wusste, welches übrig blieb. Verzeihen – sie musste verzeihen. Aber was? Sie nahm das Buch aus ihrem Umhang und betrachtete es. Alle Steine hatten ihre Farbe gewechselt. Nur der mittlere, der größte, leuchtete noch rot. Es war das letzte, und so wie sie es verstand, wichtigste Siegel. Sie hätte gedacht, dass es die Fähigkeit zu lieben sein müsste, die für das Gezeitenbuch am entscheidendsten war. Was würde das Buch wohl noch von ihr verlangen? Diese Frage beunruhigte sie zutiefst. Seufzend ließ sie es wieder in ihrem Umhang verschwinden und konzentrierte sich auf den Weg.

»Du bist müde, nicht wahr?« Mit dieser Frage riss Darian sie aus ihren Gedanken. Lina nickte.

»Möchtest du rasten?« Er klang ein wenig besorgt. Sah sie tatsächlich schon so erschöpft aus?

»Nein. Nicht hier im Nebel.«

Er streckte ihr einladend die Hand entgegen. »Klettere auf meinen Rücken. Ich trag dich ein Stück.«

Sie wehrte dankend ab. »Kommt nicht infrage. Ich bin doch kein kleines Kind.«

Er blickte sie überrascht an. »Macht man das so mit kleinen Kindern?«

»Ja, mein Vater hat mich immer auf dem Rücken getragen, als ich noch klein war.«

Darian hatte den Kopf schräg gelegt und lächelte auf seine unnachahmliche Weise. »Wie klein?«

»Ungefähr so.« Lina legte die Hand waagerecht an ihre eigene Hüfte.

»Ah, verstehe, Koboldgröße.« Jetzt grinste er frech, als er hinzufügte: »Du warst ganz bestimmt ein süßer Kobold.«

Auch Lina musste lachen. »Davon kannst du ausgehen!«

»Es muss schön sein, ein Kind zu haben«, sagte er nachdenklich. »Dein Vater war bestimmt sehr glücklich, damals.«

Lina schluckte schwer. Der Gedanke an ihren Vater, und was mit ihm geschehen war, machte sie traurig. »Ja, ich denke, das war er. Ich wünschte, er könnte sich erinnern.«

Darian zog sie näher an sich. »Das wird er, ganz bestimmt. Wer könnte dich schon vergessen? Du wirst sehen …« Ruckartig war er stehen geblieben und hielt Lina zurück. »Siehst du das?« Er deutete auf eine Waldlichtung, die vor ihnen lag. Rotes Licht sickerte durch die Äste der Bäume. Der Blutmond Mendurias! Mit gezücktem Schwert übernahm er die Führung. Und Lina folgte ihm, hinaus aus dem kalten Nebel und hinein ins herrliche rote Mondlicht.

~

›Dort, wo der Weg endete, öffnete sich ein Durchgang in der Barriere und gab den Blick auf eine Waldlichtung frei‹, schrieb Benjamin. Er war immer noch vollkommen überwältigt von der Erfahrung, die er eben gemacht hatte. Er hatte seine Aufgabe gut gemeistert, denn er hatte Lina durch den Nebel geführt. Wäre es nach ihm gegangen, hätte er noch stundenlang so weiterschreiben können. Doch als er das Blatt wendete, war da plötzlich wieder die Handschrift seiner Mutter. Einigermaßen verdutzt blickte er auf das beschriebene Papier. Sie hatte also einfach ein Kapitel ausgelassen. Hatte sie nicht weitergewusst? Benjamin legte die Feder zur Seite und begann zu lesen. Er hätte die Geschichte in eine andere Richtung geführt. In seiner Version wäre Lina stark gewesen. Sie hätte keine Pause gebraucht, wäre nicht verzweifelt gewesen. Aber in das Werk seiner Mutter wagte er nicht einzugreifen. Sie hatte sich bestimmt etwas dabei gedacht. So litt er mit seiner Schwester bei jedem Ast, der ihr ins Gesicht geschleudert wurde, er strauchelte mit ihr, wenn sie in der Dunkelheit ihre müden Füße nicht sicher genug auf den Waldboden setzte, und er fühlte mit ihr, als sie getrieben von ruheloser Angst nicht stehen bleiben wollte. Es war mehr als das Mitgefühl, das man für einen Buchhelden empfand. Benjamin war jetzt dankbar, dass Darian bei ihr war, und dass er in der Lage war, Linas Ängste zu lindern und ihr ein bisschen Ruhe zu verschaffen. Auch er würde bis zum Ende bei seiner Schwester bleiben. Benjamin atmete tief durch und las weiter …

~

Mit einem Jubelschrei war Lina auf die monddurchflutete Waldlichtung gelaufen. Darian kannte diese Wälder. Er hatte ihr erklärt, dass sie sich noch eine gute Tagesreise von Kathmarin entfernt in den Wäldern der Eldorin befinden würden. Lina war erschöpft, aber an eine Rast war nicht zu denken. In ihr hatte sich das nagende Gefühl, zu spät zu kommen, ausgebreitet. Sie hatte sich Stunde um Stunde durch das dichte Unterholz gekämpft, bis sie ihre Kräfte vollkommen verließen.

»Das reicht«, sagte Darian schließlich, als sie eine weitere Waldlichtung durchquerten. »Du kannst ja kaum noch aufrecht stehen. Du brauchst endlich eine Pause.«

»Nein!« Sie wollte nicht rasten.

»Also gut, ich brauche eine Pause.« Er marschierte zum Rand der Lichtung, wo er sich an einem moosbewachsenen

Felsen niederließ, sein Schwert neben sich legte und es sich mit ausgestreckten Beinen bequem machte. Sie stand immer noch vor ihm und schien nicht recht zu wissen, was sie jetzt tun sollte. In einer einladenden Geste öffnete er seinen Umhang. »Komm zu mir!«

Vollkommen erschöpft ließ sie sich schließlich in seine Arme sinken. Ihre schweren Atemzüge sagten ihm, dass sie einfach nicht zur Ruhe fand.

»Was quält dich denn so?«

Seufzend holte sie Luft. »Ich spüre, dass mir die Zeit davonläuft. Ich muss so schnell wie möglich nach Kathmarin, und gleichzeitig habe ich Angst davor. Ich fürchte mich davor, das letzte Siegel nicht öffnen zu können. Und davor, was geschieht, wenn ich es schaffe. Ich wurde hierhergeholt, um diese Welt zu retten, aber wie soll ich das denn machen, wenn ich nicht weiß, wie?«

»Nun mal langsam. Wieso glaubst du, du müsstest diese Welt retten?« Darian hatte ihr Kinn gehoben, um ihr in die Augen sehen zu können.

»Was sonst soll das Buch von mir wollen?«

Ein liebevolles Lächeln hatte sich auf seinem Gesicht ausgebreitet. »Mag sein, dass ich nur ein einfältiger Dunkelelf bin, aber eines weiß ich: Niemand kann eine Welt im Alleingang retten. Nicht einmal du, Schöpferlein.« Dabei strich er ihr zärtlich über die Wange. »Wenn du nicht weißt, was das Schicksal von dir will, geht es dir nicht anders als allen anderen Lebewesen auch. Ich kann dir nicht versprechen, dass alles gut wird, denn das weiß ich selbst nicht. Aber ich kann dir versprechen, dass, was immer du tun musst, du nicht alleine sein wirst. Ich werde bei dir sein. Ich werde immer bei dir sein, wenn du mich brauchst. Und jetzt versuch zu schlafen. Du wirst sehen, morgen sieht das alles schon nicht mehr so schlimm aus.«

Lina schob ihren Kopf unter sein Kinn und kuschelte sich ganz eng an ihn. Und während er zärtlich über ihren Rücken strich, konnte er spüren, wie ihre Atemzüge immer ruhiger wurden und sie doch die Ruhe fand, die sie nicht mehr zu finden geglaubt hatte.

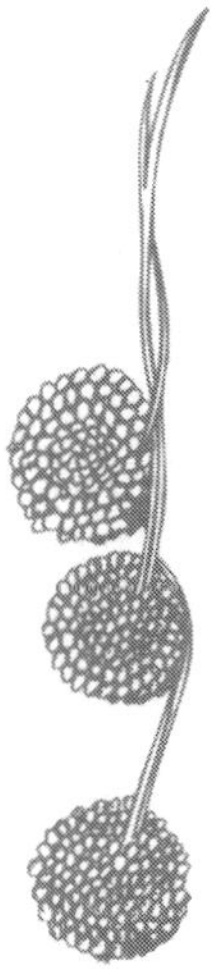

Unverzeihlich

In der Hohen Festung über den Dächern Kathmarins lag die weiße Magierin in einer ähnlichen Haltung an Drogonn geschmiegt. Auch sie fand in dieser Nacht keinen Schlaf. Vielleicht würde das ihre letzte gemeinsame Nacht sein. Kaum zu glauben, nach all den unzähligen Jahrtausenden, die sie nun schon zusammen waren. Ihr war bewusst, dass Menduria am Abgrund stand. Und selbst wenn sie es schaffen konnten, diese Welt zu retten, konnte niemand sagen, ob sie beide morgen noch am Leben waren. Sie hatte ihn viel zu lange alleine gelassen. Wie viel Zeit hatte sie vergeudet mit der Suche nach Ariana. Er hatte ihr das nicht vorgeworfen, aber sie wusste, dass er unter ihrer Abwesenheit gelitten hatte. Morgen würde er die Drachen anführen und sie würde …

Plötzlich stutzte Lupinia. Sie spürte etwas. Nein, sie spürte jemanden! Sie konnte Lina wieder spüren, ganz deutlich!

»Drogonn, wach auf!«, rief sie aufgeregt.

»Hmm?« Er brummte wie ein Drache.

»Sie ist wieder da!« Lupinia sprang auf.

Drogonn richtete sich benommen auf. Er war gerade erst eingeschlafen.

»Lina ist wieder da! Ich kann es spüren!«

Mit einem Mal war Drogonn wieder hellwach. »Wo ist sie?«

»Irgendwo in den Wäldern Eldorins. Drogonn, dort draußen steht Xedocs Heer! Wir müssen sie suchen, bevor er sie in die Finger bekommt! Ich muss sie suchen!«, fügte sie ein bisschen leiser hinzu. »Ich werde mich beeilen!«

Drogonn nickte. »Sei vorsichtig, mein Herz!«

Ehe sie wusste, wie ihr geschah, lag Lina auf dem Rücken und konnte sich nicht mehr bewegen. Immer noch schlaftrunken blickte sie aus schreckgeweiteten Augen in das Antlitz eines weißen Wolfes, der auf ihr kauerte und seine Pfoten auf ihren Schultern abgestützt hatte. Erst auf den zweiten Blick sah sie das schwarze Elfenschwert, das an der Kehle des Tieres lag.

»Nimm das Schwert weg, Dunkelelf, sofort!« Lupinias Stimme erklang in ihrem Kopf.

Darian, der über der Wölfin kniete, und sie am Genick gepackt hatte, zog langsam das Schwert zurück.

Eine heiße Wolfszunge leckte über Linas Gesicht und gleichzeitig erklang das mädchenhafte Lachen in ihrem Kopf. »Entschuldige, das musste sein!« Und dann konnte Lina endlich wieder frei atmen, als sich die Wölfin in weißem Rauch auflöste. Darian griff nach Linas Hand und half ihr auf die Beine. Kaum hatte Lupinia wieder menschliche Gestalt angenommen, schloss sie Lina in überschwänglicher Freude in ihre Arme. »Bin ich froh, dass es dir gut geht!«

»Ich freue mich auch, dich zu sehen.« Lina war immer noch schlaftrunken.

Die weiße Magierin hielt Lina auf Armlänge entfernt und blickte sie an. »Ich bin gekommen, um dich zu holen.«

Lina lächelte verlegen. »Das hab ich mir schon gedacht.«

Und dann wurde Lupinias Gesicht ernst, als sie sich an Darian wandte. »Dein Auftrag ist hiermit erfüllt. Ich entbinde dich in Drogonns Namen von deinem Schwur.«

Darian blickte sie nur unverwandt an.

»Hast du mich verstanden?«, erkundigte sich Lupinia.

»Du sprichst klar und deutlich, Magierin. Ich bin nicht mehr durch meinen Schwur gebunden. Aber ich habe Lina versprochen, bei ihr zu bleiben, solange sie das will.« Darian sah nun zu Lina, und augenblicklich verschwand der kalte Blick, mit dem er Lupinia bedacht hatte. »Möchtest du, dass ich bleibe?«

»Ja, das möchte ich.«

Irritiert wandte sich Lupinia an Darian. »Also gut, dann lass mich dich prüfen. Ich möchte sehen, wie ehrlich deine Absichten wirklich sind.«

»Halte dich ja aus meinem Geist heraus, Magierin!« Darians Unterton war drohend.

Mit erhobenem Zeigefinger kam Lupinia nun auf ihn zu. »Ich traue dir nicht. Du …«

»Aber ich vertraue ihm.« Lina hatte sich schützend vor ihn gestellt.

»Lina, du weißt nicht, worauf du dich da einlässt!«

»Oh doch, das weiß ich.« Lina griff nach seiner Hand und verflocht ihre Finger mit den seinen. »Und bei allem Respekt vor dir, Lupinia. Das ist meine eigene Entscheidung, nicht deine!«

Lupinia zog eine Augenbraue hoch und blickte Lina einen Moment lang scharf an. Dann breitete sich plötzlich ein versöhnliches Lächeln in ihrem Gesicht aus. »Entschuldige, Lina. Du hast recht. Das ist deine Sache.« Und an Darian gewandt fügte sie hinzu. »Ich werde dich trotzdem im Auge behalten. Das ist mein gutes Recht.«

Er nickte. »Das ist es.«

»Also gut, dann lasst uns aufbrechen.« Wieder wechselte sie die Gestalt und wurde zu Pegasus.

Ein neuer Tag war bereits angebrochen, als das geflügelte Pferd über den Wäldern der Eldorin in die Lüfte stieg.

Kühle würzige Morgenluft wehte Lina um die Ohren und brachte ihre Haut zum Kribbeln. Starke Arme hielten sie fest und gaben ihr Halt. Sie hatte ihren Kopf an Darians Schulter gelehnt und hielt die Augen geschlossen. Der Flug über die Wälder Eldorins hätte ihr Herz erwärmen können, wenn er unter anderen Umständen geschehen wäre.

»Gleich wirst du Kathmarin sehen.« Darians Stimme war dicht an ihrem Ohr zu hören.

Nicht hinzusehen konnte die Realität nicht vertreiben. Sie musste sich den Tatsachen stellen, also öffnete sie die Augen. Lupinia hielt sich dicht über den Baumkronen und flog gerade eine Anhöhe hinauf. Noch verdeckte dichter Laubwald ihr die Sicht. Aber dann überflog der Pegasus den Hügelkamm. Die Wälder fielen hier flach ab, bis sie sich in einer Ebene verloren. Weit in der Ferne war der Horizont von felsigem Gebirgsmassiv begrenzt, so weit das Auge reichte. Genau an der Stelle, wo sich zwei Gebirgsausläufer trafen, lag die Stadt, die von einer hoch aufragenden Festung dominiert wurde. Noch viel zu weit entfernt, um Genaueres erkennen zu können, und trotzdem wusste Lina, dass es die Stadt war, die sie in ihrer Vision brennen gesehen hatte.

»Siehst du das breite Tor? Das ist das Trolltor. Es gibt noch drei weitere …« Darian erzählte ihr genaue Einzelheiten über die alte Hauptstadt. Wie groß sie war, wer ihre Bewohner waren, wo man den besten Zwergenmet bekam. Aber auch, wie sie verteidigt wurde. Er wusste sogar, wo ihre Schwachpunkte lagen. »… das Elfentor wird am schwersten zu halten sein, obwohl es erst kürzlich verstärkt wurde. Lina, hörst du mir zu? Das ist wichtig.« Ein leiser Vorwurf klang jetzt in seiner Stimme mit. Wieder deutete er in die Richtung der Stadt. »Also, diese Verteidigungslinie dort, siehst du …«

Lina drückte ihm einen Kuss auf die Wange. »Lass gut sein, Darian. Ich weiß, dass du versuchst, mich abzulenken. Aber das da …«, sie deutete auf die Ebene vor ihnen, die im Staub einer heranrückenden Streitmacht lag, »… kann man einfach nicht übersehen.«

Er seufzte grinsend: »Es war einen Versuch wert.«

»Für jemanden, der bis jetzt an Xedocs Seite gestanden hat, weißt du aber verdammt viel über die Stadt.« Lupinias Gedanken waren für beide zu hören. »Darf ich fragen, woher?«

»Von Drogonn.«

Misstrauisch fragte die Magierin weiter: »Du hast Kontakt zu Drogonn?«

Darian klang gereizt. »Was denkst du, woher er seine Informationen aus der Calahadin hat?«

»Und wieso weiß ich nichts davon?« Jetzt war es Lupinia, die wütend klang.

»Das musst du schon Drogonn fragen. Ich bin nur der verachtenswerte Dunkelelf, dem man nicht trauen kann.«

Lupinia ließ ein wieherndes Schnauben vernehmen. »Darf ich ihn abwerfen, Lina?«

»Nein!«, rief Lina halb entsetzt, halb belustigt.

»Siehst du, Schöpferlein, jetzt hast du mir schon wieder die Haut gerettet«, raunte Darian ihr ins Ohr.

Nur wenige Augenblicke später überflogen sie die Waldgrenze und damit hatte das Scherzen ein Ende. Lina konnte die Anspannung fühlen, die sowohl Darian als auch Lupinia erfasst hatte.

»Ich hätte nicht gedacht, dass sie so schnell hier sein würden«, sagte Lupinia.

»Das bedeutet, die erste Verteidigungslinie ist gefallen.« Darian sagte das sehr sachlich.

Lina hielt sich aus diesem Gespräch vollkommen heraus. Sie war wie betäubt von dem Anblick, der sich ihr bot. Wie sollten sie da nur unbeschadet durchkommen? Sie hatte den Gedanken noch nicht zu Ende gedacht, als erste Pfeile an ihnen vorbeiflogen. Sie waren entdeckt worden.

»Du musst höhersteigen, Magierin! Die Pfeile sind vergiftet«, rief Darian und versuchte, Lina mit seinem Körper zu decken.

Lupinia folgte diesem Rat und begann an Höhe zu gewinnen. »Sind das deine Attanarjäger, Darian?«

»Nein, die Attanarpfeile treffen ihr Ziel.« Darian klang jetzt sehr angespannt. »Und ganz abgesehen davon, wären es nicht mehr meine Attanarjäger. Der Clan hat mich mit einem Bannspruch belegt.«

Lina blickte ihn entsetzt an. Sie erinnerte sich dunkel, dass Lugathus so etwas gesagt hatte. »Woher weißt du das?«

»Der Bote hat es mir gesagt, der uns in Sindwa gefunden hat.«

So lange wusste er das schon und hatte nie etwas zu ihr gesagt! Er hatte wahrlich einen sehr hohen Preis bezahlt, um ihr zu helfen. Sie wollte sich soeben bei ihm dafür bedanken, als ihre Aufmerksamkeit plötzlich auf die Stadt vor ihnen gelenkt wurde. Irgendetwas erhob sich dort in die Luft und kam näher.

»Was ist das?«

»Drachen«, sagte Darian erleichtert. »Der Drachenfürst kommt, um uns Deckung zu geben. Gleich haben wir es geschafft!«

Leider irrte er sich. Plötzlich tauchte wie aus dem Nichts ein ledergepanzerter Kampfgreif auf. Xedoc höchstpersönlich war erschienen, um sie abzufangen. Er wurde von zwei Harpyien begleitet, die sich sofort hinter den Pegasus setzten, während der Fürst ihnen den Weg versperrte.

»So sehen wir einander also wieder.« Xedocs Stimme triefte vor Spott, während er den geflügelten Löwen zügelte.

»Halt dich an ihrer Mähne fest«, sagte Darian, ohne auf Xedocs Worte einzugehen. »Die Drachen werden gleich hier sein.«

Lina spürte, wie er seine Hände von ihr löste.

»Was tust du?«, erklang die Stimme der weißen Magierin, die versuchte, die Fluchtinstinkte des Pferdes unter Kontrolle zu halten.

»Ich rette deinen Pferdearsch!«, rief Darian.

Lina drehte sich um und erstarrte. Er stand auf dem Rücken des Pegasus, hatte das Schwert gezogen, und wehrte die beiden Harpyien ab, die mit ausgefahrenen Krallen auf die Magierin eindrangen.

Lina befand sich in einem Albtraum und wusste nicht, wo sie zuerst hinsehen sollte. Vor ihr ließ Xedoc bereits die erste Energieentladung auf den Fingern tanzen, während Darian hinter ihr immer mehr in Bedrängnis geriet. Sie befanden sich direkt über der Kampflinie, in der sie unter sich eine Gruppe Zwerge erkennen konnte, die von Stiernackenkriegern eingekreist wurden. Gebrüll, Waffengeklirr und das Dröhnen von Explosionen vereinte sich zu einem Schlachtenlärm, der sie betäubte. Sie konnte einfach nicht mehr klar denken.

Xedoc hatte den ersten Energieblitz abgefeuert, dem Lupinia nur durch einen Schwenk zur Seite ausweichen konnte.

Lina sah, wie Darian um sein Gleichgewicht rang, und griff nach seiner Hand, um ihn zu stützen.

»Ich sag ja, sie hat was gegen mich.« Er schenkte ihr ein schelmisches Lächeln.

Unfassbar! Er schien diesen Wahnsinn zu genießen. Sein entrückter Gesichtsausdruck war der gleiche wie damals in der Krallenfestung, als er sich Brandan und dem Zentauren gestellt hatte.

Lina wandte den Blick wieder nach vorne und sah eine erneute Energieladung auf Xedocs Hand. Instinktiv zog sie das Gezeitenbuch aus der Umhangtasche und hielt es dem Angriff entgegen. Und das Buch tat, was es auch schon im Krallenturm getan hatte. Es schickte die Ladung blauer Funken wieder zurück zu dem Angreifer. Dieses Buch war ihre Waffe, im wahrsten Sinne des Wortes.

Das Geschoss zog als Querschläger unter dem Greifflügel hindurch und versengte dem Löwen das Gefieder.

»Miststück!« Xedoc feuerte erneut. Wieder erfolglos.

Aber Lina wusste nicht, wie lange sie das noch durchhalten konnte. Sie musste das Buch mittlerweile mit zwei Händen festhalten. Die Energieladung selbst konnte ihr zwar nichts anhaben, aber den Rückstoß spürte sie als schmerzhafte Erschütterung bis in die Schultern.

Eine der Harpyien hatte ihre Krallen in Lupinias Flügel versenkt. Die weiße Magierin wieherte schmerzvoll auf und versuchte sich freizukämpfen.

»Beeilt euch, Drogonn, wir halten nicht mehr lange durch!« Lupinias Hilferuf hallte verzweifelt in Linas Gedanken nach.

Glücklicherweise hatten die Drachen sie beinahe erreicht. Der größte der drei, auf dem ein Reiter saß, schien der Magierin zu antworten. Er spie brüllend Feuer, während die anderen zu beiden Seiten ausschwenkten.

Auch Xedoc hatte die Drachen bemerkt. Er ahnte wohl, dass er keine Zeit mehr hatte, denn er stellte die Angriffe ein und zog stattdessen eine Traumkugel aus der Tasche, die er jetzt über dem Abgrund in seiner ausgestreckten Hand hielt.

»Sieh her, kleine Schöpferin«, brüllte der Fürst über den Schlachtenlärm hinweg. »Die Träume deiner Mutter. Arianas Träume!«, sagte er genießerisch und drehte die Hand ganz langsam, bis die Kugel nur noch von seinen Fingerspitzen gehalten wurde. Mit einem Ruck öffnete er die Hand und ließ die Kugel fallen.

»Nein!« Wie in Zeitlupe sah Lina die Kugel fallen. Das Gezeitenbuch fiel ihr aus der Hand, als sie nach der Kugel griff. Nur noch ihre Fingerspitzen berührten die glatte Oberfläche. Dann war die Kugel außer Reichweite. Sie verlor das Gleichgewicht, rutschte über den Pferdehals ab und stürzte mit einem entsetzten Angstschrei hinterher.

~

… ›Xedoc hatte etwas Unverzeihliches getan‹, las Benjamin. Es waren die letzten Worte im Buch seiner Mutter. Gehetzt blätterte er weiter. Möglicherweise hatte sie wieder nur ein Kapitel ausgelassen. Nein, da war nichts mehr! Das konnte nicht wahr sein, durfte es nicht! Es war nur ein Buch, nichts weiter. Ein unvollendetes Manuskript.

Trotzdem, er musste Gewissheit haben. Und die würde er nur im Krankenhaus finden. Dort, wo er schon längst hätte sein sollen, an der Seite seiner Mutter. Benjamin jagte die Kellertreppe hinauf und aus dem Haus. Ungewissheit, Angst und böse Vorahnung hießen die Dämonen, die ihn begleiteten und zu ungeahnter Geschwindigkeit trieben. Schon bald brannte seine Lunge wie Feuer, doch er verlangsamte sein Tempo nicht. Als er das Krankenhaus endlich erreichte, standen ihm Schweißperlen auf der Stirn. Erst vor dem Zimmer, in dem seine Mutter lag, kam er schlitternd zum Stehen. Sein Vater saß neben dem Bett und war über der Hand seiner Mutter zusammengesunken. Benjamins Blick fiel auf den Monitor, der die Vitalfunktionen anzeigte, und konnte darauf nichts erkennen. Alle Linien verliefen waagerecht. »Mama«, flüsterte er verzweifelt und sank neben seinem Vater auf die Knie.

Versprechen und Wahrheiten

Drogonn hatte bereits in der Nacht auf der Ringmauer Stellung bezogen. Tek-Dragon hatte zusammen mit ihm gewacht. Lange Zeit hatten sie so schweigend nebeneinandergestanden, der letzte Andavyankriegsherr und der Drachenfürst. Beide wussten sie, dass an diesem Morgen die Entscheidungsschlacht beginnen würde. Und beiden war bewusst, dass sie Kathmarin und damit das große Tor auf der Hochebene von Arvakur nicht würden halten können. Xedocs Verbündete, die Geisterdämonen, waren zu mächtige Gegner. Sie hatten aus der Traumessenz der Schöpfer Waffen von unglaublicher Sprengkraft gemacht. Erst vor Kurzem war einer von Tek-Dragons Drachen mit der Nachricht gekommen, dass Xedoc die erste Verteidigungslinie der vereinten Völker mit diesen Waffen überrannt hatte, so als wäre sie gar nicht vorhanden.

»Zwei Tage?«, hatte Drogonn gefragt.

Tek-Dragon hatte mit seinem massigen grauen Kopf genickt. »Höchstens.«

Zwei Tage gaben sie also der ältesten Stadt Mendurias. Das war nicht gerade viel.

Wieder waren sie in Schweigen verfallen. Die Sonne hatte sich gerade aus dem Staub der heranrückenden Streitmacht erhoben, als Tek-Dragon schließlich das Schweigen brach. »Wird sie uns erkennen?«

»Nein«, erwiderte Drogonn. »Sie war älter, als ich sie geholt habe.«

»Und Darian, erinnert er sich immer noch nicht?«

»Nein. Die Drachenmagierin hat ganze Arbeit geleistet.«

Der Drachenfürst legte den Kopf schräg und blickte Drogonn an. »Wirst du es ihnen sagen?«

»Nein. Das muss ich gar nicht.« Drogonn seufzte. Wie sollte man jemandem sagen, dass man ihn auf dem Altar des Schicksals geopfert hatte? Auch wenn die Absichten, die dahintersteckten, gut gewesen waren. Das war eines der Geheimnisse, die er nur mit den Drachen teilen würde. »Sie wird sich eines Tages erinnern. Und dann mögen uns die Titanen gnädig sein!«

Beide waren sie abermals in Schweigen verfallen, bis Tek-Dragon sagte: »Dort kommen sie!«

Drogonn konnte sie noch nicht erkennen. Aber er konnte den Ruf seiner Gefährtin hören, der in seinen Gedanken erklang. »Ich habe sie! Wir sind bald da!«

Daraufhin hatte der Drachenfürst zwei weitere Drachen an seine Seite gerufen, Set-Dragon und Ark-Dragon. Mit Drogonn auf seinem Rücken, stiegen sie jetzt gemeinsam über der Ringmauer von Kathmarin auf. Gemeinsam näherten sie sich der Kampflinie. Lupinia war in Bedrängnis geraten. Drogonn sah, wie Darian mit einer verbissenen Eleganz kämpfte, die seinesgleichen suchte, selbst auf dem Rücken eines fliegenden Pferdes.

Doch dann wendete sich das Blatt. Darian rief nach Set-Dragon und sprang hinter Lina her in die Tiefe und auch der Pegasus galoppierte ihr nach.

Drogonn hörte Lupinias Aufschrei in seinen Gedanken. »Ariana! Nein!« Und dann wurde sie selbst getroffen. Drogonns ganze Welt stürzte in den Abgrund. »Schneller!«, brüllte er.

Allen voran schoss Set-Dragon los, während sich der Pegasus in weißem Rauch auflöste. Drogonn hatte gehofft, dass sie sich als Falke wieder materialisieren würde. Aber die weiße Magierin hatte noch in der Luft ihre menschliche Gestalt angenommen, und stürzte bewusstlos weiter abwärts. Drogonn sah die Verwüstung, die die zerberstende Traumkugel auf dem Boden angerichtet hatte. Es mussten tatsächlich Arianas Träume gewesen sein. So überaus kraftvoll, so voll Fantasie, so stark. Andavyanträume, die fähig waren, ganze Welten zu erschaffen.

Fluchend war Darian vom Rücken des Pegasus gesprungen, nachdem er Set-Dragon zu Hilfe gerufen hatte. Wenn einer der Drachen sie noch erreichen konnte, dann der Himmelspfeil. Aber es würde verdammt knapp werden. Vollkommen durchgestreckt schoss Darian in die Tiefe. Linas Fall war unkontrolliert und panisch, aber dadurch langsamer. Die Traumkugel war mit rasender Geschwindigkeit nach unten gefallen und explodiert. Darian hatte nur noch einen Gedanken: Er musste zu Lina und ihren Sturz bremsen, schlimmstenfalls mit seinem eigenen Körper. Nur einen Augenblick später hatte er sie erreicht, riss sie an sich und vollführte eine Drehung in der Luft, sodass sie nun über ihm war. »Ich hab dich! Halt dich fest!«

Sie klammerte sich mit aller Kraft an ihn und vergrub den Kopf an seiner Schulter. Ein stechender Schmerz jagte sein Rückgrat hinab, als sich die Krallen des Drachen um ihn schlossen und seinen Fall bremsten. Staub wirbelte auf, und sagte Darian, wie nahe sie dem Boden bereits gewesen waren. Er stöhnte schmerzhaft auf, als ihn der Drache wieder hochriss.

»Ich darf doch, alter Freund?«

»Deine Auftritte sind legendär, wie immer«, rief Darian dem Grünschuppen zu, der das Kompliment wohlwollend entgegennahm.

Aus dem Augenwinkel sah Darian, wie Drogonn auf dem Rücken des Drachenfürsten die weiße Magierin noch rechtzeitig erreichte, ehe sie auf dem Boden aufschlug. Auch Set-Dragon gewann mit kräftigen Flügelschlägen wieder an Höhe. Nur Ark-Dragon hatte als einziger den Boden berührt, um das Gezeitenbuch und Darians Elfenschwert aufzusammeln.

Darian konnte spüren, wie Lina am ganzen Körper zitterte. Sie hatte nicht einmal aufgeblickt, als der Drache zugegriffen hatte. »Ist alles in Ordnung mit dir?«, fragte er behutsam.

Ein kurzes heftiges Nicken war alles, was er zur Antwort bekam. Er verstärkte den Druck seiner Umarmung noch ein kleines bisschen. Er wollte sie spüren lassen, dass sie in Sicherheit war. Erst allmählich wurde ihm selbst bewusst, wie verdammt knapp sie mit dem Leben davongekommen waren. Ohne die überaus schnelle Reaktion des Grüngeschuppten wären sie jetzt beide tot.

Linas Mutter aber konnten selbst die Drachen nicht mehr retten. Wie würde sie das verkraften? Xedoc hatte ganze Arbeit geleistet. Wie sollte sie ihm diese Tat nur verzeihen?

Mittlerweile hatten sie die Ringmauer überflogen und näherten sich der Hohen Festung von Kathmarin. Tek-Dragon landete auf der Balkonbrüstung des Gemaches, das Drogonn mit Lupinia teilte, und ließ den Andavyan absteigen.

Nur kurze Zeit später setzte auch Set-Dragon seine wertvolle Fracht auf dem Balkon ab.

Darian war nicht ganz sicher, ob ihre eigenen Füße sie überhaupt tragen würden, als er Lina vorsichtig vor sich auf den Boden stellte. Er rechnete jeden Augenblick damit, dass sie zusammenbrechen würde. »Lina, sieh mich an!« Er hielt sie immer noch im Arm und blickte sie eindringlich an. »Weißt du, was passiert ist?«

Sie sprach langsam und leise. Kein Muskel bewegte sich in ihrem Gesicht. »Mama ist tot.«

Sie so zu sehen, schmerzte ihn zutiefst. Zärtlich strich er ihr übers Haar. »Er wird dafür bezahlen! Das verspreche ich dir.« Egal wie lange es dauern würde und was dazu notwendig wäre, Darian würde dafür sorgen, dass Xedoc dafür bezahlte. Lina war diejenige, die ihm diese Tat verzeihen musste. Er nicht. Er durfte für sie beide hassen.

Da fiel sein Blick durch die offene Tür auf Drogonn, der Lupinia auf der großen Lagerstatt abgelegt hatte und sie in seinen Armen wiegte. Sie war tödlich getroffen. Xedoc hatte eine der letzen Andavyan auf dem Gewissen. Das durfte auf keinen Fall auch mit Lina geschehen. Darian hob Linas Kinn so weit an, dass sie ihn ansehen musste. »Ich möchte, dass du mir jetzt etwas versprichst: Wenn wir diesen Kampf verlieren sollten, kehrst du in die Schöpferwelt zurück und bringst dich dort in Sicherheit!«

Wie aus weiter Ferne drangen die Worte an Linas Ohr. Sie hatte Schwierigkeiten zu verstehen, was er wollte. Sie sollte gehen? Warum und wohin?

Sein Blick war so beschwörend, dass sie sich nicht entziehen konnte. Sie wollte nicht weg von hier. Der Ort, an dem sie sich befand, war wie Watte, weich und warm. Und er verlangte, von ihr zu gehen.

»Lina, hörst du mir zu?«

Sie nickte. Natürlich hörte sie zu. Aber was er jetzt von ihr forderte, verstand sie nicht.

»Warum soll ich gehen?« Langsam zerriss der Schleier, und die Umrisse wurden klarer.

»Ich möchte nicht, dass es mir geht wie ihm. Ich möchte nicht so um dich trauern müssen.«

Ein Flehen lag in seinem Blick.

»Geht wie wem?«

Darian deutete auf Drogonn, der die Welt um sich herum vergessen zu haben schien und nur noch Lupinia sah. Und erst da begriff sie. Die weiße Magierin war verletzt. Sie war nicht mehr Pegasus. Sie waren nicht mehr in der Luft. Und ihre Mutter war gestorben. Ihr Verstand erfasste diese Tatsachen jetzt, doch sie konnte es nicht fühlen.

Darian drängte sie immer noch. »Versprich es! Ich möchte, dass du es sagst.«

»Ich verspreche es.« Sie wusste nicht einmal genau, was sie versprochen hatte. Aber er schien zufrieden zu sein. Jetzt aber musste sie zu Lupinia. Sie löste sich aus Darians Umarmung und betrat das Gemach. Immer noch fühlte sie sich seltsam wackelig auf den Beinen.

»Darf ich?«, fragte sie vorsichtig. Drogonn war ein Riese von einem Mann, selbst wenn er so wie jetzt zusammengekauert dasaß. Er wirkte einschüchternd auf Lina. Aber als er sie aus tiefgrauen Augen ansah, klang seine tiefe Bassstimme weich. Ein Flehen lag darin.

»Kannst du ihr helfen?«

»Ich werde es versuchen.« Mehr als den Willen zur Heilung konnte sie nicht anbieten. Für Versprechungen hatte sie viel zu wenig Erfahrung. Bis jetzt war es immer Darian gewesen, dem sie geholfen hatte.

Drogonn ließ seine bewusstlose Gefährtin auf das Lager sinken, schob ihr ein Kissen unters Haar und trat zur Seite.

Lupinia so zu sehen, erschreckte Lina. Sie roch verbranntes Fleisch. Das weiße Haar war blutverklebt und zum Teil verbrannt. Der Energieball musste sie in den Rücken getroffen haben.

Lina holte tief Luft und setzte sich dann auf das Bett. Sie löste die Kleidungsreste aus der verbrannten Haut und suchte nach heilen Stellen, an denen sie ihre Hände auflegen konnte. Lupinias Haut war hell wie Elfenbein, was die Verbrennungen noch schlimmer aussehen ließ. Mit geschlossenen Augen horchte sie in ihr Innerstes. Der Wunsch, wiedergutzumachen, was zerstört worden war, wurde übermächtig in ihr. Und dann spürte sie die Wärme in sich aufsteigen, die der Wunsch nach Heilung bis jetzt immer mit sich gebracht hatte. Sie suchte die Verbindung zu Lupinia. Und so wie sie es bei Darian getan hatte, spürte sie den Schmerz auf, und teilte ihn mit Lupinia. Die heilende Magie half ihr, Verbrennungen zu schließen und totes Gewebe wieder wachsen zu lassen. Doch als sie damit fertig war, spürte sie, dass immer noch Schmerz in diesem Körper war. Erneut suchte sie nach der Ursache, und fand ihn in den Erinnerungen an eine Zeit, die Lupinia fern der Heimat verbracht hatte, in einer anderen Welt, in ihrer Welt. Es war die Sorge um eine Frau, die sie sehr geliebt hatte. Es war das Bild Arianas, ihrer Mutter. Lina fand Erinnerungen an eine dreijährige Lina, welche die weiße Magierin nur von Weitem beobachtet hatte. An Benjamin und sich selbst, an einem Strand spielend, während Ariana und David danebensaßen und zusahen. Lina konnte ihr ganzes Leben in Lupinias Erinnerungen finden. Die weiße Magierin hatte sie beschützt, seit sie denken konnte, während sie selbst einsam gewesen war. Lina zog sich tief gerührt ganz behutsam aus diesen Erinnerungen zurück und nahm nur den Schmerz mit sich, der damit verbunden war. Erschöpft und müde kauerte sie schließlich neben Lupinia.

Erst jetzt spürte sie, wie ihre eigene Müdigkeit sie übermannte. Sie rollte sich zur Seite und zog die Beine an den Körper. Drogonn stand neben ihr und nickte ihr zu. Sein Gesichtsausdruck sprach Bände. Und dann spürte sie Darians Hand auf ihrer Wange.

»Geht es dir gut, Kleines?« Er klang besorgt.

»Ja, ich bin nur müde.«

»Ruh dich aus. Du bist hier sicher. Wir sind bald wieder zurück«, flüsterte er. Das Letzte, was sie spürte, bevor sie einschlief, waren seine Lippen auf ihren, wunderbar weich und warm.

Tief in Gedanken ging Darian neben Drogonn die Gänge der Hohen Festung entlang. Die Wohnräume, die der Kriegsherr mit der weißen Magierin teilte, waren im obersten Stockwerk des Hauptturmes der weitläufigen Festungsanlage. Darian war noch nie dort oben gewesen. Er hatte es immer vermieden, Drogonn in Kathmarin zu treffen. Viel zu groß war das Risiko, hier als Dunkelelf erkannt zu werden. Und jedes Mal, wenn er zurückgekehrt war in die Calahadin, hatte er damit rechnen müssen, dass die Seherin ihn enttarnte. Nur wenn Xedocs Aufträge ihn hierhergeführt hatten, war er vor Galan sicher gewesen. Aber in Kathmarin enttarnt zu werden, wäre ebenso sein Tod gewesen. Darian hatte dieses doppelte Spiel von Anfang an gespielt und er war gut darin gewesen. Bis zu einem gewissen Grad hatte es ihm sogar Spaß gemacht. Was jetzt gleich folgen würde, wäre aber ganz bestimmt nicht angenehm. Noch während Lina die weiße Magierin geheilt hatte, war ein Kobold erschienen und hatte eine Botschaft für Drogonn gebracht. Die Führer der vereinten Völker baten um ein Treffen mit ihm. Sie erwarteten ihn zu einer Lagebesprechung in der Ahnenhalle.

Drogonn hatte zugesichert zu kommen.

»Wer hat zurzeit den Oberbefehl?«, erkundigte sich Darian eben.

»Gwindra.« Drogonn konnte sich ein Schmunzeln nicht verkneifen.

Auch Darian grinste. Er hatte die Zwergenkönigin seit ewigen Zeiten nicht mehr gesehen. Damals war sie noch Führerin der Clans im Titanengebirge gewesen. »Gwindra, hmm? Das hat Fürst Laudrin bestimmt nicht geschmeckt.«

Drogonn zuckte nur die Schultern. »Sagen wir, er war nicht erfreut. Aber ihm wären die Kobolde niemals gefolgt. Und schließlich untersteht selbst Gwindra noch mir.« Der Andavyan berichtete ihm von der letzten Besprechung, die am Abend zuvor stattgefunden hatte.

Darian hatte nur noch mit einem Ohr zugehört. Er versuchte, sich auf diese Lagebesprechung vorzubereiten. Sie hatten die Halle noch nicht erreicht, als ein Schwall von derben Schimpfworten durch das geschlossene Tor kam.

»Killron«, erklärte Drogonn.

»Dachte ich mir.«

»Bereit?«, erkundigte sich Drogonn.

»Nein«, sagte Darian. »Aber lass es uns trotzdem hinter uns bringen.«

Darian straffte die Schultern und holte tief Luft. Hoch erhobenen Hauptes trat er hinter Drogonn ein.

Die Stille, die plötzlich in der Ahnenhalle eingekehrt war, war beängstigend. Darian hatte das Gefühl, nicht nur die Blicke der Lebenden zu spüren. Selbst die Statuen der Andavyanahnen schienen ihn anzustarren. Zu beiden Seiten flankierten sie den Mittelgang der Halle. Knapp bevor sie die Tafel erreicht hatten, fiel sein Blick auf die Statue einer jungen Frau von zierlicher Gestalt und langem wallenden Haar, das ihr bis zur Hüfte reichte. Heiliger Schöpferfluch, sie war Lina wie aus dem Gesicht geschnitten! Seine aufgesetzte Gleichgültigkeit geriet ins Wanken.

»Wer ist das?«, flüsterte er Drogonn zu.

»Ariana.«

»Sie sieht aus wie Lina.« Darian machte sich nicht die Mühe, sein Erstaunen zu verbergen.

»Sie ist Linas Mutter«, erklärte Drogonn.

Großartig, die Frau, die er liebte, war nicht nur eine Schöpferin, sondern auch noch eine halbe Andavyan! Das erklärte ihre Fähigkeiten. Die Umstände von Linas Herkunft würde Drogonn ihm beizeiten noch genauer verraten müssen. Aber all das würde warten müssen. Denn sie hatten die Tafel erreicht, und so wie er erwartet hatte, stand er nun einer Wand aus Hass und Verachtung gegenüber.

Es war nur eine Bewegung aus dem Augenwinkel, die Darian sein Schwert ziehen ließ.

Fürst Laudrin hatte seinen Bogen gespannt und zielte auf ihn. »Was hat das zu bedeuten, Drogonn?«, fragte der Elfenfürst. Seine Stimme hatte die nasale Tonart, die den Lichtelfen aus Terzina eigen war.

Fürst Laudrin war nicht der Einzige, der seine Waffe gegen Darian erhoben hatte.

»Das reicht! Steckt eure Waffen weg!«, befahl Drogonn.

Alle gehorchten, wenn auch widerwillig.

»Was hat dieser Stiefellecker Xedocs hier zu suchen, Drogonn?« Die Haltung des Elfenfürsten war immer noch die eines Angreifers.

»Vielleicht sollten wir Drogonn einmal zu Wort kommen lassen?«, meinte ein anderer Lichtelf, den Darian nicht kannte. »Ich bin sicher, er wird es uns erklären.«

»Danke für deine Unterstützung, Endorven.« Drogonn nickte dem Lichtelfen kurz zu und wandte sich dann an die versammelten Führer. »Ihr habt mich bereits des Öfteren gefragt, wo ich meine Informationen über Xedoc und die Calahadin herhabe. Und ich habe euch diese Auskunft immer verweigert. Nun ist das nicht mehr nötig. Darian war es, der mir diese Informationen beschafft hat. Er ist auf meinen Befehl hin in die Calahadin gezogen und hat die Dunkelelfen mitgenommen. Er war es auch, der die junge Schöpferin und das Gezeitenbuch aus der Calahadin sicher hierhergebracht hat. Wer also ein Problem mit ihm hat, der hat auch eins mit mir.«

Fasziniert stellte Darian fest, dass keiner der Anwesenden es wagte, sich gegen Drogonn zu stellen. Die Lagebesprechung konnte beginnen.

Als Lina erwachte, war der Raum in das brennende Rot der Abenddämmerung gehüllt. Lupinia schlief noch. Dienstbeflissene Kobolde hatten sie neu eingekleidet und ihr Haar in Ordnung gebracht. Leise stand Lina auf und versuchte ihre Gedanken zu ordnen. Xedoc hatte ihre schlimmsten Befürchtungen wahr werden lassen. Und das auf eine Art, die sie immer noch nicht fassen konnte. Er hatte ihre Mutter getötet. Lina wusste, dass es so war. Und trotzdem konnte sie nicht trauern. Sie hatte bis jetzt keine einzige Träne vergossen. Was war bloß mit ihr los? War sie zu einem gefühlskalten Klotz geworden?

Sie trat auf den Balkon. Es schien, als hätten die Kämpfe aufgehört. Zumindest der Lärm, den sie als so ohrenbetäubend empfunden hatte, war verstummt. Soweit Lina erkennen konnte, hatten sich die Verteidiger hinter die erste massive Ringmauer der Stadt zurückgezogen. Kathmarin war noch nicht in Flammen aufgegangen. Vielleicht war ihre Vision falsch gewesen? Darian hatte ihr gesagt, dass selbst Galan nicht immer das gesehen hatte, was tatsächlich geschehen war. Lina wollte so gerne helfen, aber sie wusste nicht, wie. Sie konnte sich nicht einmal selbst verteidigen. Ohne Darian wäre sie nicht einmal von der Dämonenklippe gekommen.

»Nicht alle Kämpfe werden mit dem Schwert ausgefochten.« Lupinia war neben sie getreten, so leise, dass sie es gar nicht gehört hatte.

»Wie fühlst du dich?« Lina blickte auf und sah die Andavyanmagierin lächeln.

»Es geht mir gut. So gut, wie es mir gar nicht gehen dürfte.«

Lina wusste, worauf Lupinia hinauswollte.

»Es tut mir leid. Ich …«

»Nein, Lina. Mir tut es leid. Ich hätte dir von Anfang an sagen müssen, wer deine Mutter war.«

»Warum hast du es nicht getan?«

Lupinia hob die Hände in einer hilflosen Geste und seufzte. »Es war doch ohnehin schon so viel, was ohne Vorwarnung auf dich zugekommen ist. Ich wollte es dir bei Gelegenheit erzählen. Aber diese Gelegenheit hat sich niemals ergeben.«

Ernst blickte Lina die Magierin an. »Ich finde, jetzt wäre eine gute Gelegenheit.«

»Du hast recht«, sagte Lupinia. »Komm mit, ich möchte dir etwas zeigen.«

Sie nahm Lina bei der Hand und führte sie einen Stock tiefer, wo sich Lina in einem gemütlichen Wohnraum wiederfand, der mit Sitzgelegenheiten und einem riesigen Säulenkamin ausgestattet war. Bücherregale nahmen den größten Teil der Wände ein. Lupinia führte sie in einen angrenzenden Raum von gewaltigen Ausmaßen, der als Wohn- und Schlafgemach hergerichtet war. Er nahm die gesamte Breite des Turmes ein. Im vorderen Teil waren entlang der großen Fenster bequeme Sitzgelegenheiten platziert, die von Steinsäulen getragen wurden. Im hinteren Teil stand ein überdimensional großes Schlaflager auf einer Steinstufe. Vier Steinsäulen, die an ihrem oberen Ende mit Holzträgern verbunden waren, bildeten ein Gerüst, auf dem sich Glyzinien hinaufschlängelten und den gesamten Betthimmel überwucherten. Die blauen Blütenreben verströmten einen angenehmen Duft. Überall brannten Kerzen in den Wandhaltern. Die ganze Atmosphäre wirkte sehr einladend, so als würden diese Räume bewohnt sein und liebevoll gepflegt werden.

»Wo sind wir hier?«

»Das waren Arianas Räume hier in Kathmarin.« Lupinia ließ Lina bei diesen Worten nicht aus den Augen.

»Sind Ariana und meine Mutter ein und dieselbe Person gewesen?«

»Ja und nein«, sagte Lupinia, die sich nun auf das Sofa am Fenster niedergelassen hatte und Lina mit einer einladenden Handbewegung aufforderte, es ihr gleichzutun. »Ariana war meine Seelenschwester, von Kindertagen an. Und ich spreche hier von einem Zeitraum, der in deinen Begriffen mehrere tausend Jahre zurückliegt. Wir wurden gemeinsam in den Künsten der Andavyanmagie ausgebildet, nachdem man diese Gabe bei uns im Kindesalter entdeckt hatte. Wir haben gemeinsam um unsere alte Welt gekämpft und sind auch gemeinsam nach Menduria gekommen. Ich habe ihr einst geschworen, dass ich auf dich aufpassen werde.« Lupinia räusperte sich. »Lina, es tut mir so leid, was passiert ist.«

Lina nickte langsam. »Hat meine Mutter gewusst, dass sie eine Andavyan war?«

»Nein, als sie in deiner Welt wiedergeboren wurde, hat sie nichts mehr davon gewusst, trotzdem war ein Teil von ihr immer Andavyan. Die Seele ist die gleiche, aber das Wissen und die Erinnerung an ihr Leben als Andavyan war ihr nicht mehr zugänglich. Die Erfahrungen, die sie in deiner Welt gemacht hat, haben sie geprägt und eine andere aus ihr gemacht.«

Lina nickte, während sie immer noch zu begreifen versuchte.

»Hatte sie auch Visionen, so wie ich?«

Lupinia stutzte. »Visionen? Du meinst, du hast die Sehergabe?«

»Ja, es scheint so.«

»Nein. Ariana hatte niemals seherische Fähigkeiten.« Lupinia konnte ihr Erstaunen nicht verbergen. »Erzähl mir bitte davon.«

Lina berichtete ihr von den Träumen, die sie bereits in ihrer eigenen Welt gehabt hatte. Sie erzählte von Kathmarin, das sie brennen gesehen hatte, und von Benjamin, den sie am Schreibtisch ihrer Mutter gesehen hatte, wie er ihr einen Weg durch Jandamer schuf.

»Das ist wirklich erstaunlich«, sagte Lupinia nachdenklich. »Das muss durch Vererbung passiert sein. Die Heilkraft, Arianas stärkste Kraft, hat sie dir durch das Buch zukommen lassen, aber ganz bestimmt nicht die Seherkraft. Ich werde dich schulen müssen, damit du mit diesen Kräften richtig umzugehen lernst. Aber das hat Zeit. Jetzt ruh dich erst einmal aus.«

Lina nickte und ließ den Blick erneut durch den Raum schweifen. »Es wirkt, als wäre sie eben erst hier aus der Tür gegangen.«

Lupinia lächelte wehmütig. »Ja, das ist das Werk der Kobolde. Sie haben jeden Tag mit ihrer Rückkehr gerechnet. Du wirst sehen, sie sind sehr zuvorkommend. Wenn sie dir lästig werden, musst du sie einfach fortschicken. Das nehmen sie nicht krumm.«

Nachdem Lupinia gegangen war, dauerte es tatsächlich nicht lange, bis die erste Koboldfrau auftauchte und sich geschäftig daran machte, Lina zur Hand zu gehen. Sie verschwand in einem Nebenraum, aus dem sie frische Kleider holte, nur um im nächsten Raum zu verschwinden, der sich als das Bad dieser Räumlichkeiten herausstellte. Und noch ehe Lina wusste, wie ihr geschah, hatte die kleine Frau ihr ein Bad eingelassen. Nun war es an der Zeit, Lupinias Rat zu befolgen. Sie entließ die Koboldfrau, um ungestört in die steinerne Badewanne zu steigen. Das warme Wasser löste die Verspannungen in ihren Muskeln. Der Duft des Badeöls stieg ihr in die Nase. Sie musste daran denken, dass Ariana hier bestimmt sehr oft gebadet hatte. Auch ihre Mutter hatte es geliebt, zu baden. Der Gedanke an ihre Mutter ließ ihr das Herz so schwer werden, dass sie Mühe hatte zu atmen. Und da begannen endlich die Tränen zu fließen, die bis jetzt nicht hatten fließen wollen.

Darian brummte der Schädel, als er sich von Drogonn verabschiedete. Der Kriegsrat war sich einig, die Traumkugeln waren der Schlüssel. Wenn sie es schafften, die Schöpferträume zu retten, bevor sie gegen die Stadtmauer eingesetzt werden konnten, hätten sie eine Chance. Darian hatte einen Plan vorgeschlagen, wie das zu bewerkstelligen sei. Er selbst und Drogonn würden die Stellung gemeinsam mit den Drachen angreifen, und Gwindra hatte zugesichert, einen Trupp Zwerge für dieses Manöver bereitzustellen, und die Traumkugeln in Sicherheit zu bringen. Der Zwergenmet war bei dieser Besprechung nicht zu kurz gekommen. Gwindra hatte verkündet: »Wer zusammen trinkt, darf sich nicht gleichzeitig den Schädel einschlagen.«

Darian musste lächeln. Gwindra war so schlau wie eh und je.

Nun stand er vor den Räumen, die einst Ariana gehört hatten. Er konnte es selbst nicht fassen, aber er war nervös. Seit er Lina auf der Dämonenklippe getroffen hatte, war er nicht von ihrer Seite gewichen. Und auch sie hatte so gut wie keine Rückzugsmöglichkeit gehabt. Von nun an war das anders. Er betrat den ersten Raum. Sie war nicht hier, also ging er weiter. Er stand in einem sehr großen Raum, der sowohl Schlaf- als auch Wohnraum war. Selbst bei Nacht und in Kerzenlicht getaucht, wirkte er hell und freundlich. Und dann verblasste alles rundherum, als Lina durch eine Seitentür den Raum betrat. Gedankenverloren versuchte sie ihr nasses Haar zu bändigen. Sie trug nichts weiter als ein eisgraues Trägerhemd, das ihr bis knapp über die Knie reichte und eng anlag. Nackte Füße auf kaltem Stein ließen sie leicht zittern. Darian schluckte schwer. Sie hob den Kopf und blickte ihn an. Und da regte sich ein ganz anderes Gefühl in ihm: Beschützerinstinkt. Ihre Augen waren gerötet und verschwollen. Sie hatte geweint. Endlich. Sie brauchte nichts zu sagen. Ihr Blick sagte ihm, wonach sie suchte. Mit schnellen Schritten durchquerte er den Raum und nahm noch im Gehen den Elfenumhang ab, um ihn ihr über die Schultern zu legen. Er schloss sie in die Arme und zog sie ganz fest an sich.

»Darian.« Es war ein sehnsuchtsvolles Seufzen. So hatte noch nie jemand seinen Namen ausgesprochen.

Wieder brachen die Tränen aus ihr hervor. Sie weinte still.

»Lass dich einfach fallen. Ich bin da«, flüsterte er.

Und Lina ließ sich fallen, im wahrsten Sinne des Wortes. Er trug sie zu der riesigen Schlafstatt und ließ sich mit ihr an der Kante nieder, während sie ihr Gesicht an seiner Schulter vergraben hatte, die Arme in seinem Nacken verschränkt, und sich an ihn klammerte wie eine Ertrinkende. Sehr lange Zeit sagte er kein Wort, hielt sie einfach nur fest. Erst als er merkte, dass sie sich beruhigt hatte, ließ er sich mit ihr in die Kissen sinken.

»Erzähl mir von ihr«, bat er. »Erzähl mit von deiner Mutter«.

Nur zögerlich begann sie zu erzählen. Anfangs noch mit gebrochener Stimme und leise. Aber je mehr sie erzählte, umso kräftiger wurde ihre Stimme, belebt durch ihre Erinnerungen.

In dieser Nacht sprachen sie noch sehr lange miteinander. Darian wusste, dass es vielleicht die letzte Nacht sein würde, die sie miteinander verbringen würden. Arm in Arm schliefen sie schließlich im Licht des vollen Blutmondes ein. Auch Darian ergab sich in dieser Nacht dem vollkommenen Schlaf. Denn noch waren sie in der Hohen Festung von Kathmarin sicher.

Als Lina im ersten Morgengrauen die Augen öffnete und ihn ansah, fühlte sie ihr Herz überquellen vor inniger Zuneigung und Dankbarkeit. Er war für sie da gewesen, als sie ihn am dringendsten gebraucht hatte. Er war immer für sie da gewesen, bedingungslos. In ihrem Gesicht ging ein Lächeln auf, als sie ihn betrachtete. Selbst im Schlaf strahlte er noch Kraft und Willensstärke aus. Der leicht trotzige Zug um seinen Mund war selbst in diesem entspannten Zustand noch sichtbar. Er war die Liebe ihres Lebens, nicht mehr und nicht weniger. Sie war einzig und alleine in diese Welt gekommen, um ihm zu begegnen. Er war der Teil, der ihr immer gefehlt hatte. Den Verlust ihrer Mutter zu verarbeiten, würde dauern, das wusste Lina jetzt. Und es würde noch lange schmerzen. Aber solange er da war, würde sie damit ein bisschen leichter fertigwerden können.

Ganz vorsichtig, um ihn nicht zu wecken, kroch sie unter der Decke hervor und stieg aus dem Bett. Kühle Morgenluft umfing sie und ließ ihr eine Gänsehaut über die nackten Arme laufen. Sie griff nach seinem Umhang und zog ihn sich über die Schultern. Als sie den Raum durchquerte, fiel ihr auf, dass auf einem der Sofas ledernes Rüstzeug lag. Kobolde mussten es in der Nacht gebracht haben. Und da erinnerte sie sich daran, was er ihr letzte Nacht erzählt hatte. Er würde heute gemeinsam mit Drogonn und einer Zwergeneinheit versuchen, die Traumkugeln in Sicherheit zu bringen. Er hatte dieses Unternehmen als einen Riesenspaß bezeichnet. Aber sie hatten beide gewusst, dass es das nicht war. Es war ein extrem gefährliches Unterfangen hinter feindlichen Linien.

Lina trat auf den Balkon und starrte dem Sonnenaufgang so finster entgegen, als ob sie ihn alleine kraft ihres Willens zurückdrängen und die Nacht wieder heraufbeschwören könnte. Sie wollte diesen Tag nicht zulassen. Aber die Sonne scherte sich nicht darum, was sie wollte. Unaufhaltsam stieg sie höher, und mit ihr begann das Feld vor der Stadt zum Leben zu erwachen. Auch der dunkle Waldrand erwachte unter der jetzt wieder vorrückenden Streitmacht. Speere und Schwerter blitzten im Sonnenlicht auf und zerrissen die letzten friedlichen Erinnerungsfetzen der Nacht. Ein tiefer Hornton erklang über der Ebene.

Plötzlich spürte sie seine Arme, die sich zärtlich um ihre Schultern legten, und für einen Moment war der Tag vergessen.

»Guten Morgen, Schöpferlein. Wie geht es dir?« Seine Stimme hatte eine ganz eigene Tonlage angenommen. Eine, die ihr in die Seele drang.

Lina schloss für einen Moment die Augen. »Besser, dank dir.«

Er schob ihr Haar zu Seite und küsste ihren Nacken. »Das freut mich.«

Lina wusste, dass sie es nicht sagen sollte und trotzdem tat sie es. »Darian, bitte, geh nicht da hinaus!«

Sein Griff um ihre Schultern wurde stärker, als er seufzend sagte: »Ich muss das tun, Lina. Wenn Xedoc es schafft, die Traumkugeln einzusetzen, ist Kathmain nicht mehr zu halten. Du hast es in deiner Vision gesehen.«

Lina wusste das alles. Ihr Verstand sagte ihr, dass er recht hatte, aber ihr Herz sagte etwas ganz anderes. ›Zum Teufel mit dieser Schlacht und all dem Leid, das sie bringen wird.‹

Sie hatte so wahnsinnige Angst, ihn zu verlieren. Und dieses Mal hielt sie sich nicht zurück. Sie sagte ihm, was sie fürchtete.

»Ich habe schon viel Schlimmeres gesehen als das hier«, meinte Darian leichthin. »Auf dem Rücken eines Drachen ist das ein Spaziergang.«

Gab es überhaupt Schlimmeres als das? Lina konnte es sich nicht vorstellen. Sie wandte sich in seiner Umarmung zu ihm um und schlang ihre Arme um seinen Nacken. Nein, sie wollte ihn nicht gehen lassen.

Sie zog ihn zu sich herunter und küsste ihn. Langsam, aber zielsicher wanderten ihre Finger an seinem Hals aufwärts und schlossen sich um seine Ohren. Sie wusste, was sie tat, aber sie hatte nicht mit einer so heftigen Reaktion gerechnet. Augenblicklich veränderte sich sein Kuss. Aus Zärtlichkeit wurde fordernde Leidenschaft. Er zog sie in den Schatten des Raumes zurück und drängte sie dort an die Wand, während sein Kuss noch intensiver wurde. Aber dann schien er sich plötzlich wieder in der Gewalt zu haben. Sein Blick ging ihr jetzt tatsächlich unter die Haut, als er fragte: »Bist du sicher?«

Lina konnte kaum noch stehen, so weich waren ihre Knie, während sie innerlich zu verbrennen drohte: »Ja.«

Sie bot ihm an, was er seit Tagen ersehnte, seit ihrem ersten Kuss, wahrscheinlich noch lange davor. Aber spätestens da war er verloren gewesen. Sie schmeckte noch viel unwiderstehlicher, als sie duftete. Er spürte ihr Verlangen. Aber er war sich nicht ganz sicher, was ihre tatsächlichen Beweggründe waren. Wollte sie ihn damit etwa abhalten, in diese Schlacht zu ziehen? Ihr Timing jedenfalls hätte nicht schlechter sein können. Er hatte keine Zeit mehr. Drogonn wartete.

Verflucht, sollte er doch!

Darian zog eine Spur heißer Küsse ihren Hals abwärts, während er ihr den Träger über die Schulter streifte. Sie erbebte unter seinen Berührungen. Er hatte sein Gesicht an ihrer Schulter vergraben und atmete schwer. Er sollte aufhören, ehe er sich tatsächlich nicht mehr beherrschen konnte. Aber sie duftete so unglaublich gut. Er wollte sich in ihren Armen in einem lustvollen Rausch verlieren.

Nein, so durfte das nicht laufen!

Er ließ sich in die Hocke sinken und zog sie in einer sanften Umarmung mit sich, wobei er ihrer beider Gewicht nur noch auf den Fußballen ausbalancierte.

Mit beiden Händen umschloss er nun ihr Gesicht und legte seine Stirn an ihre. »Ich möchte, dass es etwas ganz Besonderes wird. Ich werde deine geheimsten Wünsche erfüllen. Aber dafür sollten wir uns Zeit nehmen. Das geht hier und jetzt nicht. Verstehst du das?«

Lina nickte langsam.

Wieder küsste er sie lange und zärtlich.

Lina hatte die Arme wieder um seinen Hals geschlungen. »Versprich mir, dass du zurückkommst!«, sagte sie mit gebrochener Stimme, als er sie aus seinem Kuss entließ.

Darian grinste schelmisch. »Na hör mal, bei dem, was du mir in Aussicht stellst, muss ich doch zurückkommen.«

Schließlich erhob er sich und stellte sie wieder auf ihre eigenen Füße. »Du bleibst hier in der Hohen Festung bei Lupinia. Ich komme zurück, sobald ich kann.« Damit drückte er ihr noch einen letzten Kuss auf die bebenden Lippen und machte sich auf den Weg. In Wirklichkeit floh er, bevor er es sich doch noch anders überlegen konnte. Im Vorbeigehen raffte er das Rüstzeug zusammen und verschwand, so schnell er konnte, ohne sich noch einmal umzudrehen.

Er musste in diese Schlacht, um sich abzureagieren, aber schleunigst. Ohne anzuklopfen, stieß er die Tür zu Drogonns

Quartier mit beiden Händen auf. Aus dem Augenwinkel sah er, wie Lupinia und Drogonn einen, wie ihm schien, belustigten Blick tauschten.

»Das war sehr …«, begann Lupinia.

»Sag jetzt ja nichts Falsches, Magierin.« Darian hatte den Zeigefinger erhoben und grollte ihr die Worte entgegen. Ihm war klar, dass sie zumindest Linas Gedanken gelesen haben musste. Er wusste genau, was sie sagen wollte, und das war das Letzte, was er jetzt hören wollte. Stattdessen durchquerte er den Raum mit langen Schritten. »Hier bin ich, Drogonn. Können wir los?«

»Passt der Helm?«, erkundigte sich Drogonn, ohne auf Darians offensichtliche schlechte Laune einzugehen.

Er nickte kurz, während er die Kinnspange des schwarzbraunen Lederhelmes schloss. Den Harnisch und die Armstulpen hatte er bereits auf dem Weg angelegt. Nun zog er noch die fingerlosen Lederhandschuhe über. So marschierte er weiter auf den Balkon, wo bereits zwei Drachen warteten. Tek-Dragon und Ark-Dragon. Darian steuerte auf den jungen Drachen zu, in der Annahme, mit ihm zu fliegen. Doch der Drachenfürst streckte einen Flügel aus und versperrte ihm so den Weg.

»Nein, nein. Du fliegst mit mir. Das wären mir sonst zwei Heißsporne zu viel auf einem Fleck.« Es war ein amüsiertes Brodeln, das aus seiner Kehle aufstieg. »Drogonn meinte, dein Temperament hätte sich mit den Jahren abgekühlt. Wie ich sehe, hat er sich geirrt.«

»Wenn du das sagst.«

Schutt und Asche

Lugathus hechtete auf einen Felsen, der mit Moos bewachsen war, und blickte zum Himmel. Er hatte die andere Seite Jandamers dank der Wüstendämonen unbeschadet erreicht. Diese Kreaturen hatten sich ein Tunnelsystem in den Tiefen Jandamers gegraben, das selbst ihn beeindruckte. Sie würden ihm in der Schöpferwelt gute Dienste erweisen. Es war nicht viel dazu notwendig gewesen, sie zum Mitkommen zu überreden. Die Nacht lag bereits im Sterben. Bald würde die Sonne aufgehen. Das war heute unwichtig. Diese Schlacht würden sie auch am Tag schlagen können, so wie es die Seherin vorhergesagt hatte. Der Vampir stand breitbeinig auf dem Felsen und genoss die letzten fahlen Strahlen des vollen Blutmondes. Eine neue Ära würde anbrechen, für ihn und seine Sippe. Er witterte in die Nachtluft, stutzte und witterte erneut. Da war ein Duft, der sein kaltes Vampirblut in Wallung brachte. Die Schöpferin war hier gewesen! Sie lebte also noch. Es musste mehr als ein Tag vergangen sein, denn der Duft war nur noch ganz schwach im Laub unter seinen Füßen wahrzunehmen. Bestimmt war der Elfenbastard noch bei ihr. Er würde seine Rache also doch noch bekommen.

Eine ganz besondere Rache mit einem ganz besonderen Schwert.

Mit einem gewaltigen Satz sprang er vom Felsen und gab das Zeichen zum Aufbruch. Sie mussten das Heerlager vor Sonnenaufgang erreichen. Getrieben von seiner Gier nach Schöpferblut jagte er durch die Wälder Eldorins.

Kaum hatte sich der Drachenfürst in die Lüfte erhoben, ging es Darian besser. Es galt sich vorzubereiten. Mit kreisenden Bewegungen lockerte er die Schultern und versuchte, sich den Bewegungen des Drachen anzupassen. Er musste fühlen wie der Drache, denken wie er, reagieren wie er. Das fiel Darian nicht besonders schwer. Er war zweimal im magischen Drachenfeuer gewesen. Ein kleiner Teil des Wesens dieser Himmelsgiganten war dabei auch auf ihn übergegangen.

Er versuchte, sich einen Überblick zu verschaffen. Die heftigsten Kämpfe fanden vor dem Trolltor im Zentrum der Ringmauer statt. Fürst Laudrin verteidigte mit seinen Lichtelfen dieses Tor. Auch wenn Darian den Elfenfürsten nicht mochte, so musste er doch zugeben, dass er kein Feigling war. Er kämpfte in vorderster Reihe. Trotzdem war seine Einheit auf dem Rückzug und wurde dabei von den Bogenschützen der Lichtelfen von der Mauer aus gedeckt.

Am Zwergentor, das im Osten lag, sah es nicht viel besser aus. Und das Westtor Kathmarins, das Elfentor, würde in Kürze fallen. Dort hatten sich die Zwerge versammelt, die das geplante Manöver wagen würden, um die Traumkugeln zu sichern. Darian konnte die Planwagen bereits sehen, die weit hinter der Schlachtlinie standen. Der Großteil der tödlichen Geschosse lagerte dort.

Darians Aufmerksamkeit wurde von einem Aufschrei abgelenkt, der ihm durch Mark und Bein ging. Vor dem Trolltor war ein Drache von einer Ladung Traumkugeln getroffen worden, als er versucht hatte, Laudrins Truppen durch einen gezielten Feuerstoß Zeit für den Rückzug zu verschaffen. Tödlich getroffen stürzte der Himmelsgigant wie ein Stein in die Tiefe und begrub einen Teil der dort vorrückenden Stiernackenkrieger unter sich. Die Erde erzitterte, Staub wurde hochgeschleudert, als der tote Drache selbst zum Geschoss wurde, während über ihm eine weitere Ladung Traumkugeln auf das Tor zuraste. Darian war entsetzt über die verheerende Wirkung dieser Waffen, die er nun zum ersten Mal im Einsatz sah. Er hatte gewusst, dass die Traumkugeln kraftvollste und reinste Magie enthielten. Wie nur hatte es Xedoc geschafft, Waffen daraus zu machen? Es blieb keine Zeit, darüber nachzudenken. Sie hatten das Elfentor erreicht. Der Rammbock, den die Trolle von außen gegen das Elfentor trieben, würde jeden Moment durchbrechen. Jeder Schlag ließ das Holz knirschend erzittern. Gwindra stand auf der Wehrmauer und brüllte über die versammelten Zwergenkrieger hinweg. Der Stahl der Äxte und Schwerter blitzte in der Sonne. Ihr Schlachtruf war weithin zu hören, als sie sich für das Manöver bereit machten.

Gut ein Dutzend Traumkugeln, von einem Katapult abgefeuert, hatten die Mauer über dem Tor getroffen und riss den steinernen Torbogen in die Tiefe. Die Kobolde, die der Explosion am nächsten standen, wurden unter dem Steinschlag begraben. Ihre Bogenschützen, die sich im Explosionsradius der Traumkugeln befanden, starben in einem Feuerball aus gleißendem Licht.

Darian hatte niemals gefährlichere Geschosse gesehen. Selbst das Drachenfeuer reichte an diese Zerstörungskraft nicht heran. Der Drachenfürst musste verdammt aufpassen, dass er nicht in einen solchen Kugelhagel geriet.

»Drachenreigen?«, grollte Tek-Dragon.

»Ich dachte schon, du fragst nie!« Darian griff fester in die weichen Nackenschuppen und machte sich bereit, während der Drachenfürst in die Tiefe stürzte.

Augenblicklich spürte er das erregende Gefühl, Herr über die Elemente zu sein. Er spürte, wie sich etwas in ihm regte. Drachenodem. Darian konnte den Schwefel riechen, als der Drachenfürst tief Luft holte und zu brüllen begann. Sein Drachenfeuer traf das Elfentor und sprengte es nach außen. Holz splitterte, Steine flogen durch die Luft und wurden zu Geschossen.

Die beiden Trolle vor dem Tor wurden zur Seite geschleudert. Darian wurde tiefer in die Schuppen gedrückt, während Tek-Dragon erneut Feuer spie. Er vollführte eine Seitwärtsrolle, sein massiger Körper nun dem Himmel zugewandt, und leitete so den Drachenreigen ein, während er weiter brüllend Feuer spie. Darian hing kopfüber an den Flügeln, kaum zwei Schwertlängen vom Boden entfernt. Er hatte sich vollkommen seinem Kampfesrausch ergeben.

Ein Guhl war hochgesprungen und hatte sich an seinem Schwertarm festgebissen. Darian schlug ihn mit der Faust in die Tiefe, wobei ihm der Guhl eine tiefe Wunde in den Arm riss. Die Hitze des Drachenfeuers brannte in seinen Augen. Ein Funkenregen traf ihn, als das Drachenfeuer einen zweiten Belagerungsturm erfasste und aus dem Weg sprengte. Wieder splitterte brennendes Holz. Ein Stück traf seine Rippen. Der Aufprall drückte ihn nach hinten und jagte einen stechenden Schmerz durch seinen Körper. Darian brüllte, holte Luft, brüllte weiter. Seine Bauchmuskeln spannten sich, während das Schwert wieder in die Tiefe fuhr. Er war wie von Sinnen. Auch Tek-Dragon brüllte weiter und spie Feuer.

Als der Drachenfürst wieder aufstieg, hatten sie eine Spur der Verwüstung in die Reihen des Feindes gezogen. Tek-Dragon rollte sich wieder herum.

»Du hast eine feurige Aussprache, Fürst«, bemerkte er mit einem Blick auf die Brandflecke, die seine Lederrüstung zierten.

»Das hoffe ich doch sehr!« Tek-Dragon schlug nun kräftig mit den Flügeln, um Höhe zu gewinnen.

Neben ihm schlossen Ark-Dragon und Set-Dragon auf, die zu beiden Seiten des Drachenfürsten ihr Feuer gespien hatten, um die Schneise für die Zwerge zu erweitern.

»Ich habe mir schon gedacht, dass du das nicht lassen kannst«, rief Drogonn, der mit Ark-Dragon flog und den Drachenreigen beobachtet hatte.

»Und mich nennst du einen Draufgänger!«, grummelte der junge Drache.

Der Drachenfürst lachte brodelnd. »Entschuldige, Küken!«

Ark-Dragon schnaubte verächtlich. »Ich hasse es, wenn du mich so nennst!«

Darian hörte dem Geplänkel nur noch mit einem Ohr zu. Ein eiskalter Schauer lief ihm über den Rücken. All seine Sinne sagten ihm, dass hier etwas nicht stimmte, dass Gefahr drohte. Er kniff die Augen zusammen und blickte zur Sonne. Und da begriff er. Der volle Blutmond war dabei, sich am helllichten Tage vor die Sonne zu schieben. Er würde den Tag zur Nacht machen und die Vampire in die Schlacht locken.

Während draußen vor der Stadt die Schlacht tobte, focht Lina einen ganz anderen Kampf aus. Sie musste sich dem letzten Siegel stellen. Sie saß auf ihrem Bett und hatte das Gezeitenbuch vor sich auf den Knien liegen. In Gedanken ließ sie die Öffnung eines jeden Siegels Revue passieren. Es waren immer ehrliche und starke Gefühle gewesen, die das Buch von ihr verlangt hatte. Es würde sich nicht betrügen lassen. Ein einfach dahingesagtes ›Ich verzeihe dir, Xedoc‹, würde nicht genügen. Sie war tief in Gedanken, als es im Raum allmählich dunkler wurde, viel zu dunkel für diese Tageszeit. Lina erhob sich und ging erneut auf den Balkon, um zu sehen, was der Grund dafür war. Ein Blick zur Sonne zeigte ihr, dass sich der Mond bereits zur Hälfte vor den lichtspendenden Himmelskörper geschoben hatte. Ihr Blick streifte über das Schlachtfeld, das nun bereits zu großen Teilen im Schatten lag. Ein unheilschwangerer Anblick, den sie nicht zum ersten Mal sah. Ihre Vision begann sich zu erfüllen …

Da zerriss eine gewaltige Explosion das mächtige große Tor im Zentrum der Mauer. Kathmarin würde fallen und alles, was sie gesehen hatte, würde geschehen, wenn sie keinen Weg fand, es zu verhindern. Mit dem Gezeitenbuch unter dem Arm machte sie sich auf den Weg zu Lupinia, um Rat zu suchen.

Wieder und wieder flogen die Drachen Feuer speiend Angriffe, um den Zwergen eine Schneise zu schlagen. Aber sie mussten immer öfter vor den Traumkugeln zurückweichen, die von einer Katapultbatterie abgefeuert wurden. Der Vorstoß der Zwerge geriet ins Stocken und hinter ihnen schlossen die Stiernacken die Bresche wieder. Ohne die Hilfe der Drachen würden sie hier draußen vernichtend geschlagen werden. Tek-Dragon stieß gerade wieder in die Tiefe, um einen erneuten Angriff zu fliegen, als er im letzten Moment einer Ladung Traumkugeln ausweichen konnte.

Darian folgte der Schwenkbewegung des Drachenfürsten automatisch, während sein Blick auf das Schlachtfeld unter ihm gerichtet war. Er wurde immer nervöser. Bereits Dutzende Vampire bewegten sich im Schatten der Sonnenfinsternis auf die Stadtmauern zu. Aber er hatte den einen, nach dem er suchte, noch nicht entdeckt. Solange Lugathus noch nicht hier war und die Mauern hielten, war Lina in der Stadt sicher. Er konnte sehen, dass Gwindra und ihre Zwerge das Elfentor trotz des massiven Ansturmes der Stiernacken hielten. So wie die Zwerge kämpften, musste ihre Königin vor der Schlacht fässerweise Zwergenmet verteilt haben.

»Verfluchtes Zwielicht«, grollte Tek-Dragon, der wieder einer Ladung Traumkugeln ausgewichen war. »In diesem Halbdunkel sieht man ja die Krallen vor den Augen nicht.«

»Wir müssen das hier schnell beenden, ehe es noch finsterer wird!«, rief Darian.

»Wieso? Fürchtest du dich etwa im Dunkeln?«, erkundigte sich Set-Dragon.

»Wohl kaum, aber diese Sonnenfinsternis wird uns alle noch das Fürchten lehren.«

Drogonn beschattete mit der Handfläche seine Augen und blickte zur Sonne. »Weshalb?«

»Sieh hinunter, was siehst du?« Darian deutete auf das Schlachtfeld unter ihnen.

»Eine Schlacht«, kommentierte Ark-Dragon.

Darian konnte spüren, wie ein Zittern durch den Körper des Drachenfürsten ging. »Großartig, mein Junge ist ein Genie«, grollte er, gerade so laut, dass nur Darian ihn hören konnte.

»Es sieht nicht gut für unsere Seite aus«, schaltete sich Set-Dragon ein. »Aber das wäre nicht das erste Mal.«

»Das meine ich nicht«, widersprach Darian. »Mit der Dunkelheit kommen die Vampire. Sie können ihre Opfer mit einem Biss töten, oder sie in ihresgleichen verwandeln. Und heute werden sie verwandeln. Sie werden aus deiner Armee die ihre machen, Drogonn.«

Darian spürte, dass ihm die Zeit davonlief. Er hatte Lugathus noch nicht gesehen, aber das war mit Sicherheit nur eine Frage der Zeit.

Die Drachen hatten sich wieder getrennt und flogen einen erneuten Angriff auf die Stiernacken, die den Zwergen immer schlimmer zusetzten. Wieder konnte der Drachenfürst einer Traumkugel nur knapp ausweichen.

»Ich mag es nicht, wenn ich beschossen werde«, grollte er.

Darian hatte den Bogen, den er bis jetzt über der Schulter hängen hatte, abgenommen, und legte den ersten Pfeil auf. Es war ein Lichtelfenbogen, viel größer als die der Dunkelelfen, aber es würde reichen. »Es wird Zeit, dass wir uns die Katapulte vorknöpfen.« Tek-Dragon hatte, ohne eine Antwort zu geben, die Richtung gewechselt und bewegte sich bereits auf die Katapulte zu.

Darian spannte den Bogen und ließ den ersten Pfeil von der Sehne schnellen.

»Hast du das Schießen verlernt oder bist du besoffen?«, erkundigte sich Tek-Dragon, der dem Pfeil mit den Augen gefolgt war. Darian hatte nur knapp an einem der Stiernacken vorbeigeschossen. Der Pfeil steckte im Holzgestell des Katapultes.

Darian schoss erneut. Genau auf das gleiche Ziel wie zuvor. Diesmal riss das Spannseil, das er mit dem ersten Schuss nur verletzt hatte. Das noch nicht geladene Katapult schoss in die Höhe und riss einen der Stiernacken mit sich, der sich gerade über den Korb gebeugt hatte, um ihn neu zu beladen.

Wieder konnte Darian Schwefel riechen, als der Drachenfürst tief Luft holte und einen gewaltigen Feuerstoß auf die Katapultstellung spie. Als sie wieder aufstiegen, brannten drei Katapulte, und Dutzende Stiernacken waren tot.

Da zerriss eine gewaltige Explosion das Trolltor. Darians Blick fiel auf die riesige Lücke, die dort in der Mauer klaffte, wo es sich einst befunden hatte. Unzählige Angreifer ergossen sich in die Stadt, allen voran die Vampire. Und da entdeckte Darian Lugathus, der auf dem Trümmerfeld stand und zu ihm herüberblickte. Der Vampir nickte ihm zu und verschwand dann mit einem Satz. Darian spürte einen eiskalten Schauer sein Rückgrat hinablaufen. Auch auf diese Entfernung hatte er verstanden, was Lugathus ihm damit sagen wollte. Dies war sein ganz persönlicher Kampf inmitten der gewaltigsten Schlacht, die Menduria je gesehen hatte.

»Ich muss zurück, sofort!«, rief Darian dem Drachenfürsten zu.

In diesem Moment zerriss ein markerschütternder Aufschrei die Luft. Ark-Dragon war von einer Traumkugel getroffen worden und stürzte in die Tiefe. Drogonn wurde von seinem Rücken geschleudert. Der junge Drache begrub eine weitere Katapultstellung, samt der dort gelagerten Traumkugeln, unter sich. Die darauffolgende gewaltige Energieexplosion verschlang den Körper Ark-Dragons samt den Traumkugeln. Zurückblieb nichts als ein Krater aus Staub und Asche, während in der Schöpferwelt ein Massensterben begann.

Während der Drachenfürst landete und wie versteinert, auf die verkohlten Überreste seines Jungen starrte, machte sich Darian auf die Suche nach Drogonn. Er fand ihn am Rande des Explosionskraters, wo er sich bereits gegen zwei herandrängende Stiernacken verteidigen musste.

»Kathmarin ist nicht mehr zu halten. Du musst den Rückzug befehlen!«, drängte er Drogonn, während er seinen ganzen Zorn an den angreifenden Stiernacken ausließ.

»Ich weiß.« Drogonn wandte sich an Tek-Dragon, der immer noch auf den Krater starrte.

»Er hat tapfer gekämpft«, begann er vorsichtig. »Wir werden ihn ehren, so wie es einem Drachenkrieger gebührt. Aber jetzt müssen wir aufbrechen.« Die Stimme Drogonns war eindringlich und schien den Drachenfürsten zu erreichen.

»Du hast recht, alter Freund. Die Zeit des Trauerns ist noch nicht gekommen. Lass uns nach Arvakur aufbrechen, um den letzten Verteidigungsring um das große Tor aufzubauen.«

»Ich muss zurück zur Hohen Festung, um Lina zu holen«, unterbrach Darian.

»Wozu? Lupinia ist bei ihr. Sie wird sie dort rausbringen.« Drogonn stieg bereits auf den Rücken des Drachenfürsten, während hinter ihm Set-Dragon landete.

»Darauf kann ich mich nicht verlassen«, widersprach Darian. »Lugathus wird sie sich holen. Du hast keine Vorstellung, wozu dieser Dreckskerl fähig ist! Ich muss zurück! Ich habe es ihr versprochen!«

Darians Blick war fordernd und ließ keinen Zweifel daran, dass er auf jeden Fall zur Festung zurückkehren würde.

Tek-Dragon nickte. »Bring ihn hinauf zur Festung, Set-Dragon. Aber kommt dann umgehend nach Arvakur. Wir decken den Rückzug der Zwerge und geben Kathmarin danach auf.«

Schon von Weitem sah Darian, was er die ganze Zeit befürchtet hatte. Er kam zu spät. Lugathus stand auf dem obersten Balkon und hatte Lina in seiner Gewalt! Darians Brust wurde eng. Warum hatte er sie nur alleine gelassen? Er zog das Schwert und wusste doch, dass es ihm nichts nützen würde. Der Vampir hatte Lina wie ein Schutzschild vor seinen Körper geschoben. Mit einer Hand hielt er sie grob an den Haaren gepackt, während er ihr mit der anderen ein Schwert an die Kehle hielt. Ein schwarzes Dunkelelfenschwert. Sein Schwert!

»Soll ich ihn grillen?«, erkundigte sich Set-Dragon.

»Das würde nichts nützen«, erwiderte Darian gepresst. »Du würdest Lina damit umbringen, aber er würde es überleben.«

»Sie überleben Drachenfeuer?« Set-Dragon war entsetzt.

Darian nickte. »Nur Sonnenlicht kann sie vernichten. Alles andere verletzt sie nur, aber das heilt verflucht schnell wieder.«

Set-Dragon schnaubte verächtlich und landete auf dem Balkongeländer, wo Darian vom Rücken des Drachen rutschte und sich einen schnellen Überblick verschaffte. Noch zwei weitere Vampire begleiteten ihren Anführer. Eine davon war dieses abstoßende, aschblonde Vampirweib.

»Der gefallene Dunkelelf kehrt zurück.« Lugathus verzog das Gesicht zu einer gehässigen Fratze.

»Lass sie los!«, forderte Darian. Seine ganze Aufmerksamkeit galt nur Lina. Wieder hatte sie eines seiner Schwerter an der Kehle. Aber dieses Mal würde sie keine Gnade zu erwarten haben. Lugathus würde nicht zögern, ihr die Kehle durchzuschneiden. Darian wusste, dass der Vampir Lina nicht zu seinesgleichen machen würde. Das würde Xedoc niemals zulassen.

»Es ist doch ein Jammer mit dir. Ausgerechnet eine Schöpferin bringt dich zu Fall. Die Elfenweiber waren vielleicht enttäuscht, als sie davon erfuhren!«

Darian ging nicht darauf ein. Er kannte Lugathus' Vorliebe für diese perverse Art von Spiel.

»Wirf dein Schwert zu mir herüber«, befahl der Vampir.

Darian tat, was er verlangte. Das Schwert landete klirrend zu Linas Füßen.

Grob zog der Vampir sie an den Haaren nach hinten und streckte damit ihren Hals noch weiter. Das Elfenschwert grub sich in ihre Haut und ließ eine feine Blutlinie erscheinen. »Eine gute Waffe. Der Elfensöldner, den ich in der Calahadin getroffen habe, meinte, du würdest es bestimmt nicht mehr brauchen.« Der Vampir zog das Schwert zurück und leckte mit der Zunge das Blut von ihrem Hals. Darian konnte sehen, wie sie den Atem anhielt und verzweifelt gegen die Panik ankämpfte, die sie zu überkommen schien. Ihre Augen suchten die seinen. Er versuchte, ihr Halt zu geben, alleine durch seinen Blick, während er verzweifelt nach einem Ausweg suchte. Plötzlich war eine Stimme in seinem Kopf. »Haltet durch, nur noch ein kleines bisschen.«

Die weiße Magierin! Darian konnte sie nicht sehen, aber er wusste, dass sie da war.

»Hilf ihr, bitte!«, flehte er stumm.

Die Vampirfrau schlich tänzelnd um ihn herum. »Er riecht gut«, stellte sie fest. »Ich dachte, Dunkelelfen haben keinen Geruch.«

»Ich sagte, sie können ihren Geruch verbergen, nicht dass sie keinen hätten«, erklärte Lugathus und lachte. Ihm schien zu gefallen, was Talessa tat.

»Ich habe von dir gehört, Darian«, sagte sie schmeichelnd. »Es ist, wie Lugathus sagt. Die Elfenweiber schwärmen von dir. Sie sagen, du wärst … naja, du weißt schon.« Sie schlich langsam um ihn herum. »Könntest du dir vorstellen, das auch mit mir zu machen?«, fragte sie.

Darian ging nicht darauf ein.

»Oh, er hat keine Lust zu spielen.« Talessa zog eine enttäuschte Schnute und schlug ihre Fingernägel in die Bisswunde, die der Guhl auf seinem Arm hinterlassen hatte.

Darian konnte sehen, wie Lina unter dem Schlag zusammenzuckte, der ihn getroffen hatte.

»Also wirklich. Das macht doch keinen Spaß, wenn du nicht mitspielst.«

Darian spürte, dass die Zeit knapp wurde. Erneut sandte er einen Hilferuf an die weiße Magierin aus. »Lupinia, verdammt, wo bleibst du?«

Ihre Antwort bestand in einem Bild, das sie in seine Gedanken sandte, das Bild einer weißen Schlange. »Ich hoffe, du bist tatsächlich so schnell, wie man sagt!«

Darian hatte verstanden. »Das hoffe ich auch.«

Und dann ging alles blitzschnell.

»Jetzt!«, vernahm er die Stimme der Magierin in seinen Gedanken, genau in dem Moment, als sie zubiss.

Das Entsetzen in Lugathus' Gesicht war unübersehbar. Instinktiv ließ er Linas Haar los, um sich mit der Hand an die Bisswunde zu fassen. Darians Linke schnellte nach vorne und griff nach der Schwertklinge. Der Stahl schnitt tief in seine Hand, als er die Klinge mit einem Ruck von Linas Hals zog, während seine rechte Handkante den Kehlkopf des Vampirs mit einem grausigen Knacken zerschmetterte. Lugathus' Griff um das Schwert lockerte sich, sodass Lina es schaffte, sich loszureißen. Die Vampirfrau sprang kreischend und mit gefletschten Zähnen von hinten auf Darians ungeschützten Rücken zu. Mit einer Geschwindigkeit, die er ihr nicht zugetraut hätte, fiel Lina in die Hocke, griff nach seinem Schwert und stieß zu. Die Vampirfrau schrie überrascht auf, während Lina das Schwert losließ. Darian ergriff die Klinge und zog sie aus ihrem Fleisch. Mit einem Tritt beförderte er Talessa über die Brüstung des Balkons, wo sie kreischend in der Tiefe verschwand. Er wandte sich um und fing Lina, der die Knie versagten, auf, genau in dem Moment, als Lugathus wieder röchelnd und spuckend auf die Beine kam. Die Schlange hatte sich zurückgezogen und verwandelte sich nun in einen weißen Falken. Set-Dragon, der bis jetzt regungslos auf dem Brüstungsgelände verharrt hatte, holte tief Luft und stieß einen brüllenden Feuerstoß in die Richtung des übrig gebliebenen Vampirs. »Los, steigt auf!«, befahl der Grünschuppen.

Darian hob Lina hoch und rannte mit ihr den ausgestreckten Drachenflügel hinauf. Auf dem Rücken des Drachen angekommen, platzierte er sie vor sich, während Set-Dragon die Krallen bereits von der Brüstung löste.

Lugathus erhob sich und versuchte den Drachen zu erreichen.

»Jetzt darfst du ihn grillen«, knurrte Darian, ohne Lugathus aus den Augen zu lassen.

Das Drachenfeuer traf den Vampir und ließ ihn in einem Feuerball auf den Balkon zurücktaumeln. Set-Dragon spie ein weiteres Mal Feuer. Der Balkon explodierte und stürzte mit ohrenbetäubendem Getöse in die Tiefe, während der Drache mit kräftigen Flügelschlägen schnell an Höhe gewann.

Darian hatte seine Arme um Linas Mitte geschlungen und hielt sie fest. Er musste sie einfach spüren und sich selbst davon überzeugen, dass es ihr gut ging. Sie hatte sich so tapfer gehalten.

Er zog die Handschuhe aus und strich ganz vorsichtig über die Schnittwunde an ihrem Hals. Sie war zum Glück nicht tief. »Ich hatte solche Angst, dich zu verlieren«, flüsterte er mit zitternder Stimme.

»Du bist zurückgekommen.« Lina schlang ihre Arme um ihn und blickte ihm lange in die Augen. Es waren dieselben dunklen Augen, die sie in ihren Träumen gesehen hatte, in einer anderen Welt, in einem anderen Leben, wie es schien. Wie hatte sie vor diesen Augen nur jemals Angst haben können? Jetzt gab es für sie nichts Schöneres, als sich im Dunkel dieser Augen zu verlieren, während sie die Sicherheit seiner Umarmung spürte. Unter ihr erfüllte sich ihre Vision, Kathmarin ging in Flammen auf. Und es gab nichts, was sie dagegen hätte tun können. Sie hatte verloren, und trotzdem hatte sie gewonnen. Denn sie hatte ihn wieder. Darian sah furchtbar mitgenommen aus. Er hatte mehrere Schnittwunden. Einige seiner Haarsträhnen waren angesengt, und Lina konnte in seinem Gesicht nicht erkennen, was tatsächlich Brandwunden, und was einfach nur eingetrocknetes Blut und rußiger Schmutz war. Sie wollte ihn von all diesen Verletzungen befreien, hatte bereits die Augen geschlossen und ihre Stirn an seine gelegt. Aber er wollte es nicht. »Nein, Schöpferlein. Das ist alles nicht so schlimm. Schone deine Kraft, du wirst sie noch brauchen.«

»Was meinst du?« Lina wusste nicht, worauf er hinauswollte.

»Wir fliegen nach Arvakur und du wirst durch das große Tor in deine Welt zurückkehren und zusehen, dass du dich in Sicherheit bringst.«

»Nein, ich bleibe hier!«

Darian verschloss ihre Lippen mit den seinen und erstickte so jedes Widerwort. Es war ein Elfenkuss, so wie der erste, den sie geteilt hatten. Lina hatte das Gefühl, sich in diesem Kuss aufzulösen. Und als er seine Lippen von ihren löste, war sie nicht fähig, auch nur einen Ton von sich zu geben. Sie schmiegte sich an ihn, fest entschlossen, ihn nie wieder loszulassen, während der Drache immer höher ins Gebirge hinaufflog.

Ruf aus der Vergangenheit

Der Blutmond hatte bereits wieder eine kleine Sichel der Sonne freigegeben, als der Drache auf die Hochebene von Arvakur zuflog. Auf einer grünen Ebene, umringt von zerklüfteten Felsen, lag das große Tor. Lina hatte es schon einmal gesehen oder zumindest das Gegenstück dazu. Ein gigantischer Steinkreis aus grauen Megalithen. Wenn es Xedoc gelang, sein Heer durch dieses Tor zu führen, würde seine Streitmacht als Erstes über ihre alte Heimat herfallen. Denn das Tor führte nach Stonehenge in England.

»In meiner Welt rätselt man schon seit jeher, wer es erbaut hat«, sagte Lina.

»Du würdest nicht glauben, was du alles bewegen kannst, wenn du ein paar Trolle bei der Hand hast.« Darian versuchte heiter zu klingen, was ihm aber nicht wirklich gelang.

Wieder blickte Lina hinauf zum Blutmond. Plötzlich wusste sie mit einer Gewissheit, von der sie nicht sagen konnte, woher sie kam, dass diese besondere Himmelskonstellation der Schlüssel zu ihrem Erfolg oder Misserfolg sein würde.

»Du fühlst es auch, nicht wahr?« Lupinia meldete sich nun zum ersten Mal, seit sie losgeflogen waren, in ihren Gedanken.

»Ja, ich spüre es.«

»Du musst es versuchen, Lina. Ich weiß, es ist viel verlangt. Trotzdem, du musst versuchen, zu verzeihen.« Der weiße Falke flog jetzt ganz dicht neben ihr.

Sie tat ja seit Stunden nichts anderes! Lina hatte das Buch aus ihrem Umhang gezogen, schloss die Augen und flüsterte: »Ich vergebe dir, Xedoc.«

Nichts geschah. ›Wie auch?‹, dachte sie verzweifelt. Es war nicht ehrlich genug.

Darian hielt sie jetzt ganz fest im Arm. »Mach dir nichts draus, Kleines. Diese Prüfung hätte niemand von uns bestanden.«

Lina nickte halbherzig. Das half ihr leider auch nicht weiter. Sie blickte auf den Ring der Verteidiger, der sich immer enger um das steinerne Tor zuzog. Sie hatte noch nie eine Schlacht aus nächster Nähe gesehen. Selbst das Gemetzel, das vor den Toren Kathmarins stattgefunden hatte, war weit genug entfernt, um nicht mit ansehen zu müssen, wie der Tod Hoftag hielt.

Aber jetzt war der Drache über dem Steinkreis. Lina sah andere Drachen aus der Luft hinabstürzen, die den Ring mit ihrem Feuer verteidigten. Sie sah Elfen und Zwerge Seite an Seite kämpfen und fallen. Sie sah Guhle, die gierig über den Kadaver eines Drachen herfielen, sah Zentauren gegen Zentauren kämpfen, selbst Lichtelfen sah sie auf beiden Seiten. Es war das, was Darian vorausgesagt hatte, ein Bruderkrieg. Und nahezu überall waren Vampire. Sie würden diese Schlacht gewinnen. Diese Kreaturen der Nacht konnte selbst das Drachenfeuer nicht aufhalten. Denn kaum war das Drachenfeuer erloschen, erhoben sie sich wieder, verstümmelt und verbrannt wie sie waren, und griffen weiter an. Und sie verwandelten alle, die sie zu fassen bekamen. Das war das Schlachtentscheidende.

Das Gemetzel war unvorstellbar grausam. Lina hätte am liebsten die Augen davor verschlossen und nichts mehr davon gesehen. Und dabei sah sie doch nur einen Bruchteil dessen, was an diesem Tag passierte.

Set-Dragon landete weich im Steinkreis und ließ Darian und Lina absteigen, nur um sich sofort wieder in die Lüfte zu erheben. Sofort schloss er sich den anderen Drachen an, um sein tödliches Drachenfeuer zu speien. Lina sah den weißen Falken an Drogonns Seite landen und sich verwandeln. Drogonn und seine Gefährtin kämpften nun Seite an Seite. Die weiße Magierin benutzte kein Schwert. Ihre Waffe war die Magie, die sie gegen ihre Angreifer einsetzte. Alleine mit ihren erhobenen Händen war sie fähig, die schlimmsten Vorstellungen in den Gedanken ihrer Gegner heraufzubeschwören. Lina sah sie Stiernackenkrieger in die Knie zwingen, sah Trolle in panischer Angst vor ihr fliehen. Lupinia musste mit einer unvorstellbaren Grausamkeit in den Gedanken ihrer Gegner wüten. Doch gegen die Vampire kam auch sie nicht an. Drogonn wehrte soeben einen Blutsauger ab, der auf seine Gefährtin eindrang. Da teilten sich plötzlich die Reihen vor ihnen und Xedoc erschien auf seinem Kampfgreif.

Lina stand immer noch alleine mit Darian im Steinkreis. Er fasste sie sanft bei den Schultern und blickte ihr tief in die Augen. »Du gehst jetzt durch dieses Tor, Lina, und bringst dich in Sicherheit!«

Linas Augen füllten sich augenblicklich mit Tränen, als sie langsam den Kopf schüttelte. Nein, sie würde nicht gehen und ihn hier zurücklassen.

Darians Blick wurde flehend, seine Stimme weich und eindringlich. »Lina, du hast es mir versprochen!«

Das war unfair! Er hatte ihr dieses Versprechen zu einem Zeitpunkt abgenommen, als sie unter Schock stand. Sie hatte nicht einmal gewusst, was sie versprochen hatte.

»Ich würde alles für dich tun«, sagte sie leise. »Aber nicht das. Bitte, schick mich nicht fort!«

Darian seufzte tief. »Ich will dich nicht fortschicken. Ganz im Gegenteil. Ich möchte dich für den Rest meines Lebens an meiner Seite haben. Ich liebe dich! Ich kann es nicht erklären, aber ich weiß, dass es schon immer so war, und das wird sich auch niemals ändern. Diese Schlacht können wir nicht gewinnen, aber solange du lebst, hat Xedoc nicht gewonnen. Also bitte bring dich in Sicherheit! Ich kann dich hier nicht mehr schützen.«

Lina wollte erneut widersprechen, aber er legte ihr zwei Finger auf die Lippen, nahm ihre Hand in seine und legte sie auf seine Brust. »Ich habe mir vor langer Zeit geschworen, dass ich nie wieder jemanden in mein Innerstes blicken lassen werde. Du weißt, dass die weiße Magierin es verlangt hat und gescheitert ist.«

Lina nickte. Sie hatte gesehen, mit welcher Abwehr er auf Lupinias Forderung reagiert hatte.

Darian senkte den Kopf, lehnte seine Stirn an ihre und umarmte sie zärtlich. »Ich breche diesen Schwur jetzt für dich. Sieh in mein Herz, Lina, und du wirst es verstehen.«

Lina schloss die Augen, und so, wie sie es bei einer Heilung tat, suchte sie nach einer Verbindung zu ihm. Da war ein Gefühl von Vertrautheit und Zusammengehörigkeit, das sie alles rundum vergessen ließ, während er ihr etwas zuflüsterte. Sie verstand die Worte, die wohl in alter Elfensprache gesprochen waren, nicht, aber sie fühlte ihre Wirkung. Und während sie immer tiefer in seinem Innersten versank, wurde die Bedeutung der Worte immer klarer: Ein Elfenschwur, der für die Ewigkeit gedacht war. Linas Geist fiel durch Regionen von Schmerz, Verzweiflung und Schuldgefühlen. Sie sah eine schmerzhafte Leere, die er nicht fähig war zu füllen. Und als sie in den tiefsten Regionen seines Herzens angelangt war, fand sie das, was er nicht erklären konnte. Sie spürte Leidenschaft und Begehren und Liebe, grenzenlose Liebe. Liebe zu ihr, die Jahrhunderte alt war und für die er sich selbst aufgegeben hatte. Sie verstand nicht, wie das möglich war, aber sie spürte die Macht dieser Liebe, die sie nun ganz auszufüllen schien und ihr eine ungeahnte Kraft verlieh. Sie wusste plötzlich, dass sie fähig war, ihre Aufgabe zu erfüllen. Und ohne es erzwingen zu müssen, konnte sie plötzlich verzeihen. Sie zog sich ganz vorsichtig aus seinem Innersten zurück und löste die geistige Verbindung.

Die Augen immer noch geschlossen, sagte sie mit fester Stimme: »Ich verzeihe dir, Xedoc.« Worte, die aus dem Herzen kamen und sie von einer Last befreiten, die tonnenschwer auf ihr gelegen hatte.

Das Gezeitenbuch antwortete und gab das letzte Siegel frei, ehe es zu Linas Füßen in den Staub fiel. Die Energiewelle, die aus dem Steinkreis ausbrach, glich einem gewaltigen Feuersturm. Die Macht des Buches war zu spüren, als es eine schützende Kuppel aus orangerotem Licht aufbaute, die den ganzen Steinkreis umschloss.

»Du hast es geschafft! Ich bin so stolz auf dich, Schöpferlein!«, sagte er voll zärtlicher Anerkennung und küsste sie.

Und dann wurde dieser magische Moment jäh unterbrochen, als Drogonns dröhnende Stimme an ihr Ohr drang. »Darian, beweg deinen Arsch hierher! Wir könnten deine Hilfe gebrauchen.«

Ein verschmitztes Lächeln lag auf seinen Lippen, als er sich von Lina löste. »Du hörst es. Der alte Drache hat Sehnsucht nach mir. Bleib hier im Steinkreis und benutze deine Waffe.« Dabei deutete er auf das Buch, das jetzt aufgeschlagen zu ihren Füßen lag. Äußerst fremdartige Zeichen in einem feurigen Rot brannten sich Seite für Seite in das alte Pergament.

Das Letzte, was sie von Darian spürte, war seine Hand, als er ihre noch einmal kurz drückte. Dann trat er aus dem Steinkreis, zog seine Schwerter und schloss sich Drogonn an.

Erst jetzt bemerkte sie, dass Xedoc auf seinem Kampfgreif das Tor von Arvakur umkreiste, und wie von Sinnen seine tödlichen Energieblitze auf sie abfeuerte. Aber der Schutzkreis hielt. Lina stand wie gebannt, nicht fähig den Blick von dem Geschehen um sie herum abzuwenden. Die Sonnensichel wurde immer größer. Dort, wo sie ihr Licht hinsandte, zogen sich die Vampire zurück, aber der Steinkreis lag immer noch im Schatten. Wie eine Ausgeburt der Hölle tauchte Lugathus plötzlich wieder auf und stürzte sich auf Darian, rasend vor Wut, geifernd und nach Blut lechzend. Seine Verbrennungen waren so gut wie verheilt. An seiner Seite war Talessa. Lina sah, wie Darian in Bedrängnis geriet. Zwei Vampire sprangen auf Drogonn ein und rissen ihn zu Boden. Plötzlich konnte sie Darian nicht mehr sehen. Wo war er? Sie wollte den Schutzkreis verlassen, wollte zu ihm.

Aber die Stimme der weißen Magierin hielt sie zurück. »Wenn du ihm helfen willst, dann lies das Buch!«

Wieder feuerte Xedoc auf den Schutzkreis. Wieder vergebens.

Endlich fand Linas suchender Blick Darian wieder. Er stand über Drogonn gebeugt und stieß eines seiner Elfenschwerter in Drogonns Brust. Nein, das musste ein Irrtum sein! Drogonn würde jeden Augenblick wieder aufstehen. Aber da fiel Lugathus erneut über Darian her und riss ihn zu Boden.

»Lina, um Himmels willen, lies das Buch!« Die Stimme der weißen Magierin war ein verzweifeltes Flehen.

Lina versuchte, sich zu konzentrieren. Was hatte Lupinia zu ihr gesagt? »Nicht alle Kämpfe werden mit dem Schwert ausgefochten.«

Sie sank auf die Knie und zwang ihren Blick auf die Seiten des Gezeitenbuches und begann zu lesen.

Mit einem Mal spürte sie, wie sich das Tor des Steinkreises öffnete und sie wie an einem unsichtbaren Band, das um ihre Mitte geschlungen war, aus dem Hier und Jetzt gezogen wurde. Um sie herum breitete sich beklemmende Dunkelheit aus, schwärzer als eine sternenlose Nacht, und jagte Schauer der Angst durch ihren Körper. Doch dann war da plötzlich wieder Licht! Blinzelnd versuchte Lina, ihre Augen an das helle Licht zu gewöhnen. Sie blickte sich um und erkannte, dass sie im Wächterturm, unter der großen Kuppel stand, dort wo sie das Gezeitenbuch das erste Mal gesehen hatte. Und sie war nicht alleine. Ariana war da! Die Oberste Hüterin blickte sie an und lächelte.

»Mama?« Linas Stimme klang zittrig.

Ariana trat auf sie zu. »So wirst du mich eines Tages nennen.«

Nein, das war nicht ihre Mutter. Aber die Frau, die vor ihr stand, sah ihrer Mutter zum Verwechseln ähnlich. Nur ihr Haar war viel länger und heller.

»Setz dich zu mir, und erzähl mir von dir«, bat sie. »Ich war so neugierig auf dich. Ich habe vor langer Zeit von euch gelesen. Von dir und Benjamin und auch von eurem Vater. Bitte erzähl mir von euch! Und erzähl mir, wie es dir in Menduria ergangen ist.«

Lina blickte die Oberste Hüterin fasziniert an. Sie würde einmal ihre Mutter werden. Aber das würde in einem anderen Leben sein. Lina erfüllte Ariana ihren Wunsch und erzählte ihr, was sie hören wollte. Sie erzählte ihr alles. Es fiel ihr nicht schwer. Nur als sie von Darian zu erzählen begann, geriet sie ins Stocken. War das etwas, das man seiner Mutter erzählte? Aber es war Ariana, nicht ihre Mutter, die ihr zuhörte, also sprach sie weiter. Ihre Augen hatten einen ganz besonderen

Glanz angenommen, als sie über den Dunkelelfen sprach, der ihr Herz im Sturm erobert hatte.

Ariana seufzte tief, als Lina geendet hatte. »Auch von ihm habe ich gelesen. Eure Schicksale sind miteinander verbunden. Aber du wirst Darians Herz dreimal erobern müssen, um es ganz zu besitzen.«

»Das verstehe ich nicht.«

»Das wirst du, wenn es so weit ist.« Wieder seufzte Ariana tief und schuldbewusst. »Ach Lina, es tut mir so unendlich leid! Ich habe dir so viel aufgebürdet.«

»Aber ich habe es doch geschafft.« Stolz schwang in ihrer Stimme mit. Sie hätte niemals gedacht, dass sie zu all dem fähig wäre.

»Nein, Lina. Dein Weg hat gerade erst begonnen. Er wird dich in zwei Richtungen führen und du wirst sie beide gehen müssen.«

Das verstand Lina noch weniger. Doch es blieb keine Zeit für weitere Fragen. Sie spürte, wie sie wieder in die beängstigende Dunkelheit zurückgezogen wurde, aus der sie gekommen war.

Und als das Licht erneut zurückkehrte, stand sie in einem großen Saal. Hoch aufragende Säulen trugen eine steinerne Decke. Es sah aus, als ob eine Zeremonie stattfinden würde. Lina sah drei Männer und eine Frau, genauso gekleidet, wie es die Hüter im Wächterturm gewesen waren. Sie hatten ein Knie gebeugt. Und vor ihnen standen ein Mann und zwei Frauen. Die magische Triade! Die drei Andavyan waren vereint. Lina begriff, dass sie sich in einer Zeit befand, bevor Xedoc zum Hüter ernannt worden war, oder …

›Großer Gott!‹, dachte sie. ›Er wird gerade ernannt!‹ Das war es, was das Gezeitenbuch von ihr gewollt hatte! Sie sollte seine Ernennung verhindern. ›Wer in dem Buch liest, hält das Schicksal der Welten in der Hand‹, erinnerte sie sich. Aber sie sollte gar nicht die ganze Welt retten. Sie sollte einfach nur einen Fehler korrigieren. Es war, wie Darian gesagt hatte. Niemand konnte die Welt alleine retten. Aber diesen Fehler zu korrigieren, sollte nicht schwer sein. Entschlossen schritt Lina vorwärts. Drogonn hatte sie bereits bemerkt.

»Was hast du hier zu suchen?«, erkundigte er sich schroff. »Du störst eine Zeremonie!«

»Genau das ist meine Absicht«, sagte Lina und umrundete die zukünftigen Hüter. Ja, Xedoc war unter ihnen.

»Sie erwählen sich gerade ihre Namen«, erklärte die weiße Magierin. »Das ist ein sehr ungünstiger Zeitpunkt, Mädchen!« Sie ließ ihre Augen nicht von Lina.

»Sie ist nicht von hier«, sagte das Orakel der Gezeiten. Lina musterte sie. Galan war eine wunderschöne junge Frau. »Sie kommt von weit her, aus der Schöpferwelt.«

Damit hatte Lina die volle Aufmerksamkeit der drei.

»Sag, was du zu sagen hast!«, forderte Drogonn sie auf. Sein Haar war noch nicht so ergraut, wie das des Drogonn, den sie kannte. Sein Blick war viel kraftvoller. Sie musste sich weit in der Vergangenheit befinden.

Lina drehte sich zu den Hütern um und richtete ihren Blick auf den Mann mit dem blonden, halblangen glatten Haar. Er hatte noch spitze Ohren, so wie die anderen Lichtelfen auch. In den eisblauen Augen dieses Lichtelfen war noch keine Grausamkeit zu sehen. Willensstärke und Machthunger ja, aber nicht die lodernde Grausamkeit und der Wahnsinn, der den Fürsten der Calahadin brandmarkte.

»Darf ich den Namen erfahren, den du gewählt hast?«, bat Lina.

»Xedoc«, sagte er. Ja, auch die Stimme war dieselbe.

»Du bist kein geeigneter Hüter!«, sagte Lina mit fester Stimme. Dieser Mann hatte ihr nichts getan, aber er würde, wenn sie es zuließe. Xedoc blickte sie verständnislos an.

Lina richtete das Wort erneut an die drei Andavyan. »Er darf den Wächterturm Jandamers niemals betreten.«

»Wieso nicht?«, forderte Drogonn zu wissen.

»Weil es der Wille des Gezeitenbuches ist«, sagte Lina. Sie konnte Xedocs vernichtenden Blick in ihrem Rücken spüren.

»Kannst du das beweisen?«, erkundigte sich die weiße Magierin.

»Ja, Lupinia, das kann ich«, sagte Lina. »Ich gestatte dir, in meinen Erinnerungen zu lesen.«

Lina schloss die Augen und öffnete ihren Geist. Sie konnte die weiße Magierin spüren, wie sie bis ins tiefste Innere ihrer Seele blickte. Sie fürchtete sich nicht davor. Das Gezeitenbuch hatte sie geprüft und sie hatte bestanden. Die weiße Magierin durfte alles sehen.

Es dauerte eine Weile, bis Lupinia sich wieder aus ihrem Geist zurückzog. Sie blickte Lina lange an, und in diesem Blick lag ein Verständnis, das weit über die Zeit hinausging.

»Ich danke dir. Du hast uns einen großen Dienst erwiesen.«

Lina konnte es nicht sehen, aber sie wusste, dass Lupinia das Gesehene an den Geist der beiden anderen weitergab. Sie konnte sehen, wie Galan beschämt ihren Blick senkte. Sie hätte noch so vieles sagen wollen, so viele Fragen stellen wollen. Aber wieder umfing sie völlige Dunkelheit.

Das magische Band spannte sich erneut. Diesmal hatte sie das Gefühl, am anderen Ende der Zeit angelangt zu sein. Die Dunkelheit wich zurück. Lina befand sich in einer gewaltigen Höhle. Sie stand am Rande eines Sees. Das Wasser warf glitzernde Lichtreflexe an die Höhlenwände, ein Tanz aus Farben und Licht. Sie blickte auf das Gezeitenbuch hinab, das plötzlich schwer in ihren Händen lag. Immer noch waren die Siegel geöffnet. Wo war sie? Ein Drache tauchte vor ihr aus dem Wasser auf. Wassertropfen perlten von dessen smaragdgrünen Schuppen. Lina betrachtete dieses Wesen mit ungläubigem

Staunen. Das war kein gewöhnlicher Drache. Eine Aura von Magie umgab ihn. Obwohl sie sich lange mit dem Drachen unterhielt, wusste sie am Ende doch nicht, worüber sie gesprochen hatten. Es war, als wollten die Worte einfach nicht in ihrem Gedächtnis haften bleiben. Schließlich kehrte die Dunkelheit zurück und forderte sie auf, in die Gegenwart zurückzukehren. Lina ließ es zu. Sie hatte getan, wozu sie gekommen war. Nun würde sie zu Darian heimkehren.

Veränderte Realität

Ein Gefühl, als würde sie aus unendlichen Tiefen auftauchen, hatte von Lina Besitz ergriffen. Der Weg an die Oberfläche war weit und beschwerlich. Sie war so müde. Immer wieder versuchte sie, sich aus den Fängen des Schlafes zu befreien, der sie einfach nicht loslassen wollte. Es klopfte. Eine Tür wurde geöffnet und die Silhouette einer Frau zeichnete sich gegen den sonnendurchfluteten Hintergrund eines Zimmers ab, ihres Zimmers.

»Sag mal, du Faulpelz, wie lange willst du denn heute noch schlafen?«

»Mama!« Mit einem Mal saß Lina kerzengerade in ihrem Bett. »Du lebst!«

»Natürlich lebe ich. Was soll denn diese Frage?«

»Ich … es ist nur … ach, nichts.«

Ihre Mutter setzte sich zu ihr an die Bettkante. »Hattest du einen Albtraum?«

Lina klammerte sich an ihre Mutter, als wäre sie der letzte Rettungsring auf dem stürmischen Ozean. Sie war nicht fähig, auch nur einen klaren Gedanken zu fassen, während tausend Fragen in ihr hochstiegen.

»Ich hab dir etwas mitgebracht. Es ist fertig.« Stolz und Erleichterung mischten sich in der Stimme ihrer Mutter, als sie Lina ihr neuestes Buch in die Hand drückte. »Der Verlag hat eben die ersten Exemplare geschickt.«

Wie in Trance nahm Lina das Buch entgegen, ohne es weiter zu beachten. Sie konnte ihren Blick immer noch nicht von ihrer Mutter lösen.

»Viel Spaß beim Lesen!«, sagte ihre Mutter. »Wenn du mich brauchst, ich bin in der Küche. Ich hab noch eine Menge zu tun, bis ich deinen Vater vom Flughafen abholen muss.«

»Papa?«

»Ja, Papa. Hast du das vergessen? Er kommt heute Abend aus London zurück.« Der Blick ihrer Mutter wurde noch besorgter. »Ist wirklich alles in Ordnung mit dir, Lina?«

»Ich … denke schon.« Lina war sich da ganz und gar nicht sicher. Aber was hätte sie sonst sagen sollen.

»Wo ist Ben?«, fragte sie schließlich, als ihre Mutter bereits die Türklinke in der Hand hatte.

»Der schläft bei Michelle. Den werden wir wohl vor heute Abend nicht zu Gesicht bekommen.« Ein vielsagendes Augenzwinkern begleitete diesen letzten Satz.

Lina starrte immer noch wie gebannt auf die geschlossene Zimmertür, durch die ihre Mutter verschwunden war, als ihr das Buch wieder einfiel. Eigentlich hatte sie jetzt keinen Nerv dafür. Doch dann streifte ihr Blick den Titel und versetzte ihr einen heißen Stich in den Magen. »Das Buch der Welten«, lautete er.

Sie begann zu lesen. Und erst einmal angefangen, konnte sie nicht wieder aufhören. Sie las die aufregendste und wunderschönste Geschichte, die ihre Mutter je geschrieben hatte. Sie las ihre Geschichte. Da war Serendra und die weiße Magierin. Da waren Xedoc und die Seherin. Da waren Drogonn und die Drachen. Und da war Darian. Ihr Darian. Linas

Augen flogen nur so über die Seiten. Als sie zum Ende kam, war es bereits später Nachmittag. Sie schloss die Augen und konnte Darians Kuss noch immer auf ihren Lippen spüren, konnte ihn schmecken. Die Sehnsucht nach ihm raubte ihr den Atem, während heiße Tränen ihre Wangen hinunterliefen.

Sie erhob sich, um ihre Mutter zu suchen und fand sie in der Bibliothek, wo sie es sich auf der bequemen Ledercouch gemütlich gemacht hatte.

»Und, wie gefällt es dir?«

»Es ist die schönste Geschichte, die ich je gelesen habe«, sagte Lina. Und nach einer Weile des Schweigens fragte sie zaghaft: »Ist es wahr? Bist du die Oberste Hüterin?«

Ihre Mutter lächelte milde. »Es ist nur eine Geschichte, Schatz. Nichts weiter.«

Das stimmte nicht. Lina wusste es, so wie sie wusste, dass sich die Erde um die Sonne dreht. Seufzend erhob sie sich.

»Gehst du heute gar nicht mit Otto spazieren?«, erkundigte sich ihre Mutter.

»Ob ich …? Doch das mache ich. Ich geh gleich rüber.« Lina bemühte sich, vor ihrer Mutter nicht noch verwirrter zu wirken, als sie es sowieso schon tat.

»Sei so nett und nimm Oma Steinmann ein Exemplar des Buches mit. Sie wollte es lesen.«

Lina nickte und machte sich auf den Weg. Sie hatte das Gefühl, wie auf Watte zu gehen. Alles schien so unwirklich. Sie war noch nicht durch die Eingangstür getreten, als Benjamin nach Hause kam. Gehetzt und mit zerzaustem Haar eilte er auf sie zu und schloss sie wortlos in die Arme.

»Du bist wieder da und du lebst! Bin ich froh, Kleine.«

Lina befreite sich aus seiner Umklammerung, und blickte ihm unverwandt in die Augen. »Du hast es also auch erlebt? Es ist wahr.«

Benjamin nickte unsicher. Lina konnte sehen, dass ihn die nächste Frage immense Überwindung kostete. »Weißt du, was mit Mama geschehen ist?«

»Sie ist in der Bibliothek. Es geht ihr gut.«

»Sie ist …« Benjamins Augen weiteten sich. »Was auch immer du gemacht hast, das war großartig!« Er drückte Lina einen Kuss auf die Stirn und eilte in den Keller zu seiner Mutter.

Nur Minuten später lief Lina mit Otto an der Leine durch den Wald. Es waren nicht die Dunkelwälder oder die Wälder der Eldorin. Aber hier im Waldgebiet ihrer Heimatstadt fühlte sie sich Darian viel näher. Lina atmete tief durch. Alles würde gut werden. Sie musste nur einen Weg finden, um zu ihm zurückzukehren.

Danksagung

Manche Dinge passieren praktisch über Nacht und trotzdem brauchen sie Zeit, sich zu entwickeln. So war es auch mit Menduria. Viele Menschen haben mich auf dem Weg von der Idee zum fertigen Buch begleitet und haben mir hilfreich zur Seite gestanden. Ihnen allen auf diesem Wege zu danken, ist mir ein großes Bedürfnis.

So möchte ich meiner Mutter danken, die schon immer meine allererste Testleserin war und mich auf oft sehr humorvolle Weise auf »Stilblüten« aufmerksam gemacht hat. Meinen Töchtern danke ich für ihr Verständnis, wenn ich oft tagelang in Menduria untergetaucht und dann nicht wirklich für die realen Belange der Schöpferwelt ansprechbar war.

Mein ganz besonderer Dank gilt meinen besten Freundinnen, Simone Mang, die unerschütterlich und zu jeder Zeit an dieses Buch geglaubt hat und wohl meine treueste Testleserin war, und Franca Eder, für die nächtliche Suche nach Namen und Orten und Beistand in allen Lebenslagen. Danke an Tamara Kienbauer und Maaike Sloof, die, obwohl sie normalerweise keine Fantasy lesen, das Risiko eingegangen sind und sich in die Seiten dieses Buches gestürzt haben, sowie sämtlichen anderen Testlesern, die ich hier aus Platzgründen nicht alle nennen kann. Danke auch an Daniel Weppler für seinen jugendlichen Enthusiasmus dieses Buch betreffend.

Geschichten zu schreiben, ist eine Sache, einen geeigneten Verlag dafür zu finden, eine ganz andere. Diese Suche ist oft die größte Herausforderung auf dem Weg zum gedruckten Buch. Ich habe lange gesucht und bin dabei auf viele verschlossene Türen gestoßen. Deshalb freut es mich umso mehr, dass dieses Buch ein Zuhause in einem Verlag gefunden hat, in dem ich in einer beinahe familiären Atmosphäre herzlich willkommen geheißen wurde. Vielen Dank an das gesamte Verlagsteam Ueberreuter. Besonderen Dank aber an Dr. Regina Zwerger, ohne die ich wohl immer noch auf der Suche wäre. Vielen Dank auch an meine Lektorin Angela Iacenda für ihre einfühlsame Art des Lektorierens.

Und natürlich bedanke ich mich bei den Leserinnen und Lesern, die es bis zu diesen Zeilen geschafft haben, dafür, dass sie diese Geschichte mit mir geteilt haben, die mir so unendlich viel Freude beim Schreiben bereitet hat.

Und letztlich auf diesem Wege ein herzliches Dankeschön an Hans Zimmer und die finnische Band HIM, dass sie mich, ohne es zu wissen, durch viele Tage und Nächte des Schreibens begleitet und durch ihre Musik meiner Fantasie Flügel verliehen haben.